Klaudia Blasl ist süchtig nach gutem Essen. Kaum hat sie Hunger, kommt sie auf böse Gedanken. Kein Wunder also, dass die gebürtige Steirerin als Kolumnistin und Kulinarikjournalistin tätig ist. Wegen ihrer kalorischen Triebhaftigkeit hat sie bereits die halbe Welt bereist und lange Jahre in Italien verbracht, wo sie begann, die Zeit zwischen den Mahlzeiten mit »Auftragsmorden« totzuschlagen. Heute lebt die Germanistin vorwiegend im Südburgenland, sofern sie nicht gerade auswärts isst oder unliebsame Zeitgenossen ins Jenseits befördert.

Alle Charaktere, Handlungen, Orte und wirtschaftspolitischen Unterstellungen sind frei erfunden und stimmen in keinem Fall mit der Wirklichkeit überein. Dort, wo Schilcher, Kernöl und Käferbohnen zu Hause sind, dort leben nach wie vor freundliche, friedliche, offenherzige und hilfsbereite Menschen, die bis heute niemandem etwas zuleide getan haben, weder mit Waffen noch mit Worten. Daher ist das Einzige, was der Besucher bei einem längeren Aufenthalt in dieser Gegend riskiert, seine schlanke Figur.
Ein Glossar der Austriazismen und Dialektausdrücke sowie ausgewählte Kochrezepte befinden sich im Anhang.

KLAUDIA BLASL

KERNÖLKRIEG

Kriminalroman

emons:

Bibliografische Information der Deutschen Nationalbibliothek
Die Deutsche Nationalbibliothek verzeichnet diese Publikation in der Deutschen Nationalbibliografie; detaillierte bibliografische Daten sind im Internet über http://dnb.d-nb.de abrufbar.

MIX
Papier aus verantwortungsvollen Quellen
FSC® C083411
FSC
www.fsc.org

Umschlagmotiv: mauritius images/Cultura/Diana Miller
Umschlaggestaltung: Nina Schäfer, nach einem Konzept von Leonardo Magrelli und Nina Schäfer
Umsetzung: Tobias Doetsch
Gestaltung Innenteil: César Satz & Grafik GmbH, Köln
Lektorat: Susanne Bartel
Druck und Bindung: CPI – Clausen & Bosse, Leck
Printed in Germany 2018
ISBN 978-3-7408-0303-2
Originalausgabe

Es strahlt die Sonn, es lacht das Leben,
die Hügel stehen voller Reben.
Vom Bremsnigg bis zum Wadlpass
reiht sich nun langsam Fass an Fass.
Weil grad, wenn vieles schiefgelaufen,
erfreun die Leut sich hier am Saufen.
Und hat mal wer den Grantscherm auf
– wen schert's, wir trinken einfach drauf.

Jodel du dö jodel di dai,
das Damischtal macht mich ganz hai.

Auszug aus der Damischtaler Hymne

Die Bewohner vom Damischtal

Alois Feyertag
Bürgermeister von Gfrettgstätten und Plutzenberg und erklärter Feind von Wasserkraftwerken und Ferienwohnungen.

Balthasar Schragl
Situationselastischer Fremdenverkehrsobmann vom Damischtal, Träger des Goldenen Verdienstzeichens der heimischen Blasmusik und betrügerischer Wegbereiter der Wasserkraft.

Bartl Mostburger
Fleischer mit dubiosen Geschäftspraktiken und bedrohlichen Umgangsformen, der immer wieder Leichen angelt.

Bibiana Doppler
Feinstofflich veranlagte Schönheit auf der ständigen Suche nach potenziellen Besamern, um endlich in den Stand der Mutterschaft zu treten.

Familie Bartenstein
Deutsche Feriengäste, die während ihres mehr oder weniger freiwilligen Aufenthalts im Damischtal Kopf, Kragen und Ehekrisen riskieren.

Ferdinand Kapplhofer
Revierinspektor vom Damischtal, dessen einzige Bewegung darin besteht, jeder Bewegung aus dem Weg zu gehen – sofern er sich nicht gerade bei Muttern am Küchentisch den Bauch vollschlägt.

Gusti Birnstingl
Betreiberin der Buschenschank »Zur schönen Aussicht«. Die hübsche Gusti muss sieben Kinder, noch mehr Pensionsgäste und einen alkoholkranken Mann durchfüttern.

Hermine Holzapfel
Moralinsaure Obfrau der ansässigen katholischen Kernölkoalition, der die christliche Nächstenliebe abhandengekommen ist.

Hubert Ehrenhöfler
Damischtaler Umweltschutzreferent und einziger grüner Gemeinderat, der zur Rettung der Damisch-Auen in den Hungerstreik tritt.

Kevin-Karl Bartenstein
Sohn von Rüdiger und Hildegund Bartenstein; ein aufgeweckter Junge, der mit seiner kriminalistischen Spürnase zum Helden der Region wird.

Peter Protzmann
Immobilienhai und Bauunternehmer, der die Damisch weniger als Fluss denn als Quelle zukünftigen Reichtums sieht. Sorgt mit fetten Zuwendungen dafür, dass die Dinge meist wie geschmiert laufen.

Polizeihauptmann Hartmuth van Trott
Ergebnisorientierter Emotionsminimalist vom Landeskriminalamt mit einer Vorliebe für Brachialrhetorik und Bleistiftminen.

Sebastian Schnurz
Verantwortlich für das Kleinkraftwerk an den Flussauen der Damisch, Fachmann für behördliche Winkelzüge, doch wenig versiert im Umgang mit Wasserleichen.

Willibald Pfnatschbacher
Ehr- und eheloser Bankdirektor, der die Geldflüsse der Bauprojekte steuerschonend und profitmaximierend im gierigen Griff hat.

Prolog

Wir befinden uns im Jahre 2020 nach Christus. Ganz Österreich erbebt unter umweltpolitischen Rückzügen und wirtschaftspolitischen Vorstößen, schmierigen Korruptionsskandalen und schmutzigen Campaigning-Affären. Nun ja, beinahe ganz Österreich. Denn in einem kleinen südweststeirischen Tal verläuft das Leben weiterhin in gewohnt gemächlichen Bahnen. Skandalös genug, dass der liederliche Bankert von der Strammelbock Xandi mit einer Zuagroasten liiert ist und der blade Bauernschädl von Bartl einen immer mit dem Gselchten bescheißt; wen soll da noch die Volkswirtschaft bekümmern? Und während rundherum gewagte Kraftwerksbauten und gewitzte Bankenmanager bedrohliche Löcher ins Budget reißen, reißen die Menschen aus dem idyllischen Damischtal schlimmstenfalls das Maul auf, aber auch nicht immer und meist nur untereinand. Etwa dann, wenn sie, je nach Alter und Geschlecht, am Wirtshaus- oder Küchentisch sitzen und die Lage der Nation kritisieren. Sofern es nichts Wichtigeres zu bereden gibt. Dass in Gfrettgstätten schon wieder eine Kuh in die Klärgrube gestürzt ist, ist selbst in Plutzenberg von lokaler Relevanz. Und das ernüchternde Überholverbot zwischen Buschenschank und Schrottfriedhof erscheint von nahezu weltpolitischer Brisanz. Zumindest solange nichts Schlimmeres passiert. Aber das war bislang nur vereinzelt der Fall.

Zwar hauen die an Ackerland vermögenderen Plutzenberger bei den einwohnermäßig bessergestellten Gfrettgstättenern gern mal auf den Festzeltputz, und hin und wieder – vor allem in der Bärlauchzeit – fällt ein rüstiger Rentner in den Bach, aber das war's dann auch schon. Alleine die motorsportliche Jugend sorgt mit ungebremster Lebenslust für sporadischen Polizeieinsatz und ein Umsatzplus beim Autohaus.

Davon abgesehen gleicht das Tal einem beschaulichen Bollwerk der Gemütlichkeit. Die Damisch windet sich sanft und träge zwischen Kürbisäckern, Kukuruzfeldern und Klapotetzen dahin, die Damischtaler – etwas weniger sanft, manchmal sogar rege – wenden sich derweil ihrem mehr oder weniger rechtschaffenen Tagwerk zu. Doch der Unterschied zwischen Gut und Böse fällt Fremden kaum ins Auge. Viel auffälliger sind die vielen Rehe, Rebstöcke und Rapunzeltürmchen, die der Landschaft einen beinahe bukolischen Reiz verleihen.

Doch gerade, als Plutzenberger und Gfrettgstättener ihre jeweiligen Gemeindesparstrümpfe durch neue Konzepte des sanften Tourismus zu stopfen versuchen, rollen Bagger und Planierraupen an, um die blühende Auenlandschaft in eine Betonwüste zu verwandeln. Was die Einheimischen gar nicht gerne sehen. Und schon bald liegen die ersten Leichen im Bach.

Petri Unheil

»Himmelarsch noch amoi«, fluchte der Mostburger Bartl und starrte mit zusammengekniffenen Augen angestrengt in die trüben Fluten. Was da an seiner Angel hing, sah gar nicht nach einer Bachforelle aus. Nicht einmal nach Brachse, Barsch oder Weißflossengründling. Bartl starrte und starrte, aber seine Schweinsäuglein erlaubten keinen Adlerblick. Im Grunde genommen hätte der Fleischermeister ja längst schon eine Brille gebraucht, aber Zeitungen oder gar Bücher las er nicht, und fürs Verwurschten einer Sau benötigte er weder Scharfsicht noch Fingerspitzengefühl. Das schaffte er selbst in völliger Finsternis. Wobei die manchmal recht dubiosen Füllstoffe seiner Hauswürstl ohnedies nicht wirklich tageslichttauglich waren.

Jetzt allerdings hätte der Bartl gerne mehr Weitsicht bewiesen, denn ein falscher Fang hatte ihn schon einmal ins Gefängnis gebracht. Unter Mordverdacht hatte er damals gestanden. Dabei hatte er nur einen armseligen ertränkten Mops aus dem Wasser gezogen, der dummerweise einer strangulierten Blondine gehörte. Zwar hatte sich schon bald seine völlige Unschuld herausgestellt, aber beim Gedanken an diese schreckliche Zeit stieg ihm immer noch die Grausbirn auf. Hinter schwedischen Gardinen saß es sich spürbar schlechter als daheim auf dem Sofa. Oder hier, am Ufer der Damisch.

Und weil er keinesfalls zum Rückfalltäter werden wollte, verzichtete der griesgrämige Schinkenspezialist fernab der Arbeit rigoros auf Schweinereien jeglicher Art. Zwar waren seine viel gerühmten und formvollendet geräucherten Klapotetzkeulen mittlerweile in aller Munde, aber über seine teils wahre, teils erfundene verbrecherische Vergangenheit zerrissen sich die Leute gleichfalls gerne das Maul. Daher verbrachte er seine Freizeit lieber am Gestade des Bachs, hing seinen bescheidenen Gedanken nach und hoffte auf einen ebensolchen Fang. Was bis vor zwei Wochen auch stets zu seiner vollsten Zufriedenheit geklappt hatte. Während er sich über Vaterschaftsstreitigkeiten in der Nutzviehzucht oder aktenkundige Fälle der Schweinepest ein wenig den Kopf zerbrochen hatte, hatte sich zuverlässig ein fetter Fisch an seinem Angelhaken verschluckt. Doch dann waren – auf Geheiß eines korrupten Wirtschaftslandesrates und zur Freude der Immobilienhaie – auf einmal diese verdammten Baumaschinen angerückt, um die idyllischen Flussauen zum Zwecke eines Kraftwerkbaus in einen Kahlschlag zu verwandeln. Verstört hatten die meisten Fische die Flossen eingezogen und waren in ruhigere Gebiete abgetaucht. Und Bartls geistiges Naherholungsgebiet war gleichfalls den Bach runtergegangen. Nun musste der Fleischer sich oft tagelang in Geduld üben, damit er auch nur eine einzige, winzige Forelle zu fassen bekam. Von klaren Gedanken ganz zu schweigen. Diese erdbewegenden Höllenmaschinen sorgten nicht nur für weltuntergangsmäßige Naturzustände, sondern auch für ohrenbetäubenden Lärm. Ein akustischer Terror, der die Wasserbewohner in die Flucht schlug und ihn nahezu in den Wahnsinn trieb.

Seit dieser Invasion des Schreckens saß der Bartl Mostburger also entnervt unter den ausladenden Kronen jahrhundertealter Bäume, warf lustlos seine Angelschnur aus und harrte frustriert der Dinge, die da kamen. Badelatschen, Baseballkappen oder Plastikeimer, Bauschutt und – hin und wieder, aber zunehmend seltener – eben Bachforellen, Brachsen oder Weißflossengründlinge. Solche Fische hatte er in den letzten Tagen bereits aus dem Wasser gezogen, doch dieser Fang ähnelte nichts von alledem. Bartl musste bei ihm eher an einen riesigen, auf Hochglanz polierten Karpfen denken. Allerdings gab es in dem verdreckten Fließgewässer keine Karpfen. Was also suchte er da gerade an Land zu zerren? Da die Leine sich offensichtlich an einem Stück Treibgut verfangen hatte, konnte der Fleischer seine ungewollte Beute nicht nahe genug heranholen, um Genaueres zu erkennen. Fluchend rappelte er sich aus seinem meditativen Anglerkoma auf, schlüpfte in die Gummistiefel und schlurfte ins Wasser. Angesichts der großräumigen Rodungen, denen bereits zahlreiche Schwarzerlen, Purpurweiden und Schilfgräser zum Opfer gefallen waren, hatte Bartls Sehschwäche schon fast wieder etwas Tröstliches an sich. Zumindest ersparte sie ihm den detailreichen Anblick abgerissener Äste und entwurzelter Sträucher, die im Fluss vor sich hin dümpelten und jedes Vorwärtskommen zu einem Hindernislauf machten.

»So ein Schas.« Erbost trat der Fleischermeister von Gfrettgstätten gegen einen Haufen ineinander verkeilter Haselbüsche, der gleich Strandgut ans Ufer gespült worden war. Wie eine illegale Deponie für Baumschnitt-, Bauschutt- und Gartenabfälle sah der Bach mittlerweile aus, fand Bartl. Vom schlammigen Braun seiner einst kristallklaren Wässer ganz zu schweigen. Aber reden wollte der Bartl eh nicht. Statt zu rhetorischen Rundumschlägen auszuholen, griff er lieber zum Schlachtschussapparat. Und würde er können, wie er wollte, hätte er die Kraftwerksverantwortlichen schon längst ganz still und leise durch den Fleischwolf gedreht.

Nun war es aber keinesfalls so, dass ausgerechnet der Mostburger Bartl zum militanten Umweltschützer mutiert wäre. Oder ein tiefes Bewusstsein für die Schönheiten intakter Natur entwickelt hätte. Er konnte ja nicht einmal einen Brombeerstrauch von einer Rolle Stacheldraht unterscheiden, und ökologischer Landbau lag ihm gedanklich so fern wie die Andromedagalaxie. Zudem liebte er sein Schlachterhandwerk. Ein lang gezogener Saurüssel erfreute ihn weitaus mehr als ein adrett arrangiertes Blumengebinde.

Insofern ging ihm auch der Massenmord an Sumpfdotterblumen und Flatterulmen nicht näher als der Tod eines Handlungsreisenden am kanadischen Barnaby River. Was ihn in Rage versetzte, war vielmehr der Verlust seines angestammten Jagdreviers. Immerhin hatte er sich sein Recht auf Fischfang in dieser idyllischen Outdoor-Einsiedelei in mehr als sieben Jahren ehrlich ersessen. Und der Wasserkraftwahn machte ihm nun dieses Gewohnheitsrecht auf sein wildwüchsiges Refugium mit Schaufelbaggern zunichte, während die Fischbestände zuhauf den Jordan runterschwammen. Das war dem Fleischer ganz und gar nicht wurscht. Im Gegenteil. Bartl empfand den Rauswurf aus seinem höchstpersönlichen Paradies als lebensbedrohlichen Raubbau an seiner Existenz. Schließlich lebte der

Schinkenproduzent vor allem von kaufkräftigen Touristen, die – ausgehungert von ausgedehnten Wanderungen durch die Damisch-Auen, Frischluft macht ja bekanntlich Appetit – in seine Genuss-Fleischerei strömten und das Delikatessenregal plünderten. Ein pfeffriges Sülzchen hier, dreißig Deka von der aromatischen Klapotetzkeule dort, dazu Berge an Selchwürstln, Kübelfleisch und Kernölgrammeln ließen seine gesetzeskonform angeschaffte Registrierkasse von morgens bis abends klingeln. Doch seit diese Armee an Baggern und Planierraupen wie eine Horde Tyrannosaurier ins Damischtal eingefallen war, verkehrten die Touristen fernab in lauschigeren Gegenden. Und die Würstl verschimmelten im Regal. Das zu Dumpingpreisen aus dem Ausland importierte Rudel an Bauarbeitern stellte keine gewinnbringende Alternative zu den Urlaubern dar, denn die halbstarke Bagage schien sich nur von Extrawurstsemmeln zu ernähren. Bereits die Frage nach einem derart banalen Fleischereierzeugnis an seiner Theke empfand der Bartl als persönlichen Affront. Und wenn darauf noch die umständlich mit Händen und Füßen formulierte Bitte nach einem Essiggurkerl folgte, hätte er den kulinarischen Blindgängern am liebsten einen ordentlichen Tritt in den Hintern versetzt. Aber aufgrund seines Vorstrafenregisters durfte er sich keinen Fehltritt mehr leisten. Nicht einmal mehr den in den Allerwertesten dieser ungarischen Extrawurstsemmeljunkies.

Bartl fluchte erneut und kämpfte sich resigniert durch das Dickicht im Damischtaler Bachbett. Das Leben war definitiv ein Jammertal, fand er und strauchelte tapfer voran. Aus der Ferne betrachtet glich sein Gang, wie er sich mühsam zwischen gefällten Baumkronen und angeschwemmtem Baustelleninventar hindurchzwängte, einer etwas ungelenken Art von modernem Ausdruckstanz. Als würde ein Orang-Utan sich am »Schwanensee« versuchen. Nach einer gefühlten Ewigkeit und zwei Dutzend schmerzhaften Insektenstichen hatte er dennoch sein Ziel, die verwickelte Angelschnur, erreicht. Und riss vor Schreck die Augen auf. Was dort zwischen einer verrotteten Europalette und verwelkten Wasserhyazinthen an seinem Haken hing, übertraf seine schlimmsten Befürchtungen. Selbst ein weiterer gemeuchelter Mops hätte ihn weniger schockiert als dieses schmutzig weiße glänzende Objekt.

»Herrgott noch amoi«, entfuhr es ihm, bevor er – um sich beidseitig ausreichend abzusichern – auch noch ein Stoßgebet gen Hölle sandte. Ob göttlicher Beistand oder teuflische Tücke, den Fleischer hätte beides erfreut, doch weder der Gottvater noch der Beelzebub ließen sich blicken.

Bartl atmete tief durch und versuchte es stattdessen mit bodenständigem Stressmanagement. Er griff sich lange in den Schritt, kratzte sich noch länger am Kopf und fixierte ganz lange den linken Rand der Europalette.

Doch der grässliche Anblick blieb.

Der Fleischer, dessen normalerweise cholerisch-rötliches Gesicht mittlerweile einen leichenblassen Teint angenommen hatte, musste etwas unternehmen. Allein, er wusste nicht, was. Sein geistiges Trägheitsmoment erwies sich als äußerst hinderlich für schnelle Entscheidungen.

Doch nun war rasches Handeln angesagt. Er wollte nicht erneut im Zuchthaus landen, nur weil er – wie vor vier Jahren – zur falschen Zeit am falschen Ort geangelt hatte.

Bartl nahm seinen ganzen Mut zusammen und griff mit klammen Fingern nach dem verdreckten Schutzhelm, den er schon so oft auf dem kahlen Kopf des Baupoliers gesehen hatte. Und der bestimmt auch jetzt auf dessen glatzertem Schädel saß. Ohne nachzusehen, konnte das der Fleischer natürlich nicht mit letzter Gewissheit sagen, aber die verschrumpelte Hand, die die verwelkten Wasserhyazinthen noch im Tod zu umklammern schien, gehörte eindeutig zu einem Menschen. Und deutete, so wie sie dalag, auf eine unzerteilte Leich hin. Aber der Bartl verspürte nicht das geringste Verlangen auf Sondierungs- oder gar Bergungsarbeiten. Für Wiederbelebungsversuche war es ohnedies zu spät, das sagte ihm sein schlachterischer Hausverstand. Erneut kniff er die Augen zusammen und riss mit aller Kraft an der Angelschnur. Wenn ihm das Schicksal auch nur ein ganz klein wenig hold wäre oder ihm zumindest eine homöopathische Dosis an Petri Heil zuteilwerden ließe, dann hatte die Leine sich nicht an einer Gürtelschnalle, einem Reißverschluss oder der Stahlkappe eines Sicherheitsschuhs verfangen, sondern nur an irgendwelchen fleischlichen Weichteilen. Und die würden einreißen, wenn er nur ordentlich zog und zerrte.

Der Bartl hatte Glück. Nachdem er zögerlich Hand an die Oberbekleidung des Toten gelegt hatte, kam die Leine tatsächlich frei. Dem Fleischer fiel ein Selchstelzen vom Herzen, vielleicht sogar eine ganze Sau. Energisch kurbelte er an der Spule seiner Angel und trat rasch den Rückweg Richtung Ufer an. Behände, wenngleich nicht sonderlich beherzt, bewältigte er erneut die Hindernisstrecke, die ihn vom rettenden Festland trennte, ständig auf der Hut vor zufälligen Passanten oder arbeitseifrigen Kranfahrern, die neugierige Blicke in seine Richtung warfen.

Aber außer einer strahlenden Mittagssonne ließ sich beruhigenderweise nichts und niemand sehen. Die Hackler vom Bau schienen offenbar gerade ihre Wurstsemmeln zu verschlingen, die Hausfrauen den heimischen Herd zu befeuern, und die Hundehalter aus dem nahen Doggy Wellness & Human Beauty Spa Resort ließen sich wahrscheinlich ihre müden Füße massieren.

Eilig raffte der Fleischer sein Angelzeug zusammen und rannte, so schnell es ihm mit Gummistiefeln, Gichtzehen und löchrigen Socken halt möglich war, zu seinem Traktor. Dass er seinen alten Steyr zwischen zwei üppigen Holunderbüschen abgestellt hatte, um keiner Baumaschine im Weg zu stehen, kam ihm nun sehr zugute. Rasch startete Bartl das alte Gefährt und tuckerte auf wenig befahrenen Feldwegen nach Hause.

Vor lauter imaginären Schreckensszenarien nahm er nicht einmal die drei possierlichen Feldhasen wahr, die ihm beinahe vor die Räder gehoppelt wären. Vermutlich hätte er selbst ein Mammut übersehen, denn in seinem Kopf schleuderten unheilvolle Gedanken herum. Was, wenn ihn doch jemand bemerkt hätte, wie er da soeben mitten im Bach einem Toten beinahe das letzte Hemd ausgezogen hatte? Was, wenn es tatsächlich so etwas wie Spurensicherung gäbe – Bartls Kenntnisse polizeilicher Ermittlungsarbeit beschränkten sich auf den sporadischen Konsum des »Bullen von Tölz« – und man an einer Wasserleiche Fingerabdrücke feststellen könnte? Und vor allem, was, wenn dieser zuwidere Schmalspurkommissar wieder mit den Untersuchungen betraut würde? Dann würde es nicht lange dauern, bis die Klauen des Grazer Polizeischnösels ihn zum dritten Mal ergriffen und in Handschellen aus seinem Selchkammerl zerrten. Dabei sah der Exekutivposten nicht einmal aus wie eine Amtsperson, sondern eher wie ein Sujet auf einem Werbeplakat für die Welthungerhilfe.

Dennoch würde Polizeihauptmann van Trott ihn mit allergrößtem Vergnügen erneut in den Knast verfrachten. Nur weil er sich schon wieder eine Leiche geangelt hatte. Wie seinerzeit vor vier Jahren. Wo er jenem ersoffenen Mops nicht einmal ein einziges Haar gekrümmt hatte. Und dem glatzerten Polier heute auch nicht. Der Bartl zog seinen Kunden hie und da ganz gerne mal das Fell über die Ohren, aber ein Halsabschneider war er deshalb noch lange nicht. Selbst seine rosigen Schinkenlieferanten wurden ordnungsgemäß mit der Bolzenschussmaschine ins Würstlnirwana befördert.

Immer komplexer wurden Bartls Gedankengänge. Eine derartige geistige Tiefenschärfe hatte er nicht einmal bei seiner Meisterprüfung an den Tag gelegt.

Dass er mit heiler Haut und gutem Ruf davonkommen würde, weil er tatsächlich nicht gesehen worden war und weder seine Finger noch der Angelhaken verwertbare Spuren an dem Toten hinterlassen hatten, glaubte er immer weniger. Er hatte zwar viele Schweine, aber dennoch selten Glück. Und an einen Unfall glaubte er auch nicht. Zudem begann seine linke Gichtzehe heftig zu zwicken und zu zwacken, was stets ein schlechtes Zeichen war.

Doch bevor Bartls intellektuelle Höchstleistungen wegen Überhitzung des Denkapparats gänzlich abflauen konnten, erreichte er endlich seinen Hof.

Erleichtert stellte der Fleischer den Traktor in den Schuppen, ergriff die Angelutensilien und beschloss, seinen Nerven zuliebe erst einmal das Denken einzustellen und sich stattdessen den Bauch vollzuschlagen. Mit einem g'scheiten Gselchten, zwei Verhackertbroten und mindestens drei Glas Schilcher sah die Welt bestimmt schon viel schöner aus.

Bartl schloss den Schuppen ab, durchquerte die Scheune, warf einen Blick in seine Selchkammer und schlurfte bereits ein wenig weniger bedrückt zu seinem Wohnhaus. Deftiges Essen und ordentliches Trinken galten im Damischtal ja generell als veritable Stimmungsaufheller, ganz nach dem Motto: »Mit voller Wampe blunznfett ist's Leben vielleicht doch ganz nett.«

Zwar glaubte der Fleischer schon längst nicht mehr an Nettigkeiten, aber zumindest würde ihm sein Dasein nach einem üppigen Imbiss erträglicher scheinen.

Ein tröstlicher Gedanke, der den Bartl auf seinen letzten Metern bis zur Eingangstür begleitete, wo der Hubert Ehrenhöfler im Schatten des riesigen Kastanienbaums stand und ihn herausfordernd ansah.

»Jetzt aber aussi mit der Sprach. Was hast mit der Leich g'macht?«

Wasserleich mit Schilcherrausch

»Jetzt nimmst aber noch einen Knödel, Bua, vom Kraut allein wird des Schweinsbratl nicht fett«, befahl Theresia Kapplhofer, legte ihrem Sohn noch zwei pausbäckige Erdäpfelknödel auf den bereits vollen Teller und goss liebevoll einen ganzen Schöpflöffel Bratensaft darüber. Die Mutter des Damischtaler Revierinspektors hatte in der Aufzucht und Mast von Fettzellen ihre Lebensaufgabe gefunden. Rund um die Uhr werkelte sie maximal eine Topflappenlänge vom Herd entfernt, ständig um das leibliche Wohl ihres stattlichen Nachwuchses bemüht. Und der Inspektor wusste ihre hochkalorische Zuwendung sehr zu schätzen. Die Pflege seines seit Jahrzehnten aufopfernd kultivierten Feinkostgewölbes lag ihm ja selbst außerordentlich am Herzen beziehungsweise im Magen.

Wobei Schweinsbratl mit Sauerkraut und Knödel zu den Grundpfeilern seiner Instandhaltungsdiät zählten. Voller Elan und Begeisterung, zwei Tugenden, denen sich Ferdinand Kapplhofer ausschließlich am gut gedeckten Esstisch hingab, griff der Inspektor nach Messer und Gabel. Er hatte einen appetitlich dampfenden Braten vor und einen ereignislosen Arbeitstag hinter sich, mehr wünschte er sich nicht. Zielstrebig führte er den ersten Bissen zum Mund, riss diesen weit auf und schlug die Zähne ins zarte Fleisch. Im selben Moment wurde auch die Tür aufgerissen, und Bürgermeister Feyertag, flankiert vom Umweltschutzreferenten Ehrenhöfler, betrat den Raum.

»Da schau her, der Herr Inspektor geht seiner Lieblingsbeschäftigung nach«, frotzelte Alois Feyertag und schritt beschwingt zum Küchentisch, während Hubert Ehrenhöfler abwartend neben der Tür stehen blieb. »Aber jetzt müssen wir dich leider ein bissl auf Diät setzen, gell, Hubert«, fuhr der Bürgermeister fort und nahm dem verdutzten Inspektor den Teller weg.

Kapplhofer schluckte. Mundraub war ein Verbrechen, das seiner Ansicht nach sogar die Wiedereinführung der Todesstrafe rechtfertigen würde. »Was in aller Welt is denn passiert?«, stammelte er und versuchte, nach seinem entzogenen Futter zu greifen, doch der Bürgermeister hatte den Braten vorsorglich außerhalb seiner Reichweite platziert.

»Jetzt lassen S' den Buam doch was Anständiges essen«, mischte sich nun auch Theresia Kapplhofer ein, während sie Anstalten machte, den Teller erneut seinem rechtmäßigen Esser zuzuschieben.

Doch der Bürgermeister besaß eine lange Hand. »Der Bua braucht keinen Schweinsbraten mehr, wir servieren ihm gleich a g'schmackige Leich«, kommandierte er unnachgiebig.

»Und wennst dann immer noch Hunger hast, kannst den Braten ja kalt auch essen«, spendete Ehrenhöfler tröstenden Zuspruch.

Kapplhofer geriet in Panik. Eine Leiche in seinem Revier verdarb ihm schon beträchtlich den Appetit, da er den Anblick von Verbrechensopfern kaum gewohnt war. Er hatte hauptsächlich mit Scheintoten zu tun, also stammtischgesättigten Schnapsleichen, wahlkampfbedingten Hirntoten oder kurvenschnittigen Bruchpiloten, nur ganz selten mit vorsätzlichem Mord und Totschlag. Allein die Vorstellung davon schlug ihm spürbar auf den Magen, während ihm der gemeinschaftliche Einmarsch dieser beiden unversöhnlichen Kampfhähne in seine gute Stube nahezu eine Spontangastritis verursachte.

Feyertag und Ehrenhöfler, politische Todfeinde bis zum beidseitigen Rufmord, traten ungefähr so häufig gemeinsam auf wie Ebbe und Flut. Es musste also etwas unfassbar Tragisches vorgefallen sein. Etwas, das Kapplhofers gemächlichen Tagesablauf garantiert auf ungesunde Touren bringen würde.

»Haben s' wen um'bracht, brauch ich die Uniform?«, fragte Kapplhofer alarmiert. »Oder gar eine Waffe?«

Erst ein einziges Mal in seiner mittlerweile fast zwanzigjährigen Dienstzeit hatte der Inspektor mit seiner Pistole auf einen Menschen gezielt – und das auch nur auf Befehl der Obrigkeit. Und mindestens zwei Meter daneben. Den Finger am Abzug hatte er – abgesehen von den behördlich vorgeschriebenen Trainingseinheiten – hingegen noch nie gekrümmt. Einen Menschen zu verletzen oder gar zu töten stellte er sich schlichtweg traumatisierend vor. Freiwillig würde er niemals schießen, weder beim Schützenfest noch auf Moorhühner. Und das wollte er auch weiterhin so halten.

»Derschießen brauchst ihn eh nimmer, weil der is schon tot«, meinte der Bürgermeister. »Der liegt im Bach, warum, wissen mir auch nicht. Wir haben ihn selbst noch nicht g'sehen. Und jetzt tummel dich, die Arbeit ruft.« Dabei brachte er sich in Positur, als wäre er ein steinernes Mahnmal für Pflicht und Ordnung, schlug mit der Faust auf den Tisch, dass der Bratensaft über den Tellerrand spritzte, und fast schien es, als wollte er den Revierinspektor an seinem alten, ausgewaschenen Kapuzenpulli über den Tisch schleifen. »Aber vorher ziehst dir noch schnell dein Dienstgwandl an, kommst ja sonst daher wie dem Unterkofler seine Vogelscheuch.«

Der Kukuruzacker des alten Bauern war wegen seiner seltsamen Strohpuppe zu einem beliebten Ausflugsziel der Einheimischen geworden. Der selbst gebaute Amselschreck sah aber auch wirklich äußerst ungewöhnlich aus. An die drei Meter hoch, thronte das Ungetüm auf einem Rundballen Heu, balancierte einen ausgedienten Melkapparat auf dem Kopf und war behängt mit Kleidungsstücken, die augenscheinlich aus dem ehemaligen Einzugsgebiet des Warschauer Pakts stammten.

Kapplhofer seufzte. Seine optischen Fehltritte hatten ihm vor einigen Jahren beinahe ein Disziplinarverfahren wegen mangelnder Sorgfaltspflicht gegenüber seiner Uniformjacke eingebracht. Er habe sich in Ausübung seiner Pflichten zu wenig zugeknöpft gezeigt, hatte der Vorwurf gelautet. Als ob er die Gesetze mit korrekt gebundenem Schlips und ordnungsgemäß geschlossenen Knöpfen besser hüten könnte. Aber was verstanden diese innerstädtischen Schreibtischtäter schon vom Leben auf dem Land. Seitdem war er allerdings sensibilisiert, was seine öffentlichen Auftritte betraf. Von denen ihm ein weiterer offenbar bevorstand.

»Is ja gut, ich komm schon.« Missmutig zwängte er sich zwischen Herrgottswinkel, Tischbein und Bürgermeister hindurch und schlurfte mit der ihm eigenen Langsamkeit aus der Küche, um sich standesgemäß zu adjustieren. Der Inspektor verfügte ja generell nur über einen äußerst sporadischen Bewegungsdrang. Und der erschöpfte sich ausreichend zwischen Kühlschrank, Esstisch und Hobbykeller, wo er mit großer Leidenschaft und noch größerem Fingerspitzengefühl an seinen Buddelschiffen herumbastelte. Wie gern hätte er heute noch die filigrane Ankerwinde fertig gefräst und auf dem Vordeck der HMS Bounty angebracht, um den legendären Dreimaster endlich in sicherem Glas versenken zu können. Aber nein. Stattdessen hatte sich irgend so ein Pleampel in die ewigen Jagdgründe befördert. Oder gar befördern lassen. Und das ausgerechnet in seinem friedvollen Revier, wo außer Sabotageakten an landwirtschaftlichen Fahrzeugen, Handgreiflichkeiten auf dem Feuerwehrfest oder spontaner Eigentumsübertragung von Kukuruzkolben kaum kriminelle Aktivitäten zu verzeichnen waren. Nicht einmal die hundertsiebenundzwanzig Flüchtlinge, die bis vor Kurzem im leer stehenden Plutzenberger Krankenhaus untergebracht gewesen waren, hatten Anlass zu ernsthaften Amtshandlungen gegeben. Gerade mal ein Dutzend verbale fremdenfeindliche Angriffe von ein paar ewig gestrigen Einheimischen hatte er ahnden müssen. Doch mit den Neuwahlen hatte der Staat einen ideologischen Umkehrschwung Richtung Vergangenheit eingelegt, die unwillkommenen Ausländer zurück ins Ausland verfrachtet, die Sozialhilfeempfänger mit einem Hungertuch abgespeist und die Meinungsfreiheit der Medien ärger beschnitten als Feyertag nun seine heiß geliebte Essenspause. Kurz gesagt, es herrschten Umstände, die man sich täglich aufs Neue schöntrinken musste. Aber das war zumindest in dieser Situation nicht von Bedeutung.

Mit leerem Magen und vollem Kopf zog Kapplhofer sich seine Dienstuniform an, setzte die dazugehörige Mütze auf und nahm die offizielle Amtshandlungshaltung ein. Ihm schwante Übles. Da weder der Umweltschutzreferent noch der Bürgermeister in die ortsübliche Schreckstarre verfallen waren, die Plutzenberger und Gfrettgstättener beim Erstkontakt mit einer Leiche normalerweise befiel und die sich nur am Wirtshaustisch mit Schilcher und Speckbrot erfolgreich aussitzen ließ, handelte es sich beim Toten mit allergrößter Wahrscheinlichkeit um jemanden, dem ohnedies kein Hahn nachkrähen würde. Jemanden, dessen radikales Ableben weniger ins dörfliche Gewicht fallen würde als ein Fliegenfurz beim Aufmarsch der Blasmusik. Jemanden, der den endgültigen Biss ins Damischtaler Gras vielleicht sogar ein klein wenig verdient hatte; zumindest glaubte der Inspektor, in der Mimik Feyertags einen leichten Anflug von Schadenfreude zu erkennen. Doch wem außer einem tiefroten Sozi würde der tiefschwarze Bürgermeister schon einen unfreiwilligen Tod wünschen? Der seit zehn Jahren amtierende Platzhirsch von Gfrettgstätten und Plutzenberg war ein erfolgreicher Stimmenfänger und Kampfredner, aber bestimmt kein verhinderter Totschläger, dessen war Kapplhofer sich sicher. Nicht einmal Ehrenhöfler, der Umweltschutzreferent, sah sonderlich betroffen aus, dabei brach der grüne Ökofreak bereits beim Anblick einer platt gefahrenen Kröte in Tränen aus.

Nun ja, alles ziemlich mysteriös, befand Kapplhofer, legte jedoch keinerlei Eile an den Tag, dem Rätsel so rasch wie möglich nachzugehen. Die Leiche war eh schon tot, da hätte man mit den ersten Ermittlungsschritten ruhig bis nach dem Essen warten können. Doch seine beiden Amtswegsgefährten schubsten ihn mitleidlos nach draußen, wo die Sonne immer noch hoch am Himmel stand und der Mostburger Bartl an seinem Traktor lehnte.

Schlimmer ging demnach immer. Der kauzige Fleischer war ja nicht nur ein genialer Wurstveredeler und begnadeter Schinkenalchimist, er besaß auch das unnachahmliche Talent, auf die eine oder andere Weise bislang in jeden einzelnen Damischtaler Mordfall verwickelt gewesen zu sein. Und wenn dieses perfekte Opfer behördlicher Irrungen und Wirrungen mit von der Partie war, war vermutlich nicht mit einem banalen Verkehrsunfall zu rechnen, den man rasch zu den Akten legen konnte. Insofern tat dem Inspektor der Fleischer bereits a priori leid. Bestimmt würde man den grantigen Menschenfeind gleich wieder unschuldig in Untersuchungshaft stecken, sofern sich an der Leiche auch nur mikroskopisch kleine Hinweise auf Fremdeinwirkung zeigten. Von wegen schweinische Veranlagung, der Mostburger Bartl hatte echt das Zeug zum jungfräulichen Sündenbock.

»Bartl, bring uns zur Leich«, befahl Ehrenhöfler nun, und während der Fleischer wunschgemäß den Traktor anließ, musste Kapplhofer sich auf die schmale Rückbank des bürgermeisterlichen Boliden zwängen. Da fuhren sämtliche Provinzpiloten, die etwas auf sich hielten, einen tonnenschweren, sichtbehindernden SUV mit Allradantrieb und fünf Türen, nur der Alois Feyertag hatte sich als motorisiertes Viagra ein knallrotes Oldtimer-Coupé zugelegt, ein winziges Gefährt, das nicht einmal dem Zusammenstoß mit einer Milchkuh standhalten würde.

***

Die Fahrt zu den einst lauschigen Damisch-Auen verlief langsam und wortlos. Bartl tuckerte mit seinem rostigen Steyr voran, der Bürgermeister röhrte mit seinem feurigen Schlampenschlepper hinterher. Vorüber ging es am blumengeschmückten Dorfplatz mit seiner imposanten Pestsäule, an einladenden Gastgärten und unverhohlen gaffenden Dörflern, vorbei an pittoresken Klapotetzen, steilen Weingärten und einer blühenden Botanik. Aber wen kümmerte schon das Rundblättrige Knabenkraut, wenn eine echte Leiche in der Landschaft lag. So etwas bekam man hier doch um vieles seltener zu sehen. Hinter dem Marterl, wo der kleine Pfad zur Klachlkapelle auf dem Sterzkogel abbog, fand die unberührte Naturlandschaft allerdings ein abruptes Ende. An ihrer statt breitete sich eine Baugrube aus, Baumstümpfe und Bagger prägten das unansehnliche Bild. Dem wenig willkommenen Flusskraftwerk wurden unübersehbar Opfer gebracht. Und nun schien die

Verstümmelung der Landschaft nicht nur ein Artensterben von Wasseramseln, Würfelnattern oder Steinkrebsen mit sich zu bringen, sondern hatte auch gleich noch einen zweibeinigen Kollateralschaden verursacht. Ob vorsätzlich oder versehentlich, würde sich bald zeigen.

Wobei Kapplhofer im Grunde wenig Mitleid mit Wasserleichen verspürte. Oder Verkehrstoten. Oder verunfallten Bergsteigern. Für den Inspektor war jegliche Aktivität, die nicht im Sitzen ausgeführt werden konnte, potenziell lebensbedrohlich. Daheim am Esstisch war noch nie jemand verunglückt, sah man von Schnittverletzungen durch das Buttermesser oder Erstickungsanfällen durch einen Sulmtaler Hendlhaxen einmal ab. Aber daran starb man nicht. Und ein Polizeieinsatz war auch nicht notwendig.

Aber nein, die Leut wollten ja unbedingt ihren ungesunden Bewegungsdrang ausleben – und dabei ereilte sie dann der Tod. Durch fremde Gewalt oder eigene Dummheit. An Selbstmord dachte Kapplhofer keine Sekunde, zumindest nicht in diesem Fall, denn deprimierte Damischtaler mieden das Wasser und griffen stattdessen zum Wein. Also war die Leiche entweder im Suff verunfallt oder – die weitaus schlimmere Vorstellung – ermordet und versenkt worden. Aufgrund zweier Verdachtsmomente befürchtete der Inspektor allerdings einen unfreiwilligen Tauchgang in der Damisch. Denn erstens hatte der Fleischer offensichtlich etwas damit zu tun, und zweitens wäre der Umweltschutzreferent bestimmt nicht wegen eines alkoholisierten Nachtschwärmers angetrabt. Das Ertrinken in dem ohnedies schon arg verdreckten Fluss verstieß seines Wissens ja weder gegen die Gewässerordnung noch gegen etwaige Umweltschutzauflagen. Doch angesichts all der mörderischen Gefühle, die die Einheimischen dem Kraftwerksprojekt entgegenbrachten, konnte durchaus ein echtes Kapitalverbrechen im Busch beziehungsweise Bach sein.

Wehe mir, wenn das der Fall ist, dachte der Inspektor besorgt und versank prophylaktisch in Selbstmitleid.

Kaum waren sie am Fundort des Toten angelangt, würgte der Bartl seinen Traktormotor ab, grunzte: »Dort isses«, und wies mit der Hand vage Richtung Fluss.

»Das is uns ein bissl zu ungenau«, erwiderte der Bürgermeister. »Ich kann weder hellsehen noch übers Wasser gehen, und der Hubert«, dabei würdigte er den Umweltschutzreferenten mit keinem Blick, »hat seinen Feldstecher nicht dabei. Gibt ja auch keine Vögeleien zu bestaunen.« Diese boshafte Anspielung auf das Intimleben des Ehrenhöfler hatte Feyertag sich nicht verkneifen können.

»So eine Zeiss-Optik ist für die Leichenbeschau auch gar nicht geeignet. Die is nur für bessere Fernsicht«, konterte der Umweltschützer ungerührt und starrte dabei konzentriert auf die verunstaltete Grasnarbe vor seinen Füßen. Seit er vor Jahren – unter dem Vorwand morgendlichen Birdwatchings – bei einem intimen Zusammenstoß vom Hochsitz gestürzt war, empfand er jeglichen Hinweis darauf als rhetorischen Schlag unter die Gürtellinie. »Außerdem geht mich die Sache eigentlich gar nix an, du bist ja der Alleinherrscher über Leben und Tod.«

»Und das muss ich auch, ihr Grünen habts doch bis heut nix bewegt außer eurer Pappalatur.«

»Bitte hörts auf«, mischte sich nun der Inspektor ein. »Das hier ist keine Wahlkampfveranstaltung, sondern eine Tatortbegehung.«

Manchmal und besonders dann, wenn er sich nicht mehr anders zu helfen wusste, schlug Kapplhofers höhere Bildung durch. Immerhin hatte er ein paar Semester in Graz studiert und seinen Wortschatz beträchtlich erweitert, während sein Bauchumfang im selben Ausmaß geschrumpft war. Mutters kalorische Liebesbeweise waren ihm halt spürbar abgegangen. Außerdem hatte er ständig steile Treppen bezwingen müssen, denn alle Hörsäle im Hauptgebäude der Grazer Karl-Franzens-Uni waren nur fußläufig zu erreichen gewesen. Selbst als überzeugter Nichtraucher hatte er nach fast jedem Aufstieg beinahe ein Sauerstoffzelt benötigt. Also hatte er den Schwerpunkt seines Lebens wieder an den heimischen Esstisch verlegt. Und gehofft, bis zu seinem Pensionsantritt geruhsam und mehrfach täglich gesättigt auf seinem Beamtenstuhl kleben bleiben zu können.

Nun allerdings stand er hier. An der Damisch. Mit leerem Magen. Und musste seines Amtes walten, ob es ihm gefiel oder nicht.

»Bartl, steig ab und komm mit«, wandte er sich an den Fleischer, der aussah, als hätte er in eine Art Energiesparmodus geschaltet. Er rührte sich nicht, er sagte nichts, er hielt nicht einmal eine seiner stinkenden, selbst gedrehten Zigaretten zwischen den schmutzigen Fingern.

»Ja, des wär echt an der Zeit«, befand auch der Bürgermeister. »Ich will hier keine Wurzeln schlagen, ich muss noch zur Generalversammlung der Bezirksjägerschaft.«

»Und ich zur Podiumsdiskussion auf die Photovoltaik-Tagung.«

»Meine Butsch warten auch schon«, schloss der Fleischer sich der allgemeinen Aufbruchsstimmung an.

»Ja, seids ihr denn alle deppert worden.« Kapplhofer traute seinen Ohren nicht. Da schleppten ihn diese notorischen Nervensägen vom gedeckten Tisch weg zu einer Wasserleich, und dann standen sie alle untätig herum, als wäre die Angelegenheit damit geklärt. Offenbar wollte sich niemand nasse Füße holen oder der Sache gar auf den schlammigen Grund gehen.

Der Inspektor war frustriert. Während Feyertag und Ehrenhöfler die Hände immer tiefer in ihren Hosentaschen vergruben und dabei synchron, wenngleich voneinander abgewandt, ins Narrenkastl schauten, erinnerte der Fleischer zunehmend an eine Skulptur aus gefärbtem Schweinefett. Reglos, leichenblass und offensichtlich von akuten Lähmungserscheinungen befallen. Er schien förmlich mit seinem Traktorsitz verwachsen zu sein. Was eher ungewöhnlich war. Dass der Bartl seinen Denkapparat nur zu besonderen Anlässen in Betrieb nahm, war hinlänglich bekannt. Um Dampf in seine arthritischen Hirnwindungen zu bringen, bedurfte es oft Stunden, aber das

Sitzfleisch hievte er normalerweise recht schnell in die Höhe. Wenn ihm eins seiner Mangalitza-Schweine ausbüxte, bevor er ihm den Rüssel lang ziehen konnte, oder eine diebische Katze vor dem Selchkammerl patrouillierte – dann konnte er ebenso gut sprinten wie eine gesengte Sau.

Aber Kapplhofer hatte weder Zeit noch Lust auf tiefenpsychologische Erklärungsversuche, er wollte seine Nase nicht in fremde Seelen stecken, sondern in den mütterlichen Bratentopf. Also beschloss er, sein friedfertiges Naturell ausnahmsweise hintanzustellen und Bartls temporäres Energiedefizit mit einem gezielten Schlag zu beheben.

Er stieg auf den Traktor und hieb dem Fleischer derart stark zwischen die Schultern, dass der beinahe das Gleichgewicht verlor und vornüberkippte. Dazu brüllte er: »Aufwachen, die Sau is los!«

Und tatsächlich, der Bartl schreckte hoch und blickte sich um.

Nun ergriff auch der Bürgermeister die Gelegenheit am Schopf beziehungsweise den Fleischer am Ärmel seiner Arbeitsmontur und zog mit aller Kraft daran. »Pack mas endlich, bevor die Sonn untergeht.«

Langsam, unendlich langsam, stieg der Bartl von seinem alten Steyr, schlurfte im Zeitlupentempo ans Ufer, blieb dort erneut stehen und senkte bedeutungsschwanger den Kopf.

Woraufhin auch Kapplhofer, Ehrenhöfler und Feyertag aufmerksam zu Boden blickten, aber abgesehen von Baumschnitt und Bauschutt absolut nichts entdeckten, das einer Leiche glich.

»Wo jetzt?«, fragte der Inspektor.

»Ich seh nix«, bemerkte der Umweltschützer.

»Willst uns verarschen, oder was?«, schnaubte der Bürgermeister, der versehentlich einen Schritt zu weit gegangen war. Nun hatte er nasse Füße und musste sich beherrschen, nicht handgreiflich zu werden.

Da Feyertag als langjähriger Revierjäger durchaus über eine gewisse Zielsicherheit verfügte und der Fleischer berufsbedingt eine nachhaltige Schlagkraft besaß, ging Kapplhofer rasch dazwischen. Eine Prügelei würde seine Aufenthaltsdauer an diesem unliebsamen Ort nur zusätzlich in die Länge ziehen. Also legte er dem Bartl nahezu zärtlich seinen uniformierten Arm um die Schulter und versuchte sich in behördlichem Krisenmanagement. »Bartl, da du den Toten ja g'funden hast, musst uns jetzt auch hinbringen, sonst machst dich strafbar, verstehst?«

Und der Fleischer verstand. Wortlos setzte er sich in Bewegung, stapfte mit grimmigem Gesichtsausdruck ins Wasser und kämpfte sich erneut zwischen den gefällten Bäumen und entwurzelten Sträuchern hindurch, die aussahen, als hätte sie eine kollektive Ohnmacht erfasst. Überall ragten abgebrochene Äste und Wurzeln in die Luft und verliehen dem Ganzen ein gespenstisches Aussehen. Als hätte ein Orkan durch das Damischtal gefegt, dachte der Inspektor, der hinter Bartl missmutig durch den schlammigen Fluss watete und dabei Gott, die Welt und vor allem seinen Beruf verfluchte.

Hätte er sich seinerzeit nur für die Laufbahn des Postboten entschieden. Aber nein, aus Angst vor dieser doch recht schweißtreibenden Tätigkeit hatte er lieber den Job als Dorfpolizist am idyllischsten Arsch der Welt ergriffen, um dort auf seinem ergonomisch geformten Bürostuhl unaufgeregt und gemächlich seinem Pensionsantritt entgegenzuschlafen und schlimmstenfalls sein Sitzfleisch zu trainieren. Doch stattdessen musste er jetzt mit knurrendem Magen, durchnässten Hosen und unter schmerzhaften Verrenkungen seines Körpers einen Hindernislauf durch ein verschlammtes Bachbett absolvieren.

Während der Bürgermeister und der Umweltschutzreferent am Ufer zurückgeblieben waren. Der eine aus Rücksicht auf sein handgenähtes Schuhwerk, der andere, um keine wertvollen Spuren zu zerstören, sollte sich die Wasserleiche doch als Opfer einer Gewalttat entpuppen. Dafür hätte es allerdings einen Brontosaurier als Täter gebraucht. Nur der hätte Spuren hinterlassen können, die neben den Fahrrinnen der tonnenschweren Baufahrzeuge noch erkennbar gewesen wären.

Da sah man wieder, welche Auswirkungen politisch eingefärbtes Gedankengut im Alltag hatte. Der tiefschwarze Bürgermeister legte mehr Wert auf gebügelte Schnürsenkel, frisierte Statistiken und aufpolierte Festzeltreden denn auf Bodenständigkeit, Pflichtbewusstsein und Nächstenliebe, der grasgrüne Umweltschützer hingegen besaß zwar durchaus soziale Seiten und wenig empfindsame Latschen, hatte vom echten Leben aber gerade mal so viel Ahnung wie Kapplhofer von der Quantenphysik. Nur mit Bestäubungstechniken von Nachtschattengewächsen, mit Balzritualen der eurasischen Waldschnepfe und mit intellektuellen Kampftechniken gegen Wasserkraftwerksbetreiber kannte er sich wirklich aus. Wenigstens war es Sommer, und der grobe Stoff seiner Uniform schützte den Inspektor vor den massiven Angriffen der Stechmücken, die ihn aufdringlich umschwirrten. Zudem schien Bartl am Ziel angelangt.

»Da, schau.« Mit abgewandtem Kopf zeigte der Fleischer auf eine morsche Palette, die von matschigem Grünzeug überwuchert war. Und an die sich eine eindeutig menschliche Hand klammerte. Ein Stillleben mit Tod, wie es schrecklicher nicht sein konnte.

Bei näherem Hinsehen entdeckte der Inspektor auch einen verdreckten weißen Schutzhelm, der schief auf dem Kopf des Toten saß. »Irgendwie kommt mir der bekannt vor«, meinte Kapplhofer und starrte weiterhin auf den Helm, als würde dieser eine Inschrift tragen.

»Das ist der Ploderer Pepi, der Polier«, erwiderte der Fleischer und betrachtete ein einsames Blatt, das im trüben Wasser schaukelte.

Danach legten beide eine einvernehmliche Schweigeminute ein. Der Revierinspektor litt unter einem Anfall geistiger Windstille, der Fleischer hegte Fluchtpläne.

»Ich glaub, ich ruf erst mal den Doktor an.« Kapplhofer hatte endlich einen machbaren Gedanken zu fassen bekommen und griff entschlossen nach seinem Diensthandy.

»Bei dem werden Wiederbelebungsversuche aber nichts

mehr bringen«, brummte Bartl Mostburger und trat vorausschauend den Rückzug an.

»Du bleibst da.«

»Willst mi verhaften, oder was?«

»Natürlich nicht.«

»Also bin ich immer noch frei?«

»Eh klar.«

»Dann kann ich ja gehen, wohin ich will. Der Pepi schwimmt dir eh nimmer davon.«

Und bevor Kapplhofer eine passende Entgegnung eingefallen war, war der Bartl im dichten Röhricht verschwunden. Er konnte ihm nur noch: »Trottel, depperter!«, nachrufen.

***

Genau in diesem Moment nahm Dr. Seidenbart den eingehenden Anruf entgegen. Und brach ihn unverzüglich wieder ab. »Die Menschheit wird immer unverschämter«, erklärte er seiner Frau, die ihm gerade einen Nachschlag vom getrüffelten Beef Tatar auf den goldgeränderten Teller hatte legen wollen, als Beethovens »Eroica« das sanfte Geklapper des Tafelsilbers unterbrach. »Da ruft doch glatt einer an, nur um mich zu beschimpfen.« Erzürnt schüttelte der Arzt den Kopf.

»Heb einfach nicht mehr ab, Liebling«, flötete sein dekoratives Eheweib und näherte sich erneut mit der Vorlegeplatte.

***

Dem Revierinspektor blieb also nur die Hoffnung auf Unterstützung durch die Feuerwehr. Die Leiche musste an Land gebracht werden, denn Seebestattungen in Arbeitsmontur waren in Österreich garantiert verboten.

Und die Spritzenmänner ließen ihn nicht im Stich. Schon bald tauchte das knallrote Löschfahrzeug, gefolgt von einem Rettungswagen, am Ufer der Damisch auf, und drei umfangreich ausgerüstete Feuerwehrleute, flankiert von zwei sportlichen Sanitätern mit einer Bahre, stürzten sich diensteifrig ins Wasser. Der Pfnaderer Fred, Kommandant der örtlichen Brandschutztruppe, hatte wirklich an alles gedacht.

Energisch räumten die Männer die Palette zur Seite, griffen vielhändig nach dem leblosen Polier, hievten ihn auf die mit einer weißen Plastikplane belegte Bahre und machten auf ein unhörbares Kommando hin im Gleichschritt kehrt, um den Toten sicher ins Trockene zu bringen.

»Da hast dir aber einen fetten Brocken geangelt«, bemerkte der Pfnaderer nach einem raschen Blick auf das kräftige Opfer der Fluten zum Inspektor. »Die Blondine damals, die mit ihre Genussstelzen, hat mir da weitaus besser gefallen.«

Die hat auch keinen Blaumann getragen, sondern einen Minirock, dachte der Inspektor, hielt aber seinen Mund. Stattdessen versuchte er sich an der Vorstufe eines dankbaren Lächelns, während er, den Schutzhelm in der linken Hand, gleichfalls zum Ufer zurückwatete.

Wo gleich die nächste böse Überraschung auf ihn wartete. Eine Schar schaulustiger Bauarbeiter stand mit offenen Mündern und weit aufgerissenen Augen am Gestade und kommentierte wild gestikulierend das Geschehen. Und etwas abseits, aber dafür unübersehbar in der ersten Reihe, hatte sich das Damischtaler Regionalfernsehen platziert.

Kapplhofer geriet in Panik. Hilfesuchend blickte er sich nach dem Bürgermeister oder zumindest nach dem Umweltschutzreferenten um, aber beide hatten sich erfolgreich aus dem Staub gemacht. An ihrer statt kamen ein paar sensationsgierige Einheimische langsam näher.

Kapplhofer musste dieser Invasion des Schreckens also alleine Rede und Antwort stehen. Böse blickte er den Grund allen Übels an, der auf der Transportliege nach wie vor mausetot vor sich hin tröpfelte. Und noch böser den sensationsgierigen Fernsehfuzzi, der dem Einsatzwagen in der Hoffnung auf einen blutrünstigen Bericht gefolgt war.

»Wohin sollen wir den überhaupt bringen?«, fragte derweil einer der beiden Rettungsmänner. Seit das Plutzenberger Krankenhaus wegen großzügiger Einsparungsmaßnahmen durch politische wie betriebswirtschaftliche Totengräber geschlossen und in eine mittlerweile gleichfalls lahmgelegte Flüchtlingsherberge umfunktioniert worden war, stellte jeder Todesfall, der sich außerhalb der eigenen vier Wände ereignete, ein logistisches Vabanquespiel dar. Verkehrsopfer waren dem Inspektor da noch am liebsten, die konnte er direkt beim Bestatter abgeben, in Einzelteilen oder als Gesamtpaket. Bei Arbeitsunfällen gestaltete sich die korrekte Entsorgung der Toten schon schwieriger. Rechtlich machte es einen gewaltigen Unterschied, ob irgendein Fassadenkletterer nüchtern, also im Vollbesitz seiner geistigen wie körperlichen Kräfte, leicht angetrunken oder im Vollrausch sechs Meter vom Gerüst fiel. Und dann musste auch noch geklärt werden, ob er auf der Stelle verstarb oder erst auf dem langen Weg ins Krankenhaus. Unfreiwillige Tauchopfer jedoch waren noch aufwendiger, denn ohne Autopsie konnte niemand sagen, ob Alkohol, sportliche Selbstüberschätzung oder mörderische Absichten Schuld an ihrem Ableben trugen.

Es war also durchaus nachvollziehbar, dass Kapplhofer den Polier am liebsten noch rasch auf die stark befahrene Bundesstraße und danach ins Archiv zu den Akten gelegt hätte. »Bringts ihn zum Seidenbart«, befahl er stattdessen, denn die Alternative wäre nur der weite Weg in die Landeshauptstadt Graz gewesen.

Da der Polier keine sichtbaren Verletzungen hatte, nirgendwo Blutspuren zu sehen waren, sondern nur ein paar dunkelgrüne Kleckse, die aussahen wie Kernölflecken, und der Ploderer zudem über die Muskelmasse eines ausgewachsenen Zuchtbullen verfügte, hielt Kapplhofer Tod durch Fremdeinwirkung für eher unwahrscheinlich. Nur ein echtes Rindvieh hätte sich freiwillig mit so einem durchtrainierten Testosteronpaket angelegt. Und der seltsame Schaum, der dem Toten in den Mundwinkeln klebte, sah auch nicht sonderlich besorgniserregend aus, eher wie verschmutzter Fischlaich oder ein aufgequollenes Schwammerl. Womit er gar nicht so falschlag, denn das Gebilde stellte tatsächlich einen Schaumpilz dar, ein

Zeichen für Tod durch Ertrinken. Aber das wusste Kapplhofer natürlich nicht.

Zu seinem großen Bedauern verfügte der Inspektor über keine ähnlich ausgeprägten Muckis, sah man von seinem Kaumuskel einmal ab, und war dem Angriff des Damischtaler Fernsehfuzzis daher rettungslos ausgeliefert. Nicht einmal im Umgang mit der Rhetorikkeule war er ausreichend geübt. Im Schlagabtausch zwischen ihm und dem Reporter unterlag er Runde um Runde.

»Herr Inspektor«, begann der Fuzzi, obwohl Kapplhofer einst sogar Postenkommandant gewesen war, bevor die Polizeidienststelle durch Personaleinsparungen zum Einmannbetrieb geschrumpft worden war, »der Krieg zwischen Umweltschützern und Kraftwerksbetreibern hat einen ersten Todesfall gefordert. Was sagen Sie zu den tödlich verhärteten Fronten?«

»Was für ein Krieg? Der ...« Kapplhofer war der Name des Opfers entfallen, und er legte eine kurze Nachdenkpause ein.

»Das sagen Sie, Herr Inspektor. Was aber soll die Bevölkerung tun, um in dem mörderischen Kugelhagel nicht zwischen die Fronten zu geraten? Wie kann man sich, seine Familie, sein Land schützen?«

»Der ...«, Kapplhofer suchte immer noch verzweifelt nach dem Namen, »der is nicht derschossen worden, sondern ...«

»Erst ging es mit den Bäumen Schlag auf Schlag, nun werden schon die ersten Menschenopfer gebracht. Welche Maßnahmen werden Sie als Damischtaler Hüter von Recht und Ordnung im Interesse der allgemeinen Sicherheit ergreifen? Und an welchem Punkt stehen die Ermittlungen? Ein derartiges Verbrechen darf nicht ungesühnt bleiben, denken Sie nur an die verängstigten Bewohner von Plutzenberg und Gfrettgstätten. Hören Sie auf Ihr Gewissen und handeln Sie.«

»Aber wer red denn von Mord? Das war ein ...« Doch bevor Kapplhofer die Worte »bedauernswerter Unfall« aussprechen konnte, hatte sich der Großmeister der boulevardesken Berichterstattung bereits abgewandt und schritt mit hoch erhobenem Haupt und ebensolchem Mikrofon ins Wasser.

»Hier, liebe Zuseher und Zuseherinnen von Plutzer TV, hier hat das Gemetzel also stattgefunden. An exakt dieser Stelle wurde ein grauenhaftes Verbrechen an einem unschuldigen Menschen begangen. So wird einem heutzutage die ehrliche Arbeit gelohnt. Mit Mord und Totschlag. Man mag zu dem aktuellen Kraftwerksprojekt stehen, wie man will, doch hier ist offenbar jemand am Werk, der für den Schutz von ein paar Büschen, Bäumen und Blümchen sogar über Leichen geht. Und jeder von Ihnen könnte die nächste sein.«

Den hatten die Energielieferanten oder Immobilienhaie wohl ordentlich geschmiert, befand Kapplhofer angewidert. Vor nicht einmal zwei Wochen hatte exakt derselbe Mensch noch gegen das grauenhafte Massaker an Mutter Natur gewettert und die Zerstörung der Damisch-Auen mit der Rodung des Regenwalds verglichen. Der Inspektor fragte sich insgeheim, wie man mit einem Rückgrat von der Härte gekochter Spaghetti überhaupt so aufrecht daherlaufen konnte.

»Der bräucht echt eine Charaktertransplantation«, murmelte er leise und suchte der aufgeladenen Stimmung ringsum zu entkommen. Was alles andere als einfach war. Die Bauarbeiter, die immer bedrohlichere Schatten warfen, konnte er kaum um eine Mitfahrgelegenheit in der Baggerschaufel oder auf dem Kranarm bitten. Zudem ging ihm deren vielstimmiges »Was passiert sein mit Pepi?« immer mehr auf den Geist. Er wusste es ja selbst nicht. Er wusste nur, dass er seit mehr als zwei Stunden planlos hier herumstand. »Abg'soffen is er halt«, erklärte er den Männern also zum wiederholten Mal. »Er hat im Wasser keine Luft mehr bekommen. Ertrunken.«

»Pepi nix trinken bei Arbeit.« Die Schatten rückten näher.

»Ja eh. Er hat nicht *ge*trunken, er ist *er*trunken.«

»Nix trinken bei Arbeit!«

»Jetzt schleichts euch doch endlich mit eurer depperten Fragerei!«

Leider verstanden die ausländischen Bauarbeiter eine derart bodenständig-komplexe Formulierung nicht und trampelten weiterhin auf der kargen Rasenscholle und Kapplhofers Nerven herum. Doch bevor die missverständliche Kommunikation in verständlichere Handgreiflichkeiten ausarten konnte, bog erneut der Rettungswagen um die Kurve, und Dr. Seidenbart sprang heraus.

»Untersteh dich, mir noch einmal einen Toten zu schicken«, fuhr der Arzt den Inspektor an. »Noch dazu an meine Privatadresse. Meine Frau hat beinahe einen Herzinfarkt bekommen, und die Nachbarn haben sich vor lauter Schauen den Hals verrenkt.« Aufgebracht zupfte der Arzt sich eine Fluse von seinem exklusiven Button-down-Hemd. Privat trug er offenbar Casual Chic. »Davon abgesehen gehört ein Mann, der unter ungeklärten Umständen ums Leben gekommen ist, in die Gerichtsmedizin, nicht auf meinen Schreibtisch. Merk dir das bis zu deinem hoffentlich baldistgen Pensionsantritt!«

Das Ausrufezeichen am Ende des Satzes war unüberhörbar. Selbst die gaffenden Baggerfahrer und Holzfäller verstummten. Einen Bullen, der öffentlich zur Sau gemacht wurde, bekamen sie sehr selten zu sehen. Seltener noch als einen verunglückten Arbeitskollegen.

Und während Kapplhofer sich bemühte, einigermaßen schuldbewusst aus der Wäsche zu gucken, war der unfreiwillige Leichenbeschauer bereits am Ende seines Monologs angelangt.

»Jedenfalls weist die Wasserleiche keine Zeichen von Fremdeinwirkung auf, dafür aber einen deutlichen Schaumpilz. Dazu an die zwei Promille im Blut und großflächige Kernölflecken und Schilcherspritzer auf der Kleidung.«

Beim Gedanken an den damit verbundenen Essiggeruch rümpfte der Arzt angeekelt die Nase. Es war ihm bis heute ein Rätsel, was die Menschen hier – und mittlerweile im ganzen Land – an dem säurelastigen Tropfen aus der Blauen Wildbachertraube fanden, der seit Jahren als Kultgetränk gehandelt wurde. Wo doch eigentlich nur französischer Barrique die Bezeichnung Wein verdiente. Beruhigenderweise gingen ihn die Trinkgewohnheiten von Wasserleichen nichts an. Und was dieses dunkle Öl aus gepressten Kürbiskernen betraf, ohne das die steirische Küche nicht existieren könnte und das als

Wundermittel gegen Prostataleiden gehandelt wurde – was natürlich jedem Schulmediziner sauer aufstieß –, so fand er dessen nussiges Aroma zwar recht geschmackvoll, verzichtete im Interesse seiner blütenreinen Oberbekleidung aber dennoch darauf.

»Meiner Ansicht nach ist der gute Mann einfach ertrunken. Vermutlich im Suff ins Wasser gefallen und dann exitus letalis. Einen Tauchgang mit Sturzhelm wird er ja kaum versucht haben«, schloss Dr. Seidenbart seine Expertise.

»Immerhin weder Mord noch Totschlag«, murmelte der Inspektor erleichtert, während er den Fall gedanklich bereits in dreifacher Ausfertigung zu den Akten legte. Warum Baupoliere spätnachts in betrunkenem Zustand und vollständig bekleidet ein Bad nehmen wollten, war ihm schlichtweg egal. Solange es keinen ursächlichen Zusammenhang mit dem Hass der Bevölkerung auf das Wasserkraftwerk gab, konnten die Leute ins Gras beißen – oder auch im Bach abtauchen –, wo und wie sie wollten. Nicht sein Zuständigkeitsbereich.

Mutters Schweinebraten fühlte er sich weitaus mehr verpflichtet. Der Schreibkram, den der bedauernswerte Unfall nach sich ziehen würde, konnte einen Tag länger warten. Seine Magenschleimhäute nicht.

»Stehts hier nicht rum«, wandte er sich an die Bauarbeiter, die immer noch beteuerten, der Pepi habe nichts getrunken. »Es gibt nichts mehr zu sehen, euer Chef ist tot.« Und er würde dessen Schicksal bald teilen, wenn er noch länger hier ausharren musste.

Rasch folgte Kapplhofer dem Arzt zum wartenden Rettungswagen und drängte sich mit erstaunlicher Gelenkigkeit neben den Mediziner.

Die Rückfahrt ins Dorf verlief bedeutend flotter als die Hinfahrt. Da der Sanitäter die Leiche nun endlich beim Bestatter abliefern durfte, trat er äußerst energisch aufs Gaspedal.

Wieder in Gfrettgstätten angekommen, sprangen Arzt und Polizist erleichtert aus dem Wagen.

»Pfiat di und danke für deinen Einsatz«, säuselte Kapplhofer zum Abschied. »Das war fürchterlich nett von dir.«

»Den Totenschein kannst dir morgen abholen«, lautete die eisige Antwort von Dr. Seidenbart.

»Wär ich nur zum Bundesheer gegangen«, seufzte der Zivildiener vom Rettungsdienst leise und stieg erneut aufs Gas, als hätte er Angst, dass die Leiche im Laderaum zu neuem Leben erwachen könnte.

Wasserkraft und Wirtschaftsmacht

Kaum hatte sich die Kunde vom toten Polier im Dorf herumgesprochen, fand sich halb Gfrettgstätten beim Kirchenwirt ein, um mit gemeinschaftlichen Kräften die Gerüchteküche zu befeuern. Da musste die heimische Küche eben einmal kalt bleiben. Stattdessen ging es an den klobigen Wirtshaustischen bereits am frühen Vormittag heiß her. Und das, obwohl der legendäre zwiebelschalenfarbige Schilcherwein in Strömen floss, um die erhitzten Gemüter zu kühlen.

»Wenn ich's dir doch sag, den Ploderer haben s' abg'murkst. Das kam sogar im Fernsehen«, insistierte der Unterkofler Poldl gerade und langte erneut zum Topf mit dem fetten Grammelschmalz, einem unverzichtbaren kalorischen Verbundstoff der Südweststeiermark.

»Ah, so a Schas. Ich war heut wegen meiner Krampfadern beim Arzt und hab ewig warten müssen, weil der Doktor von einem ersoffenen Idioten aufgehalten wurde«, konterte der Pimmelmoser Paul und griff nach seinem Verhackertbrot. »Hat er selber g'sagt, also, nicht die Leich, sondern der Doktor.«

»Geh, was schwafelts ihr da für einen Schwachsinn«, ereiferte sich nun auch der Feichtinger Paul. »Da is ja ständig der Rettungswagen hin und her g'fahren, der hat sicher noch eine Zeit lang g'lebt.«

»Genau. Und das wollen s' jetzt vertuschen. Weil die arme Sau bestimmt erst auf dem Weg ins Spital die Patschn g'streckt hat«, steuerte das Gemeindefaktotum bei, das für eine deftige Verschwörungstheorie jede Brettljausn stehen ließ.

Das ehemalige Plutzenberger Krankenhaus war ohnedies so ein Reizthema, bei dem selbst die ganz stillen Zecher rasch erboste Worte fanden. Seit profitgierige Politiker die einstige Anstalt im ehemals eigenständigen Nachbarort Plutzenberg mit ungesundem Hausverstand wegrationalisiert hatten, galten Krankheitsfälle, die weder durch Schnaps noch gutes Zureden oder die hausärztliche Chemiekeule zu kurieren waren, nahezu als Todesurteil. Oder zumindest als Invaliditätsgaranten. Immerhin mussten Patienten seit damals über hundert Kilometer ins Landeskrankenhaus Graz transportiert werden, um ihr Bein eingegipst, ihren Nachwuchs geboren oder ihre zirrhotische Leber behandelt zu bekommen. Die Anzahl an Hausgeburten, Hinkebeinen und gelbstichigen Gesichtern war dadurch rapide angestiegen, während die günstigen Pensionsprognosen gesunken waren. Damit nicht genug, hatte der Niedergang der Plutzenberger Klinik nicht nur krank machende Kollateralschäden mit sich gebracht, sondern auch katastrophale wirtschaftliche Konsequenzen für das Wohlergehen der Gemeinden gehabt. Im Grunde trug – zumindest nach Ansicht der Einheimischen – sowieso nur das eingesparte Plutzenberger Spital Schuld an allem. Denn während Gfrettgstätten dank eines exklusiven Wellnesshotels für Hund und Herrl einen ordentlichen finanziellen Speckgürtel anlegen hatte können, nagte das vor vier Jahren mit Gfrettgstätten zwangsfusionierte Nachbarkaff zunehmend am Hungertuch. Erst wurden die Patienten mitleidslos aus- und danach Asylwerber einquartiert. Sehr zum Missfallen der prosperierenden Fremdenverkehrsgemeinde Gfrettgstätten, der die vielen ausgehungerten Gestalten so gar nicht ins opulent blühende Landschaftsbild gepasst hatten. Mit einem Fünf-Sterne-Luxusresort für überfettete Hunde und zahlungskräftige Besitzer musste man sein Umfeld im Interesse dieser Nobelflaneure entsprechend attraktiv gestalten. Mit Blumengebinden und Parkbänken, hübsch angelegten Spazierwegen und einladenden Gastgärten, ganz im Sinne von Hochglanzprospekten und Heile-Welt-Propaganda.

Damit nicht genug, hatten eines Tages auch noch zwei Leichen in der gepflegten Botanik gelegen und den Gassigehern die Lust auf entspannte Hunderunden endgültig verdorben. Danach waren die wohlfühlorientierten Geldgeber Gfrettgstättens erst mal eine Weile samt Hund und gefülltem Portemonnaie zu Hause geblieben. Die Einheimischen mussten also ihre Gürtel wieder enger schnallen, was dank der triumphalen braunschwarz-blau-türkisen Mehrheit bei den letzten Wahlen auch angeraten war. Der wohltuend soziale Wind im Lande hatte begonnen, sich langsam zu drehen.

Auch die in Plutzenberg einquartierten Flüchtlinge bekamen die frostigen Zeiten am eigenen Leib zu spüren und wurden gesammelt abgeschoben – an ihrer Stelle importierte man schwer arbeitende Gastarbeiter –, während die Einheimischen vor ihrer erneut geschlossenen Einkommensquelle standen und sich verzweifelt die Haare rauften. Das Damischtal verfügte ja weder über weiße Pferde oder singende Chorknaben noch über eine nennenswerte Industrie, sah man von Kürbisplutzern, Schilcherwein und Käferbohnen einmal ab. Da ging man entweder vor die Hunde – oder man gründete ein Hundehotel. Das ließ die Gfrettgstättener Kassen klingeln, während die Plutzenberger mit Hundstrümmerln abgespeist wurden. Aber einige aus dem Nachbarkaff, allen voran der Bankdirektor mit seiner Seilschaft, hatten sich fürchterlich für die erlittenen Demütigungen gerächt, indem sie den Betreibern des Wasserkraftwerks die für den Bau notwendigen Gründe rund um die Damisch zugespielt hatten. Ungeachtet aller Proteste vonseiten der Gfrettgstättener. Einige Wochen später waren die ersten Bagger und Baumaschinen angerollt und hatten den Tourismusstrom endgültig zum Versiegen gebracht. Seitdem fochten Plutzenberger und Gfrettgstättener keine Nachbarschaftsstreitigkeiten mehr aus, sondern beinahe Bürgerkriege. Die Baustelle war zum Schlachtfeld der Ideologien geworden.

Kein Wunder also, dass ein Toter auf diesem Terrain Anlass zu wilden Spekulationen bot, deren Wahrheitsgehalt in etwa dem der allgemein üblichen Wahlkampfpropaganda entsprach.

Wobei nach der dritten Runde Schilcherwein primär promilleträchtiger Probabilismus, gepaart mit Kurzschlüssen der Sprachmotorik, regierte.

»Eh wurscht, vertuscht oder net, Hauptsach, ein Fetzenschädl weniger am Bau. Tusch, äh, proscht«, lallte der Birnstingl Franz und hielt sein Glas im Würgegriff.

»Sauf ma aufn hinigen Polier, das is g'scheit«, stimmte der Wirt mit ein und stellte unaufgefordert einen neuen Krug vom blauen Wildbacher und eine große gusseiserne Pfanne mit Kernöleierspeis auf den Tisch. Er liebte mysteriöse Todesfälle, weil die den Umsatz in gesunde Höhen trieben.

Derweil nahm die Diskussion, ob der Ploderer Pepi nun wirklich nur ertrunken oder zuvor auch ermordet worden war, damische Dimensionen an.

»Wenn s' im Fernsehen sagen, dass den Wappler abg'murkst haben, dann stimmt des ah«, wiederholte der Unterkofler zum gefühlt zehnten Mal und demonstrierte damit die landläufige Wirkung televisiver Gehirnwäsche.

»Aber der Weißkittl hat von einer b'soffenen Wasserleich g'red«, auch der Pimmelmoser war diesbezüglich äußerst meinungsstabil, »und der muss es ja wissen.«

»Nix weiß der, der hat ja nicht einmal mein Parkinson erkennt. Dabei hat der Reggn, also der alte Präsident von die Ami, auch so eine Zitterei.« Alleine beim Gedanken an den Gemeindequacksalber begannen Poldls Hände wild zu zucken, denn Dr. Seidenbart hatte sein unkoordiniertes Herumgefuchtel seinerzeit als Folge unmäßigen Alkoholgenusses abgetan. Als hätte so ein Flascherl Schilcher Auswirkungen auf ein g'standenes Damischtaler Mannsbild. Wasser war da schon gefährlicher, es konnte verseucht oder gar vergiftet sein, ließ die Knochen rosten, und manch einer war schon darin ertrunken. Womit sie wieder beim Thema waren.

»Jetzt halts doch einmal alle die Pappn«, ließ sich nun der Hias, das verschwörungstechnisch versierte Faktotum von Gfrettgstätten, vernehmen und schlug zaghaft mit zwei Fingerknöcheln gegen sein Weinglas.

Doch außer dem Birnstingl Franz, der gerade herzhaft in seine Blunzn biss und mit vollem Mund ohnedies keine lautstarken Kommentare abgeben konnte, kam niemand diesem Wunsch nach.

Was dem Hias wiederum egal war, denn er war gemeinderatssitzungserfahren. Um sich zumindest bei den Umsitzenden Gehör zu verschaffen, brüllte er los: »Ihr könnts euch doch noch an den Hendlbaron erinnern, oder?«

Zustimmendes Nicken rundum. Den Hummelbrunner konnte man weder vergessen noch ins gedankliche Nirwana trinken. Als dieser tierquälerische und hinterfotzige Hendlzüchter endlich tot bei der Hermi im Gemüsebeet gelegen hatte – hinterrücks erschlagen von einem gusseisernen Wetterhahn –, war das gesamte Damischtal in einen wochenlangen Freudentaumel verfallen. Niemand, der dem Herrn über zwanzigtausend Antibiotikahendl auch nur eine einzige Träne nachgeweint hatte. Niemand, der ein gutes Wort über ihn hätte sagen können. Der Wetterhahnmörder hingegen wurde wie ein Heiliger gepriesen. Und war niemals gefasst worden.

»Also damals, da haben wir ja auch alle ein Problem mit dem Hendlheini gehabt und hätten ihm am liebsten den Hals um'draht«, fuhr der Hias fort.

Erneut allgemeines Nicken. Zwar hatte niemand eine Ahnung, worauf er hinauswollte, aber man ließ ihn mal reden und gönnte sich derweil einen ordentlichen Schluck Schilcher.

»Irgendwer hat uns geholfen. Sich für uns die Händ dreckig g'macht, dem Hallodri eins über'zogen, aber keine Spuren hinterlassen. Und ich sag's euch, jetzt hat er wieder zug'schlagen. Und keiner hat's g'merkt.« Der ausgemergelte Gemeindediener war unglaublich stolz auf seine hochkomplexen Gedankengänge und blickte nun mit geschwellter Hühnerbrust in die Runde.

»Geh, dir haben s' ja ins Hirn g'schissen«, äußerte sich der Feuerwehrkommandant als Erster. »Der Polier is ersoffen, nicht erschlagen worden.« Dabei hieb er zum besseren Verständnis so fest auf den Tisch, dass dem Birnstingl vor Schreck die Käferbohnen vom Löffel fielen. Direkt auf die helle Hose von seinem Sitznachbarn, dem Pimmelmoser.

»Bist deppert, oder was?« Käferbohnen, eine steirische Spezialität, kamen – kulinarisch gesehen – fast nur in Verbindung mit Kürbiskernöl vor. Was gut für den Geschmack, aber ganz schlecht für die Bekleidung war, denn die grünschwarz schillernden Kernölflecken bekam man kaum wieder weg.

Wütend holte der Pimmelmoser zum Vergeltungsschlag

aus, riss dabei aber beinahe das Hirschgeweih, das hinter ihm prangte, von der Wand.

»A Ruh is«, donnerte nun der Wirt dazwischen und langte zur Verdeutlichung seiner ernsten Absichten nach dem noch halb vollen Weinglas des Raufbolds. Spontaner Schilcherentzug brachte die einheimischen Hitzköpfe fast immer zur Raison. So auch diesmal.

»Und wenns mi fragts, die Idee mit dem Damischtaler Rächer is gar net so blöd.« Der Kirchenwirt, der aus Kostengründen – er schenkte ja nicht nur aus, er musste auch gewinnbringend einkassieren – als Einziger noch nüchtern war, hatte die Hias'sche Hypothese so einfach zusammengefasst, dass sie nun auch in den faltenfreien Großhirnrinden der Stammtischsäufer ausreichend Halt fand.

»Da Damischtaler Rächer«, wiederholten sie einstimmig und nahezu andächtig. Das klang ja wirklich vielversprechend, das musste ausgiebig und in allen Aspekten wiedergekäut und weitergedacht werden.

Immerhin gab es kaum jemanden in Gfrettgstätten, der dem Baugesindel nicht Tod, Teufel und Genickbruch an den Hals gewünscht hätte. Weniger aus ökologischen Überlegungen heraus denn aus Gründen sanfter Tourismusbestrebungen. Idyllische Ausblicke, bequeme Spazierwege, lauschige Buschenschanken und eine unverbaute, intakte Natur stellten ja die, ohnedies bescheidene, Grundlage des Fremdenverkehrs dar. Verkehrten hier aber nur noch Baufahrzeuge, dann würden auch noch die letzten Zimmervermieter und Buschenschankbetreiber die Gästehandtücher werfen. Schon das Inkrafttreten der Registrierkassenpflicht vor drei Jahren hatte die Branche erheblich schrumpfen lassen.

Jedenfalls fand die Vorstellung eines mörderisch hilfsbereiten Rettungsengels wirtshaustischdeckend Gefallen. Zwar müsste der militante Landschaftsschützer genau genommen *Gfrettgstättener* Rächer heißen, da primär ihre Gemeinde unter der Baustelle litt, aber das auszusprechen, hatte sich niemand getraut. Dabei hätte man sich gewiss schmerzhaft ins Zungenbein gebissen oder gar seine dritten Zähne ausgespuckt.

Stattdessen stimmte der leutselige Birnstingl Franz jetzt ein lustiges Lied an, und alle fielen laut, falsch und mit ortsüblicher Begeisterung ein.

»Sehts, Leitln, so geht hoit der steirische Brauch, hollodero, a Hackl ins Kreiz und a Messer in Bauch, hollodero.«

Dass der bemitleidenswerte Baupolier recht unspektakulär ertrunken war, spielte bei einem ordentlichen Rausch nicht mehr die geringste Rolle.

***

Zur gleichen Zeit fand in der Landeshauptstadt Graz ein ähnlich lustiges Treffen mit musikalischer Note statt. Nur trällerte man hier ausschließlich »Das Lied von Tod«. In der aktuellen Fassung der Damischtaler Öko-Strom AG, wobei die Paradise Garden Wohntraum Immobilien GmbH den Grundton vorgab. Eine kleine Stimme war zudem dem Fremdenverkehrsobmann vom Damischtal, Balthasar Schragl, sowie dem Bankdirektor Willibald Pfnatschbacher vorbehalten. Wo Flüsse trockengelegt wurden, flossen bekanntlich ja meist viele Gelder. Und natürlich Mengen an Wein, wenngleich kein profaner Schilcher, sondern ein elitärer Château Lafite Rothschild von 2008. Große Dinge bedurften eben großer Tropfen. Zudem verbreitete der exklusive Rotwein ein angenehmes Gefühl saturierter Wohlstandsgemütlichkeit in dem abgedunkelten und schallgedämpften Raum.

Die vier Wasserkraftprofiteure prosteten sich mit strahlenden Gesichtern zu, während sie auf den Untergang der Damischtaler Auen anstießen. Im Geiste labten sie sich bereits an den Früchten ihrer ebenso ertragreichen wie unlauteren Machenschaften.

Dabei hatte Balthasar Schragl, ohne dessen erfolgreiche Baugrundspekulationen das Projekt »Energieerlebnis 2.0« nie hätte realisiert werden können, anfänglich noch Anstand und Skrupel bewiesen. Zumindest in homöopathischen Dosen.

»Ganz sauber is die Gschicht aber nicht«, hatte er bei ihrem ersten Treffen gemeint und nachdenklich den Kopf gewiegt. »Die Gründe dort gelten ja eigentlich als Schutzgebiet, aber das wissts eh, ›Natura 2000‹ und so.«

»Sauber oder nicht sauber, ein Kraftwerk unterliegt keinem Reinheitsgebot. Wir wollen ja kein Bier brauen«, hatte Sebastian Schnurz, der Geschäftsführer der Damischtaler Öko-Strom AG dagegengehalten.

»Aber eine intakte Naturlandschaft einfach abholzen und durch eine Staumauer ersetzen? Mhm …«, sinnierte Schragl weiter.

Schnurz begann sich bereits zu fragen, ob bei dem Typen nicht Hopfen und Malz verloren waren. Es schien, als würde der Fremdenverkehrsobmann auf einmal nur noch in Schrittgeschwindigkeit denken. »Der Fluss wird selbstverständlich renaturiert«, konterte er und kramte in der Innentasche seines Sakkos herum. Er musste die Gedankenabläufe des Tourismusheinis beschleunigen. »Hier sind alle relevanten Fakten, die ich auftreiben konnte.« Mit diesen Worten überreichte er Schragl ein gut gefülltes Kuvert. »Am besten, du wirfst gleich einen Blick hinein, damit du dir ein besseres Bild von unserem Projekt machen kannst.«

Schragl öffnete das Kuvert, besah sich hingebungsvoll den Inhalt, verfiel in andächtiges Schweigen, runzelte ausdrucksstark die Stirn und meinte schließlich: »Andererseits würde energetische Autonomie für das Damischtal eine Investition in eine sichere Zukunft für nachfolgende Generationen bedeuten. Ein Ziel, das uns menschlich und moralisch dazu verpflichtet, Opfer zu bringen und nicht kurzfristig zu klagen, sondern langfristig zu planen. Im Interesse der Lebensqualität unserer Kinder und Kindeskinder.«

Schnurz war beeindruckt gewesen. Wie der Mann auf einmal hatte reden können. Wie geschmiert. Nur über die zehntausend Euro im Kuvert hatte Schragl auch später nie ein Wort verloren.

Nach diesem wundersamen Gesinnungswandel des Balthasar Schragl musste allerdings noch viel Wasser die Damisch hinunterfließen, bis sie endlich alle Genehmigungen erhalten hatten und alle Auflagen erfüllt waren. Aber jetzt stand dem »Energieerlebnis 2.0« nichts mehr im Wege außer siebentausend Bäume und ein Kaff voller Landschaftsschützer, deren durchschnittlicher IQ, fand zumindest Protzmann, Inhaber der paradiesischen Immobilien, im Bereich von dem eines Schafwollpullovers lag. Nun ja, einen Ersatzmann für den verunglückten Polier würde man auch noch auftreiben müssen, aber der fand sich bei entsprechender Überzahlung bestimmt schnell.

Von derartigen Kleinigkeiten ließ Peter Protzmann sich jedenfalls nicht aufhalten. Zeit war Geld, und Geld konnte er immer brauchen. Er musste dringend Leben in diesen wachkomatösen Haufen bringen. Beim nächsten Strategietreffen würde er jedenfalls besser Red Bull bereitstellen als Château Lafite.

»Mein lieber Sebastian«, wandte er sich nun an den Energieunternehmer, der gar nicht aussah, als würde er unter Strom stehen. »Die Zeit verrinnt, der Bach rinnt auch noch immer, wie ist also der Stand der Dinge?«

Und weil in der Immobilienbranche nach wie vor paradiesische Zustände herrschten, von denen auch andere profitieren wollten, kam Sebastian Schnurz durchaus recht energiegeladen zur Sache.

Er griff nach seiner schmucken Aktentasche, entnahm ihr einen Stapel sorgfältig gefalteter Blätter, setzte sich eine goldrandige Brille auf die Nase und begann mit seinen Ausführungen.

Die wasserrechtlichen Bewilligungen gemäß Paragraf 98 Absatz 1 hätten zwar eine schöne Stange Geld gekostet, aber mittlerweile seien alle ausständigen Unterlagen für korrekt befunden und unterzeichnet worden. Aus behördlicher Sicht sei nichts mehr zu befürchten.

Peter Protzmann und Balthasar Schragl applaudierten leise, der Bankdirektor übte sich in nobler Zurückhaltung und nippte an seinem Wein.

Die Umweltschutzauflagen hingegen, die ihrem Niederdruckkraftwerk noch im Weg gestanden hätten, seien durch einen genialen Schachzug umgangen worden, so Schnurz.

Nun hob auch der Bankdirektor interessiert den Kopf. Praktikable Winkelzüge zur Umgehung von Verpflichtungen waren sein Metier. Vielleicht konnte er sogar noch etwas lernen.

»Der bei der letzten Umweltprüfung als ökologisch hochwertig eingestufte Abschnitt der Damisch ist nach einer zweiten Begutachtung, die glücklicherweise vom Schwager meiner Cousine mütterlicherseits geleitet wurde, herabgestuft worden.«

»Was heißt des auf gut Steirisch?«, wollte Schragl wissen, der es kaum ertrug, wenn sich Menschen gewählter ausdrücken konnten als er.

»Das heißt, dass der Schutzwert des Gewässers nicht mehr sehr hoch, sondern nur noch durchschnittlich hoch ist. Die Erhaltung der Naturlandschaft hat damit keine absolute Priorität mehr.«

»Was wiederum bedeutet«, nun war auch der Bankdirektor aus seinem Energiesparmodus erwacht, »dass die Rodungen rechtens sind, kein Hahn nach dem Verbleib von Wasseramseln, Steinkrebsen oder Gelbbauchunken kräht und im Lebensraum Fluss das große Sterben weitergehen kann. Und vor allem darf.«

»Und wie lange wird es noch weitergehen müssen, bevor endlich Wehranlage und Staumauer errichtet werden können?«, wollte Protzmann wissen. Ihm war die Energieversorgung des Damischtals ja generell – und gleichfalls auf gut Steirisch – blunzn, er wollte nur rechtzeitig mit der Planung seiner Bauparzellen beginnen, um etwas weiter flussabwärts zwei Dutzend hübscher Ferienhäuser für Fliegenfischer und Wasserratten zu errichten. Wohnen am Fluss mit Blick auf Weinberge, Klapotetze und die malerische Klachlkapelle hoch oben auf dem Märtyrermugl im Grenzland zwischen Damischtal und Slowenien – so sah die Zukunftsvorsorge wohlhabender Stadtmenschen aus.

Schnurz langte nach seinen penibel sortierten Zetteln und warf einen raschen Blick darauf. »In spätestens einem Jahr wird das Kraftwerk seinen Betrieb aufnehmen. Dann bist du an der Reihe mit deiner paradiesischen Wohntraumwelt.«

Damit schien Peter Protzmann einigermaßen zufriedengestellt. Der Großinvestor machte sich in Gedanken einen Kalendervermerk und sah danach demonstrativ auf seine Patek Philippe. Mit der Verwirklichung dieses Projektes würde die Kasse wieder mal ordentlich klingeln. Hochpreisige Feriendomizile und Anlegerwohnungen in bester Lage brachten einfach die fettesten Gewinne. Vor allem, wenn man selbst als Bauträger fungierte. Was er da an Handwerkskraft und Materialbeschaffung einsparen konnte, benötigte er, um die behördlichen Wege zu ebnen und gesetzliche Stolpersteine aus dem Weg zu räumen. Dennoch rechnete er mit einem Gesamtertrag von etwa zwei Millionen Euro.

Derart rosige Aussichten zauberten selbst dem Bankdirektor ein wenig Farbe ins Gesicht. Normalerweise glich das Erscheinungsbild des erfahrenen Pfennigfuchsers ja eher einer Symphonie aus Grautönen: mittelgraue Schläfen, taubengrauer Anzug, grabsteingraues Hemd und dazu eine dunkelgrau gestreifte Krawatte. Doch im Hinblick auf die üppigen Summen, die schon bald auf seine vorausblickend angelegten Offshorekonten fließen würden, erlaubte er sich sogar, vorfreudig ein wenig zu erröten.

Balthasar Schragl hingegen, der sich, seinen Ernährungs- und Trinkgewohnheiten zum Trotz, eines ausgesprochen gesunden Teints erfreute, erblasste beim Anblick der Summen, von denen hier die Rede war. Vierhundertachtzigtausend Euro für ein einziges eingeschossiges Wochenendhaus. Dafür mussten Normalsterbliche drei Wiedergeburten lang schuften. Im Unterschied zu ihm, der pro Haus fünf Prozent vom Kaufpreis erhielt. Und das ganz ohne Fleiß und Mühe. Den Seinen gibt's der Herr eben im Schlaf, dachte er beglückt, und die anderen gingen ihn nichts an. Er wollte sich erneut seinen Tagträumen hingeben, als neben ihm die Klänge der »Götterdämmerung« von Richard Wagner ertönten.

Protzmann zog sein Mobiltelefon aus der Innentasche seines Sakkos, blaffte ein Mal »Ja« und sechs Mal »Nein« hinein, beschloss das Gespräch mit: »Lauter Idioten, für was zahl ich die Leut eigentlich?«, und sprang verärgert auf. »Die Arbeit ruft«, ließ er die Runde wissen. »In zwei Wochen treffen wir uns wieder. *Same place, same time.*« Und ohne Rotwein, setzte er in Gedanken hinzu.

Schragl, Pfnatschbacher und Schnurz erhoben sich nahezu synchron und warfen noch rasch einen sehnsüchtigen Blick auf die nicht zur Gänze geleerte Flasche, bevor sie sich verabschiedeten. Die kostbaren chinesischen Seidenteppiche im Besprechungsraum der Paradise Garden Wohntraum Immobilien GmbH dämpften jeden ihrer Schritte, selbst die schallgedämmte, dick gepolsterte Tür fiel lautlos ins Schloss.

Kulinarische Kampfansagen

Tiefblau strahlte die spätsommerliche Sonne vom Himmel und verlieh der Klachlkapelle auf dem Märtyrermugl einen nahezu überirdischen Schimmer. Die auf Hochglanz polierten Gläser in der Buschenschank »Zur schönen Aussicht« fügten sich blendend in das leuchtende Gesamtbild ein. Dennoch sah Rüdiger Bartenstein gerade rot, blutrot, um genau zu sein. Was aber nicht an der köstlichen Blunzn lag, die einladend auf der Buschenschankplatte auf ihre endgültige Bestimmung wartete. Und auch nicht am würzigen Selchspeck oder dem delikaten Sülzchen in Kernölkrensoße.

Nein, es lag an Rüdiger Bartensteins Sohn. Der hatte exakt seit einer Woche, also seit ihrer Ankunft im südweststeirischen Damischtal, jeglicher Fleischeslust rigoros entsagt. Zumindest derjenigen, die man mit Messer und Gabel befriedigen konnte. Nun saß der dünne Teenager mit blutleeren Lippen, blasser Haut und bockigem Gesichtsausdruck am reichlich gedeckten Tisch und säbelte mit enervierender Langsamkeit eine Käferbohne in zwei exakt gleich große Hälften. Eine von geschätzten dreißig schwarzbraun gefleckten Hülsenfrüchten, die er auf seinem Teller gehortet und mit einem Schwall Kürbiskernöl übergossen hatte. Obendrauf thronten noch zwei Radieschen, eine Gewürzgurke und etwas Krautsalat. Ein Anblick, der Rüdiger schwerer auf den Magen schlug als der dritte Nachschlag vom Backhendlsalat. Es war einfach zum Kotzen. Da sparte man sich zeit seines Lebens jeden Luxus vom Munde ab, damit es dem einzigen Spross an nichts mangelte, und kaum war der Bengel definitiv den Kinderschuhen entwachsen, verweigerte dieser die grundlegendsten lebenserhaltenden Maßnahmen. Wie etwa die der Nahrungsaufnahme.

»Papi, ich bin jetzt vegan«, hatte Kevin-Karl seinem Vater bereits am Tag ihrer Ankunft in Gfrettgstätten erklärt und angewidert den Selchstelzen betrachtet, den ihnen die Birnstingl Gusti frisch aus dem Ofen servierte.

»Des is jetzt modern unter die Junghupfer«, hatte die Gusti

lapidar angemerkt und dem Jungen unaufgefordert eine Kürbissuppe mit Kernölschlieren vor die Nase gestellt, in der irgendein blassgrünes Blattgemüse herumschwamm. Prostataleiden waren bestimmt kein Thema hier, hatte Rüdiger gedacht, doch sein Sohn war sowieso noch zu jung für diese Nebenwirkungen des Älterwerdens.

»Lass ihn doch essen, was er will«, hatte Hildegund, sein Eheweib, gleichfalls recht unaufgeregt gemeint und dem Jungen kommentarlos den Brotkorb über den Tisch zugeschoben. Wegen ihrer eingebildeten Laktoseintoleranz, gepaart mit etwas Glutenunverträglichkeit, stand sie alternativen Ernährungsformen recht aufgeschlossen gegenüber.

Rüdiger hingegen tobte noch immer. Er wollte keinen Hungerkünstler als Sohn und keine kafkaesken Zustände bei Tisch. Der Bub war ohnedies so lang und dünn, dass jedes laue Lüfterl ihn hinwegzuwehen drohte. Die sozial überengagierte Englischlehrerin hatte bei der letzten Elternsprechstunde sogar vorwurfsvoll angemerkt, dass ihr Kind wohl hauptsächlich von Luft und Liebe genährt werde, so wie es aussah. Der Knabe hatte zwar ein Gehirn wie Einstein, dazu allerdings die Figur eines Laternenmasts.

Da steckte garantiert diese Kathi dahinter, ein zartes blondes Landei mit langem Zopf und großen Kuhaugen, für die die Gefühle des Jungen schon vor Jahren entflammt waren. Und seit Kevin-Karls kriminalistischer Großleistung beim Damischtaler Gamsbartmassaker loderte auch Kathis Herz für seinen Buben. Mit dem Ergebnis, dass sie Jahr für Jahr mindestens vier Mal aus dem Ruhrpott Richtung Südweststeiermark rauschten und jede freie Minute im Damischtal verbrachten. Für Rüdiger ein unsägliches Opfer, da er die hinterwäldlerische Provinz mit ihren derben Umgangsformen, brachialen Ausdrucksmitteln und nahezu lebensbedrohlichen Sitten und Gebräuchen so wenig genoss wie einen eitrigen Abszess am Allerwertesten. Aber Frau und Sohn hatten die urwüchsigen Schrumpfhirne hier am Arsch der Welt von Anfang an in ihr Herz geschlossen. Hildegund konnte dem Liebreiz der Landschaft nicht widerstehen, und Kevin-Karl hing ohnedies nur am Busen der Natur herum. Sofern die Natur blonde Haare hatte und ihn schmachtend ansah.

Erst hatte Rüdiger noch gehofft, dass das Gerede von wegen »Aus den Augen, aus dem Sinn« auch zwischen Duisburg und Gfrettgstätten Gültigkeit haben würde, doch sein Wunsch war nicht erfüllt worden. Die Fernbeziehung seiner achtzehnjährigen Rotznase trotzte bislang allen Widrigkeiten.

Und nun kam frustverschärfend auch noch diese unsägliche Körndlkost dazu. Begleitet von stillem Wasser. Und lautstarken Anklagereden über das Leid der Tiere, mangelnde Empathie der Menschen, Risiken und Nebenwirkungen säurelastiger Lebensmittel sowie die tausendundeins Gefahren von alkoholischen Getränken.

Rüdiger hatte nicht das geringste Verständnis für die Miesmacherei traditioneller Tafelfreuden. Wenn man seinem veganisierten Sohn so zuhörte, schien es, als wäre der Genuss von Eisbein oder Frikadellen bedrohlicher als Beulenpest, Lungenkrebs und Syphilis zusammen. Und das, obwohl Rüdiger weder überzählige Fettdepots als kalorische Rettungsringe um den Bauch mit sich herumtrug noch besorgniserregende Leberwerte besaß, während sein ach so gesund lebender Nachwuchsasket ähnlich mitleiderregend aussah wie diese halb skelettierten Wesen auf den Bildern von Dürrekatastrophen.

Angesichts all der Neuerungen, die heutzutage in die Kochtöpfe flossen, verging dem stattlichen Mann ohnedies mehr und mehr der gesunde Appetit. Milch sollte man nicht trinken, weil sie angeblich Prostatakrebs und Pickel im Gesicht förderte – wobei nur Ersteres für Rüdiger ein Thema war –, Eier gingen wegen des bösen Cholesterins schon gar nicht, beim Schinken musste man im Interesse einer windschlüpfrigen Figur den Fettrand fein säuberlich absäbeln und drei Mal den Stammbaum der Sau auf züchterische wie haltungsbedingte Verfehlungen kontrollieren, Speck war verpönt, und das knusprige Bauernbrot durfte er wegen des gemeingefährlichen Glutens nur noch an Esel oder Enten verfüttern. Stattdessen wurde –

im Kampf gegen freie Radikale, überflüssige Pfunde, negative Schwingungen und für ein gutes Karma – überteuertes und geschmackloses Superfood angeschafft.

Dabei war das Essen eins der wenigen wirklich positiven Dinge im Damischtal. Rüdiger Bartenstein etwa fand nur Gefallen an diesem rustikalen Landstrich, wenn er zumindest seinen Magenschleimhäuten etwas Gutes tun konnte. Und gute Gerichte gab es hier zur Genüge. Allein die völkerverbindende Verständigung hatte ihn anfänglich an den Rand mehrerer Nervenzusammenbrüche gebracht. Dass ein Kasseler, also Selchkarree, hier als Gsöchts vertrieben und Wacholder als Kranewittbeer bezeichnet wurde und Frikadellen unter dem Namen Fleischlaberln liefen, hatte er nach mehreren erfolglosen Kommunikationsversuchen irgendwann verstanden. Längere Studien beziehungsweise Selbstversuche hatten dann die Lektüre der Speisekarte erfordert, und mittlerweile wusste er, dass es sich bei der Kernölsulz um Rindfleisch in Aspik handelte, dekoriert mit einem leckeren Dressing aus Zwiebelringen und diesem dunklen, dickflüssigen Öl aus Kürbiskernen. Wobei die Kürbisse als Plutzer tituliert wurden. Pfifferlinge mutierten zu Eierschwammerln, Hackfleisch zu Faschiertem, und wenn er eine Schorle wollte, musste er einen Gspritzten bestellen. Zudem galt ein gewisser beständiger Promillespiegel zwischen angeheitert und Leberstillstand unter den Einheimischen als völlig normal. So wie drei Mahlzeiten pro Tag. Eine Einstellung, der Rüdiger viel abgewinnen konnte.

Umso mehr litt er beim Anblick seines Sohns, der mittlerweile bei der siebten Käferbohne angelangt war, diese wieder in zwei gleich große Hälften zerlegte und in die ölige Marinade tunkte. Jeden Bissen kaute er zwanzig Mal durch, bevor er ihn mit einem großen Schluck stillen Wassers in die Eingeweide spülte. Weißer Wandfarbe beim Trocknen zuzusehen vermittelte einem ein ähnliches Gefühl von Erschöpfung.

Aber das schien nur er so zu empfinden, Hildegund und Kevin-Karl unterhielten sich prächtig. Und würdigten all die köstlichen Sachen, die die Birnstingl Gusti aufgetragen hatte, mit keinem einzigen Blick. Sie sahen lieber ins Land hinein, ergingen sich in nahezu euphorischen Zwiegesprächen über weidende Schafe, zwitschernde Vögel und klappernde Klapotetze. Er hingegen empfand die riesigen, tonnenschweren Vogelscheuchen mit ihren hölzernen Schlagbrettern, die aussahen wie prähistorische Windräder, als akustische Dauerbelästigung. Das hirnlose Geplapper seiner Gattin allerdings auch. Und die überflüssigen Bemerkungen seines Sohnes hoben seine Laune sowieso nicht.

»Mama, wusstest du, dass man acht gefüllte Badewannen Wasser braucht, um einen Liter Milch zu produzieren? Und das bei unserer kontinuierlichen Klimaerwärmung!«

»Mensch, Kevin, was du alles weißt. Nee, davon hatte ich ja null Ahnung. Aber dank meiner Laktoseintoleranz lauf ich zum Glück keine Gefahr mehr, zu einer weltweiten Versteppung beizutragen.«

Einhellig schweigend blickten beide auf die prächtigen Weingärten, wo sich bereits die ersten Trauben an den Stöcken zeigten.

»Miley Cyrus und Whoopi Goldberg sind übrigens auch laktoseintolerant, Wahnsinn, ne?«

»Und Johnny Depp und Pamela Anderson leben schon seit Jahren vegan.«

Erneut trautes Schweigen.

Danach spießte Kevin-Karl eine weitere Bohne auf, während Hildegund die Paprikastifte auf ihrem Steinpilzcarpaccio umschichtete. Rüdigers Frau war zwar weder vegetarisch noch vegan, aber Rindfleisch war ihr zu rot, Schwein zu fett, Huhn zu antibiotikaverseucht und Truthahn meist zu zäh. Nur Ente aß sie recht gern und ohne Vorbehalte.

»Wirklich bedauerlich, dass Guarkernmehl so schwierig zu beschaffen ist. Wo das doch so viel leckerer schmeckt als Pfeilwurzelmehl.«

»Die Menschen haben kein Bewusstsein für gesunde Ernährung, Mama. Das Angebot ist noch so begrenzt, weil es an der Nachfrage mangelt. Lieber doof sterben als clever essen.

Um ein einziges Kilo Rindfleisch zu erzeugen, wird immens viel Wasser benötigt, etwa so viel wie an die hundertzwanzig gefüllte Badewannen. Vom Tierleid ganz zu schweigen. Da guckste, was?«, dozierte der Klugscheißer schon wieder und warf dabei einen vorwurfsvollen Blick auf seinen Vater, der sich soeben einen weiteren Löffel vom Rindfleischsalat hatte nehmen wollen.

Nun hatte Rüdiger genug. Er sah so tiefdunkelfeuerblutrot, dass er aufsprang, dabei den Brotkorb vom Tisch fegte und seinen Sohn erstmals in dessen Leben derart wütend anbrüllte, dass sogar dem Kopfsalat am Nebentisch die Blätter zu Berge standen: »Verpiss dich von meinem Tisch oder halt einfach die Klappe. Und zwar so lange, solange ich essen möchte.« Erschöpft holte der überforderte Vater Luft, als wollte er zum Jüngsten Gericht blasen. »Ich kann dieses Gelaber nicht mehr hören. Friss halt den Karnickeln das Futter weg, oder den Hühnern, aber untersteh dich, mich noch ein Mal, ein allereinziges Mal, mit diesem veganen Schwachsinn zu nerven, denn noch zahle ich die Rechnungen für deine Gemüsekacke.« Abschließend hieb er mit der geballten Faust und voller Wucht auf den Tisch, dass die Karaffe stillen Wassers geräuschvoll zu Bruch ging, und stapfte Richtung Weinberge davon.

Zurück blieben eine entsetzte Ehefrau, ein entsetzter Sohn und dreiundvierzig entsetzte Gäste der Buschenschank. Nur eine ältliche Wiener Touristin bekam die spannende Erregung öffentlichen Ärgernisses nicht in vollinhaltlichen Umfang mit, da ihr Hörgerät defekt war.

***

Wie stets am Dienstagnachmittag tagte der Gemeinderat von Gfrettgstätten im Hinterzimmer vom Kirchenwirt. Und zwar nicht, weil das Gemeindeamt über keine sitzungstauglichen Räumlichkeiten verfügte, sondern allein aus Gründen der Zeitersparnis. Solange man sich noch in der guten alten Amtsstube versammelt hatte, mussten die Sitzungen alle halbe Stunde unterbrochen werden, weil immer einer kurz vor dem Verdursten oder Verhungern gestanden war, weshalb der Hias alle halbe Stunde nach Leberkässemmeln, Verhackertbroten, Breinwürsten, Bier oder Wein geschickt wurde. Und dann hatten alle gewartet, bis er mit seinem kalorischen Erste-Hilfe-Paket wieder zurückkam, weil er ja auch fürs Protokoll zuständig war. Der Kirchenwirt war logistisch gesehen also die eindeutig bessere Wahl. Und das Extrazimmer stand, abgesehen von besonderen Anlässen wie Tauffeiern und Leichenschmäusen, ohnedies meist leer.

Nun aber war der Raum beinahe zur Gänze gefüllt, weil es seit Beschluss der politischen Obrigkeit vor Jahren zu einer Zwangsfusion zwischen den beiden Gemeinden Plutzenberg und Gfrettgstätten gekommen war. Die benachbarten Plutzenberger verfügten über den weitaus größeren Grundbesitz, die Gfrettgstättener hingegen über mehr Einwohner. Und über das Doggy Wellness & Human Beauty Spa Resort, ein einst florierendes Tourismusunternehmen, das in den letzten Jahren aufgrund von Leichenfunden und Asylwerbern viel von seiner Anziehungskraft eingebüßt hatte. Zur Schadenfreude der Plutzenberger und zum Leidwesen der Gfrettgstättener. Und dann waren auf einmal die Bagger angerollt und hatten die Lust der wenigen Hotelgäste auf entspannte Hunderunden in den Damisch-Auen definitiv in den Sand beziehungsweise Schlamm gesetzt. Was katastrophale finanzielle Einbußen mit sich brachte, während das verhasste Nachbarkaff sich an den Erlösen aus dem Grundstücksverkauf erfreute.

Balthasar Schragl, Fremdenverkehrsobmann und Platzhirsch der Tourismusregion Damischtal, hatte diese – für die Landschaft und Gfrettgstätten – ruinöse Transaktion von langer Hand vorbereitet. Heimlich, still und äußerst gewinnbringend hatte er im Namen der Paradise Garden Wohntraum Immobilien GmbH alle am Ufer des Flusses liegenden Grundstücke aufgekauft. Ein Großteil davon hatte sich ohnedies im Besitz der landwirtschaftlichen Kreditanstalt befunden, viele andere der restlichen hatten Schwager, Stieftante oder Großcousin gehört. Anschließend waren die wertvollen Flächen noch rasch unter der Amtszeit des invaliden Plutzenberger Bürgermeisters zu Baugründen umgewidmet worden. Als die beiden Gemeinden dann zusammengelegt wurden, ruhten die unterzeichneten Baubewilligungen bereits in Schragls Schublade. Nur die Genehmigung für das Flusskraftwerk hatte noch gefehlt. Doch der Bund als Eigentümer öffentlichen Wasserguts hatte gegen Wasserkraft und Wohnraumbeschaffung generell nichts einzuwenden gehabt. Eine Regierung, die hilfesuchenden Menschen das Bleiberecht untersagte, brachte auch für die Heimatgefühle von Gelbbauchunken wenig Verständnis auf. Zudem wurde maßgeblichen Stellen das Vorkaufsrecht auf die luxuriösen Feriendomizile eingeräumt. Zum Freundschaftspreis, versteht sich. Alle anderen erhielten nichts. Und hatten erst vom Projekt Flusskraftwerk erfahren, als bereits die Baumaschinen anrollten.

Dass unter diesen Umständen keine freundschaftlichen Gefühle mehr zwischen Plutzenberger Oligarchie und Gfrettgstättener Fußvolk aufkommen wollten, verstand sich von selbst.

Nun saßen die Gemeinderäte also im Hinterzimmer vom Kirchenwirt und zerbrachen sich die Bauernschädl darüber, wie man der drohenden Katastrophe noch Einhalt gebieten könnte.

Ein paar Plutzenberger hatten sich zwar auch eingefunden, weil durchaus nicht alle von der Großbaustelle profitierten, aber insgesamt gesehen fehlte es einfach mehr an zündenden Ideen als an grollenden Gemütern. Und selbst wenn die meisten Gemeinderäte wie stets den Mund zu voll nahmen, es kam nichts außer üblen Beschimpfungen und boshaften Unterstellungen dabei heraus.

Alois Feyertag, der Bürgermeister, versuchte vergebens, die wirren Diskussionen in geordnete Bahnen zu lenken. Obwohl von tiefschwarzer Gesinnung, sah auch er langsam rot. Das touristische Desaster, das ihnen in diesem Jahr bevorstand, konnte keinesfalls mehr aus Mitteln des nahezu geleerten Gemeindesparstrumpfes kompensiert werden. Was sie also brauchten, waren keine Hasstiraden, sondern ein Wunder.

Doch obwohl sich die Mitglieder des Gemeinderats der Dringlichkeit ihres Treffens durchaus bewusst waren, schien das Ableben des Baupoliers um einiges spannender zu sein als der Untergang von Gfrettgstätten.

Bereits nach kurzer Zeit hing dichter Rauch über den Köpfen. Die Gemüter waren erhitzt, und an nahezu jedem Tisch hagelte es Hypothesen. Die Wasserleiche war definitiv Thema Nummer eins. Wer die Damischtaler Nachrichten gesehen hatte, hing nach wie vor der Mordtheorie an, wer eher an Fakten glaubte, verteidigte den Unfalltod, und besonders hart gesottene Phantasten sprachen von einem ominösen Damischtaler Rächer. Was auch dem Bürgermeister rasch zu Ohren kam.

Es war immer dasselbe. Kaum ereignete sich ein Todesfall außerhalb von Haus, Hof und fernab der Bundesstraße, wurde dieser entsetzlich aufgebauscht und blutrünstig ausgeschlachtet. Wütend biss Feyertag in sein Schmalzbrot, um keinen der Anwesenden an die Gurgel zu gehen. Dann spülte er mit zwei Schluck Schilcher ordentlich nach und holte tief Luft, um die Versammlung an geistigem Leergut wenigstens auf ein paar g'scheite Gedanken zu bringen. Diesmal begann er keine seiner wahlkampferprobten, salbungsvollen Selbstbeweihräucherungen, sondern eine rhetorische Exekution – was er angesichts der dramatischen Situation für absolut gerechtfertigt hielt. Der Zweck heiligte eben die Mittel und mancherorts auch die Wortwahl. »Ihr Vollidioten, ihr nutzlosen, verfressenen, spatzenhirnigen Vollidioten, die ihr zu dumm zum Scheißen seid!«

Die Versammlung erstarrte mitten im Getuschel, schloss den Mund und riss die Augen auf. So hatten die Damischtaler ihren Bürgermeister noch nie erlebt. Kein einziges Mal in seiner bislang zwölfjährigen Amtszeit hatte Feyertag sich je im Ton vergriffen. Im Inhalt ja, da konnte auch er von Zeit zu Zeit kondensierten Schwachsinn von sich geben, aber selbst das war stets in tadelloser Ausdrucksweise geschehen. Allgemeine Ratlosigkeit machte sich breit.

Hermine Holzapfel, die Vorsitzende der katholischen Kernölfraktion und Verantwortliche für den alljährlichen Blumenschmuckwettbewerb, fiel vor Schreck das Häkelzeug zu Boden, während ihre gräulichen Lockenwicklerlöckchen bestürzt auf und ab wippten. »Aber Herr Bürgermeister, was is denn passiert?«

Das war natürlich die unpassendste Frage, die man Feyertag hätte stellen können. Er starrte die ältliche Anstandsdame der Gemeinde an wie die Schlange ein Kaninchen, bevor er die Giftzähne ausfuhr und losviperte. »Was los ist?« Mit voller Wucht krachte seine Faust auf den Tisch. »Unser Ort wird ruiniert. Unser Kapital dem Erdboden gleichgemacht. Täglich werden dreihundert Bäume gefällt. Täglich geht ein Stück intakter Naturlandschaft verloren. Täglich reisen zehn Gäste ab, aber nur drei beziehen ihre Quartiere. In ein paar Monaten können wir Konkurs anmelden. Und hier wird über Mordfälle diskutiert, die es nie gegeben hat.« Er beschloss, dem Fernsehfuzzi eigenhändig den Hals umzudrehen. »Die Rede ist von einem Damischtaler Rächer, der so wenig existiert wie das Christkind. Bei uns geht's ja zu wie bei der Generalversammlung der Goldenen Aluhutträger.« Erneut sauste Feyertags Faust auf den Tisch.

Alle hielten den Atem an. Niemand wagte zu fragen, wer diese Aluhutträger überhaupt seien, wo man in ihrer Gegend doch stets einen Gamsbart am Hut hatte.

Hermine zog, nunmehr zu Tode erschrocken, den Kopf ganz ein und bückte sich umständlich nach ihrem Häkelzeug auf den staubigen Dielenbrettern.

Auch der Rest des Auditoriums schien nach dieser dezibellastigen Gehirnwäsche endlich auf dem Boden der Tatsachen gelandet zu sein und saß bedrückt auf seinen Plätzen. Der Bürgermeister hatte ja recht, irgendwie mussten sie die Damisch-Auen retten. Ihr Ort musste Fremdenverkehrsdestination und Naherholungsgebiet bleiben, koste es, was es wolle.

»Wir könnten mal wieder einen Protestmarsch machen, so wie die in Graz«, sagte der Pfnaderer Fred als Erster in die Runde, um das betroffene Schweigen zu beenden.

»Um so wie die in Graz nichts damit zu erreichen?«, konterte Ehrenhöfler, der Umweltschutzreferent. Und einziger Grüner im gesamten Damischtal.

»Wir könnten die Baumaschinen lahmlegen, dann können s' nicht weiterarbeiten.« Als Inhaber der örtlichen Autowerkstatt war der Feichtinger stets für solides Handwerk zu begeistern.

»Dann werden s' halt repariert. Und du hast dich strafbar gemacht.« Ehrenhöfler kannte sich scheinbar auch mit Sabotageakten aus.

»Einspruch beim Obersten Gerichtshof«, wagte nun der Pfarrer Corolianus Hafernas einen Einwurf. Als Diener Gottes vertraute er auf höhere Instanzen.

»Herrgott noch amoi, welcher Depp glaubt denn heut noch an Gerechtigkeit?« Seit der Bartl selbst Opfer saumäßiger Justizirrtümer geworden war, hatte er in den Rechtsstaat kein Vertrauen mehr. Und in Gott sowieso nicht.

Der Priester, der ohnedies einen kleinen Dachschaden hatte, weil er einst von der Kanzel gefallen war, verstand das »Herrgott noch amoi« als Angriff auf seinen obersten Chef, versank erneut in Schweigen und zog tief gekränkt seinen Rosenkranz hervor.

»Wir lassen einfach Blumen sprechen«, mischte sich nun die Dorfschönheit ein. Bibiana Doppler, anerkannte Orchideenpäpstin des Damischtals, zweifache Witwe und immer noch von attraktivem Aussehen, hatte ein feines Händchen für Blumen. Und vermutlich nicht nur dafür. Aber die feinstofflich veranlagte Blumenaristokratin hielt sich das bodenständige Gemüseproletariat erfolgreich vom begehrenswerten Leib. Sie wollte weder mit Kürbiszüchtern noch mit Weinbauern in näheren Kontakt kommen, sondern strebte nach Höherem. Jetzt allerdings stieß ihr Vorschlag zur Konflikteskalation mittels Orchideen oder auch Gänseblümchen auf wenig Gegenliebe.

»Es is echt ein Gfrett mit die Weiber«, polterte der Pfnaderer Fred los. »Entweder können s' guat kochen oder guat knutschen. Aber denken können s' nie.« Womit er die Lacher auf seiner Seite hatte. So viel geistigen Funkenflug hatten die Männer dem Feuerwehrkommandanten nicht zugetraut.

Bibiana wollte sich zwar umgehend rächen und ihre lilafarben lackierten Krallen ausfahren, aber der Spritzenmann kannte sich mit Selbstschutz bestens aus und war rechtzeitig auf Sicherheitsabstand gegangen.

Feyertag griff wieder nach seinem Schmalzbrot und biss frustriert hinein. Vielleicht sollte er einfach die Deppensteuer einführen, dann wäre der Ort nahezu über Nacht aus den roten Zahlen heraus und schriebe Gewinne. Die Leute hier taten sich ja schon mit dem Zuhören schwer, und nun sollten sie auch noch mitdenken. Das waren die meisten von ihnen nicht gewohnt.

»Und wenn man sich an einem Baum anketten tat?«, meldete sich nun der Gemeindediener zu Wort, der alle brauchbaren Vorschläge niederschreiben sollte. Bislang war das Blatt leer geblieben.

»Um sich dann von die Gelsen fressen zu lassen?«, erwiderte der Hollerer Erwin, der einzige der anwesenden Plutzenberger, der sich auf diesem doch noch recht fremden Terrain etwas zu sagen getraute.

»Der Hias is halt ein Sadomaso-Fan, der fahrt sicher auf Lederpeitschen und Handschellen ab«, frotzelten die Einheimischen und gackerten los wie kleine Kinder. Das Kopfkino vom ausgemergelten, kleinwüchsigen Gemeindefaktotum, wie es an eine stramme Erle gekettet war, hellte die Stimmung nachhaltig auf.

Nur Feyertag sah keinen Grund zum Lustigsein. »Noch jemand mit hirnlosen Ideen?«, meinte er resigniert und besah seine geröteten Fingerknöchel. Der letzte Schlag auf die Tischplatte hatte ihnen nicht gutgetan. So wie ihm das ganze Damischtal.

Hubert Ehrenhöfler, der grüne Umweltschützer, konnte den Bürgermeister zwar alleine aufgrund der politischen Farbenlehre nicht ausstehen – schwarz-grüne Koalitionen gab es selten in seiner Heimat –, aber mittlerweile tat er ihm beinahe leid. Immerhin galt es, hier und nun mit zündenden Ideen nicht nur einen Fluss, sondern auch einen Ort zu retten. Er erhob sich, nahm ein paar Zettel zur Hand und legte los: »Also, noch einmal für alle, die die Dringlichkeit der Sache noch immer nicht erkannt haben. Die Damisch ist unsere Lebensader. Wenn sie wegen einem Kraftwerk zu einem Rinnsal schrumpft, weil das Wasser aufgestaut wird, dann wird das schlimme Konsequenzen haben.«

»Passts jetzt auf, das is wichtig«, sekundierte ihm Feyertag und erwog, noch ein letztes Mal auf den Tisch zu hauen.

»Erstens: Die Natur wird zerstört, da viele Fische moderat fließende Gewässer brauchen und keine Überschwemmung und kein Staubecken vertragen. Zudem muss eine Umgehungsrinne errichtet werden, was noch mehr Land kostet. Ganz zu schweigen von den Kleintieren, die dabei draufgehen.«

Die Zuhörer schrumpften merklich auf ihren Stühlen zusammen. Die naturkundlichen Litaneien des Ehrenhöfler waren rundum gefürchtet.

»Können wir jetzt zu den Großtieren kommen?«, unterbrach der Feichtinger und bemühte sich, nicht allzu genervt zu klingen.

»Bitte, wenn das Interesse an unserer Mutter Erde nicht vorhanden ist, wozu sind wir dann überhaupt hier versammelt?«, entgegnete der Umweltschützer.

»Jetzt sei halt nicht gleich beleidigt«, mischte sich der Bürgermeister nun doch wieder ein. »Die verstehen halt nix vom Umweltschutz, und Sitzfleisch haben s' auch keins.«

Was natürlich gelogen war, der durchschnittliche Damischtaler konnte sein halbes Leben am Wirtshaustisch oder auf der Ofenbank verbringen. Der hierzulande übliche kontinuierliche Rauschzustand wurde ja nicht umsonst mit »einen sitzen haben« bezeichnet. Aber Feyertag wäre kein Politiker gewesen, hätte er es mit der Wahrheit genau genommen. Seine Statements waren halt, der österreichischen Tradition verhaftet, ausgesprochen situationselastisch. Jedenfalls funktionierte seine Beschwichtigungstaktik, und Ehrenhöfler wandte sich erneut seinen Zetteln zu.

»Aber bitte, wenn den werten Anwesenden der notwendige

Weitblick zum Verständnis der großen Zusammenhänge des Lebens fehlt, dann betrachten wir die Sache halt mit traditioneller Engstirnigkeit. Das geplante Wasserkraftwerk wird angeblich gerade mal zehn Megawatt erzeugen und damit etwa hundertzwanzig Haushalte versorgen; dafür werden Tausende Bäume gerodet und Tonnen an Beton und Zement vergossen – und das auf viertausend Meter Länge. Kurz gesagt, das Unternehmen ist unter energiewirtschaftlichen Aspekten betrachtet völlig unrentabel, würde aber eins der letzten intakten Ökosysteme im ganzen Land zerstören.«

»Unrentabel bedeutet, dass es ein Verlustgeschäft is, nix zu verdienen«, übersetzte Feyertag, weil er einige verständnislose Blicke bemerkt hatte.

»Genau, es rentiert sich nicht. Geld bringen nur die Bauparzellen, auf denen widerliche Reihenhäuser stehen werden, in die dann ebenso widerliche Wiener Wichtigtuer einziehen.«

»Was wiederum unser sanftes Tourismuskonzept und unser ausreichend ausgebautes Angebot an Hotels, Herbergen und Nächtigungsbetrieben überflüssig macht«, legte Feyertag noch ein rhetorisches Schauferl nach.

»So ist es. Dieses Projekt macht uns arm. Und hoffnungslos. Und krank.«

Pater Corolianus Hafernas erwachte aus seinem Dämmerzustand, da er sein Arbeitsvokabular vernommen hatte. »Lasset uns beten«, psalmodierte er und erhob sich, aber der Mostburger Bartl drückte ihn rasch zurück auf den Stuhl.

»Krank auch?«, wollten nun fast alle wissen, denn Krankheiten waren ja aufgrund besagter fehlender Versorgungseinrichtungen ein heikles Thema im Tal.

»Und wie.« Ehrenhöfler war in seinem Element. »Ein Hektar alter Waldbestand verbraucht pro Jahr fast zehn Tonnen Kohlendioxid, eine einzige kräftige Buche produziert Sauerstoff für mindestens drei Menschen, generell filtern Bäume Bakterien und Schadstoffe aus der Luft. Stellt euch nur vor, was passiert, wenn der Auwald weg ist.«

Nun hätten die meisten Einheimischen schon einen geistigen

Allradantrieb gebraucht, um einem derart komplexen Gedankenablauf zu folgen. Der Zusammenhang zwischen Buchen, Abgasen – der Unterschied zwischen Kohlendioxid und Kohlenmonoxid wurde nicht an den Grundschulen gelehrt – und ihrem Gesundheitszustand erschloss sich kaum jemandem; aber nachfragen wollte auch niemand. Zudem hatten die meisten von ihnen selbst genügend Bäume daheim. Und ob Birne oder Buche, das machte bestimmt keinen Unterschied. Also beschränkten sie sich auf das, was sie in solchen Situationen immer taten; sie nickten bedeutungsschwanger und murmelten Dinge wie »jo eh« oder »bist deppert«.

»Nicht zuletzt«, Ehrenhöfler genoss es, seinen Mitmenschen die Augen für die unendlichen Wunder und Wirkungen der Natur zu öffnen, »kann so ein aufgestauter Fluss zu einer Veränderung der mikroklimatischen Bedingungen führen, was vor allem für Weinbauern problematisch sein kann. Zucker- und Säuregehalt der Trauben können sich dadurch ändern. Und das hat Auswirkungen auf den Geschmack.«

Leider war ausgerechnet an diesem Tag kein Winzer anwesend, der das bestätigen hätte können. Alle anderen hatten die Augen leicht geschlossen und betrachteten den Vortrag des Umweltreferenten als eine Art Bildungsfernsehen, demnach also auch Fernsehschlafen erlaubt war.

»In Anbetracht der allgemeinen globalen Erwärmung könnte auch die Restwassermenge der Damisch zum Problemfall werden. Denn wenn Äcker und Felder künstlich bewässert werden müssen, muss uns genügend Wasser aus natürlichen, leicht zugänglichen Quellen zur Verfügung stehen.«

Da es in den vergangenen zwei Jahren wegen Frostschäden und übermäßigen Niederschlägen schwere Ernteeinbußen bei den Weintrauben, den Äpfeln und den Kürbissen gegeben hatte, erschien den Damischtalern jedoch auch diese Hypothese nicht lebensbedrohlich zu sein. Allerdings hatte sie das Gerede von Weinbergen und Wassermassen durstig gemacht. Rasch griffen sie nach ihren Gläsern.

»Schlussendlich stellt sich die Frage, was wir gegen diesen

Raubbau an unserer Lebensgrundlage tun können«, kehrte der Bürgermeister entschlossen zur Ausgangsproblematik zurück. Auch er hatte mittlerweile genug vom tiefgrünen Gedankengut. »Wir verlieren durch dieses Bauprojekt ja nicht nur unser Einkommen, sondern auch unseren guten Ruf. Weil die Leut lieber vor der Glotze hängen, statt selbst zu denken. Und wenn dort dann solche Schauergschichten erzählt werden und wir als gemeingefährliche Mörder dastehen, dann sind wir definitiv am Arsch.«

Allein beim Gedanken an diesen Trottel von Plutzer TV verfiel Feyertag erneut in einen ungesunden Erregungszustand. Dem würde er als Dank für seine Lügenmärchen und die damit verbundenen Folgeschäden bei passender Gelegenheit noch ordentlich das Hackl ins Kreuz hauen. Kaum war der Bericht über das erfundene Gewaltverbrechen über die Bildschirme geflimmert, hatte sich das halbe Damischtal schnurstracks an den Fluss begeben, um sich vor Ort der gruseligen Stimmung hinzugeben. Die Mutigsten von ihnen hatten dort stundenlang nach mörderischen Spuren Ausschau gehalten und dabei alles niedergetrampelt, was von den Baggern bislang verschont geblieben war. Zudem hatte sich das Gerede von Krieg, Kugelhagel und Menschenopfer in den Köpfen der Zuschauer nachhaltiger festgesetzt als alle Grundrechenarten. Zwei und zwei zusammenzuzählen, das schafften sie schon lange nicht mehr, aber über frei erfundene Gräueltaten konnten sie sich tagelang das Hirn zermartern. Der gesunde Hausverstand war offenbar nur noch im Supermarktregal zu finden. Sie benötigten also dringend einen Plan, der nicht nur die Baumaschinen stoppte, sondern auch das Image vom Damischtal als Tourismusregion rehabilitierte. Medienwirksam und landesweit.

Eine derartige Anforderung überstieg die Denkfähigkeit der Gemeinderäte und -innen natürlich sehr. Fast eine halbe Stunde lang schwiegen sie und sprachen ausschließlich dem Wein zu. Der Pfarrer betete, die Blumenschmuckverantwortliche häkelte, die Dorfschönheit schmollte, und die Mannsbilder hegten Gewaltphantasien. Die meisten von ihnen hätten dem ganzen Bautrupp am liebsten den Hals umgedreht oder ihn mit Zementblöcken an den Füßen im Fluss versenkt. Nur der Gemeindediener, der Bürgermeister und der Fleischer hatten anderes im Sinn.

Der Hias träumte wirklich von einer langbeinigen Domina in Latex und Leder, Alois Feyertag würgte gedanklich den Quotenheini vom Regionalsender, und Bartl Mostburger wuchtete mit voller Geisteskraft den Umweltreferenten auf die Schlachtbank. Hätte der grüne Körndlfresser ihn mit seiner Fragerei nach der Leich nicht so unvorbereitet und aus dem Hinterhalt überrumpelt, würde der Polier immer noch unentdeckt in den Fluten liegen. Und er hätte seine Ruh.

Auf die Idee, dass der Ehrenhöfler nur die räudige Katze der Nachbarin gemeint hatte, als er ihn damals vor der Haustür abgepasst hatte, war er überhaupt nicht gekommen. Der Schock über den Leichenfund hatte ihm noch viel zu sehr in den Knochen gesessen; außerdem war es schon Tage her, dass er sie versehentlich überfahren hatte, weil dieses dämliche Vieh auch ständig unter seinem Traktor gelegen hatte. Da er keine Lust auf Beileidsbekundungen oder gar Schuldeingeständnisse verspürt hatte, hatte er das platt gedrückte Tier in der Nacht einfach im Misthaufen vergraben. Allerdings ohne Halsmarke. Die hatte sich an seiner Anhängerkupplung verfangen, was ihm erst am nächsten Tag aufgefallen war, als er ein paar Schinkenkeulen ins Naturschutzhaus geliefert hatte. Dummerweise hatte er das herzförmige Ding aus Blech gleich dort in den Müllcontainer geworfen, wo es ausgerechnet der Ehrenhöfler gefunden hatte, der über den gesamten Haustierbestand im Dorf bestens Bescheid wusste. Kaum vermisste jemand Katze oder Hund, wurde er umgehend informiert. Und so hatte ihn der Hubert bereits Stunden später als Katzenmörder überführen können.

Das war die Leich gewesen, auf die ihn der grüne Fanatiker angesprochen hatte. Er aber war zu Tode erschrocken, hatte sich ertappt gefühlt und diesem Warmduscher sofort den toten Polier im Bach gebeichtet. Noch heute könnte er sich dafür die Zunge abbeißen.

Stattdessen biss auch er in ein belegtes Brot und hoffte auf ein baldiges Ende der ergebnislosen Sitzung. Viele waren reingegangen, nichts war bislang rausgekommen.

Und der erkenntnistheoretische Stillstand nahm kein Ende. Bibiana, die Dorfschönheit, hatte mittlerweile all ihre Nägel fertig gefeilt, der Bürgermeister studierte andächtig das auffällig gemusterte Hemd vom Feichtinger, das ihn an eine Fototapete aus den siebziger Jahren erinnerte, und der Priester ratterte monoton seine Fürbitten herunter. Insgesamt erinnerte die Sitzung an einen kollektiven Performance-Act zum Thema Betroffenheit. Niemand sprach, fast alle ließen die Köpfe hängen, und die dichten Rauchschwaden über den Köpfen sahen aus wie Trauerflor. Die Aschenbecher quollen über, während das für die Ideensammlung vorgesehene Blatt Papier immer noch leer war.

Doch auf einmal sprang der Umweltreferent erneut von seinem Sessel auf, fuchtelte wild mit den Armen und schrie: »Ich hab's, ich hab's, ich hab's!«

Die Gemeinderäte schreckten aus ihrem Wachkoma auf. Dass ausgerechnet ihr Wald- und Wiesenpolitiker mit seinen Ideen auf einen grünen Zweig gekommen sein wollte, wunderte sie schon sehr. Der hatte doch noch nie etwas mit Hand und Fuß zustande gebracht, nicht einmal Kinder.

»Was hast denn? Einen Krampf im Hirn oder Hühneraugen aufm Hintern?«, erkundigte sich der Bartl süffisant.

Doch der Ehrenhöfler ignorierte den Einwurf und verkündete ganz aufgeregt: »Ich werd in den Hungerstreik treten. Und wenn ich mich für den Erhalt der Damisch-Auen zu Tode hungern muss, das is es mir wert.«

Es brauchte ein paar Sekunden, bis das Auditorium die Tragweite, um nicht zu sagen, die Genialität dieser Idee erkannte.

Feyertag war der Erste, dem das gigantische Potenzial des Vorhabens aufging. Das war *die* Lösung. So ein Hungerstreik bedurfte keinerlei Vorbereitungen, verursachte keinerlei Kosten und kam ohne Gewaltanwendungen beziehungsweise Gesetzesübertretungen aus. Zudem würde sich garantiert die gesamte Medienlandschaft zwischen Semmering und Slowenien über dieses todesmutige Engagement zugunsten unverbauter Naturschönheiten die Finger wund schreiben. Der Bürgermeister erhob sich, eilte auf Ehrenhöfler zu und drückte den zukünftigen Kostverweigerer an seine Brust, als wäre er sein verloren geglaubter Sohn.

Auch Corolianus Hafernas erhob sich und umarmte den Mann. »Gott hat vierzig Tage und vierzig Nächte gefastet, und du wirst es ihm gleichtun. Ich werde für dich beten.«

»Amen«, entfuhr es Hermine Holzapfel, die immer noch an den Lippen des Geistlichen hing, obwohl dieser seit seinem Unfall nur noch in höheren Sphären verkehrte und kein Interesse mehr an weltlichen Annäherungen zeigte.

Alle anderen applaudierten frenetisch und stießen voller Vorfreude auf die Heldentat des Hubert Ehrenhöfler an.

Hungern für den guten Zweck

Die Sonne strahlte, die Bienen summten, die Vögel zwitscherten, und über dem Hauptplatz von Gfrettgstätten lag fröhliches Stimmengewirr. Ein Tag wie im Fremdenverkehrsprospekt. In den Gastgärten herrschte Hochbetrieb, die Menschen saßen dicht aneinandergedrängt und prosteten sich euphorisch zu. Sogar zahlreiche Plutzenberger hatten sich eingefunden, um diesem Ereignis beizuwohnen, dessen Bedeutung irgendwo zwischen Mondlandung, Sintflut und Untergang des Weströmischen Reichs einzuordnen war. Dass nun endlich jemand etwas unternahm, um gegen das Bauvorhaben anzukämpfen, stieß auf allgemeine Bewunderung.

Zwar hatten die meisten der Buhrufer mit Umweltschutz wenig an ihrem Steirerhut, doch Herbergsbetreiber, Buschenschankbesitzer, Weinbauern und Genussmittelproduzenten fürchteten – durchaus zu Recht – um ihre Kunden. Und die weniger touristisch orientierten Plutzenberger hegten einen tödlichen Hass auf das Projekt, weil man vielen von ihnen ihre landwirtschaftlichen Parzellen für ein Schmalzbrot abgekauft und sie danach dank undurchsichtiger Manöver des Bankdirektors gewinnbringend in Bauland umgewidmet hatte. Ein profitables Unterfangen, von dem sie keinen einzigen Cent gesehen hatten. Wäre Lynchjustiz erlaubt gewesen, hätten der Bankdirektor mitsamt seiner Seilschaft sowie der Damischtaler Fremdenverkehrsobmann längst an einem Baum gehangen. Als abschreckendes Beispiel für verbrecherische Bauspekulationen und egoistische Profitgier.

Doch nun hatte sich endlich jemand gefunden, der diesem Treiben ein Ende setzen würde. Außerdem zollten sie einem Menschen, der aus freien Stücken auf Hendlhaxn, Käferbohnen, Kübelfleisch und Kernölguglhupf verzichtete, den allergrößten Respekt. Der gut gefüllte Bauch gehörte ja sozusagen zum südweststeirischen Brauch.

Der Held der kommenden Tage saß währenddessen vor seinem errichteten Zeltlager und ließ sich von den zahlreich erschienenen Reportern bereitwillig in die rhetorische Mangel nehmen. Er war bestens vorbereitet, hatte seine Diskurse erprobt und Transparente gemalt, die nun weithin sichtbar auf sein heroisches Unterfangen aufmerksam machten.

»Rettet die Bäume – oder ich sterbe«, stand auf einem drauf. Auf einem anderen war zu lesen: »Natur ist alles, was wir haben«, und ein dritter Slogan lautete: »Eure Profitgier bringt uns um.«

Presse und Fernsehen waren begeistert. Ein Hungerstreik kam ihnen mehr als gelegen. Das mediale Sommerloch machte sich breit, die Auflagen schwächelten, und Protestkundgebungen mit lautem Geschrei und wütend erhobenen Fäusten lockten nicht einmal mehr den sprichwörtlichen Hund hinter dem Ofen hervor. Derartige Märsche fanden mittlerweile täglich statt, für oder gegen den Turbokreisverkehr, die Schulreform, einen Abschiebebescheid oder das neue Tierschutzgesetz. Von den links-rechten oder rechts-linken Demonstrationen ganz zu schweigen. Deren publikumswirksames Verwertungspotenzial war eher gering. Tränengas, ein paar Verletzte, randalierende Randgruppen, Vandalismus im Vorgarten, kurz gesagt, es war immer das Gleiche.

Ein Umweltschützer im Hungerstreik hingegen würde Quote machen. Vor allem, wenn er auch noch so attraktiv war wie der Hubert Ehrenhöfler, da gewann die Optik stets gegenüber einer detaillierten politischen Hintergrundberichterstattung. Ein knackiges Mannsbild mit halblangem Wuschelhaar, durchtrainierter Bauchmuskulatur, neckischem Flinserl im Ohr und einer tagträumerischen Vision, danach lechzte das gemeine Volk. Der attraktive Umweltschützer erfüllte alle notwendigen Kriterien, um es auf die Titelseite beziehungsweise ins Hauptabendprogramm zu bringen.

Als der Bürgermeister den kunstvoll gepflasterten Marktplatz betrat, wo der Ehrenhöfler sein Zelt aufgeschlagen hatte, brandete frenetischer Applaus auf. Mit einer Eleganz, die niemand dem korpulenten Mann im Trachtenanzug zugetraut hatte, zwängte er sich behände zwischen Blumenkübeln und Zierkürbissen hindurch, während die Damischtaler Blechbläsercombo – aus Gründen des Wohlklangs hatte man die Blasmusik umgetauft, was leider keinerlei Auswirkungen auf deren musikalische Qualität zeigte – einen Tusch spielte. Jubelrufe erklangen, während der Gamsbart auf Feyertags Hut beschwingt auf und ab wippte. Der Bürgermeister genoss diese Momente öffentlicher Bühnenpräsenz, in denen aller Augen und Ohren bewundernd auf ihn gerichtet waren. Momente, die er in letzter Zeit schmerzlich vermisst hatte.

Schon wollte er mit seiner akribisch formulierten Rede beginnen, doch auch die lärmende Combo genoss es, im Mittelpunkt der Aufmerksamkeit zu stehen, und blies sich mit geblähten Backen durch ihr halbes Repertoire. Anderswo mochte der Ton die Musik machen, in Gfrettgstätten kam es auf die Lautstärke an. Besonders die Tuba tat sich durch ihr Resonanzvolumen hervor, um das sie jede Schiffssirene beneidet hätte. Aber die Zuhörer waren an kakofonische Darbietungen gewöhnt. Sie kannten es nicht besser.

Endlich waren die Klänge des »Plutzermarsches« verklungen, und der Bürgermeister konnte das Rednerpult erklimmen und seine Ansprache halten. »Als Mensch, als Naturfreund und als Bürgermeister dieser vom Untergang bedrohten Gemeinde freue ich mich, heute an dieser Stelle verkünden zu dürfen, dass unser lieber und vor allem todesmutiger Mitbürger Hubert Ehrenhöfler fortan so lange jegliche Nahrungszufuhr verweigern wird, bis profitgierige Unternehmen den Raubbau an unseren Damisch-Auen einstellen werden. Hier geht es nicht nur um den Fortbestand einer intakten Naturlandschaft, nicht nur um das Überleben von Fischen, Vögeln und Pflanzen, hier geht es auch und besonders um unsere Lebensgrundlage. Und die lassen wir uns nicht nehmen.«

Die Combo gönnte ihm einen weiteren Tusch, sozusagen als musikalisches Ausrufezeichen, die Zuhörer applaudierten erneut und prosteten sich enthusiastisch zu.

Nur Hubert Ehrenhöfler verspürte ein leises Grollen in der Magengegend, was aber nicht an ersten Hungergefühlen lag, sondern an der impertinenten Art des örtlichen Platzhirsches.

Wie konnte dieser aufgeblasene Bauernschädl es wagen, ständig im Plural zu sprechen! Als würde es ihm persönlich an seinen fetten Wanst gehen. Manchmal hatte Ehrenhöfler überhaupt den Eindruck, als wäre er der Einzige weit und breit, der noch auf dem einst allgemein üblichen Breitengrad von Moral und Anstand wandelte. Im Unterschied zu diesen ganzen Wendehälsen und Trittbrettfahrern rundum, deren Aufrichtigkeit unter einer Türschwelle durchpassen würde.

Nur ihm ging es weder um persönliche Bereicherung noch um mediale Berühmtheit, sondern allein um den Schutz von Flora und Fauna. Mutter Erde durfte weder vergewaltigt noch ausgenutzt werden. Aber was verstand der Alois schon von Gefühlen. Dort, wo bei anderen das Herz saß, befand sich bei ihm eine Registrierkasse.

Zumindest war er mit seiner Dampfplauderei endlich fertig; fehlte nur noch der Arzt, der ihn zuvor auf geistige wie körperliche Gesundheit untersucht hatte. Wobei Ehrenhöfler Dr. Seidenbart wenig Fachkompetenz zutraute. Der Mediziner schien etwaige Krankheiten eher nach dem Zufallsprinzip zu diagnostizieren, so in der Art: Heute hatten wir bereits zwei Frakturen des Oberschenkelhalses, einen Bronchialkatarrh und sieben inakzeptable Blutdruckwerte, da würd noch was Rheumatisches fehlen. Oder wenigstens ein kleiner Gichtanfall.

Als fachkundiger Ansprechpartner in Sachen Herrenbekleidung war der Landarzt allerdings erste Wahl. Und da er heute statt vor kränkelnden Patienten vor laufender Kamera auftrat, hatte der Seidenschalträger sein ohnedies stets perfektes Outfit durch einen Anzug von Ermenegildo Zegna und handgefertigtes Schuhwerk aufpoliert. Wobei die Schuhe ihrem Aussehen nach nicht zur Fortbewegung gedacht waren. Aber Dr. Seidenbart wollte eh nicht gehen, er wollte im Rampenlicht glänzen.

Zumindest fiel seine Expertise zum Thema Hungerstreik angenehm kurz aus. Der Arzt unterstrich den normalen Gesundheitszustand des zukünftigen Hungerkünstlers, wies auf die Bedeutung von ausreichender Flüssigkeitszufuhr hin, da Verdursten weitaus schneller zum Exitus führe als Verhungern, und erging sich relativ knapp – dafür aber unter Verwendung vieler Fremdwörter – über die toxischen Stoffwechselkomponenten im Blut, Ketonkörper genannt, den Proteinabbau sowie die kritischen Grenzen des Glukosespiegels. Zudem, so der Mediziner, müsse nach einem Verlust von etwa zwanzig Prozent seines Ausgangsgewichts beziehungsweise nach drei Wochen absoluter Nulldiät mit ernsthaften, wenn nicht letalen organischen Schäden gerechnet werden. Doch er wolle den Leichenwagen nicht an die Wand malen und wünsche dem Ehrenhöfler lieber viel Gesundheit und noch mehr Durchhaltevermögen bei seinem mutigen Unterfangen. Er werde ihn, medizinisch gesehen, natürlich nicht aus dem Auge lassen. Dann strich sich Seidenbart seine Föhnwelle aus der Stirn, nickte noch einmal gnädig in die Kameraobjektive und verließ getragenen Schrittes das Rednerpult.

Wieder wurde in die Hände geklatscht, allerdings ein wenig verhaltener als zuvor. Auch wenn die Anwesenden für den Inhalt der Rede kaum Punkte vergeben hätten, verdiente doch das Erscheinungsbild des Arztes eine besondere Würdigung.

Endlich war die Bühne definitiv frei für den eigentlichen Star der Veranstaltung, Hubert Ehrenhöfler. Um ihn auch akustisch entsprechend anzukündigen, versuchte sich die Blechbläsercombo in einer atonalen, zeitlich leicht versetzten Variante von Verdis »Triumphmarsch«. Die Posaunisten hätten zwar lieber »All You Need is Love« von den Beatles gespielt, da der Arme von nun an doch wochenlang nur von Luft und Liebe leben musste, aber die Flügelhörner hatten dagegen gestimmt.

Hubert Ehrenhöfler, der der gesamten Boulevardpresse, dem Fernsehen, diversen Radiosendern und einer Delegation der Grünen aus der Landeshauptstadt bereits Rede und Antwort gestanden hatte, verspürte eigentlich keine Lust mehr darauf, noch mehr Worte zu verlieren. Dennoch biss er in den sauren Apfel und trat ans Mikrofon; das würde, symbolisch gesprochen, ohnedies seine letzte Nahrung sein.

»Meine lieben Damischtaler und Damischtalerinnen, erst wenn der letzte Baum gerodet, der letzte Fluss vergiftet, der letzte Fisch gefangen ist, werdet ihr merken, dass man Geld nicht essen kann, besagt eine alte Weissagung der Cree. Und die ist heute aktueller denn je. Skrupellose Baupiraten haben das offenbar noch nicht verstanden, denn sie haben bereits so viele Vorräte gehortet, dass man das ganze Land damit ernähren könnte. Kaviar, Austern und Sekt statt Wasser und Brot. Der Rest der Menschheit darf gerne ins Gras beißen. Interessiert sie nicht.«

Peter Protzmann und Sebastian Schnurz waren dem Ereignis natürlich ferngeblieben. Der Bankdirektor Pfnatschbacher und der Fremdenverkehrsobmann Schragl ließen sich gleichfalls nicht blicken. Zum einen hatten sie wenig Lust, sich mit faulen Eiern oder gar verschrumpelten Kürbissen bewerfen zu lassen, zum anderen wussten sie noch nicht, wen sie bestechen sollten, um diesen unerwarteten Risikoposten mundtot zu machen und danach nachhaltig zu entschärfen.

Derweil erfreute sich Hubert Ehrenhöfler noch bester Eloquenz. »Allein in Österreich werden jeden Tag zwei Hektar an Wiesen und Auwäldern verbaut, was die Zahl an dramatischen Hochwasserkatastrophen signifikant erhöht hat. Dazu kommen über viertausend Wasserkraftwerke, die angeblich sauberen Strom produzieren. Dabei bleibt die Natur auf der Strecke. Nicht einmal mehr ein Drittel aller Fließgewässer befindet sich im ökologischen Gleichgewicht, das Artensterben schreitet voran, der Grundwasserspiegel sinkt ab, und die Trinkwasserversorgung wird gefährdet.«

Instinktiv griffen die Zuhörer zum Weinglas, um ihren Flüssigkeitsbedarf zu decken.

»Nicht zuletzt müssen wir die Klimaerwärmung im Auge behalten. Schon bald können Weinberge, Kukuruzäcker und Kürbisfelder vielleicht nur noch künstlich bewässert werden. Allein, dann gibt es wahrscheinlich kein Wasser mehr. Aber dafür teure Ferienhäuser und überflüssigen Strom für gerade mal hundertzwanzig Haushalte. Und die sitzen derzeit ja auch nicht im Dunkeln.«

Zustimmendes Nicken. Zwar verstanden die Anwesenden

Ehrenhöflers Überlegungen genauso wenig wie die Relativitätstheorie, aber einem Märtyrer durfte man keinesfalls das Mundwerk verbieten. Immerhin opferte er sich für ihr Wohlergehen. So viel hatten sie dann doch kapiert.

»Kurz gesagt, das Kraftwerk ist wirtschaftlich unrentabel, die Ferienhauskolonie bereichert nur die Reichen, und den Preis dafür bezahlt die Natur. Daher werde ich ab heute passiven Widerstand leisten und mit meinen derzeit noch siebenundachtzig Kilogramm gegen diesen Raubmord ankämpfen wie einst Mahatma Gandhi. Bis zum letzten Gramm und so lange, bis der letzte Bagger am Horizont verschwunden ist.«

Was Gandhi mit Baumaschinen zu tun gehabt hatte, wusste zwar auch niemand zu sagen, aber das fulminante Finale von Ehrenhöflers Rede hatte sich wirklich gut angehört. Allgemeine Ergriffenheit machte sich unter den Zusehern und -hörern breit, sie erhoben ein weiteres Mal die Gläser, und der Widerstandskämpfer langte nach einer verschrumpelten Käferbohne, die ihm von der Dorfschönheit symbolisch als letztes Mahl gereicht wurde.

Im Vorfeld dieses hoch zeremoniellen Anlasses hatte der genaue Ablauf der Darreichung unter den einheimischen Sturschädeln naturgemäß für viel böses Blut gesorgt. Zum einen, weil die Hermine Holzapfel als jahrzehntelange Vorsitzende der katholischen Kernölfraktion darauf bestanden hatte, einen ausgewachsenen Plutzer oder zumindest ein Stamperl Kernöl zu überreichen. Aber der Bürgermeister hatte kategorisch abgewunken. An so einem Ölkürbis würde der arme Mann sich die Zähne ausbeißen, das käme überhaupt nicht in Frage; und was das Kernöl beträfe, das würde unübersehbare dunkle Flecken auf dem unschuldig weißen Büßergewand des Hungerkünstlers hinterlassen. »Des kannst dir abschminken«, hatte er sie diktatorisch angeblafft und verächtlich den Kopf geschüttelt.

Hermine war fassungslos gewesen. Da hatte sie sich ein Leben lang dafür eingesetzt, die südweststeirische Ölspur am Fließen zu halten, hatte Dutzende Kürbisbürgermeister gekürt, eine Rezeptsammlung zu Ehren des Kernöls verfasst, das Ortsbild mit Zierkürbissen aufgehübscht und war zwei Mal jährlich als Abgesandte der katholischen Kernölfraktion ins hochheilige St. Marienburg gepilgert, und das war nun der Dank für ihre Mühen? Dass der Bürgermeister gar keine Willkürherrschaft ausüben hatte wollen, sondern nur einem strategischen Kalkül folgte, das hatte die wütende Hermine Holzapfel natürlich nicht gewusst. Und wenn, es wäre ihr egal gewesen. Sie sah sich um ihr angestammtes Recht gebracht und in ihrer altjungfräulichen Ehre gekränkt. So schnell würde sie diese Demütigung nicht vergessen. Als der Feyertag dann ausgerechnet die arrogante Doppler Bibiana mit ihren hohen Stöckelschuhen, langen Kunstnägeln und dem tiefergelegten Verstand für jenen symbolträchtigen Akt der Käferbohnendarbietung ausgewählt hatte, war Hermine Holzapfel zutiefst getroffen aus dem Hinterzimmer vom Kirchenwirt gestürmt.

Dabei hegte Alois Feyertag eigentlich wenig Sympathie für die langbeinige Brünette mit dem neurotischen Wimpernklimpern, aber sie würde im Scheinwerferlicht zumindest eine gute Figur abgeben. Mehr durfte man von der spröden Dorfschönheit mit dem Charme einer Gardinenstange und dem Intellekt eines Pantoffeltierchens nicht erwarten. Zwar begann auch die Orchideenzüchterin bereits, ein wenig zu verwelken, aber die Birnstingl Gusti mit ihrem prallen Dekolleté und dem kessen blonden Haarschopf, die der Bürgermeister noch lieber in der Funktion als Käferbohnenüberbringerin gesehen hätte, hatte abgelehnt, da sie arbeiten musste. »Endlich mal ein g'scheiter Umsatz«, hatte sie gemeint und lauthals gelacht, »jetzt hilft uns der Grüne tatsächlich noch auf einen grünen Zweig.«

So gesehen war die Bibiana also eh nur zweite Wahl gewesen, aber das würde der Bürgermeister ihr niemals verraten. Vor ihrer spitzen Zunge und den scharfen Krallen hatte selbst er Respekt.

Allein dem Ehrenhöfler war's egal, wer ihm die Bohne überreichte. Er hielt sie hoch über seinen Kopf, drehte sich einmal schwungvoll um die eigene Achse und schluckte sie danach mit heldenhaftem Getue hinunter. Die leicht mehlig schmeckenden

Käferbohnen hatte er noch nie gemocht. Hätte man ihm doch einen Kaiserschmarrn mit Zwetschkenröster, sein Leibgericht, serviert.

Ein letztes Mal winkte er ins Publikum, das vor Begeisterung von den Stühlen gesprungen war und seinen Helden hochleben ließ. Ein beachtlicher Sinneswandel, wo er zuvor als grüner Gemeinderat stets wie der Trottel vom politischen Dienst behandelt worden war. Vor seinem Zelt, auf das er nun – wegen der Fernsehteams – aufrecht und gemessenen Schrittes zuschlenderte, hatten besonders kreative Köpfe sogar einen Kranz abgelegt, auf dessen blutroter Schleife stand: »Hubert, errette uns vor der Baumafia!« Ein wenig makaber wirkte das opulente, in dunklem Tannengrün gehaltene Gebinde schon. Selbst unter schlechtesten Bedingungen – also wenn Ehrenhöflers Organismus vor den Nerven der Baubetreiber kollabieren würde –, wäre erst in frühestens fünf bis acht Wochen mit einer Trauerfeier zu rechnen. Fehlte nur noch, dass irgendwelche Betschwestern ein »Ave Maria« intonierten.

Aber keine göttlichen Klänge erhoben sich, stattdessen legte die Blasmusikcombo wieder los: »We are the Champions«.

Hubert kroch eilig in sein Zelt. Als fanatischer Vertreter von passivem Widerstand hatte er wenig Verständnis für akustische Blitzkriege. Wenn das so weiterging, bräuchte er weniger medizinischen als seelischen Beistand. Er war Pazifist, er durfte sich keinen mörderischen Gedanken hingeben.

Die Massen hingegen klatschten, brüllten, grölten und johlten wie 1978 beim legendären drei zu zwei des österreichischen Fußball-Nationalteams gegen den amtierenden deutschen Weltmeister. Allesamt trunken vor Glück – oder auch vom Alkohol, das konnte man im Damischtal nie so genau sagen.

Doch das Glück ist bekanntlich ein Vogerl, das schneller fortfliegt, als einem lieb ist.

Ein Unglück kommt selten allein

Über dem Damischtal lag seit Längerem wieder ein flächendeckendes Stimmungshoch. Das tapfere Unterfangen vom Ehrenhöfler hatte selbst den notorischen Schwarzsehern ein wenig Mut gemacht, der gedankliche Trauerflor war einer kollektiven rosaroten Brille gewichen.

Weder die Plutzenberger noch die Gfrettgstättener hatten je einen echten Märtyrer in ihren Reihen gehabt, obwohl sich die idyllische Klachlkapelle ausgerechnet auf dem Märtyrermugl erhob. Der Mugl hieß aber nur deshalb so, weil der Aufstieg einen seine gesammelten Sünden in Form von Schweißtropfen und Kreislaufkrisen büßen ließ. Das kleine Gotteshaus befand sich dem Himmel halt schon sehr nahe, mit schwindelerregenden Aussichten auf die Grenzlandschaft zwischen Österreich und Slowenien, der Damisch und der Drau.

Der grüne Hungerkünstler war natürlich ein ganz anderes Kaliber. Der Hubert litt ja wirklich um seines Glaubens willen, auch wenn dieser keiner höheren Instanz, sondern Mutter Erde galt. Für deren Unversehrtheit setzte er sogar sein Leben aufs Spiel. Man würde ihn bestimmt seligsprechen, sollte er tatsächlich mit seinem Tod für seine heldenhafte Mission bezahlen müssen.

Pater Corolianus Hafernas schloss ihn bereits in seine täglichen Fürbitten mit ein, hoffte insgeheim aber auch, dass der Bau gestoppt werden würde, bevor Ehrenhöflers Herzschlag stoppte. Er fand Letzte Ölungen immer so deprimierend.

Doch noch waren alle guter Dinge, dass es nicht bis zum Äußersten, dem Exitus, kommen würde. Ein Hungerstreik war halt wirklich die Königsklasse der Protestbewegungen, da konnte man nicht einfach gleichmütig darüber hinwegsehen. Oder von oben herab – etwa von einem Baukran oder einer Baggerschaufel aus – verächtlich die Nase rümpfen. Sämtliche ihrer Manifestationen, Unterschriftenaktionen und Demonstrationen, die sich über Wochen hingezogen hatten, hatten sich als der sprichwörtliche Schlag ins Wasser entpuppt. Nicht einmal mediale Wogen hatten sie ausgelöst. Ein paar vereinzelte Randnotizen, hie und da eine Fußnote, mehr war über ihren finanziell-ökologischen Untergang nicht berichtet worden. Demonstrationen galten in Österreich längst als allgemein verbreitete Freizeitbeschäftigung, der die halbe Bevölkerung nachzugehen schien. Da war selbst die in die Klärgrube gestürzte Kuh von größerer Bedeutung. Und Naturschutz war bei der derzeitigen Regierung ohnedies kein Thema, da konnten die Bäume und Blumen absterben, so viel sie wollten. Hauptsache, die fetten Offshorekonten von Energielobby und Immobilienbranche verzeichneten gesunde Zuwächse.

Nun aber könnte sich das Blatt doch noch zu ihren Gunsten wenden. Auf den Hungerstreik fuhren die Presseleute und Fernsehfuzzis ab wie auf den endlosen Scheidungszoff zwischen Brad Pitt und Angelina Jolie. Schon am Tag nach dem offiziellen Hungerstreikbeginn wurde in ganz Österreich seitenweise darüber geschrieben.

»Umweltschützer will Leben der Damisch-Auen mit dem Tod bezahlen«, titulierte der »Kaukanische Anzeiger«.

»Mensch gegen Maschine«, verkündete der südweststeirische »Landbote«.

»Für eine Handvoll Fische«, mokierte sich das blassblaue Provinzblatt.

»Jung, attraktiv und dem Tod geweiht«, drückte der Boulevardkönig auf die Tränendrüse.

Und so weiter und so fort: »Naturfreund beweist Zivilcourage«, »Der Retter der Gelbbauchunke«, »Kampf der Umweltzerstörung«, »Hungerstreik für Baustopp« und, und, und. Im Fernsehen wurde ein Bericht über das Damischtal sogar im Hauptabendprogramm gesendet. Vom Mahatma Gandhi der Südweststeiermark war darin die Rede, von skrupellosen Bauträgern und einer rundum intakten Flusslandschaft. Da ging den Einheimischen natürlich das Herz auf.

Bereits am nächsten Morgen versammelte sich erneut der halbe Ort im Wirtshaus, diesmal jedoch, um seiner Euphorie – den heimischen Sitten und Gebräuchen entsprechend – ordnungsgemäß Ausdruck zu verleihen. Der Kirchenwirt, der noch nicht einmal die Kaffeemaschine angeworfen hatte, stürzte eilig in den Keller, um die Weinkrüge zu befüllen. Koffein mochte zwar den Blutdruck heben, aber den Gästen lag mehr an einer berauschenden Wirkung.

An einem Tag wie diesem brauchten sie keinen Muntermacher, denn eine derart anregende Ablenkung zum Alltagsklatsch bekamen sie selten geboten. Wo sich doch der übliche Dorftratsch auf den Austausch von Fehlinformationen zum Thema Beziehungsleben, Politik und Bodenpflege beschränkte. Ein Hungerstreik hatte noch nie zur Debatte gestanden. Über den zerriss man sich bedeutend lieber das Maul. Und weil Wortgefechte Appetit machten und Schilcher auf nüchternen Magen der verständlichen Artikulation nicht unbedingt förderlich war, schlugen sich die Gäste auch bald die Bäuche voll. In Gedanken an den Hubert, der seinen einsamen Kampf gegen die Baumaschinen ausfocht, führten sie eine Art Stellvertreterkrieg und aßen auf sein Wohl. Kernöleierspeis und Kübelfleisch, Klapotetzkeulen und natürlich den allgegenwärtigen Käferbohnensalat.

Nie hätte der Wirt gedacht, dass ausgerechnet ein Hungerstreik seinen Umsatz verzehnfachen könnte. In den Wochen seit Baubeginn waren die Geschäfte derart schlecht gegangen, dass selbst länger haltbare Genussmittelreserven ein Eigenleben entwickelt hatten. Maden im Speck etwa mochten zwar in Asien als Delikatesse gelten, hierzulande schlug einem ihr Anblick dann doch eher auf den Magen. Ganz zu schweigen von den einst frischen Blut- und Breinwürsten, die aussahen wie Requisiten eines Zombiefilms. Und das köstliche Bauernbrot wies mittlerweile einen Härtegrad auf, der es zwar als Waffe für Mord und vor allem Totschlag qualifizierte, nicht aber zum friedlichen Verzehr am Gasthaustisch. Alles hatte der Kirchenwirt wegwerfen müssen, ein paar tausend Euro waren nur wegen des verdammten Kraftwerksbaus vom Produzenten direkt in den Biomüll gewandert.

Als die Welt noch in Ordnung gewesen war beziehungsweise die Damisch-Auen noch wild vor sich hin gewuchert hatten, waren die Hundehalter nach ihren Gassirunden am Fluss stets auf einen stärkenden Imbiss oder ein paar kühle Getränke bei ihm eingekehrt. Dank dem elitären Hundehotel hatte im Ort ein paar Jahre lang Hochbetrieb geherrscht. Dem Gemischtwarenladen und der Fleischerei, den Gasthäusern, Weinbauern, Buschenschanken und sogar der Autowerkstatt hatte der Nobelschuppen ordentliche Gewinne beschert. Der Mechanikermeister konnte sogar einen neuen Lehrling anstellen, weil sich die großstädtischen SUVs im Realitycheck auf den Damischtaler Schlaglochpisten und Schotterwegen doch etwas schwergetan hatten. Geplatzte Reifen, Achsbrüche und kaputte Stoßdämpfer waren auf der Tagesordnung gestanden. Dann waren die lärmenden Baumaschinen angerollt, die Hotelgäste abgereist, die Umsätze eingebrochen, und den Einheimischen war das Geld fürs Gasthaus ausgegangen.

Es war ein echtes Gfrett mit die Touristen, befand der Kirchenwirt. Bevor die Hotelgäste gekommen waren, hatte sich das Damischtal ja im sanften Tourismus für Individualreisende erprobt. Sogar einen kilometerlangen Vogelstimmenwanderweg hatte es gegeben. Aber das Gebell der Hunde hatte schlecht zum Gezwitscher der Piepmätze gepasst und die meisten Birdwatcher vertrieben. Die restlichen hatte dann der Krawall der Baustelle in die Flucht geschlagen. Wie sollte man auch Zilpzalp oder Zaunkönig lauschen, wenn ganz in der Nähe ein Kettensägenensemble ans fatale Werk ging? Und wie sich an der seltenen Schachbrettblume erfreuen, wenn man dazu eine Art Hindernisparcours bewältigen musste, der aussah, als hätte ein Rudel Flusspferde Mikado gespielt? Also waren auch die wanderlustigen Naturliebhaber abgezogen. Geblieben waren eine Handvoll hartgesottener Stammgäste und Tagestouristen, die zwischen Wadlpass, Märtyrermugl und Bremsnigg eine Buschenschanktour einlegten. Und dann rasch in friedlichere Gefilde weiterfuhren. Ein botanisches Schlachtfeld war halt weitaus weniger hübsch anzusehen als eine paradiesische Wildblumenwiese.

Doch nun hatte ein einziger Mann einem ganzen Tal neuen Lebenswillen eingehaucht. Noch dazu der Hubert Ehrenhöfler, den der Wirt stets für ein weltfremdes Weichei mit Warmduscherqualitäten gehalten hatte. Ausgerechnet der schien nun den ersehnten wirtschaftlichen Umschwung einzuleiten. Ein hoffnungsfroher Gedanke, auf den auch er sein Glas erhob.

***

Während die eine Hälfte der Gfrettgstättener also bereits zu früher Stunde im Wirtshaus saß und auf ihren hungernden Helden anstieß, stand die andere in Gummistiefeln auf der Baustelle herum und studierte das Geschehen. Würden die Bauarbeiten unverändert weitergehen, obwohl Fernsehen, Radio und Zeitungen dem erklärten Feind des Hubert Ehrenhöfler aufmerksam auf die Baggerschaufeln und Kranarme schauten? Fast an jeder Aushubstelle stieß man auf einen Journalisten mit Kamera, Mikrofon und Notizblock. Beim Schlägertrupp, der einem Dutzend Schwarzerlen und Weiden an den Stamm gehen sollte, hatte sich ein Fernsehteam recht arbeitshinderlich platziert, und ein aufgedrehter Jungspund vom Hörfunk verfolgte den Statiker mit gezücktem Mikro sogar auf dessen Weg zum Container-Klo.

Von den Verantwortlichen des Projekts »Energieerlebnis 2.0« hatte sich bislang niemand sehen lassen, aber die Arbeiter hatten anscheinend die Order erhalten, ihr Plansoll ungeachtet aller Umstände zu erfüllen. Zwar hatten die meisten das Kommuniqué wegen ihrer Fremdsprachlichkeit nicht verstanden, aber hätten sich ohnedies nicht getraut, unerlaubt die Baustelle zu räumen. Die meisten von ihnen stammten aus Ungarn, Rumänien und der Slowakei und mussten mit ihrem saisonalen Einkommen ganze Großfamilien in ihrer Heimat durchbringen. Im Unterschied zu den Flüchtlingen, die längst in ferne, unwirtliche Gegenden ausquartiert worden waren, genossen die Gastarbeiter so lange ein Bleiberecht, wie sie auch ordentlich in die Hände spuckten, um das nationale Bruttosozialprodukt zu steigern. Zudem ließen ihnen die Österreicher bei derart anstrengenden, teilweise auch gefährlichen Beschäftigungen ohnedies gerne den Vortritt. Bei dreißig Grad im Schatten, umschwirrt von Trillionen an Stechmücken, knöcheltief im Wasser stehen und zentnerschwere Steine aufschlichten zu müssen entsprach nicht ganz der ortsüblichen Vorstellung vom sicheren Arbeitsplatz.

An diesem Tag hatten es die Arbeiter allerdings noch um vieles schwerer als sonst. Behindert von schaulustigen Einheimischen, die sie mit bösen Blicken und unverständlichen Schimpfwörtern bedachten, und umzingelt von rasenden Reportern, die sie noch ärger umschwirrten als die Stechmücken, kamen sie mit den Rodungen nur sehr langsam voran.

Sebastian Schnurz, der Geschäftsführer der Damischtaler Öko-Strom AG, hatte sich zwar umgehend nach anwältlichem Beistand umgesehen, aber bis dieser ein Betretungsverbot für das Baugelände sowie Polizeischutz bewirkt hatte, würde es noch ein paar Tage dauern. Und das, obwohl auch Peter Protzmann die Dringlichkeit der Sache mit einem gut gefüllten Briefkuvert unterstrichen hatte.

Erst dann würden sie weitersehen können. Die Sensationsgier dieser rückständigen Zivilisationsverweigerer am Arsch der Welt würde sich bald erschöpfen, die Energiereserven des Hungerstreiklers hoffentlich auch, und die Zeitungsfritzen und Fernsehfuzzis würden zu neuen, reißerischen Horizonten aufbrechen müssen, um die Auflagenzahlen zu halten.

Bis dahin wären auch die lukrativen Anzeigen und Inserate erschienen, die die Paradise Garden Wohntraum Immobilien GmbH bereits in allen maßgeblichen Blättern geschaltet hatte, um – wenn schon nicht die der Öffentlichkeit – so doch zumindest die Meinung der Zeitungsmacher zu ihren Gunsten zu wenden. Die Hand, die einen fütterte, biss man ja bekanntlich nicht. Und gerade die heimische Zeitungslandschaft hatte jeden Cent nötig, da die Parteienförderungen die der Presse um ein Vielfaches überstiegen.

Kurz gesagt, noch kostete der passive Widerstand des Hubert Ehrenhöfler weder Peter Protzmann noch Sebastian Schnurz schlaflose Nächte. Die unerwartete öffentlichkeitswirksame Aktion war kurzfristig etwas unangenehm, aber auf längere Sicht würden sich die Wogen wieder glätten. Ihr finanziell fundiertes Beschwichtigungsmanagement hatte bislang fast immer funktioniert. Selbst als die Grünen ihre sportlichen Ärsche noch auf die Regierungsbänke gedrückt und bei jeder Zerstörung von natürlichen Ressourcen ihr empörtes Veto eingelegt hatten, waren sie dank einer weniger naturnahen Mehrheit mit ihren Vorhaben immer durchgekommen. Und hatten dafür sogar tiefer in die Tasche greifen müssen als heute, wo im Parlament kein einziger Hahn mehr nach Umweltschutz oder Nachhaltigkeit krähte. Und das war gut so, sehr gut sogar. Die Wirtschaft musste wachsen, nicht das Unkraut. Was in den Augen von Protzmann und Schnurz alles war, das man weder essen noch teuer verkaufen konnte. Also auch Bäume, Blumen und grünes Gras. Das Gemüse kam ohnedies aus den Gewächshäusern, die wenig Platz brauchten und sich idealerweise in mediterranen Gebieten befanden. Aber Baugrund war wertvoll. Und ihnen daher sehr ans Portemonnaie gewachsen.

Willibald Pfnatschbacher, der Bankdirektor, und Balthasar Schragl, der Fremdenverkehrsobmann – dem nach dem Ausverkauf der Flusslandschaft bestimmt keine weitere Amtsperiode bevorstand –, sahen die Dinge hingegen nicht ganz so entspannt. Der Ehrenhöfler war ein sturer Hund, wenn der sich etwas in den Kopf gesetzt hatte, dann zog er das ohne Rücksicht auf Verluste durch. Und die Einheimischen waren auch nicht zu unterschätzen. Nun hatten sie sozusagen einen ideologischen Anführer gefunden, der am Hauptplatz von Gfrettgstätten gleich Jesus täglich zu seinen Jüngern sprach und die Hassgefühle dem Kraftwerk gegenüber am Köcheln hielt. Solange der Typ dort in seinem Zelt dahinvegetierte, würde kein Gras über die verunstalteten Grasnarben wachsen. Und weil der Bankdirektor und der Fremdenverkehrsobmann genug Ahnung vom gemeinen Damischtaler Volk hatten, befürchteten sie mit zunehmender Berühmtheit Ehrenhöflers auch zunehmende Ausschreitungen. Bislang waren die Proteste lautstark, doch größtenteils gewaltfrei verlaufen, sah man mal von der Watschen ab, die sich der Pfnatschbacher vom Pfnaderer Fred eingefangen hatte, als dieser von der Bankbeteiligung am Bauprojekt erfuhr. Aber verglichen mit den Handgreiflichkeiten, zu denen die Menschen hier im Rausch der Begeisterung fähig waren, fiel die Ohrfeige vom Feuerwehrkommandanten noch beinahe in die Rubrik »Liebkosung«. Vielleicht, so dachte der Bankdirektor, hätte ich dem armen Hund damals den Kredit doch nicht verweigern sollen. Die Menschen können ja so fürchterlich nachtragend sein.

Wobei es natürlich auch Befürworter des Projekts gab. Allen voran die Seilschaft Pfnatschbachers, dazu Handwerker, also die Tischler, Installateure, Fliesenleger, Elektriker und Dachdecker, die sich von den Neubauten am Ufer eine Flut an Aufträgen erwarteten. Bei den Einheimischen war ja wenig zu holen. Wohnraumgestaltung zählte nicht zu den Hobbys der Damischtaler. Daheim wurde gegessen und geschlafen, dafür reichten Bettbank, Tisch und Herd. Und die alten Bauernmöbel der Ururgroßeltern waren ohnedies weder kaputt noch kleinzukriegen. Es bestand also kein Bedarf an Neuanschaffungen. Alleine das Fernsehgerät zeugte in den meisten Behausungen vom 21. Jahrhundert.

Doch weil man keinen Bürgerkrieg entfachen wollte, hielten sich die Tischler, Installateure, Fliesenleger, Elektriker und Dachdecker mit ihren Äußerungen im öffentlichen Raum sehr zurück. Sie blieben lieber unter sich, beim Gewerbestammtisch etwa, und harrten der guten Dinge, die da bestimmt noch kommen würden.

Am Ufer der Damisch standen am Tag nach dem Hungerstreikbeginn also nur die Gegner des Projektes herum und den Arbeitern im Weg; was, wie schon gesagt, auch auf die Medienvertreter zutraf, die immer noch auf exklusive Interviews oder besondere Vorkommnisse hofften. Wenn wenigstens ein unglücklich stürzender Baum ein wenig Schaden unter den Anwesenden angerichtet hätte. Aber die fallenden Riesen zeigten sich wenig kooperativ.

Mittlerweile hatten sich auch der Bürgermeister und der Postenkommandant am Ort des Baugeschehens eingefunden. Ersterer, um auf dem aktuellen Stand der Dinge zu sein, Zweiterer, um nach dem Rechten zu sehen. Allerdings hatte der Bürgermeister den Inspektor erst nachdrücklich an seine Pflicht als Ordnungshüter erinnern müssen, weshalb die beiden erneut gemeinsam angekommen waren.

Ächzend zwängte Kapplhofer sich aus dem höllischen Gefährt Feyertags. Er würde nie verstehen, warum Männer mittleren Alters sich entweder eine junge Frau oder einen Sportwagen zulegen mussten. Gut, eine Scheidung oder gar Zweitfrau kam bei der Öffentlichkeit nicht wirklich gut an, wenn man christlicher Politiker in Österreich war, aber statt des feuerroten Cabrios, das weder in Stil noch in Form oder gar Optik zu den Trachtenanzügen des Ortsoberhauptes passte, hätte Feyertag sich doch wenigstens eine einigermaßen bequeme Familienlimousine kaufen können. Dass der Bürgermeister für ein rasantes Zwergenfahrzeug votiert hatte, um eben keinen Platz für die Familie zu haben, konnte der Inspektor ja nicht ahnen.

Feyertag, dessen Zuneigung zu seiner Gattin mit dem Quadrat der Entfernung zu ihr wuchs, wollte sein Eheweib einfach nicht mehr bei sich haben. Und da er sie schlecht daheim in der Küche anketten konnte, musste er ihr eben die Lust auf fröhliche Ausflugsfahrten nehmen. Etwa mit einem Kleinwagen, in dem ihre Korpulenz an allen Ecken und Kanten – so ein Oldtimer war nicht sonderlich gepolstert – schmerzhaft anstieß. Und der rasch und röhrend auf Touren kam, denn Pauline ertrug kein kurvenschnittiges Tempo ohne Schnappatmung. Insofern hatte sich der strategische Autokauf durchaus bewährt. Seine Gattin bestand immer seltener darauf, an seiner Seite durch die hügelige Landschaft chauffiert zu werden. Stattdessen hatte sie sich der Filethäkelei zugewandt, eine Beschäftigung, die Feyertag nicht genug loben konnte. Voller Enthusiasmus spornte er Pauline zu immer komplexeren Mustern an, weshalb sie immer mehr Zeit in ihr neues Hobby investierte. Für ihre künstlerischen Werke, die mittlerweile beinahe jeden freien Quadratzentimeter ihres Heims zierten, revanchierte er sich mit riesigen Blumensträußen und feinster Schokolade. Ganz persönlich fand er die blassbeigen Häkeldeckchen und Tischaufleger zwar potthässlich, aber er vergnügte sich eh lieber auswärts. Und im Alleingang.

Eine Spritzfahrt zu den Damisch-Auen stand zwar normalerweise nicht auf seinem Vergnügungsprogramm, aber er durfte den weiteren Verlauf dieser heiklen Angelegenheit keinesfalls aus den Augen verlieren. Wenn der Hubert schon einen derart genialen Coup hatte landen können, noch dazu im Interesse der Allgemeinheit, dann bestand durchaus die Gefahr, dass ihm dieser tiefdunkelgrüne Fanatiker im kommenden Wahlkampf das Stimmvieh abspenstig machte. Sofern er seine Mission bei einigermaßen guter Gesundheit überlebte. Und dass Gfrettgstätten einen grasgrünen Bürgermeister mit Heldendenkmal bekommen würde, das hätte ihm gerade noch gefehlt.

Menschlich gesehen bewunderte Feyertag Ehrenhöflers Aktion sogar, ihn würde bereits ein Tag ohne Nahrungsaufnahme und weicher Federkernmatratze genügen, um mit dreifachem Bandscheibenvorfall, hysterischen Tobsuchtsanfällen und einem Kreislaufzusammenbruch in der Notaufnahme zu landen. In Gedanken zog er also durchaus seinen Hut vor dem Hubert, aber politisch gesehen musste er vielmehr vor ihm auf der Hut sein. Man konnte schneller als gedacht von seinem Bürgermeisterstuhl stürzen, wenn einem das Wahlvolk nur heftig genug in den Rücken fiel. Und weil die von Gemeindeseite, also genau genommen von ihm, organisierten Protestbewegungen keinen nennenswerten Erfolg gezeigt hatten, musste er die eventuellen Fortschritte der gegnerischen Fraktion, also vom Hubert, genauestens im Auge behalten. Vor allem, wenn diese tatsächlich bauliche Rückschritte zur Folge hätten.

Manchmal hatte man es als Gemeindeoberhaupt halt sehr

schwer. Zwei Seelen wohnten ach in Feyertags Brust. Würde der hungernde Widerstandskämpfer mit seinem Vorhaben triumphieren und die Baumaschinen zum Abzug zwingen, dann könnte seine politische Vormachtstellung ins Wanken geraten. Würde Ehrenhöfler hingegen scheitern, entweder weil er tatsächlich verhungerte oder weil die Baumafia sich auch von solchen Methoden nicht abschrecken ließ, dann riskierte er zwar keine Entmachtung, dafür aber den Konkurs seiner Gemeinde. Und ein überschuldetes Tal konnte sich auch keinen Bürgermeister mehr leisten.

»Irgendwie bin ich so oder so im Oarsch«, murmelte Feyertag leise und schubste den Inspektor wie einen Schutzschild vor sich her.

Kapplhofer stapfte widerwillig voran. Von der Fahrt in Feyertags Wagen taten ihm noch einige Knochen weh, von deren Existenz er zuvor nicht einmal gewusst hatte. »Und was genau tun mir jetzt da?«, wollte er übellaunig wissen.

»Wir schauen, was passiert«, lautete die schroffe Antwort.

Kapplhofer konnte gerade noch verstehen, dass die Anwesenheit eines uniformierten Polizeibeamten möglicherweise deeskalierende Wirkung haben könnte, sofern es überhaupt zu einer Eskalation kommen würde. Er konnte sogar nachvollziehen, dass seine Anwesenheit gut ins Bild einer Fernsehübertragung passen würde – immer vorausgesetzt, dass kein Reporter ihm ein Mikrofon unter die Nase hielt –, aber er kapierte nicht im Geringsten, warum man dafür im Eilschritt Schlammlöcher queren und über Berge von Baumschnitt stolpern musste. Genauso gut hätte man sich doch einigermaßen bequem an einen der noch nicht gefällten Bäume lehnen und das Geschehen aus der Ferne verfolgen können.

Außerdem, sollte es tatsächlich zu Angriffen vonseiten der Arbeiter oder auch der Einheimischen kommen, was sollte er als unbewaffneter Provinzgendarm dagegen schon ausrichten? Er war auf Bürostuhlkleben trainiert, nicht auf asiatische Kampfkünste. Und selbst die würden gegen einen Bagger nicht viel ausrichten.

Abgesehen von den Dörflern, die ihre Wut mehr oder weniger lautstark artikulierten, und den Presseleuten, die immer noch nach einem Interviewpartner suchten, mit dem sie sich auch verständigen konnten – der Statiker hatte sich erfolgreich im Container-Klo verschanzt –, sah ohnedies fast alles so aus wie immer. Neu waren nur die Menschenmassen, die überall herumlungerten. Kapplhofer wünschte sich ja auch, dass der Hubert mit seinem Hungerstreik weiterkäme als nur ins Landeskrankenhaus zum Zwecke der Zwangsernährung und dieser Bauwahn endlich ein Ende fände. Aber nicht, weil ihm das Schicksal unbekannter Pflanzen und Tiere am Herzen lag, sondern weil er durch den Zuzug von Ferienhauskolonialisten einen Zuwachs an Arbeit befürchtete.

Aber bislang schien alles seinen gewohnten Weg zu gehen. Außer verbalen Böswilligkeiten, vereinzelten Morddrohungen und einem faulen Ei, das jemand nach einer Baggerschaufel geworfen hatte, geschah nichts, das sein Einschreiten erforderte.

Doch auf einmal brach im Fluss, dort, wo gerade an der Umgehungsrinne gegraben wurde, ein weithin sichtbarer Tumult aus. Die Maschinen stoppten mitten in der Bewegung, während die Maschinenführer eilig von ihren Geräten ins knietiefe Wasser sprangen und zu schreien begannen, als hätte ihnen soeben der Teufel auf die Schulter geklopft.

Aus der Entfernung hörte es sich so an, als würden alle »Hallo!« brüllen, was jedoch angesichts der panischen Gesten nicht sehr wahrscheinlich war. Dennoch wirkte das Verhalten der Arbeiter auf die am Ufer Stehenden so, als winkten sie ihnen voller Begeisterung zu.

»Jetzt schau dir diese Falotten einmal an«, meinte der Unterkofler irritiert zum Pimmelmoser, während beide zurückwinkten, »kaum is das Fernsehen da, tun die Gfraster auf einmal scheißfreindlich.« Ein derartiger Gesinnungswandel gefiel dem alten Bauern ganz und gar nicht. Er war prinzipientreu bis in den Tod. Ein echter Rechter halt.

»Sonst schauen s' di nur deppert an und bringen das Maul

net auf«, alterierte sich der alte Bauer weiter und spuckte als Zeichen tiefster Missbilligung aus.

»Geh, reg di ab«, suchte der Pimmelmoser seinen Nachbarn zu beruhigen. »Des sind ja alles Ausländer, die können gar nicht Deutsch.«

»Noch schlimmer, Lumpenpack, Katzlmacher, Sozialschmarotzer allesamt, kassieren können s', von meim Geld leben auch, aber grüßen nicht. Nicht mit mir.« Erneut spuckte er aus und stellte abrupt das Winken ein.

Dem Pimmelmoser, der seit Jahrzehnten neben dem Unterkofler Poldl wohnte, war schon klar, dass sein Nachbar in einem dauerhaften intellektuellen Dämmerzustand lebte, aber dessen rassistische Ader ging ihm doch sehr gegen seinen friedliebenden Strich. »Wenn s' Sozialschmarotzer waraten, taten s' nicht auf dem Bagger sitzen, oder?«, versuchte er, etwas Logik in die ideologischen Widersprüche vom Unterkofler zu bringen. »Und wenn s' von deim Geld leben müssten, waraten s' sowieso schon lang verhungert.« Ausgerechnet der Unterkofler hatte als Frühpensionist und Berufstachinierer gar kein Recht auf derartige Bemerkungen, fand der Pimmelmoser.

Weiter kamen die beiden mit ihrer Auseinandersetzung nicht. Zum einen, weil jede Diskussion mit dem Poldl so zielführend war wie drei Runden im selben Kreisverkehr, zum anderen, weil nun einer der Arbeiter das Ufer erreichte und immer noch »Hallo!« zu brüllen schien. Dabei gestikulierte er so wild in der Luft herum, als gälte es, einen Schwarm Flugsaurier zu vertreiben.

»Hallo, hallo!«, schallte es verzweifelt über die neugierig Gaffenden hinweg, die sich nun um den Bauarbeiter scharten wie Wespen um ein Honigbrot und die Lage gänzlich fehlinterpretierten.

»Servas, i bin der Hans«, bekam der Arbeiter zu hören. Oder: »Hallihallo, was machst du do?« Aber den Mann konnte scheinbar nichts beruhigen.

Erst der Rundfunkjournalist sorgte letztlich für einen echten

Funken der Erkenntnis, denn er verstand Ungarisch. Zumindest ein bisschen. *»Halott?«*

»Igen.«

»Hol?«

»A vizben.«

»Der sagt nicht ›Hallo‹«, klärte er die Umstehenden auf. »Der sagt, da ist ein Toter im Wasser.«

Der Arbeiter nickte zustimmend und wiederholte erneut: *»Halott!«*

Und wieder einmal bedauerte es der Mann von der »Neuen Südsteirischen Welle« von ganzem Herzen, beim Radio und nicht beim Fernsehen zu sein. Was half ihm der schönste Leichenfund, wenn er das Geschehen allein mit Worten beschreiben konnte? Da ging doch sämtliche Dramatik verloren. Heutzutage wollten die Leute Bilder sehen, je gruseliger, desto besser. Radio hörte man bestenfalls noch im Auto und auch nur wegen der Staumeldungen und Radarkontrollen.

Der Mann der »Neuen Welle« tat dennoch das einzig Richtige, er nahm den Arbeiter am Arm und schleppte ihn mit sich. Er musste unbedingt diesen Polizisten finden, der sich irgendwo auf dem Gelände herumtrieb. Er hatte ihn kurz gesehen, wie er in Begleitung eines korpulenten Gamsbartträgers am Gestade auf und ab patrouillierte.

Bereits nach wenigen Minuten hatten sie Glück und stießen auf den Hüter von Recht und Ordnung.

»Herr Inspektor, da liegt ein Toter im Bach«, erklärte der Reporter.

Kapplhofer zuckte zusammen, was einerseits am Anblick des riesigen Mikrofons lag, das sich der Rundfunkmann umgehängt hatte, andererseits aber auch an der Aussicht auf eine neuerliche Wasserleiche.

Der Bauarbeiter verstand zwar kein Wort Deutsch, erfasste aber instinktiv den Sinn der Unterredung und warf ein pathetisches *»Halott!«* ein.

Reflexartig echote auch der Inspektor ein »Hallo!« und sah sich nach dem Bürgermeister um. Seit einer Stunde hetzte ihn dieser Sklaventreiber vor sich her, um auch ja nicht die allerkleinste Begebenheit auf dem Baugelände zu versäumen, aber nun, da sich ein riesengroßes Problem abzuzeichnen begann, war er einfach verschwunden.

»Wo denn?«, fragte er mehr aus Pflichtbewusstsein denn aus Interesse. Mit dem ertrunkenen Polier war sein Jahresbedarf an Ablebensfällen eigentlich schon gedeckt. Zudem konnte es kein Zufall mehr sein, dass binnen einer Woche zwei Tote im selben Fluss lagen. Der Blitz schlug auch nicht zwei Mal in denselben Kuhfladen ein. Und wenn es kein Zufall war, dann war es Mord.

Zum zweiten Mal in einer Woche stand Kapplhofer also knietief im Wasser, verfluchte seinen Job und starrte auf eine Leiche. Der Tote hatte sich in den Ästen einer Pappel verfangen und blickte mit aufgerissenen Augen in den Himmel, als hätte er bis zum Schluss auf göttlichen Beistand gehofft. Der ihm ganz offensichtlich nicht zuteilgeworden war.

Und weil der Inspektor den Toten auf den ersten Blick erkannt hatte, war er sich absolut sicher, dass hier keine Fügung des Schicksals, sondern böse Mächte ihre Hände im Spiel hatten. Denn vor ihm lag der Bankdirektor. Willibald Pfnatschbacher. Mit Anzug und Krawatte, wobei der Schlips sich ziemlich gelockert hatte, sodass ihm der Knoten beinahe auf der Brust saß. Außerdem stand sein einst blendend weißes Hemd bis zum Hosenbund offen und gewährte eine abstoßend freie Sicht auf Pfnatschbachers aufgequollene rosige Brust. Ein unappetitlicher, wenngleich zumindest unblutiger Anblick.

Kapplhofer geriet in Panik. Es bedurfte aber auch wirklich keiner höheren Intelligenz, um zu verstehen, dass ein Bankdirektor im Businessanzug bestimmt nicht aus geschäftlichen Gründen am Ufer der Damisch gewandelt war, um dabei versehentlich zu ertrinken. Noch dazu, wo der Fluss im gesamten Streckenabschnitt zwischen Plutzenberg und Gfrettgstätten maximal eineinhalb Meter tief war. Zwar waren auch hier nicht auf den ersten – und nicht einmal auf den zweiten oder gar dritten – Blick Zeichen von Gewaltanwendung zu erkennen, doch der Inspektor gab sich keiner Hoffnung mehr hin, auch diesen Fall schnell zu den Akten legen zu können. Wie stets in solchen Momenten sehnte er sich sehnlichst an seinen Frühstückstisch zurück, von dem ihn der Bürgermeister – in verhasster Tradition – eilig weggerissen hatte. Und zwar gerade, als seine Mutter die ofenfrischen Wuchteln hatte servieren wollen. Wo doch jeder wusste, dass lauwarmer Germteig am allerbesten schmeckte.

Aber Wunschdenken half ihm jetzt nicht weiter. Er musste handeln, rasch, effizient und vor allem streng im Sinne des polizeidienstlichen Prozedere. Gleich drei Vorgaben, die Kapplhofer ähnlich gut beherrschte wie Apnoetauchen. Zudem schnürte ihm sein Hosenbund beinahe die Luft zum Atmen ab, weil er die Leiche nur in leicht gebückter Haltung begutachten konnte. Was seiner Denkfähigkeit auch nicht zuträglich war.

Stöhnend richtete er sich auf und versuchte, seine wirren Gedanken in beruflich korrekte Bahnen zu lenken. Obwohl ein Unglück bekanntlich selten allein kam, war der Inspektor erfahren genug, um nicht an zwei unglücklich verunfallte Wassertreter zu glauben. Kneippkuren hatte man hier schließlich noch nie praktiziert. Da er die Möglichkeit eines Verbrechens nicht mehr a priori ausschließen konnte, musste er seinem unleidlichen Vorgesetzten vom steirischen Landeskriminalamt Meldung erstatten. Allein der Gedanke warf bereits Fragen über Fragen auf. Durfte er den gewässerten Bankdirektor vor dem Eintreffen von Polizeihauptmann van Trott ans trockene Ufer bringen, oder würde er damit vielleicht wertvolle Spuren zerstören? Aber war es überhaupt möglich, in einem Fließgewässer Spuren zu hinterlassen? Auf gar keinen Fall – zumindest das wusste er sicher – konnte er sich wegen derlei Unklarheiten an seinen pedantischen Chef wenden.

Und wie sollte er es mit der Leichenbeschau handhaben? Genügte ein Blick von Dr. Seidenbart, oder stand dem Pfnatschbacher Willibald noch ein Ausflug in die Grazer Gerichtsmedizin bevor? Was sollte er den Zeitungsfritzen und Fernsehfuzzis sagen, die mittlerweile Lunte gerochen hatten und dicht gedrängt am Ufer standen? Was er auch tat, es würde bestimmt das Falsche sein. Kapplhofers Denkapparat lechzte immer stärker nach künstlicher Beatmung.

Ewig bewegungslos im Wasser zu stehen und dem verblichenen Pfennigfuchser in die toten Augen zu schauen, das war allerdings bestimmt auch keine Alternative. Und die immer drängenderen Fragen des Rundfunkmenschen wollte er schon gar nicht im Detail beantworten. Durfte es vermutlich auch gar nicht.

»Beim Geldzählen is er jedenfalls nicht krepiert«, konstatierte Kapplhofer schließlich recht einfallslos und griff nach seinem Mobiltelefon, bevor der Radioreporter ihm das Mikrofon unter die Nase halten und nachfragen konnte, wie das mit dem Geld gemeint gewesen sei.

***

Polizeihauptmann Hartmuth van Trott antwortete beim zweiten Läuten. Der magersüchtige Kriminalbeamte, dessen Lebenszweck in der verbalen Kastration seiner Mitmenschen zu liegen schien, holte beim Klang von Kapplhofers Stimme erst einmal tief Luft, bevor er sich zu einem »Sie schon wieder« durchrang.

Es war zwar mittlerweile über vier Jahre her, seit der Damischtaler Postenkommandant dem Grazer Triebtäterfetischisten die letzte Leiche, im Übrigen auch eine Wasserleiche, serviert hatte, aber der Eindruck, den Kapplhofer bei van Trott hinterlassen hatte, reichte für drei Ewigkeiten.

Tatsächlich war der Polizeihauptmann zutiefst davon überzeugt, dass dieser Verlustposten der Exekutivbehörde nicht einmal über ausreichende Ermittlungskenntnisse verfügte, um den Einbruchsdiebstahl an einem Kaugummiautomaten aufzuklären. Geschweige denn einen Mord beziehungsweise einen Totschlag. Die lahmarschige Dumpfbacke bekam ihren Arsch sowieso erst dann hoch, wenn der Täter schon an Altersschwäche verstorben war.

Das war zwar schlichtweg gelogen, aber höhere Funktionäre aus der Landeshauptstadt wie van Trott neigten aus psychohygienischen Gründen durchaus zu Momenten selektiver Vergessenheit. In Wahrheit war es nämlich so, dass ausgerechnet besagter Verlustposten zur Festnahme der seinerzeitigen Mordsbuben beigetragen hatte, während van Trott von einer ermittlungstechnischen Sackgasse in die nächste geschlittert war.

Seitdem konnte er Kapplhofer noch weniger leiden. Dieser Mensch rief bestimmt nicht an, um sich nach seinem Befinden zu erkundigen. Womit er allerdings recht hatte.

»Herr Kommissar«, bereits für diese unpassende wie unkorrekte Anrede hätte Inspektor Lahmarsch sich ein Disziplinarverfahren verdient, dachte van Trott, »wir haben eine Wasserleich g'funden. Vielleicht sogar zwei.«

Hauptmann van Trott stand kurz vor einem asthmatischen Anfall. Manchmal brauchte es eben weder Schwarzerlen noch Laktose, um intolerant zu werden. Bei ihm genügte die Stimme Kapplhofers für einen veritablen Allergieschub.

Wie in aller Welt konnte man eine oder gar zwei Leichen finden? Wie in aller Welt hatte es dieser Mensch überhaupt in den Polizeidienst geschafft? Und warum in drei Teufels Namen war er immer noch dort? Auch van Trott gingen Fragen über Fragen durch den Kopf.

»Jetzt hören Sie mir mal gut zu, mein lieber Herr Revierinspektor.« Prophylaktisch griff er schon mal nach seinem Inhalator. »Da ich davon ausgehe, dass Sie Ihren Dienst in nüchternem Zustand versehen, wenngleich Sie offenbar nicht im Vollbesitz Ihrer geistigen Kräfte sind, möchte ich Sie hiermit ersuchen, sich in einer allgemein verständlichen Art zu erklären.«

Jetzt hätte Kapplhofer nur allzu gerne aufgemuckt, denn das geschwollene Geschwafel dieses van Trottls war auch nicht gerade leicht zu verdauen, aber die hierarchischen Verhältnisse verboten ihm jeden kritischen Kommentar.

Insgeheim hatte er Jahr für Jahr gehofft, etwas über van

Trotts Versetzung nach Wien, Bludenz oder auf den Mond zu lesen, aber der Hardcore-Rhetoriker schien reviertreuer zu sein als ein Waldkauz. Zuverlässig war er dort anzutreffen, wo man ihn befürchtete. Und noch zuverlässiger versetzte er ihn in einen spontanen Erklärungsnotstand. Beim Finanzamt hätte van Trott es bestimmt schon zum Hofrat gebracht. Und das goldene Leistungsabzeichen erhalten.

Hartmuth van Trott zählte zur Gattung der ambulanten Naturkatastrophen, gegen die es keinerlei Versicherungsschutz gab. Er fegte über den gesunden Hausverstand hinweg, ließ einen Hagelschauer an hirnlosen psychologischen Haarspaltereien auf alle Andersdenkenden niedergehen und verursachte eine Schneise der seelischen Verwüstung mitsamt posttraumatischen Belastungsstörungen bei jedem, der das Pech hatte, ihm Rede und Antwort stehen zu müssen.

So wie jetzt Kapplhofer, der sich zunehmend um Kopf und Kragen redete, was sich in etwa so anhörte: Also, heute habe man natürlich nur eine Leiche gefunden, genau genommen einer der Baggerfahrer habe sie gefunden, der aber nichts außer »Hallo« sagen, also nicht reden könne, deshalb habe ihn der Radioreporter, nein, er wisse nicht, wie der heißt, zum Fundort der Leiche gebracht. Doch, der habe reden können, also der Reporter, nicht der Tote, und weil Letzterer ausgerechnet der Bankdirektor sei, der ganz bestimmt nicht im Nadelstreifenanzug ein Bad habe nehmen wollen, und weil ja in der Vorwoche schon der Polier, dessen Namen er leider wieder vergessen habe, tot im Wasser gelegen sei, also, da habe er gedacht, dass das vielleicht doch nicht mit rechten Dingen zugehen würde, obwohl der Polier laut Arzt eindeutig besoffen gewesen und noch eindeutiger einfach ertrunken sei; aber nun habe er eben Zweifel bekommen, weil zwei Ertrunkene im selben Bach binnen einer Woche, wo doch die letzte Wasserleiche schon vier Jahre zurückläge. Aber die sei damals ja erwürgt worden, wie auch immer, jedenfalls frage er sich nun, ob sich der Herr Hauptmann die zweite Leiche anschauen wolle oder ob er die Leiche nach Graz bringen solle, also zur Gerichtsmedizin natürlich, aber wenn da wirklich mehr als Wasser in den Lungen sei, dann müsse man die erste Leiche ja auch fast noch mal anschauen, nur sei die mittlerweile schon begraben, aber eh erst seit drei Tagen, weil nämlich der Vater des Toten …

Es gab Momente, in denen Hauptmann Hartmuth van Trott es schwer bereute, sich niemals ein echtes Laster zugelegt zu haben. Wie gern hätte er nun zur Flasche gegriffen oder sich rasch einen Joint gedreht, nur um diese Ansammlung an erkenntnistheoretischen Nullen weniger schmerzhaft empfinden zu müssen. Aber da er weder trank noch rauchte, blieb ihm nur der Biss in seine Fingernägel.

»Jedenfalls ist ihm das Hemd halb offen gestanden, aber Blut war nirgendwo«, fuhr der Inspektor fort. »Also, auch nicht am Polier. Obwohl ich mich jetzt schon frage, ob an dem Gerede vom Rächer des Damischtals nicht doch was dran ist. Aber weil der Ehrenhöfler jetzt ja eh in den Hungerstreik getreten ist, hätte sich der Rächer doch gar nicht mehr rächen müssen, denn –«

»Ein Wort noch, und ich bringe *Sie* um, so wahr ich hier sitze«, fiel der Hauptmann Kapplhofer ins Wort. Dann griff er nach seinem Inhalator, holte dreimal tief Luft und brüllte los: »Sie bleiben gefälligst, wo Sie sind. Und die Leiche auch. Keiner rührt sich von der Stelle. Haben Sie das verstanden?« Letzteres hatte van Trott in einer Lautstärke von sich gegeben, dass man seine Worte selbst ohne Telefon noch kilometerweit verstanden hätte.

»Aber ich –« Weiter kam der Inspektor nicht mit seiner Gegenrede, denn der Hauptmann hatte aufgelegt.

Kapplhofer seufzte. Er hasste derartige Zwerchfellmassagen. Dass sich die Leiche von der Stelle rühren würde, hielt er sowieso für äußerst unwahrscheinlich. Der Tote war Bankdirektor, nicht Gottes Sohn. Van Trotts Order, an Ort und Stelle zu verharren, stieß ihm schwer auf. Immerhin stand er knietief im dreckigen Wasser, nicht gerade der Ort, an dem er gerne länger verweilen wollte. Ihm war trotz sommerlicher Temperaturen kalt an den Füßen, und seine Schuhe gingen bestimmt schon aus dem Leim. Außerdem war er keine Trauerweide, die gerne mitten im Nass Wurzeln schlug. Viel lieber wäre der Inspektor endlich zum rettenden Ufer gegangen, um sich wenigstens auf trockenem Boden ein Loch in den Bauch zu stehen. Van Trott würde bestimmt zwei Stunden brauchen, bis er samt Leichenwagen endlich hier eintraf. Und bis dahin wäre er, Kapplhofer, entweder verhungert oder im schlammigen Bachbett versunken.

Er fragte sich gerade, wann ihm zwischen den Zehen Schwimmhäute wachsen würden, als er den Menschenauflauf bemerkte, der am Gestade sensationslüstern auf seine Rückkehr wartete. Fernsehen, Presse, Einheimische und Bauarbeiter traten sich gegenseitig auf die Füße, während sie sich nahezu synchron die Hälse verrenkten, um etwas von den Geschehnissen im Fluss mitzubekommen. Das Fernsehteam hatte natürlich den Logenplatz, erste Reihe, fußfrei, besetzt, wurde allerdings heftig vom Bürgermeister bedrängt.

Feyertag kochte innerlich vor Wut. Über eine Stunde lang hatte er den faulen Ferdl – Kapplhofer hieß Ferdinand mit Vornamen – quer durch die Landschaft getrieben, um beim geringsten Vorkommnis sofort zugegen zu sein, doch kaum hatte er sich zwei Minuten lang hinter einen Baum verkrochen, um schnell mal zu pinkeln, war ihm der Ferdl glatt abhandengekommen. Wie vom Erdboden verschluckt. Wo der Kapplhofer sich doch eigentlich immer in Zeitlupe fortbewegte. Und nun entdeckte er ihn auf einmal mitten im Bach, wo ganz offensichtlich Dinge passiert sein mussten, von denen ausgerechnet er keine Ahnung hatte. Das würde diese Dumpfbacke ihm büßen.

Der Inspektor hingegen, der das riesige Fragezeichen über den Köpfen der Menschen ahnte, genoss einen Augenblick lang seinen Wissensvorsprung. Die dort am Ufer zermarterten sich bestimmt gerade ihre kleinen grauen Zellen und plagten sich mit allen nur denkbaren Hypothesen herum. Die Fragen nach dem Was, Wer, Wie und Warum brannten den Leuten vermutlich ein Loch ins Hirn. Eine Vorstellung, bei der sich Kapplhofers Laune kurzfristig besserte. Doch dann fiel ihm wieder der tote Bankdirektor ein. Und die damit verbundenen Konsequenzen. Stress, Arbeit, Überstunden, unregelmäßige Mahlzeiten, Verhöre, Protokolle, hektische Tagesabläufe – und das ihm, wo er doch nur in Frieden seinem Pensionsantritt entgegenaltern wollte.

Natürlich, mit unendlich viel Glück konnte auch der Pfnatschbacher Willibald aus nicht nachvollziehbaren Gründen ohne Fremdeinwirkung ertrunken sein, aber der Inspektor war viel zu pessimistisch veranlagt, um sich an diesen winzigen Strohhalm zu klammern. Zudem war der Kreditverwalter von Plutzenberg leidenschaftlicher Jäger gewesen und hatte sich jede freie Minute im Wald herumgetrieben, sofern er keinem Rockzipfel nachjagte. Was hätte der also im Wasser zu suchen gehabt außer einer Meerjungfrau? Oder einem waidwunden Reh?

Auf die Schnelle würde dieser Fall sich nicht lösen lassen, das spürte Kapplhofer. An den möglicherweise zu voreilig auf dem Friedhof vergrabenen Polier mochte er gar nicht denken. Zum Glück würde er, da Dr. Seidenbart vorschriftsmäßig den Totenschein ausgestellt hatte, schlimmstenfalls als Komplize dastehen, nicht als der alleinig Schuldtragende.

Kapplhofers Gedanken wurden zunehmend grauer und grauer. Seine Lage erschien ihm rettungslos. Wenigstens trampelten die Leute nicht am Tatort herum, und die Medienvertreter standen immer noch unschlüssig am Ufer. Bis auf den Radioreporter, der geduldig abwartend und mit gezücktem Mikrofon neben ihm ausharrte, im Grunde jedoch einen recht vernünftigen Eindruck auf den Inspektor machte, weshalb er ihm schließlich doch ein paar Fakten lieferte. Und weil der Rudi – endlich hatte sich der Name des Reporters der »Neuen Südsteirischen Welle« in Kapplhofers Gedächtnis festgesetzt – über Schokoladenkekse und Müsliriegel in seinen Taschen verfügte, löste sich Kapplhofers Zunge zunehmend mehr.

Nach einer halben Stunde, zwei Packungen Crunchy Chocolate und vier Nussriegeln hatte der Rudi ein Exklusivinterview auf Band, für das ihn seine Konkurrenten von Fernsehen und Presse noch wochenlang hassen sollten. Jetzt würde der Chris vom Damischtaler Regionalfernsehen doch glatt aus dem Radio erfahren müssen, dass der langjährige Plutzenberger Bankdirektor zum zweiten Opfer der Fluten geworden war. Eine Genugtuung für den jungen Rudi, die ihn auf dem Rückweg nahezu übers Wasser gehen ließ. Ihm trottete der Baggerfahrer hinterher, der die Leiche beim Aushub von Schlamm gefunden hatte. Da allerdings weder er noch seine Kollegen Deutsch sprachen, würden die Presse und Fernsehleute sich an dem Arbeiter die Zähne ausbeißen. Aus dem ließen sich nicht mehr Informationen herausquetschen als aus den nassen Socken des Inspektors. Außerdem hatte es diesmal keinen von ihnen getroffen, weshalb die Panik unter den Bauarbeitern ein wenig geringer als zuvor ausfiel. Mit großer Wahrscheinlichkeit hatten sie den Bankdirektor nicht einmal vom Sehen gekannt. Gastarbeiter mit Dumpinglöhnen hatten normalerweise nicht zum Kundenstamm eines Pfnatschbacher Willibald gezählt. Und auch privat hatte der, sofern er nicht im Wald ansaß, in Kreisen verkehrt, zu denen Bauarbeiter nicht einmal über den Dienstboteneingang Zutritt hatten.

Irgendetwas musste ihn allerdings aufs Heftigste aus der Umlaufbahn geworfen haben, dass er in Nadelstreif und mit Seidenkrawatte baden gegangen war. Der halbseidene Schnösel hätte sich niemals freiwillig nasse Füße geholt, davon war auch Kapplhofer zutiefst überzeugt. Finanziell konnte ihm das Wasser eigentlich auch nicht bis zum Hals gestanden haben, denn der Waidmann und Schürzenjäger hatte sich erst vor ein paar Monaten ein neues Allradoffroadgefährt angeschafft. Angeblich ein Hummer und angeblich sündhaft teuer, aber der Polizist kannte sich mit Automarken nicht aus. Er fuhr, sofern es sich wirklich nicht vermeiden ließ, gerade mal mit dem Fahrrad, und zwar in einem Tempo, das annähernd seiner angeborenen Betriebsgeschwindigkeit entsprach.

Mit freiwilligen Ablebenskandidaten kannte er sich hingegen ein wenig besser aus. Die hatten entweder Schulden oder ein gebrochenes Herz; nicht so der geschiedene Bankdirektor. Daher schien es ihm undenkbar, dass man sich nach dem Erwerb einer derartigen Nobelkarosse schnell mal im Bach ertränken ging. Ganz abgesehen davon, dass die Einheimischen sich bei Kummer in Schilcher ergingen und nicht in Wasser.

Weiter kam Kapplhofer mit seinen kriminalistischen Überlegungen nicht, denn mittlerweile hatte sich die am Ufer wartende Menge in Bewegung gesetzt und stapfte in geschlossener Formation fluchend auf ihn zu.

Das war gar nicht gut, zumindest nicht für den Inspektor. Natürlich hatte der Ordnungshüter weder Absperrbänder noch sonstige Requisiten zur Absicherung der Unfallstelle bei sich. Wozu auch? Derartige Utensilien hätten ohnedies nichts gebracht. Hätte er vielleicht neben einer Wasserleiche ein Warndreieck aufstellen oder die Umrisse des Kadavers mit flotten Kreidestrichen auf die Wasseroberfläche malen sollen?

Im Interesse etwaiger Ermittlungen, die möglicherweise gar nicht stattfinden würden, durfte er den Toten auch nicht auf die Schnelle verscharren, nur damit niemand einen voreiligen Blick auf ihn werfen konnte. Er konnte also bestenfalls auf seine Autorität als Amtsperson hoffen. Doch genauso gut hätte er auf ein göttliches Wunder setzen können.

»Gehts weg, da gibt's nichts zu sehen«, suchte der Inspektor mit möglichst resoluter Stimme sich die Menge vom Leib zu halten. »Ich muss hier amtshandeln.«

Doch sein Appell stieß wie stets auf taube Ohren. Die Neugierde war viel zu groß, seine Autorität zu klein.

Dabei war Kapplhofer eine durchaus stattliche Erscheinung, deren respekteinflößender Anblick allerdings unter der Nähe zu Mutters Rock- beziehungsweise Tischtuchzipfel gelitten hatte. Dass man(n) als Mittvierziger noch bei Mama lebte, schadete seinem Ansehen doch sehr. Dagegen half auch das uniformierteste Auftreten nicht. Und weil er zudem nie von seinem Faustrecht Gebrauch machte, verhallten seine Ordnungsrufe meist ungehört.

Wie auch jetzt.

Das Fernsehteam, das ex aequo mit dem Bürgermeister eingetroffen war, war bereits auf Sendung, bevor der Inspektor seinen Satz auch nur hatte beenden können.

»Und wieder einmal, liebe Damischtaler und Damischtalerinnen, sind wir direkt im Zentrum des Geschehens. Unfassbar, von welch grausamen Vorfällen unsere schöne Heimat seit einer Woche heimgesucht wird. Erneut wurde eine Leiche im Wasser gefunden, über die –«

»Aua!« Die Kamera machte einen höchst unpassenden Schwenk Richtung Himmel, wo es außer ein paar Schäfchenwolken nichts zu sehen gab, weil der Bürgermeister dem Kameramann einen derart heftigen Tritt gegen das Schienbein versetzt hatte, dass dieser beinahe samt Ausrüstung ins Wasser fiel.

Feyertag war entschlossen, sich eine zweite Schauerberichterstattung auf gar keinen Fall bieten zu lassen. Und wenn er diesen Quotenheinis dafür eigenbeinig in die Eier treten müsste. »Und erneut weist nichts und niemand auf ein Gewaltverbrechen hin!«, brüllte er sicherheitshalber auch gleich ins Mikrofon, damit nur ja keine Missverständnisse aufkamen. Er würde den Ruf seiner Gemeinde bis zur letzten Sekunde dieser vermaledeiten Aufzeichnung verteidigen.

Ein Unterfangen, das auch dem Inspektor mehr als gelegen kam. Fake News im Fernsehen brachten stets Berge an realen Scherereien mit sich. Daher schloss er sich den Zwischenrufen des Bürgermeisters ebenso lautstark an. »Zum derzeitigen Standpunkt der Ermittlungen können wir sowieso nichts über das bedauernswerte Opfer sagen. Außer dass es tot ist.«

»So ist es«, bestätigte Feyertag, dem es mittlerweile gelungen war, das Mikro an sich zu reißen. Dem Fernsehteam, das mit seiner schweren Ausrüstung dicht gedrängt im Wasser balancierte, fehlte es an der nötigen Bodenhaftung, um seine Standpunkte ausreichend zu verteidigen.

»Jössas Maria, das is ja der Pfnatschbacher Willi«, drängte sich nun auch der Unterkofler Poldl ins Rampenlicht, stolperte über einen schwimmenden Ast und hielt sich im letzten Moment am Pullover des wütenden Fernsehreporters fest.

»Jo, bist du deppert«, sekundierte ihm der Pimmelmoser Paul und schlug dem Kameramann jovial auf die Schulter. »Schon wieder a Leich. Is der auch ersoffn, oder haben s' den wegen seiner hohen Zinsen abg'murkst?«

Das Fernsehteam wurde geschubst und bedrängt, während der allgemeine Lärmpegel jeden reißerischen Kommentar des Reporters übertönte. Und weil auch die anderen Presseleute mittlerweile an vorderster Front Aufstellung genommen hatten und eifrig in ihre Diktiergeräte sprachen, verstand man schon bald sein eigenes Wort nicht mehr.

Dass der Pfnatschbacher selbst als Toter noch Schlagzeilen machen würde, hätte Kapplhofer jedenfalls nie gedacht. Aber der Bankdirektor hatte ja bereits zu Lebzeiten immer wieder für mediale Aufregung gesorgt. Der Inspektor konnte sich noch gut an das Frühlingserwachen vor vier Jahren erinnern, als der leidenschaftliche Sonntagsjäger eine adrette Fremdenführerin am Vogelstimmenwanderweg angeschossen hatte. Dabei hatte das hübsche junge Ding mit der Gretlfrisur sich nur nach einem Blümchen gebückt. Oder an das letzte Jahr, als es um die dubiose Kreditvergabe an eine noch dubiosere Immobilienfirma gegangen war, die das ganze Geld in den Sand gesetzt hatte und danach auf Nimmerwiedersehen verschwunden war. Von seinen kostspieligen Eskapaden als Präsident des Damischtaler Fußballvereins ganz zu schweigen. Selbst unter dem Verdacht der Geldwäsche hatte der Pfnatschbacher immer wieder gestanden, doch war es ihm stets gelungen, sich von jedem Makel reinzuwaschen. Hinter Gittern war er jedenfalls nie gelandet, dafür aber jetzt in der Damisch gestrandet. Kurzfristig erwog auch der Inspektor das Gerücht vom Rächer des Damischtals. Im Unterschied zum Tod des Baupoliers, der weder Vorstrafen noch einen üblen Ruf besessen hatte, hätte man einen vorsätzlichen Mord am Bankdirektor in mancherlei Hinsicht bestimmt als gute Tat empfinden können.

Was auch die Einheimischen größtenteils so sahen. Also all jene, denen Pfnatschbacher entweder die Finanzierung des Eigenheims verweigert oder an deren Kreditzinsen er sich bereichert hatte. Sowie jene, deren Ehegattinnen in sein Beuteschema gefallen waren. Und all jene, denen er bei einem seiner Jagdausflüge den Hund oder die Katze erschossen hatte. Ein paar Unternehmer wussten zwar auch Positives über Pfnatschbacher zu berichten, weil er gegenüber Gewerbetreibenden, je nach Branche und Befindlichkeit, eine durchaus großzügige Hand bewiesen hatte, aber die Nutznießer seiner Kapitalpolitik waren eindeutig in der Minderheit.

Dementsprechend hörten sich nun auch die meisten Kommentare an. »Schau dir den Trottel an, hätt er halt Schwimmen g'lernt, statt anderen Leut das schwer verdiente Geld aus der Taschen zu ziehen«, bemerkten die einen. »Mit seinem Hummer warat ihm das net passiert«, frotzelten die anderen. »Was hat der überhaupt da g'sucht? Wollt er ein Flusspferd erlegen, oder was?«, fragten sich die praktisch Veranlagten. »Geh, in der Drecksuppn lebt ja nicht einmal mehr ein Frosch«, bedauerten die Naturfreunde und warfen einen traurigen Blick in die trüben Fluten. Immer mehr Menschen fanden sich ein.

»Vielleicht hat er das mit der Geldwäsche ja einfach falsch verstanden«, meldete sich auch Feyertag zu Wort, diesmal jedoch mit dem Rücken zum Mikrofon.

»Meine Güte, der schaut aber gar nicht g'sund aus«, meinte die Birnstingl Gusti, die im Gegensatz dazu aussah wie Rotkäppchen. Zwar ohne Wald und bösen Wolf, dafür aber mit appetitlich gefülltem Korb und ihrem legendären freizügigen Dekolleté, welches den Kameramann zu einem Schwenk in die gänzlich falsche Richtung verführte. Mitleidig beugte sie sich zum Bankdirektor hinunter, der wie nasse Wäsche über zwei dicken Ästen hing. Nur seine Beine baumelten noch im Wasser. Aber das war egal, er konnte sich ohnedies keine Erkältung mehr holen.

Die umstehenden Männer hingegen bückten sich gleichfalls interessiert nieder, allerdings weniger, um dem toten Willibald ins leichenblasse Gesicht zu schauen, sondern vielmehr der rotwangigen Gusti auf die Brüste.

Die Buschenschankwirtin war ja auch wirklich eine Augenweide. Wie dieses wunderbare Weib nur so frisch in Saft und Kraft stehen konnte, wo doch eigentlich sie alleine den Laden schmiss. Ihr Mann bezeichnete sich zwar als Winzer und trieb sich dementsprechend den lieben langen Tag im Weinberg herum, aber vor allem trank er – und war sich selbst sein bester Kunde. Den Rest, also alles außer zu trinken, erledigte die Gusti. Sie kochte, wusch, putzte, spielte Zimmermädchen, Fremdenführerin und Buschenschankwirtin, versorgte Kinder, Mann, Haustiere und Herbergsgäste – stets blendend gelaunt. Und brachte ihrer, nach allgemeinem Dafürhalten, eindeutig schlechteren Hälfte sogar noch zweimal täglich das Essen zwischen die Rebstöcke, damit der stille Säufer nicht vom Fleisch fiel. Es musste wirklich ein harter Job sein, im Selbstversuch die Schmerzgrenze seiner Leberzellen zu erforschen. Wobei kein einziger männlicher Bewohner des Damischtals verstand, was man bei einer Frau wie der Gusti noch in einem Weinberg verloren hatte. Die brauchte man sich nicht schönzutrinken, die war bereits nüchtern eine Schönheit. Und weil die Weinberge der Birnstingls von der Buschenschank auf dem aussichtsreichen Bremsnigg bis zu den Damisch-Auen reichten, war es kein Wunder, dass der Gusti auf ihrer Rotkäppchen-Tour die Menschenmassen im und am Fluss aufgefallen waren.

Es sah wirklich geradezu märchenhaft aus, wie sie da in ihrem roten Dirndlkleid mit einem Korb voller Kübelfleisch und Käferbohnensalat vor einem Toten im Wasser stand. Als wollte sie ihm noch rasch das letzte Abendmahl servieren. Wenngleich zu ungewohnt früher Stunde. Aber der Willibald hatte leider keinen Appetit mehr.

Das Leben war halt ungerecht. Und in Pfnatschbachers Fall auch viel zu kurz gewesen. Da hätte der Schürzenjäger endlich mal einen feinen Braten vernaschen können, aber nein, stattdessen hatte er in die Algen gebissen.

»Dass ausgerechnet die mit dem größten Hunger als Erste den Löffel abgeben«, wunderte sich auch der Kapplhofer und erntete verwunderte Blicke von ein paar Presseleuten, die den Bankdirektor nicht persönlich gekannt hatten.

»Mich tat immer noch interessieren, was der in diesem Aufzug im Wasser g'sucht hat«, insistierte der Bürgermeister, aber wer außer dem Toten hätte ihm das sagen können?

»Vielleicht wollt er ja nur pinkeln«, warf der Unterkofler ein. Als frenetischer Vertreter des Frischluftbrunzens hatte er vollstes Verständnis für Menschen, die bei der Suche nach dem idealen Pinkelplatz auf gefährliche Abwege gerieten. Er selbst war auch schon etliche Male eine Böschung hinuntergerutscht oder in einen Graben gestolpert, nur weil er nach einem uneinsichtigen Ort gesucht hatte, um seine Blase zu erleichtern.

»Und deshalb is er vorsätzlich zu Fuß an den Bach marschiert«, meinte der Pimmelmoser mit vergeudeter Ironie, »weil ein Wirtshaus gibt's hier ja weit und breit nicht.«

»Vielleicht hat er auch ein Blind Date g'habt, im Finsteren«, wagte die Gusti einen kriminalistischen Vorstoß. »So fesch, wie er an'zogn is.«

»Da hätt er aber die Hosen offen g'habt und nicht das Hemd«, bemerkte der Trafikant aus Plutzenberg recht schlüssig.

Immer mehr Menschen wateten durchs Wasser. Sogar die Wirtshausrunde hatte sich mittlerweile eingefunden. Eine echte Leich bot doch mehr Gesprächsstoff als ein nur hypothetisch Verhungernder. Ergo hatte man das Gerede über die heldenmütige Tat vom Ehrenhöfler mitten im Satz abgebrochen und die Gläser im Aufstehen geleert, kaum dass die Nachricht von der neuen Wasserleiche eingetroffen war. Hier bekam man immerhin was zu sehen, gebührenfrei und auf Breitwand.

Kapplhofer war ja ein großer Feind von Handynetzen und Mobiltelefonen. Nicht, dass ihn die angebliche Strahlung gestört hätte, aber seit deren Erfindung konnte man nichts mehr geheim halten, und beruflich pochten alle auf dauernde Erreichbarkeit. Wie geruhsam wäre die Welt ohne diese nervtötenden Dinger. Früher hätte man den Toten einfach ins Leichenschauhaus gebracht, und er hätte ein knappes Telegramm an van Trott geschickt: »Leiche mit unklarer Todesursache gefunden«, oder so. Dann hätte er gemütlich daheim warten und in seine Wuchteln beißen können. Denn Telegramme konnten nur gelesen, nicht aber direkt diskutiert werden. Eine kommunikative Sackgasse vom Sender zum Empfänger sozusagen, in der er mit seinem Vorgesetzten niemals zusammengestoßen wäre.

Als hätte er Kapplhofers Gedanken geahnt, bog der unwillkommene Abgesandte des Landeskriminalamts in diesem Moment auf den holprigen Uferweg ein.

Mit geübtem Auge erkannte van Trott schon von Weitem den Fundort. Dort herrschte ein Auflauf wie auf der Münchner Wiesn. Überall stapften diese Hinterwäldler herum und trampelten garantiert jede verwertbare Spur zu Tode. Und diese Niete von Polizist hatte natürlich keinerlei Vorkehrungen zur Sicherung des Tatorts getroffen. Wenn es sich denn um einen Tatort handelte und dieser gewässerte Bauernschädl nicht einfach im Suff abgetaucht war. Auch dem Hauptmann wäre die Variante am allerliebsten gewesen. Er hasste diesen Landstrich, er hasste die Bewohner dieses Landstrichs, und am allermeisten hasste er Revierinspektor Kapplhofer.

Seit über zwanzig Jahren im Dienst, zählte Polizeihauptmann Hartmuth van Trott zu den effizientesten Massenvernichtungswaffen, über die das Landeskriminalamt verfügte. Wo immer er die Rhetorikkeule schwang, ließ er flächendeckend mundtote Menschen zurück. Ganz zu schweigen von seinem einzigartigen Talent, jedem seiner Gesprächspartner umgehend das Gefühl zu vermitteln, ein Schwerstverbrecher zu sein. Egal, ob man wirklich schuldig war oder einfach nur zufällig zur falschen Zeit am falschen Ort herumstand. Wie eben nun all jene, die dem Bankdirektor schadenfroh oder sensationslüstern die letzte Ehre erwiesen.

Kaum hatte van Trott den Ort des Geschehens erreicht und die Menge nahezu geschlossen unter Generalverdacht gestellt und mit stundenlangen Verhören gedroht, verspürten die Anwesenden spontane Sehnsucht nach Haus und Herd, der sie umgehend nachzugehen trachteten. Sogar die Medienvertreter hatten es auf einmal recht eilig, in ihre Redaktionen zurückzukehren. Auf Klagen wegen Behinderung der Polizeiarbeit oder dergleichen legten auch die Sprachrohre der angeblich öffentlichen Meinung wenig Wert.

Der Hauptmann, für den jeder Besuch hier am Ende der zivilisierten Welt einem Höllenfahrtskommando gleichkam, genoss wie stets die Schrecksekunden, die sein Auftauchen dem anwesenden Publikum bereitete. Nach einem kurzem Vortrag über seinen Kompetenzbereich und eine rasche Einführung in die entsprechenden Paragrafen des Strafgesetzbuchs zog er zum besseren Verständnis für alle, die des Beamtendeutsch nicht ausreichend mächtig waren, auch noch seinen Fingerabdruckscanner hervor und fauchte in die Menge: »Freiwillige vor!« Schon war keine Menge mehr zu sehen, sondern nur noch Leerstand, also bis auf Kapplhofer, ihn selbst und den Toten. Sogar Bürgermeister Feyertag hatte eilig das Weite gesucht. Dabei hätte ein Revierkampf der Wichtigtuer bestimmt seine Reize gehabt.

Sobald die Schaulustigen abgezogen waren, wandte der Hauptmann sich mit unheilvollem Blick seinem Provinzadlatus zu. Van Trott hielt generell wenig von den Damischtaler Sterzfressern, deren einzige Beschäftigung darin zu bestehen schien, arbeitenden Menschen hinderlich vor die Füße zu laufen. Falls sie nicht gerade am Wirtshaustisch vor dem Suffkrug saßen und sich das Maul über die Vorkommnisse ihrer kleinkarierten Welt zerrissen. Für den Hauptmann waren die Einheimischen der beste Beweis, dass Darwins Theorie nicht stimmen konnte. Denn sonst wäre die menschliche Rezession der Entwicklungsgeschichte, für deren herausragendsten Vertreter er Kapplhofer hielt, längst ausgestorben. Doch alle Bewohner schienen sich bester Gesundheit zu erfreuen, sehr zum Leidwesen des Hauptmanns, der am liebsten das gesamte Damischtal tot aus den Fluten geborgen hätte.

»Also, mein lieber Herr Inspektor«, hob er nun zu seiner Strafpredigt an, »ich muss bestimmt nicht betonen, wie wenig mich ein Wiedersehen mit Ihnen erfreut.« Dabei bohrte er Kapplhofer einen seiner mageren Finger anklagend ins Brustbein. »Aber wir alle müssen Opfer bringen, wenn die Pflicht ruft.«

Insgeheim fand Kapplhofer, dass das kulinarische Opfer, das er bereits heute Morgen in Form von ofenfrischen Wuchteln gebracht hatte, ihm ein eindeutig mildtätigeres Schicksal als zweieinhalb Stunden Wassertreten samt nachfolgender Kopfwäsche von van Trott bescheren hätte müssen.

»Was also können Sie mir berichten? Warum liegt dieser Mann hier? Und warum wie in einem Streichelzoo, angestarrt von lauter Damischen, die nichts, aber auch gar nichts, an einem Tatort verloren haben.« Das war natürlich keine Frage, sondern ein amtlicher Verweis zweiten Schweregrades.

Der Inspektor zog entsprechend schuldbewusst den Kopf ein.

»Warum in aller Welt haben Sie den Tatort nicht ordnungsgemäß gesichert und vor dem Getrampel dieser Idioten geschützt?«

Jetzt hätte der Inspektor natürlich wahrheitsgemäß antworten können, dass er erstens gar nicht sicher war, ob man hier von einem Tatort sprechen konnte, er zweitens nicht vorausblickend bereits am Morgen mit Absperrbändern und Pfefferspray bewaffnet aus dem Haus gegangen war – er hatte nur versehentlich die hübsche, von seiner Mutter händisch bestickte Serviette eingesteckt – und er als Einmannbetrieb den vermeintlichen Tatort auch nicht hätte verlassen können, um sich besagte Sicherungsrequisiten zu beschaffen, und dass es drittens völlig sinnbefreit gewesen wäre, mitten im Wasser Bänder anzubringen, da man diese ja schlecht den Fischen um die Flossen binden konnte. Bestenfalls hätte er ein paar Fähnchen in den Wind hängen können, fixiert an entwurzelten Bäumen, entsorgten Paletten und vor sich hin dümpelndem Strauchwerk.

Und was die hoch entwickelte Neugier seiner Landsleute betraf, die hätte er unter den gegebenen Umständen allein mit gezogener Waffe einbremsen können. Zudem hielt Kapplhofer es für sehr unwahrscheinlich, in einem Bachbett, durch das tonnenschwere Baumaschinen rollten, menschliche Fußspuren zu finden. Aber wie stets hielt sich der Inspektor van Trott gegenüber demutsvoll an sein Schweigegelübde und antwortete erst gar nicht. Dem Hauptmann ging es ohnedies nicht um einen anregenden Dialog, sondern um kommunikativen Krieg. Dessen Opfer nun Kapplhofer war, der sein Haupt gleich noch ein wenig tiefer senkte.

Aber der Hauptmann war noch nicht fertig mit ihm und seiner arthritischen Arbeitsmoral. Und hatte, wie erwartet, keine Antwort gewollt. »Zudem, mein lieber Kapplhofer, würde ich gerne erfahren, was genau Ihnen an diesem Todesfall suspekt erschienen ist.«

Nun konnte der Inspektor sich nicht mehr durch ein schuldbewusstes Mienenspiel retten. Er musste seine Überlegungen in einigermaßen verständliche Sätze fassen, präzise, knapp und klar ausformuliert. »Herr Hauptmann.« Er versuchte, die Hacken zusammenzuschlagen, was mit dem Wasser drum herum aber nur eine kleine Welle zur Folge hatte, die ihm gegen die Oberschenkel schwappte. »Herr Hauptmann, die Verdachtslage meinerseits hat sich aufgrund der Tatsache ergeben, dass bereits vor genau neun Tagen der Polier der Baustelle tot aufgefunden wurde. Und zwar auch in diesem Gewässerabschnitt.«

»Und warum haben Sie dann einen zweiten Todesfall abgewartet, um uns darüber zu informieren?« Der Hauptmann benutzte gern den Pluralis Majestatis. Ob er das Landeskriminalamt mit einschloss oder durch die Verwendung auf seine immense Bedeutung als kriminalistischer Spürhund hinweisen wollte, entzog sich Kapplhofers Kenntnis. Es wäre ihm aber auch egal gewesen, denn der Inspektor befand sich in akutem Argumentationsnotstand.

»Da der Polier sehr stark alkoholisiert war und eindeutig durch Wasser in der Lunge verstarb«, so zumindest hatte es Dr. Seidenbart erklärt und ihn sogar über diesen Schaumpilz in Kenntnis gesetzt, der ein sicheres Indiz für Tod durch Ertrinken sei, »habe ich keine Notwendigkeit gesehen, Sie zu verständigen.« Ungemein schmeichelnd setzte Kapplhofer noch nach: »Weil Sie halt so viel beschäftigt sind.«

»Und da jetzt auch ein zweiter Mann nach einem freiwilligen oder eben unfreiwilligen Tauchgang tot gefunden wurde, finden Sie, dass ich doch unterbeschäftigt bin, oder wie?«

Ferdinand Kapplhofer zuckte zusammen. Wie stets hatte van Trott umgehend den Haarriss in seinem wohlüberlegten Argumentationsstrang gefunden. »Nein, natürlich nicht, aber zwei Ertrunkene als Zufall abzutun schien mir dann doch etwas voreilig. Beim Tod des Poliers bestand ja keinerlei Verdacht auf Fremdeinwirkung.«

»Das behauptet wer?«

»Dr. Seidenbart.«

»Seit wann sind Landärzte für Kapitalverbrechen zuständig?«

»Aber das war doch kein Verbrechen.«

»Und wenn es kein Verbrechen war, warum soll der hier«, van Trott warf einen bösen Blick auf den Bankdirektor, »dann Opfer eines solchen geworden sein?«

Der Inspektor verfiel langsam in Schnappatmung. Die Haarspaltereien des Hauptmanns waren noch schlimmer als dessen rhetorische Rundumschläge. »Ich bin auch nicht von einem Verbrechen ausgegangen, Herr Hauptmann, aber aufgrund meiner geringen Erfahrung mit schweren Straftaten wollte ich das definitive Urteil Ihnen überlassen. Weil Sie ja so viel mehr Wissen und Erfahrung haben als ich.«

Endlich hatte der Inspektor den richtigen Ton getroffen, und sein Vorgesetzter besänftigte sich ein wenig.

»Soso, ja, mhm«, murmelte er und lenkte seine Aufmerksamkeit endlich auf den Toten.

Nachdem Kapplhofer ihn über das Auftauchen des Willibald Pfnatschbacher in einer Baggerschaufel informiert hatte, zog der Hauptmann ein kleines, in Leder gebundenes Büchlein hervor und notierte in seiner gestochen scharfen Handschrift die Eckdaten des Falls.

Und weil er den Inspektor für keine vertrauenswürdige Quelle hielt, ließ er sich jeden Satz dreimal wiederholen, bevor er den Befehl zum Abtransport der Leiche gab.

»Wieder einer, der dem alkoholischen Zehnkampf gefrönt

hat«, meinte er zum Fahrer des dunklen Kombis. »Nicht mal mehr ordentlich anziehen konnte er sich.« Der Hauptmann warf einen letzten, geringschätzigen Blick auf den Körper des Bankdirektors. Ein bis zum Bauchnabel offenes Hemd, ein Fuß mit Socke, einer ohne – eine derartige Nachlässigkeit gestand er nicht einmal einem Toten zu. Angewidert steckte er Stift und Büchlein wieder ein, kehrte dem Inspektor seinen knochigen Rücken zu und sagte: »Sie werden von mir hören.«

Was so bedrohlich klang, wie es gemeint war.

Dass nun auch der Bankdirektor den Jordan hinabgetrieben war, hatte zwar den Großteil der Damischtaler durchaus erfreut, nicht aber die zukünftigen Baustellenprofiteure. Kaum hatte sie die Nachricht von Pfnatschbachers Ableben erreicht, wurde eine dringliche Krisensitzung anberaumt, denn Protzmann, Schnurz und Schragl sahen jetzt wirklich ihre lukrativen Felle davonschwimmen. Gegen den Hungerstreik vom Ehrenhöfler hätten sie schon noch eine effiziente, schlimmstenfalls nachhaltige Lösung gefunden, aber der Tod vom Pfnatschbacher warf ihre minutiös ausgearbeiteten Pläne über den Haufen und ließ den Geldfluss stocken.

Daher fanden sie sich bereits zu früher Stunde in Protzmanns Grazer Büro ein, um den eingetretenen *worst case* zu diskutieren. Oder auch zu bejammern.

»Ich pack's immer noch nicht«, seufzte etwa Fremdenverkehrsobmann Schragl und starrte in seine längst geleerte Tasse, als wollte er Zukunft und Vergangenheit aus dem Kaffeesatz lesen. »Jetzt sind wir gestern noch z'sammg'sessen und haben über den Ehrenhöfler g'red und wie lang er seine Kostverweigerung durchhalten wird, und statt dass der grüne Aff verhungert, geht der Willi mit unserem Geld baden.«

»Der muss direkt nach unserem Gespräch ans Wasser g'fahren sein, weil er ja noch sein schönen Anzug ang'habt hat«, bemerkte Sebastian Schnurz und kratzte sich überfragt zwischen den Beinen.

»G'fahren is er nicht, sein Wagen is daheim g'standen«, wusste Schragl zu berichten, der näher an den dörflichen Informationsdrehscheiben saß. »Aber was in aller Welt hat der überhaupt am Wasser zu suchen g'habt?«

»Vielleicht wollt er ja den Fortschritt der Baustelle anschauen«, mutmaßte Schnurz.

»Bestimmt. Mitten in der Nacht. Im Nadelstreifenanzug. Nach einem halbstündigen Fußmarsch in völliger Finsternis. Ja, haben s' euch ins Hirn g'schissen, oder was?« Peter Protzmann traute seinen Ohren nicht. So viel hochprozentige Geistlosigkeit bekam er nur selten zu hören. Zudem war es seiner Ansicht nach völlig nebensächlich, was der Pfnatschbacher so spät am Wasser getrieben hatte. Was zählte, waren alleine die Konsequenzen seines Unfalls. An einen Mord mochte auch der Inhaber der Paradise Garden Wohntraum Immobilien GmbH nicht glauben, denn das würde bedeuten, dass jeder von ihnen der Nächste sein könnte.

Noch ging es aber darum, zu retten, was zu retten war. Der Bankdirektor hatte ihnen, also ihm und Schnurz, äußerst günstige Kredite eingeräumt, um Kraftwerk und Ferienhäuser zu realisieren. Wobei er bei der Aufstellung der Kosten das erste und bei den zu erwartenden Gewinnsummen auch das zweite Auge zugedrückt hatte. Wer auch immer Pfnatschbachers Nachfolger sein würde, er würde bestimmt genauer hinsehen. Es sei denn, man verklärte auch dessen Blick durch üppige Zuwendungen. Was wiederum den eigenen Gewinn schmälern würde. Und vor allem Problem Nummer zwei nicht aus der Welt schaffte, nämlich den steuerfreien Transfer ihrer Erträge ins Ausland, den Pfnatschbacher bereits in die Wege geleitet hatte. Und dem sie irgendwie auf die Spur kommen mussten, ohne ins Fadenkreuz der Finanzfahnder zu geraten. Der Bankdirektor hatte sie viel zu wenig in seine Aktionen eingeweiht. Guter Rat war also teuer, sehr teuer sogar.

Protzmann griff nach einem Block und begann zügig zu rechnen, die beiden anderen übten sich in heldenhafter Ratlosigkeit, während sie weiterhin in ihre Kaffeetassen starrten.

Niemand sprach ein Wort.

***

Rüdiger Bartenstein fluchte. Der Zweiländerpanoramaweitwanderweg war schwerer zu finden als der Heilige Gral. So idyllisch die Landschaft mit all ihren Mugeln, Kogeln, Hügeln und sonstigen Erhebungen auch war, es war fast unmöglich, als Ortsunkundiger hier den rechten Weg einzuschlagen.

Schon dreimal waren sie falsch abgebogen, was angesichts all der unterschiedlichen Wanderrouten zwischen Damischtal, Wadlpass, Bremsnigg und Slowenien nicht verwunderlich war. Da kreuzten Grenzlandwege die Panoramaweinstraßen, Dichterpfade querten Kirchturmrouten, und Wanderreiter, Vogelstimmenfans und Hunderundengeher kamen auch auf ihre fußläufigen Kosten. Ganz zu schweigen von den Pilgern und Mountainbikern. Damit sich die verschiedenen Zielgruppen nicht hoffnungslos verirrten, waren die diversen Routen durch farbige Streifen an strategisch günstig positionierten Bäumen markiert. Was prinzipiell durchaus zielführend gewesen wäre. Blau für die Weinstraße, Rot für die Grenzgänger, Weiß für die Pilger und so weiter. Doch irgendein Spaßvogel hatte aus allen Markierungen bunte Regenbögen gemalt, was jegliche Orientierung anhand der offiziellen Wegweiser zunichtemachte. Rüdiger wusste einfach nicht weiter. Unter ihnen erstreckten sich Streuobstwiesen und Kukuruzäcker, Weinterrassen und Kürbisfelder, vor ihnen grasten ein paar dekorativ gruppierte Kuhherden, linker Hand befand sich ein Schild mit der kryptischen Bezeichnung »Fotzhoblmuseum«, und rechts von ihm standen sein Weib und sein Sohn und bedachten ihn mit vorwurfsvollen Blicken.

Dabei trugen gerade diese beiden Schuld daran, dass er seine ohnedies karg bemessenen Urlaubstage seit Jahren in dieser damischen Gegend verbringen musste, in schwer verständlicher Gesellschaft endemischer Primatenmutationen und ohne Hoffnung auf Fernsehschlafen, Fußballgucken oder ähnlich entspannende Freizeitbeschäftigungen.

Damit nicht genug, änderte Hildegund ständig ihre Wohlfühlansprüche. Vor einigen Jahren hatte er sie von Schmankerlfest zu Schmankerlfest chauffieren müssen; gar nicht genug hatte sie von den urtümlichen Sitten und Gebräuchen der Menschen hier bekommen können. Kirchweihfeste und Kürbisschlachten, Fackelzüge, Festzeltkrawall und Sterzfressereien – überall hatten sie dabei sein müssen. Im Jahr darauf hingegen fuhr sie allein auf Wellnesswonnen, Esoterikquatsch und Massagen ab. Drei Wochen lang hatte sie ihn täglich zu Sauerkrautwickeln, Ayurvedabehandlungen, Klangschalengebrumme, Kuschelkomakuren und Astralleibdiskussionen mitgeschleppt. Und heuer hatte sich ihr Spatzenhirn zur Gänze auf Naturnähe und Naturkost fokussiert. Mit dem betrüblichen Ergebnis, dass sie ihn – im wahrsten Sinn des Wortes – im Frühtau zu Berge kommandierte. Dabei residierten sie ohnedies schon in der durchaus luftigen Pension der Birnstingl Gusti, mit angeschlossener Buschenschank und herrlichen Ausblicken auf die Landschaft. Zumindest wenn man auf der westseitigen Terrasse saß, denn der Blick Richtung Süden wurde zunehmend durch den Kraftwerksbau verunstaltet. Dennoch hätte er lieber den Baumaschinen bei ihren Planierarbeiten zugesehen, als mit Hildegund Höhenwege erkunden zu müssen. Denn was ihre Wanderausflüge betraf, bestand sie auf einer strikten und sehr archaischen Arbeitsteilung. Er musste die kartografische Planung übernehmen, sie sorgte für das körperliche Wohlbefinden. Doch weil sie hysterisch war und sein Sohn vegan, gingen Rüdigers Magenschleimhäute ungeachtet des üppig geschnürten Lunchpakets meist leer aus. In ihm fanden sich glutenfreies Einkornbrot, handgestreichelte Radieschen, sieben verschiedene Sorten Schnittsalat, Frischkäse aus der Milch irgendeiner halb verhungerten Bergziege, Äpfel, Birnen, Pflaumen, Dörrobst, Sojazeugs und ähnliche Verdrusshappen mehr. Dazu Quinoa, Tempeh oder Seitan. Aber nicht mit ihm. Was er nicht einmal richtig aussprechen konnte, kam ihm bestimmt nicht in den Mund.

Nur gut, dass die Buschenschankwirtin ihm immer ein kleines Notfallpaket zusteckte. Damit er nicht gänzlich vom Fleisch falle, wie sie ungemein verständnisvoll anmerkte. Sollte Liebe wirklich durch den Magen gehen, dann hatten er und Hildegund sich ausgeliebt. Dennoch marschierte er beim ersten Hahnenschrei tapfer durch die hügelige Landschaft und schwieg vor sich hin, während Sohnemann und Ehefrau morgengräuliche Dialoge führten. Bei denen es entweder um die lebensbedrohlichen Gefahren von Palmöl, raffiniertem Zucker und gesättigten Fettsäuren ging oder um den statistischen Zusammenhang zwischen Serienkillern und Medium-Steak-Essern. Manchmal wurden auch die Bestäubungsrituale der gemeinen Erdhummel diskutiert oder seltene Viruserkrankungen bei süddeutschen Hochstammgewächsen. Auch die katastrophalen Konsequenzen des Kraftwerksprojekts für die Damischtaler Naturlandschaft wurden nahezu täglich wiedergekäut. Nur wenn seine Streckenführung sich offensichtlich als falsch erwies, verfielen beide in konzertantes Schweigen. So auch jetzt. Dabei hatte Rüdiger sich wie stets mustergültig vorbereitet und alle nur verfügbaren Wanderkarten eingepackt. Doch was half das beste Handwerkszeug, wenn man damit nicht umgehen konnte? Diese ganzen Linien, punktiert, gestreift, gestrichelt, fett gezogen oder dünn angedeutet, erinnerten ihn mehr an einen Schnittmusterbogen denn an eine reale Landschaft. Und nirgendwo ein roter Punkt, der ihm zeigte: »Sie sind hier.«

Nun begann sein Eheweib auch noch leise »Ein Männlein steht im Walde ganz still und stumm …« zu trällern. Rüdiger Bartenstein blieben nur zwei Optionen. Entweder trug er seinen männlichen Stolz zu Grabe und gab unumwunden zu, dass sie sich verirrt hatten, oder er schlug irgendeinen Weg ein und hoffte, dass es weder Frau noch Sohn auffallen würde. Die baumwurzelbestandenen Trampelpfade sahen ohnedies alle gleich aus. Daher entschied er sich für die zweite Variante und wandte sich flotten Schrittes nach links, Richtung Fotzhoblmuseum, schließlich musste zu einem Museum auch ein Weg hinführen. Mit etwas Glück würde sich ihnen sogar ein sehenswertes Panorama eröffnen. Irgendwo hier musste der Eiserne Vorhang verlaufen sein, der einst die Grenze zu Slowenien markierte, aber diese Erkenntnis half ihm nun auch nicht weiter.

Wenigstens stellte Hildegund das Singen wieder ein und erging sich mit Kevin-Karl erneut in abstrusen Theorien über die Bedeutung von Hülsenfrüchten in der Geschichte der Menschheit. Was Rüdiger exakt die Bohne interessierte.

Zumindest kamen sie nun zügig voran. Der Pfad führte

durch ein kleines Waldstück, die Vögel zwitscherten, in der Ferne waren sogar ein paar Rehe zu sehen, und am Wegesrand standen hübsche rotblaue Blümchen.

Hildegund war begeistert. »Mensch, Rüdiger, nun guck doch mal«, kreischte sie in höchsten Tönen und wies mit der Hand unentwegt nach links, rechts, vorne und hinten.

Doch Rüdiger sah nichts außer Bäumen. Und einen Weg, der hoffentlich bald zu Ende sein würde.

Kevin-Karl hingegen hatte sein Handy ans Ohr gedrückt und säuselte mit verzückter, leicht brüchiger Stimme ins Mikrofon. Offenbar ein Anruf seiner herzallerliebsten Kathi. Gegen sie verblasste selbst die Wirkung der seltensten Blümchen.

Bald hatten sie das Waldstück durchquert und betraten eine kleine Lichtung, die im gleißenden Sonnenschein lag.

»Zeit für einen Imbiss«, flötete Hildegund und ließ sich beschwingt auf die Wiese fallen.

»Mannomann, hab ich einen Kohldampf«, meinte Kevin-Karl, steckte das Mobiltelefon wieder ein und setzte sich zu seiner Mutter.

Nur Rüdiger blieb abwartend stehen und harrte der zweifelhaften Dinge, die da kommen würden.

Und sie kamen.

»Kevin, Schatz, nimm dir doch was von dem knackigen Sellerie«, gurrte Hildegund und hielt dem Jungen ein Büschel grüner Stängel hin.

»Klasse, Mam, gibt's vielleicht auch noch was von dem geräucherten Tofu?«

Hildegund kramte in ihrem Jutebeutel herum. Seltsame Brotgebilde, zwei Stück Karottenkuchen und diese kleinen, staubtrockenen Getreidebällchen, deren Name Rüdiger sich einfach nicht merken konnte, kamen neben dem Tofu zum Vorschein.

»Paps, setz dich doch zu uns«, bat Kevin-Karl und wies einladend auf die gedeckte Tafel. Sogar ein weißes Tischtuch hatte Hildegund ausgebreitet und kleine Schälchen für die Oliven mitgenommen.

Doch Rüdiger hatte wenig Lust, seiner Familie wie den Karnickeln beim Futtern zuzusehen. Die beiden aßen derart gesund, dass man richtiggehend krank davon werden konnte. Hildegund hatte zwar auch ein paar hauchdünne Scheiben Diätschinken von der Pute dabei, doch dafür würde er keinen Muskel rühren, schon gar nicht seinen Kaumuskel. Dieses kalorisch geschrumpfte Zeug sah aus wie Pergament und schmeckte auch so.

»Ach nee, lasst nur, ich vertret mir noch ein wenig die Beine«, erwiderte Rüdiger. Dann machte er kehrt und näherte sich dem Waldrand, um seine Blase zu erleichtern und sich heimlich den Magen zu füllen.

Die Gusti hatte ihm heute früh noch zwei saftige Sulmtaler Hendlhaxn eingepackt. »Für den kleinen Hunger zwischendurch«, hatte sie leise gesagt und ihm beinahe zärtlich den Bauch getätschelt. Rüdiger mochte die warmherzige Blondine, die stets zu Scherzen aufgelegt war und sich rührend um seine Fleischeslust sorgte. Mit Hildegund frönte er ja längst schon einer Art emotionaler Trennkost; es schmeckte ihm eindeutig am besten, wenn er getrennt von ihr aß.

Daher zwängte er sich nun durch das dichte Unterholz, an dornenbewehrten Brombeerhecken und massigen Fichten vorbei, um im Schutz der Botanik seinen Gaumengelüsten nachzugehen. Zuvor allerdings musste er dringend pinkeln. Doch kaum hatte er sich hinter eine ausladende Kastanie gestellt, den Reißverschluss geöffnet und seinem Strahl freien Lauf gelassen, sah er die Tauben. Vor lauter Schreck zuckte Rüdiger derart zusammen, dass er sich den linken Schuh und das rechte Knie anpinkelte, ohne es im ersten Moment zu bemerken.

»Mannomann«, entfuhr es jetzt auch ihm, und sein Appetit war ihm mit einem Blick vergangen. Da lag ein Dutzend toter Tauben auf dem Boden. Sorgfältig aufgereiht vor einem kleinen Haselstrauch. Die Krallen verkrampft nach oben gestreckt, die Flügel abartig verrenkt, die Brüste aufgeschnitten und umschwirrt von Tausenden Insekten. Mehr brauchte Rüdiger nicht zu sehen. Er wandte sich um und rannte zurück.

Hildegund tunkte gerade ein Falafelbällchen in die Sojasoße, als ihr Mann mit offenem Hosenlatz und weit aufgerissenen Augen auf die Lichtung stürmte. Und sich nur Zentimeter vor der strahlend weißen Picknickdecke übergab.

»Mensch, Rüdiger!« Hildegund sprang auf, die Gemüseboulette fiel in die Soßenschale und hinterließ hässliche Flecken auf der Decke.

»Mensch, Paps.« Kevin-Karl tat es seiner Mutter gleich, stopfte sich allerdings zuvor noch rasch einen Tofuklumpen in den Mund.

Dann starrten alle gemeinsam auf die Bescherung.

»Paps, deine Hose ist offen«, merkte Kevin-Karl mit der Coolness eines Achtzehnjährigen an.

»Um Himmels willen, das ist ja furchtbar«, stöhnte Hildegund und schlug ihre nun freien Hände über dem Kopf zusammen.

Ob sie nun die unverhüllte Sicht auf Rüdigers Unterhose oder den Output vom schwächelnden Magen ihres Mannes meinte, erklärte sie zwar nicht, ihr Blick schien allerdings eher den unverdauten Überresten von seinem offenbar recht eierlastigen Frühstück zu gelten. »Das haste nun von deinem ungesunden Essen«, stellte sie ungerührt fest.

»Im Wald liegen lauter tote Tauben«, konterte Rüdiger, der keinen Gedanken an seine offene Hose verschwenden konnte, so krampfte sich sein Magen zusammen. »Wir müssen diesen Tölpel von Bullen informieren. Die Viecher haben sich da sicherlich nicht selbst zum Sterben hingelegt.«

»Tote Tauben?« Das fand auch Kevin-Karl sehr spannend. Mit so einem Erlebnis würde er die Kathi bestimmt beeindrucken. Zudem böte ein solches Vorkommnis eine gute Gelegenheit, auf die Barrikaden zu gehen und gemeinsame Gefahren durchzustehen. Für die Demonstrationen gegen das Kleinkraftwerk am Ufer der Damisch war er zu seiner großen Enttäuschung zu spät angereist, um noch Zivilcourage und Abenteuergeist beweisen zu können. Als Manifestationsneuling hätte er seiner Flamme mit todesmutigem Einsatz vorangehen wollen, um sich als falscher Routinier zu tarnen. In Wahrheit hatte er bislang jedoch nur gegen den Putzplan seiner Mutter protestiert, mehr nicht. Letztlich hatten die vielen Demonstrationen ohnedies nichts bewirkt, wie er von seinem Schatz wusste. Ein Hungerstreik war zweifelsohne die bessere Idee. Dennoch stand Kevin-Karl dem Umweltfanatiker tendenziell ablehnend gegenüber, weil so ein gut aussehender Märtyrer natürlich alle weiblichen Blicke auf sich zog. Er war zwar um einiges älter als seine Allerliebste, aber Kathis Wimpernklimpern intensivierte sich stets merklich, sobald sie auf den Öko-Aktivisten zu sprechen kam. Und das gefiel ihm gar nicht. Ein paar abgeschlachtete Tauben kamen ihm als Ablenkungsmanöver also ganz recht.

»Paps, wo sind die Tauben denn?«, fragte er interessiert. »Ich würde mir auch gern ein Bild davon machen.« Natürlich wollte Kevin-Karl die toten Vögel fotografieren, um Kathi gleich via WhatsApp ein Foto zu schicken.

»Ein Bild will er sich machen«, brauste Rüdiger auf. »Der Herr Sohn isst keine toten Tiere, aber sie doof angucken will er schon. Das is doch pervers.«

»Aber, Paps …«

»Nichts, aber. Vergiss es, wir gehen zurück. Wenn du Anschauungsmaterial möchtest, geh zum Metzger.«

»Rüdiger«, mischte sich Hildegund ein, »so lass den Jungen doch. Du kennst doch sein Talent, jedem Rätsel auf die Spur zu kommen.«

»Ich bitte dich, Hilda.« Wenn Rüdiger den Widerspruchsgeist seiner Gattin nicht mehr ertrug, kürzte er ihren Namen. In solchen Momenten war sie ihm keine drei Silben mehr wert. »Das hier ist kein Kreuzworträtsel, sondern die Tat eines Wahnsinnigen.« Mit derart gemeingefährlichen Subjekten waren sie in diesem Tal bereits ausreichend konfrontiert worden. Er mochte sich gar nicht daran erinnern, wie er vor Jahren auf eine Tote im hiesigen Fluss gestoßen war. Keinesfalls wollte er seine Freizeit mit weiteren Leichenfunden füllen. Und noch weniger wollte er, dass sein Sohn seine neugierige Nase immer in Angelegenheiten steckte, die einem Kopf und Kragen kosten konnten.

Gemeuchelte Tiere waren zwar kein Gewaltverbrechen, aber wer Tauben an den Kropf ging, könnte Ähnliches über kurz oder lang auch bei Menschen versuchen. Zudem fand er es abartig, die Kadaver penibel nebeneinanderzulegen und ihnen von oben bis unten den Brustkorb aufzuschneiden. Das war doch krank. Geisteskrank. Vielleicht waren sogar Satanisten am Werk gewesen. Oder jener rabiate Blödmann von Metzger, dessen grobschlächtige Art und grunzende Ausdrucksweise dem Deutschen nach wie vor nicht geheuer war. Dieser Schweinskopp hatte weder Frau noch Kind, aber dafür steinzeitliche Umgangsformen und bestimmt nicht alle Tassen im Schrank. Dem würde er durchaus ein derartiges Massaker zutrauen. Ans Schlachten war der Mann ja gewöhnt.

Wobei dieses Tal ja generell keinen Mangel an durchgeknallten Daseinsformen litt, befand Rüdiger. Und seine Familie schien sich diesbezüglich langsam, aber sicher einzubürgern.

Zumindest hatte seine Frau mittlerweile ihre Picknicksachen verstaut, statt ihm bei der Kindeserziehung ständig in den Rücken zu fallen.

Rüdiger war nicht gewillt, auch nur eine Minute länger an diesem Ort auszuharren, und trat entnervt den Rückweg an.

»Nun mach doch endlich deine Hose zu«, bemerkte Hildegund und behielt damit wie stets das letzte Wort.

Kevin-Karl sagte nichts, ging aber auf das Waldstück zu. Irgendwo zwischen einer Gruppe von Birken und einem morschen Ansitz war sein Alter zwischen den Bäumen verschwunden. Und genau dort verschwand nun auch der Sohn.

***

Als der Fleischer Bartl das hochoffiziell adjustierte Duo auf seinen Laden zukommen sah, schwante ihm Böses. Der Inspektor, vorschriftsmäßig in Uniform, das Kappl schief auf dem Kopf, der Bürgermeister in seiner Erzherzog-Johann-Tracht mit Steirerhut und Gamsbart. Das gefiel ihm gar nicht. Wobei ihn die Optik der Männer noch am wenigsten störte.

Wenn er nur wüsste, was sie von ihm wollten. Es musste einen sehr dringlichen Grund geben, sonst hätte Kapplhofer nicht sein mittägliches Verdauungskoma unterbrochen. Bartl konnte sich beim besten Willen nicht vorstellen, woraus sie ihm schon wieder einen strafrechtlichen Strick drehen wollten. Er hatte in den letzten Jahren nahezu gesetzeskonform gelebt beziehungsweise verwurstet, war seiner Bürgerpflicht nachgekommen, indem er ihnen die Leiche des ertrunkenen Poliers gezeigt hatte, und war seitdem nicht mehr am Fluss gewesen. Dennoch sahen die beiden nicht aus, als wollten sie ihm einen Freundschaftsbesuch abstatten. Den Fleischer überkam ein mulmiges Gefühl. Langsam begab er sich zur Haustür.

»Bartl, bist daheim?«, brüllte ihm der Bürgermeister bereits im Flur entgegen, denn Bartl schloss seine Eingangstüre selten ab.

»Was is?«

»Bartl, wir müssen dringend was besprechen«, meinte der Inspektor etwas leiser.

»Ich hör.« Der Fleischer war kein Freund langer Reden. Außer es ging um seine Wurst.

»Dort oben im Wald, genau bei der Lichtung, wo es zum Fotzhoblmuseum geht«, Feyertag nahm unaufgefordert auf der blitzblank polierten Schlachtbank Platz, »also, dort oben haben diese Piefkes ein paar hinige Vögel g'funden.«

»Angeblich zwölf«, präzisierte Kapplhofer.

»Und was geht mich des an?«, wollte der Fleischer wissen. Mit Vögeln hatte er es nun wirklich nicht, in keinster Hinsicht.

»Die Viecher sind nicht nur tot, die sind abg'murkst worden, vorsätzlich«, fuhr der Bürgermeister in seiner Erklärung fort.

»Den Bauch haben s' ihnen aufg'schlitzt«, warf Kapplhofer zum besseren Verständnis ein.

»Ja, und?« Bartl Mostburger sah immer noch nicht ein, warum die zwei deshalb zu ihm gekommen waren. »Was hab ich damit zu tun? Ich bin Fleischhauer, kein Vogelhändler.«

»Na ja, die Sach is die, wir wollten uns das mit dir anschauen gehen, weil du dich mit so krepierten Tieren auskennst. Weil das ja nicht normal is, dass einer zwölf Tauben umbringt und denen den Bauch aufschneit.«

Bartl verstand immer weniger statt mehr. Und dafür musste er sich nicht einmal blöd stellen. »Soll ich vielleicht eine Leichenschau machen, oder was? Den gewaltsamen Tod von Federviech feststellen?«

Feyertag und Kapplhofer nickten.

»Und könntest vielleicht auch feststellen, wie fachgerecht der Spinner die Tauben aufg'schnitten hat? Oder sagen, wie er s' um'bracht hat? Du bist doch Spezialist für tierische Tötungsdelikte«, ergänzte der Inspektor.

»Willst damit sagen, ich bin ein Mörder?« So etwas hörte der Bartl jetzt gar nicht gerne. Er donnerte seine Faust auf die Schlachtbank und vergaß dabei, dass diese aus Edelstahl war. »Scheißdreck, verdammter Scheißdreck!«, fluchte er und rieb sich die schmerzenden Knöchel.

Der Bürgermeister bemühte sich umgehend um Schadensbegrenzung. »Schau, Bartl, das hat der Ferdl ja nicht so g'meint, der wollt ja nur sagen, dass sich halt keiner besser als du auskennt bei so Sachen«, säuselte er und klopfte dem Fleischer dabei aufmunternd auf die Schulter.

»Aber ein Delikt is ein Verbrechen, also hast du mich gerade einen Verbrecher genannt.« Zum zweiten Mal krachte die Faust auf die Metallplatte.

Feyertag und Kapplhofer zuckten angstvoll zusammen. Sollte es zu Handgreiflichkeiten kommen, hatte der Mostburger im Schlachthaus eindeutig Heimvorteil.

Ferdinand Kapplhofer, der rasch einsah, sich in der Wortwahl ein wenig vertan zu haben, ruderte rhetorisch eiligst zurück. »Bitte reg dich ab! Ich wollt wirklich nur einen Witz machen, weil des alles doch zum Heulen is. Tut mir echt leid, des war dumm von mir.« Als Zeichen seines ernst gemeinten Schuldeingeständnisses nahm er sogar das Uniformkappl ab und knetete es mit den Händen verlegen durch.

»Ich mag keine Witz über meine Arbeit«, polterte der Beleidigte, schlug aber zumindest nicht mehr auf den Tisch.

»Schau, Bartl, du kennst ja unseren Inspektor, der is halt einfach saudeppert«, sagte Feyertag.

Das hörte nun zwar Kapplhofer nicht gerne, hielt aber klugerweise seinen Mund. Hauptsache, der Fleischer beruhigte sich wieder und sie konnten dieser mysteriösen Sache mit den toten Tauben nachgehen. Wobei das seiner Ansicht nach sowieso kein Fall für die Polizei war, sondern eher für den Amtstierarzt. Oder den Landschaftsschutz. Aber dessen Vertreter, der Hubert, lag ja hungernd darnieder, um die Damisch-Auen am Leben zu erhalten. Den wollte er keinesfalls mit dieser blöden Vogelgeschichte belästigen. Außerdem waren die Tauben im Unterschied zur Auenlandschaft eh nicht mehr zu retten.

Insgeheim hegte der Inspektor merkliche Antipathien gegen diese deutschen Dauerurlauber. Der Junge war in Ordnung, sogar ein ziemlich heller Kopf, aber die Eltern. Ständig trieben sie sich abseits der allgemeinen Wanderrouten herum, um dann im unzugänglichsten Dickicht über irgendetwas zu stolpern, das sie völlig aus dem psychischen Gleichgewicht brachte. Danach lief einer der beiden zur hysterischen Bestform auf, stürmte aufgelöst auf die Polizeidienststelle und verlangte von Kapplhofer umgehenden Arbeitseinsatz. Als wäre bei toten Tauben irgendeine Gefahr im Verzug. Da sah man mal wieder die kulturellen Unterschiede. Die Deutschen sahen ihren Lebenszweck offenbar immer noch in der Aufrechterhaltung von Pflicht, Ordnung und Präzision. Ein Österreicher hätte, allein aus Bequemlichkeit, über den Fund hinweggesehen und höchstens am Küchen- oder Wirtshaustisch darüber geraunzt, ein Damischtaler die toten Viecher eingepackt und bei Bedarf einem unliebsamen Nachbarn über den Zaun gekippt.

Bartl Mostburger schien derweil ganz ähnliche Gedankengänge zu haben, denn unvermittelt bemerkte er: »Hätte dieser Piefke nicht einfach drübersteigen können?«

»Oder die Tauben gleich verscharren«, suggerierte Kapplhofer.

Der Bürgermeister schüttelte entsetzt den Kopf. Die zwei waren bei der Mindesthirnverteilung definitiv leer ausgegangen. Und wie es aussah, hatten sie, als die Motivation an der Reihe war, auch ganz weit hinten in der Reihe gestanden. Nun war es an ihm, mit der Faust auf den Tisch zu hauen. Der Schmerz, der ihn daraufhin durchzuckte, machte ihn gleich noch wütender.

»Ihr Fetzenschädl, ihr vertrottelten. Jetzt schaltets doch mal euer Hirn ein und denkts ein bissl weiter.« Das Ganze entfuhr Feyertag in einer Lautstärke, von der empfindsamere Ohren leicht einen akustischen Schlaganfall davongetragen hätten.

Aber Kapplhofer trat nur einen Schritt zurück, senkte den Kopf – im schuldbewusst Dastehen entwickelte er langsam eine gewisse Routine – und betrachtete seine Schuhspitzen. Der Mostburger Bartl schwieg zwar auch, blickte jedoch sehnsüchtig seinen Schlachtschussapparat an.

»Wir sind eine Fremdenverkehrsregion oder waren es zumindest, bis diese Hundianer mit dem Kraftwerksbau ang'fangen haben.« Allein beim Gedanken daran überkam Feyertag erneut das Bedürfnis, seine Faust auszufahren, aber er beherrschte sich. »Mittlerweile sind die Gäste abgereist, das Hundehotel steht leer, die Gastronomie geht mit den Bach runter, und die Kürbisbauern können sich ihr Kernöl in die Haare schmieren.« Er warf einen schnellen Blick auf den Bartl. »Und dein Schinken verschimmelt im Regal.«

Abrupt wandte der Metzger seine Aufmerksamkeit wieder dem Bürgermeister zu. Mit dem Verschimmeln hatte er recht. Seit diese depperten Bagger angerollt waren, war sein Absatz um über die Hälfte gesunken.

»Und wenn die Auswärtigen wegbleiben, müssen bald auch die Einheimischen abwandern, und die Gemeinde geht pleite. Und wenn wir weder Einwohner noch Einkommen haben, dann brauchen wir letztlich auch keinen Polizisten mehr.« Den letzten Satz hatte Feyertag in Richtung Kapplhofer gesagt und fügte noch hinzu: »Auch du, lieber Ferdl, bist letztlich nur ein Kostenfaktor.«

Der Inspektor schluckte, obwohl er gar nichts im Mund hatte. Nie zuvor hatte er sich als budgetäres Einsparungspotenzial gesehen. Und selbst wenn ihm an seinem Job wenig bis nichts lag, genoss er doch die damit verbundenen Annehmlichkeiten. Im Falle der Wegrationalisierung seines Postens stünde ihm womöglich eine Versetzung bevor. Schlimmstenfalls in die Stadt. Oder zur Verkehrskontrolle.

»Und daher sollten wir uns bemühen, die wenigen verbliebenen Gäste nicht auch noch zu erschrecken, indem wir ihnen tote Viecher vor die Füß werfen.«

»Ich hab gar nix g'worfen«, fauchte der Bartl und fasste erneut den Schlachtschussapparat ins Auge.

»Eh, Bartl, eh. Ich hab das ja nur symbolisch g'meint, wir Damischtaler halt, jeder von uns, also, jeder bis auf dich natürlich.«

Wobei der Bürgermeister insgeheim durchaus den Bartl in Verdacht hatte. Der hatte vor Jahren schon mal einen ganzen Sack voller Schweinsschädl im Wald vergraben. Und sein seinerzeitiger Etikettenschwindel, als er ordinäre Hausschweine aus grindigen Massenaufzuchtställen als edle Mangalitzas ausgegeben hatte, war ihm auch noch gut in Erinnerung. Zwar hatte der eigenbrötlerische Grantscherm seit Jahren keine Schandtaten mehr begangen, zumindest nachweislich nicht, aber so ganz traute Feyertag dem Fleischer nicht über den Weg. Ihn hatte schon die Geschichte mit dem Saulus und dem Paulus nicht überzeugt. Ganz zu schweigen von der der unbefleckten Empfängnis. Immerhin war es ihm gelungen, die zwei Dienstverweigerer endlich von der Notwendigkeit touristischen Landschaftsschutzes zu überzeugen.

Und weil Feyertags feuerroter Bolide ein Zweisitzer war, schlurfte der Fleischer wie gewohnt zu seinem alten Steyr-Traktor, während der Inspektor sich mit zusammengebissenen Zähnen in das unbequeme Gefährt quetschte.

***

Dort, wo der Wegweiser zum »Fotzhoblmuseum« stand, musste der Bürgermeister sein knackiges Alfa-Coupé stehen lassen. Die ländlichen Rumpelpisten und Achsbruchwege waren gerade noch von Traktoren gefahrlos zu befahren, für seinen schnittigen Kurvenkratzer hätten sie zumindest ein paar defekte Stoßdämpfer bedeutet. Feyertag blieb also keine andere Wahl, als sich neben den Fleischer auf den Traktor zu setzen. Der Inspektor nahm fluchend im Heckcontainer Platz und hoffte, dass niemand ihn in dieser unfassbar demütigenden Position zu sehen bekäme. Denn das würde auch den allerletzten Rest seiner Autorität zunichtemachen.

Nach zehnminütiger Fahrt, während der der Bürgermeister einen multiplen Bandscheibenvorfall befürchtete und der Inspektor um seine Uniform trauerte, die zwischen Schweinsborsten, Futtermehlresten, Jauchegestank und verfaulten Kukuruzkolben nicht mehr tageslichttauglich wirkte, gelangten sie an ihr Ziel, die idyllische Lichtung.

»Da beim Ansitz muss es irgendwo sein«, meinte Kapplhofer und kletterte mühsam aus dem Heckcontainer.

Schweigend betraten sie den Waldboden, dann trennten sich ihre Wege. Der Fleischer orientierte sich nach links, der Inspektor ging geradeaus, der Bürgermeister begann, auf der rechten Seite zu suchen.

Eine Zeit lang waren nur das Zwitschern der Vögel, das Rauschen der Bäume und das Geräusch knackender Äste zu hören. Die drei brachen durchs Unterholz wie menschliche Planierraupen. Da Rüdiger Bartenstein nicht in der Lage gewesen war, genauere Angaben zu dem Baum zu machen, bei dem der grausige Fund gelegen hatte, konnte dieser praktisch überall stehen. An Bäumen litt der Wald keinen Mangel.

Beinahe eine halbe Stunde streiften sie erfolglos durch das Unterholz, bevor der Bartl losbrüllte: »Schnell, kommts her! Tummelts euch, jetzt machts schon, Herrgott noch amoi.«

Feyertag und Kapplhofer stürmten los. Das Geschrei des Fleischers hörte sich eher an, als hätte er eine Gruppe zerstückelter Blondinen entdeckt, nicht ein paar verreckte Tauben.

Denn zum einen sollte der Bartl an den Anblick toter Tiere ausreichend gewöhnt sein, zum anderen entsprach eine derartige Eloquenz nicht seiner kurz angebundenen Art. Wenn es nicht um seinen beruflichen Schweinkram ging, beschränkte er sich normalerweise auf deutungsflexible Grunzlaute und knappe Kommentare. Und ein »Bitte« war ihm in den letzten zehn Jahren – außer in seinem Geschäftslokal – vermutlich auch nie über die Lippen gekommen.

»Beeilts euch doch!«, schallte es wieder durch den Wald.

Äste knickten, Knöchel knacksten, doch der Inspektor und der Bürgermeister zwängten sich tapfer durch die Büsche. Schreckliches musste vorgefallen sein, wenn sie der Bartl nachdrücklich zur Eile antrieb. Nahezu ex aequo stießen sie auf den Fleischer.

Der stämmige Mann stand mit dem Rücken zu einer mächtigen Eiche, wischte sich mit einer Hand den Schweiß von der Stirn und wies mit der anderen nach hinten. »Da liegt einer.«

Kein Wort von Vögeln.

Und tatsächlich, hinter dem Baum entdeckten sie eine menschliche Gestalt, die Arme beidseitig auf der Erde ausgebreitet, als hätte sie sich beim Niederfallen noch abstützen wollen. Völlig reglos lag sie da, nur aus einer Wunde am Hinterkopf tröpfelte dickflüssiges Blut und hinterließ auf dem Laub am Boden dunkle, glänzende Flecken. Kapplhofer und Feyertag sogen geräuschvoll die Luft ein.

»Ich glaub, der lebt noch«, warf der Bartl ein, der immer noch mit dem Rücken zum Tatort stand.

Langsam bückte sich Kapplhofer und drehte die Gestalt auf den Rücken.

Beim Anblick von deren Gesicht sogen die zwei erneut so laut die Luft ein, dass sich endlich auch der Fleischer umwandte.

»Bist du deppert«, entfuhr es ihm. »Jetzt haben wir den Scherm auf.« Damit hatte er die dramatische Lage perfekt auf den Punkt gebracht.

Vor ihnen lag Bartenstein junior, der Sohn von ausgerechnet dem Mann, wegen dessen Anzeige sie hierhergekommen waren. Das konnte kein Zufall mehr sein, das war ein ganz böses Omen.

Kurzfristig herrschte über und unter allen Wipfeln totale Ruhe. Der Bürgermeister schüttelte in einem fort den Kopf, als könnte er nicht glauben, was er sah. Der Inspektor hockte bewegungslos da und hoffte auf eine Eingebung von höherer Instanz.

Ausgerechnet der Bartl erwies sich in dieser Situation als Ideenlieferant. »Alois, ruf einen Arzt an«, sagte er im Befehlston zum Bürgermeister. »Ferdl, drah den Buam auf die Seitn«, kommandierte er dann Kapplhofer. Und weil dieser ihn daraufhin völlig verständnislos anblickte, fügte er sogar noch erklärend hinzu: »Dem kommt ja sonst der ganze Dreck in die Wundn.«

Das leuchtete dem Inspektor ein, und er drehte den Verletzten wieder um.

»Den Puls musst eam auch fühlen«, instruierte der Fleischer weiter und fragte sich mittlerweile schon, warum die Polizei offenbar gerade an Erste-Hilfe-Kursen sparte. Aber vielleicht tat sich der Ferdl auch nur beim Denken schwer. »Und vorher machst eam den Hosenknopf auf.«

Der Inspektor erstarrte in der Bewegung. Was führte der Fleischer im Schild? Der wollte doch bestimmt keine Intimfleischbeschau machen. »Warum?«, fragte er.

»Damit er besser Luft kriegt.«

»Mach schon, der Bartl hat recht«, mischte sich Alois Feyertag ein.

Kapplhofer griff anderen Menschen nur ungern an den Hosenschlitz, aber wenn's überlebenswichtig war, blieb ihm wohl keine andere Wahl.

»Wenn du eh alles besser weißt, könntest nicht vielleicht du …?«, suchte er den Fleischer zur Mithilfe zu bewegen.

»Des würd euch so passen. Und dann findet der van Trottl meine Fingerabdrücke am Gwand, und ich sitz wieder unschuldig.«

Kapplhofer erstarrte. So weit hatte er noch gar nicht gedacht. Sollte es sich hier wirklich um ein Verbrechen, womöglich sogar einen Mordversuch, handeln, dann hatte er wie stets alles falsch gemacht, was man vermutlich nur falsch machen konnte. Er hatte das Opfer umgedreht und dabei keine Handschuhe angezogen. Seine Fingerabdrücke würden auf dessen Unterhose zu finden sein, eine Vorstellung, bei der Kapplhofer tiefdunkelrot anlief. Zudem waren sie zu dritt am Tatort herumgetrampelt, und Bartls Traktor hatte garantiert alle nur vorstellbaren Spuren von anderen Autoreifen gründlich ausradiert.

Während der Inspektor sich noch das Ausmaß seiner dienstlichen Apokalypse ausmalte, hatte der Bürgermeister bereits alle nötigen Telefonate erledigt.

»Der Seidenbart gibt sich die Ehre«, kündigte er an, »und die Rettung ist auch unterwegs.« Dann blickte er auf seine Uhr und meinte: »Aber das wird wegen der Anfahrt halt dauern, außerdem müssen alle das letzte Stück zu Fuß gehen. – Jedenfalls sollst ihm die Blutung stillen, hat er gemeint. Und ihn in die stabile Seitenlage bringen.«

Kapplhofer fühlte sich bereits beim Zuhören überfordert.

»Ach ja, und ihm den Mund aufmachen und schauen, ob da eh kein Gespeibe drin is, musst auch.«

»Stimmt«, bestätigte der Fleischer, »sonst könnt er dran ersticken.« Insgeheim weidete er sich an der misslichen Situation des Inspektors und an dessen absoluter Hilflosigkeit.

»Aber womit soll ich das Blut denn stillen?«, fragte Kapplhofer verzweifelt und kramte ein zerknittertes Taschentuch aus seinem Uniformrock hervor.

»Na, damit net, das is Zellstoff und fusselt.« Bartl gefiel sich immer mehr in seiner belehrenden Rolle. »Da musst schon ein Stofftüchl nehmen.«

Aber so was besaß der Inspektor natürlich nicht.

»Sag, Bartl, du hast doch sicher einen Verbandskasten dabei, oder?«, fragte der Bürgermeister.

»Ein Verbandskasten aufm Traktor?« Jetzt lachte der Fleischer fast. »Ich brauch kan Verbandskasten. Ich wollt meine Butsch noch nie verarzten, ich bin ja froh, wenn s' hin sind.« Und an den Inspektor gewandt sagte er: »Ferdl, ich fürcht, du musst dein Hemd nehmen, is zwar nicht weiß, aber besser, als dass der da verblutet.«

Vor Kapplhofers geistigem Auge zogen Szenen vorüber, in denen tollkühne Wild-West-Helden ihr Hemd in Streifen rissen, um hilflos stöhnenden Kameraden das Bein abzubinden und damit den Blutschwall zu stoppen, den eine feindliche Kugel verursacht hatte. Aber sie waren hier nicht im Wilden Westen.

Trotzdem blieb ihm keine andere Wahl. Würde der Junge tatsächlich verbluten, wäre er auch noch wegen unterlassener Hilfeleistung dran.

Also zog er sein Hemd aus und riss mühevoll und mit alleiniger Kraft – der Fleischer weigerte sich ja nach wie vor aus Angst vor hinterlassenen Fingerabdrücken zu helfen, der Bürgermeister hatte wegen seiner Gichtfinger bedauernd abgelehnt – einen breiten Stoffstreifen vom Ärmel ab. Dann verband er nach Anleitung vom Bartl dem immer noch ohnmächtig Darniederliegenden den Kopf.

»Kriegst aber auch schon eine Wampn«, stellte der Bürgermeister fest, als der Inspektor nun mit nacktem Oberkörper dastand und nicht wusste, was er mit dem restlichen Hemd anfangen sollte. Hätte er nur den Ratschlag seiner Mutter befolgt, die ihn stets zum Tragen eines Unterhemds aufforderte. Aber es war Sommer, und er schwitzte bereits mit Hemd und Jacke ganz fürchterlich.

Bei der Vorstellung, dass der arrogante Weißkittel und die Sanitäter ihn in diesem Zustand sehen würden, brach Kapplhofer allerdings gleich wieder der Schweiß aus. Er entschloss sich, das Überbleibsel des Hemds einfach anzuziehen. Das würde ihm zumindest einen etwas verwegenen Anschein verleihen, so als hätte er mit einem Tiger gerungen.

Nachdem der Verletzte versorgt war, standen die Männer eine Weile schweigend und nachdenklich herum.

Bis der Bartl sagte: »Des muss schon ein ordentlicher Schlag g'wesen sein, wenn der immer noch nicht munter is.«

Wieder schwiegen alle ein Weilchen.

Dann kam dem Bürgermeister ein Gedanke: »Wo sind eigentlich die Tauben?«

Eine durchaus berechtigte Frage. Immerhin hatte Rüdiger Bartenstein vor wenigen Stunden den multiplen Tiermord angezeigt. Und nun lag ausgerechnet dessen Sohn hier auf dem Waldboden und rührte sich nicht. Da muss es einen Zusammenhang geben, dachte Kapplhofer.

Der Inspektor wusste ja gar nicht mehr, welche der grauenhaften Vorstellungen die allergrauenhafteste war: ein Gewaltverbrechen am Sohn ihrer treuesten Feriengäste, das es aufzuklären galt, seine unprofessionelle Vorgehensweise, die van Trott ihm bis zum Sankt-Nimmerleins-Tag detailliert unter die Nase reiben würde, oder sein zerrissener Aufzug, der unter den Sanitätern garantiert noch wochenlang für Erheiterung sorgen würde. Wegen seiner Fettzellendepots aufgrund der guten Hausmannskost bekam er den Uniformrock leider nicht zu, was dem Ganzen eine noch peinlichere Note verlieh. Oder war der allergrauenhafteste Umstand von allen der, dass er auch noch nach diesen vermaledeiten Tauben Ausschau halten musste? Mit leerem Magen, zerrissenem Hemd und jeder Menge Komplikationen am Hals.

Erst das Erscheinen des geländegängigen Erste-Hilfe-Trupps auf der Lichtung riss Kapplhofer aus seinen Horrorvisionen. Deren erschöpftes »Leck mich am Oarsch« war weithin zu hören. Die Grenzen des zivilisierten Straßenbaus machten Einsatzkräften im Damischtal das Leben oft wirklich sehr schwer. Die bemühten Sanitäter hatten immerhin schon einen langen Fußweg hinter sich und kämpften sich nun auch noch durch ein ausgesprochen wildwüchsiges Waldstück, wobei sie die Tragbahre mühsam zwischen den Bäumen hindurchmanövrieren mussten.

Dr. Seidenbart folgte ihnen auf dem Fuß. Sein weißer Kittel verfing sich immer wieder an Brombeersträuchern und Wilden Karden, der Missmut über diesen Gewaltmarsch stand ihm ins Gesicht geschrieben. Da waren ihm Wasserleichen noch lieber, die zwangen ihn wenigstens zu keinem Geländelauf.

Statt einen Gruß in die kleine Runde zu werfen, beugte er sich umgehend über den Jungen, kontrollierte Puls und Blutdruck, entfernte Kapplhofers Turban und warf einen kurzen Blick auf die Verletzung. »Ist alles nicht so schlimm, wie es aussieht. Platzwunde, Blutverlust, aber keine tiefen Schichten betroffen«, sagte er mehr zu den Rettungsmännern als zu den wartenden dreien. Dann desinfizierte er die Wunde und legte dem Verletzten fachgerecht einen neuen Verband an. »Sieht aus, als wäre er mit einem Baum kollidiert. Da stecken Rindenteile in der Wunde. Und eine schwere Gehirnerschütterung hat er auch.«

Nun war es aber generell recht unüblich, im Rückwärtsgang gegen einen Baum zu laufen, das sah selbst Kapplhofer ein. Die Sache würde sich garantiert nicht mit einem Fehltritt in der Botanik erklären lassen. Und er würde noch lange auf seine geregelten Mittagspausen verzichten müssen.

So wie an diesem Tag, denn kaum war der Junge abtransportiert, musste er sich mit dem Bürgermeister und dem Fleischer erneut auf die Suche nach den dämlichen Tauben machen. Davongeflogen waren sie mit angeblich aufgeschlitztem Bauch bestimmt nicht. Doch obwohl sie mehr als zwei Stunden hinter jeden einzelnen Baumstamm blickten, fanden sie nichts außer einem benutzten Kondom.

Des einen Freud, der andern Leid

Nach der furchtbaren Nachricht vom Unglück ihres Sohns hatte sogar Hildegund jeden Blick für die Schönheiten der Natur verloren. Zwar stand die Sonne immer noch strahlend am Himmel, die Kürbisse setzten den Äckern goldene Punkte auf, und die üppig bepflanzten Weinhügel versprachen weiterhin süffige Zeiten, doch die idyllische Landschaft hatte in ihren Augen jeglichen Reiz verloren. Erstmals begann sie sich zu fragen, ob ihr Ehemann mit seiner zutiefst negativen Einschätzung dieses Landstrichs nicht doch richtiglag. Und verstand, dass man selbst bei strahlendem Sonnenschein vom Regen in die Traufe kommen konnte. Etwa dann, wenn das eigene, heiß geliebte Kind mit einem Schädelhirntrauma ungewisser Provenienz – so hatte dieser idiotische Provinzgendarm sich ausgedrückt – im Krankenhaus lag. Und einem niemand sagen konnte, was in aller Welt mit ihm passiert war.

Wie schnell sich doch alles ändern konnte. Vor nicht einmal drei Stunden war ihre Welt noch in Ordnung gewesen, mal abgesehen davon, dass Rüdiger ihnen das Mittagsmahl durch seinen jämmerlichen Auftritt versaut hatte. Klar, tote Tiere waren generell ihre Sache nicht, aber dass dieser Mann immer zum falschen Zeitpunkt am falschen Ort sein musste, das konnte sie ihm nur schwer verzeihen. Er hätte ja auch erst nach ihrem so liebevoll gestalteten Picknick pinkeln gehen können.

Und wenn er nicht so viel saufen würde – gerade dieser herbe Schilcherwein, der hier das Wasser zu ersetzen schien, hatte es ihrem Gatten angetan –, dann hätte er womöglich gar nicht pieseln müssen, und das ganze Drama wäre überhaupt nicht passiert. In Hildegunds Augen trug eindeutig sein unseliger Hang zu Alkohol, gepaart mit diesem archaischen Männlichkeitsritual des Baumpinkelns, Schuld an dem Dilemma.

Als dieser uniformierte Dorftrottel an ihre Zimmertür geklopft hatte – Kapplhofer hatte sich tatsächlich zur Birnstingl Gusti begeben, wo die Bartensteins das geräumigste Ferienapartment belegten –, um die Hiobsbotschaft persönlich zu überbringen, hatten sie gerade über Rüdigers Trinkgewohnheiten gestritten. Wobei der Inspektor sich ohnedies nicht aus zutiefst menschlichem Mitgefühl bis zu ihnen begeben hatte, sondern allein aus Gründen einer dringend notwendigen Nährstoffzufuhr. Bei der Buschenschankwirtin ließen sich Arbeit und Vergnügen bei einer deftigen Brettljausn aufs Angenehmste verbinden.

Sie waren beinahe aus den Latschen gekippt, als der Inspektor ihnen die katastrophale Nachricht überbracht hatte, weil sie ja beide erwartet hatten, dass er ihnen etwas über die toten Tauben erzählen würde. Mit einem Mordversuch an ihrem einzigen, allerliebsten Sohn hatten sie nicht rechnen können. Der Junge hatte doch gesagt, er wolle den Rückweg nicht gemeinsam mit ihnen antreten, um noch bei der Kathi vorbeizuschauen. Was offensichtlich eine glatte Lüge gewesen war.

»Das ist alles nur deine Schuld«, zeterte Hildegund los, sobald der Inspektor den Raum verlassen hatte, um Gustis mit Bratlfett bestrichenem, duftendem Bauernbrot zuzusprechen. Dann schmiss sie das kleine hölzerne Salzfässchen gegen die Schlafzimmerwand.

Rüdiger revanchierte sich mit einem Zierkürbis und dem Hinweis, verstreutes Salz bringe sieben Jahre Unglück.

Was sein Eheweib noch mehr in Rage versetzte. Nun viperte und natterte sie erst recht los, während die kleine Blumenvase samt Inhalt schon zum Abflug bereit in ihrer rechten Hand lag. »Du hast sie wohl nicht mehr alle«, fuhr sie ihn an, »ohne dich könnten wir alle noch glücklich sein.« Die Blumenvase flog. »Wer musste denn unbedingt im Wald pinkeln gehen und dabei tote Tiere finden? Wer lässt sich ständig volllaufen und hat seinen Harndrang nicht unter Kontrolle? Wer kriegt seine Verdauung nicht in den Griff, weil er nur Schweinekram frisst? Ich vielleicht?« Hatte Hildegund erst einmal ihre Giftzähne ausgefahren, brachte sie so schnell niemand mehr zur Raison. Schon gar nicht der eigene Ehemann.

Der war diesmal nicht gewillt, diese schwachsinnigen Anschuldigungen auf sich sitzen zu lassen. Er litt genauso wie sie und war sich keines Vergehens bewusst. Dementsprechend polterte er zurück. »Jetzt halt mal schön die Klappe!« Die Pfeffermühle verfehlte Hildegunds Kopf nur knapp und landete, zumindest unbeschadet, auf dem Teppichboden. »Du bist es doch, die immer wieder in dieses damische Tal will, obwohl wir bei fast jedem Aufenthalt unser Leben riskieren. Aber du setzt dich ja mitleidlos über mich und meine Bedenken hinweg und treibst mich mit deiner Sturheit noch in den Wahnsinn. So wie du Kevin-Karl beinahe in den Tod getrieben hast.«

Was allerdings auch nicht ganz der Wahrheit entsprach, denn Rüdigers Sohnemann hatte gleichfalls auf seiner damischen Ferienzeit bestanden. Die Fahrten hierher waren stets das Resultat eines demokratischen Mehrheitsbeschlusses gewesen.

»Ich … ich treibe dich in den Wahnsinn?«, schnaubte Hildegund und erwog einen Frontalangriff mit dem gusseisernen Kerzenständer. »Du bist ja völlig übergeschnappt! Wenn ich dich nicht antreiben würde, wärst du doch längst schon mit dem Sofa verwachsen.« Dann fiel ihr ein, dass Rüdiger ihr das schreckliche Verbrechen an Kevin-Karl angelastet hatte. »So wie du Kevin-Karl beinahe in den Tod getrieben hast«, hatte er gesagt. Wo doch er es war, der ständig über Mord und Totschlag stolperte.

Es folgte ein Wortwechsel, der dazu führte, dass aus der schwelenden Ehekrise ein veritabler Flächenbrand wurde. Mit Verletzten auf beiden Seiten. Hildegund hatte schließlich eine Schramme am Kopf, weil sie ein Eierbecher getroffen hatte, Rüdiger hielt sich die Hand, auf der sich dunkelrot das Gitter der Fliegenklatsche abzeichnete.

Eine Ausweitung der Kampfzone wurde nur durch die Buschenschankwirtin verhindert, die plötzlich in der Tür stand. Alarmiert von lautem Gepolter und heftigen Schreien hatte sie das Zimmer gestürmt und die sonst so ausgesucht höflichen Bartensteins dabei ertappt, wie sie sich gegenseitig an den Haaren zu reißen versuchten. Wobei der Ehemann dank seiner Halbglatze klar im Vorteil gewesen war. »Um Himmels willen, hörts doch auf«, flehte sie die beiden an und wog in Gedanken die zu erwartenden Trinkgelder gegen den Wert des zerstörten Hausrats auf.

Erschöpft, aber auch peinlich berührt, legten die zwei Kampfhähne einen vorübergehenden Waffenstillstand ein. Rüdiger ließ von Hildegunds Haar ab, während sie den Deko-Engel mit einem leicht bedauernden Blick zurück auf das Regalbrett stellte. Der wäre bestimmt gut geflogen.

»Ich will ja nicht stören, aber kann ich vielleicht wobei helfen?«, fragte die Gusti und konnte eine gewisse Besorgnis nicht verbergen.

»Der Kevin liegt im Krankenhaus, umbringen haben s' ihn wollen«, heulte Hildegund los.

»Na! Was Sie net sagen.« Die Wirtin schlug die Hände über dem Kopf zusammen. »Wer will denn so einem netten jungen Mann Böses?« Fassungslos nahm sie auf der Bettkante Platz. »Was is denn passiert? Und wo? Und weiß man, wer das getan hat?« Gusti war ganz blass geworden. Das Schicksal ihres Lieblingsgastes ging ihr offenbar sehr nahe.

»Wir wissen noch gar nichts. Außer dass er mit großer Wahrscheinlichkeit einen Schlag auf den Hinterkopf erhalten hat. Jetzt liegt er in Graz im Krankenhaus. Wir wollten uns gerade auf den Weg dorthin machen«, klärte Rüdiger sie auf.

»Jessasmaria, die Menschen sind durch und durch schlecht. Aber es geht ihm hoffentlich gut, also, einigermaßen, also, ich mein«, Gusti kam ins Stottern, »den Umständen entsprechend halt? Er wird doch wieder ganz g'sund, oder?«

»Auch das wissen wir nicht. Aber er ist mittlerweile wieder bei Bewusstsein.« Rüdiger hatte endlich seinen zweiten Schuh, der ebenfalls als Wurfobjekt gedient hatte und unter dem Schrank gelandet war, zu fassen bekommen und zog ihn an.

»Der arme Junge. Er muss der Polizei umgehend sagen, wer ihm das angetan hat. So ein Mensch gehört auf Lebenszeit hinter Gitter.« Gusti empörte sich zunehmend.

»Angeblich, also laut ärztlicher Auskunft, kann er bereits

wieder reden, hat aber leider nichts zu sagen. Er erinnert sich nicht.«

»Mein Gott, is das furchtbar.« Die Buschenschankwirtin seufzte lautstark, erhob sich und sagte: »Aber ich will Sie jetzt nicht länger aufhalten. Sie können's sicher nicht erwarten, endlich zu Ihrem Buben zu kommen.«

»Wir werden sofort losfahren«, erwiderte Rüdiger und warf einen drängenden Blick auf seine Gattin, die mittlerweile den gesamten Inhalt von Kevin-Karls Kleiderschrank auf den Boden gekippt hatte.

Leise trat die Gusti zur Tür. Beim Verlassen des Zimmers meinte sie noch: »Aber sagen S' dem jungen Mann, er soll bald wieder zurückkommen. Ich koch ihm auch dieses g'sunde Zeug. Sooft er will.«

Manchmal dachte Rüdiger Bartenstein, er hätte lieber ein Weib wie die Gusti heiraten sollen. Die konnte kochen, sorgte sich um jeden und alles, arbeitete für drei und hatte dennoch stets ein tröstendes Wort oder ein heiteres Lächeln auf den Lippen. Und ihr Leben schien sie auch im Griff zu haben. Ganz im Unterschied zu seiner Hildegund, die nicht einmal Putzpläne durchsetzen konnte. Oder Pyjama, Zahnbürste und Socken für ihren Sohn zusammensuchen, ohne Stunden darauf zu verwenden. Eben hielt sie ein dunkelblaues Kapuzenshirt in der linken Hand und ein dunkelgraues in der rechten und hob einmal das eine, einmal das andere hoch.

»Hilda, nun mach schon, wir müssen fahren.«

Seine Gattin blickte immer noch zwischen den beiden, nahezu identischen Shirts hin und her.

»Hiiiiildaaaa. Kevin hat eine Verletzung am Kopf. Und er liegt in einem Krankenhausbett. Er benötigt dort keine Oberbekleidung. Und schon gar kein Shirt mit Kapuze. Das drückt doch nur auf seine Wunde.« Wütend wühlte er sich durch den Bodensatz des Kleiderschranks, ergriff wahllos ein paar Unterhosen und etwas, das als Nachtgewand durchgehen konnte, und stopfte alles zusammen in eine Einkaufstüte. »Komm jetzt, wir fahren. Eine Zahnbürste kaufen wir unterwegs.« Er griff nach seinem Autoschlüssel und stürmte aus der Ferienwohnung.

Hildegund blieb keine andere Wahl, als ihm nachzustürzen. Sie besaß ja nicht einmal den Führerschein.

***

Als die Bartensteins endlich das richtige Gebäude, den richtigen Trakt und dann auch noch den passenden Korridor gefunden hatten und mit tiefen Sorgenfalten auf der Stirn das Krankenzimmer betraten, sah ihr Sohn gar nicht richtig krank aus. Zwar trug er einen dicken Verband um den Kopf, aber seine Augen strahlten. Und seine Lippen, an denen eine ebenso strahlende Kathi hing, auch.

Sie himmelte ihn förmlich an, während sie zärtlich seine rechte Hand streichelte. Hubert, der hungerstreikende Grüne, war gänzlich in den Hintergrund getreten. Immerhin praktizierte der Öko-Aktivist nur eine Art passives Sterben, während er, ihr Kevin-Karl, aktiv gegen einen Mörder gekämpft hatte. Zumindest in der heldenhaften Version, die er seiner Liebsten präsentiert hatte. Da war von grauenvoll gemeuchelten Bergen an toten Tauben die Rede gewesen, von gigantischen Blutlachen, unheimlichen Geräuschen und einer riesigen schwarzen Gestalt, die sich ihm entgegengeworfen und ihn schwer verletzt hatte, als er nach den armen, verendeten Lebewesen sehen wollte. Kurz gesagt, er hatte eine existenzielle Grenzerfahrung gemacht und wie durch ein Wunder überlebt. Weil er sich natürlich mit all seinen achtzehnjährigen Kräften gewehrt und den Angreifer letztlich durch einen gezielten Tritt in die Flucht geschlagen hatte.

»Ach, Kevin«, flötete Kathi mit feuchten Augen und drückte seine Hand.

»Ach, Kathi«, tönte Kevin-Karl mit trockenem Hals und drückte zurück. In romantischen Fernsehfilmen würden die beiden sich jetzt leidenschaftlich in die Arme fallen, was aber in der sterilen Realität eines Krankenhauses nicht möglich war, da der Patient nicht aufstehen durfte. Dennoch war die gefühlte Intensität der innerlichen Annäherung sehr hoch.

Die beiden schmachteten sich derart rührend an, dass Rüdiger und Hildegund sich beinahe wie Eindringlinge fühlten. Oder zumindest wie wenig willkommene Gäste.

Dennoch traten sie an sein Bett. Es war immerhin ihr Sohn. Kathi, die blond bezopfte Radikalveganerin, ließ auch umgehend Kevin-Karls Hand los und machte den Eltern unaufgefordert Platz. Gut erzogen war sie ja, das musste man dem rebellischen Gör lassen.

»Mein Schatz, wie geht's dir?«, wisperte Hildegund und griff gleichfalls nach der Hand ihres Sohns.

»Alles paletti«, murmelte er. Ihm war die Szene ungemein peinlich.

»Wie ist denn das passiert?«

»Wer hat das gemacht?«

»Warum hast du auch in diesen unheimlichen Wald gehen müssen?«

»Wo tut's dir weh?«

»Musst du operiert werden?«

»Kriegst du auch genug zu essen?«

»Sind die Schwestern nett zu dir?«

Hildegunds Fragerei nahm kein Ende und schien sich gleich einer akustischen Endlosschleife um Kevin-Karls Hals zu legen.

Nur während der kurzen Einwürfe seines Vaters – »Ich habe dir eine neue Zahnbürste mitgebracht« oder dergleichen – kam er dazu, schnell mal Luft zu holen.

Zu seinem großen Glück machte Kathi nach der väterlichen Mitteilung, er habe ihm zwei graue und drei blaue Unterhosen eingepackt, Anstalten, das Zimmer zu verlassen. Sie ging mit ihrem Helden gerne ins Bett, aber die farbliche Beschaffenheit seiner Slips aus Vatermund zu vernehmen, fand sie gänzlich unerotisch. Zudem war sie ohnedies beinahe seit Kevin-Karls Einlieferung vor Ort gewesen, da sie zufällig ihre Cousine in

Graz hatte besuchen wollen, als ihr Liebster ihr eine Krankenbett-Nachricht geschickt hatte. Natürlich hätte sie gerne bis zur vollständigen Genesung des Freundes an dessen Bett gesessen, doch die Taktlosigkeit des Vaters, gepaart mit der geballten Aufdringlichkeit der Mutter, bewog sie dann doch zur Flucht. Diese Frau musste über eine Kiemenatmung verfügen, so wie sie ohne Punkt, Komma und Hirn in einem fort drauflosredete. Bevor sie verschwand, drückte Kathi ihrem Held noch rasch einen innigen Kuss auf die Wange und versprach, jeden Tag bis zu seiner Entlassung wiederzukommen.

Kathi war zum exakt richtigen Zeitpunkt gegangen, denn kurz darauf stellte Hildegund die fatale Frage: »Mein Liebling, und du kannst dich wirklich an nichts mehr erinnern?«

Seinen Eltern konnte Kevin-Karl die heldenhaft ausfabulierte Geschichte von seinem wagemutigen Einsatz natürlich nicht auf die neugierigen Nasen binden. Auch dem Polizisten, mit dem er bereits telefoniert hatte, hatte er wohl oder übel den wahren Verlauf der Dinge gestehen müssen. Zwar hätte er sich den Behörden gegenüber durchaus eine kleine Notlüge gestattet, aber es mangelte ihm selbst am winzigsten glaubwürdigen Beweis für Kathis Kopfkinoversion. Und in Widersprüche wollte er sich keinesfalls verstricken, weil das womöglich auf endlose Einvernahmen und ein peinliches Eigentor hinauslaufen würde. So gab es halt eine offizielle und eine romantische Version des Geschehens. Und niemand außer Kathi würde je von der Existenz der zweiten erfahren.

Seinen Eltern erzählte der Junge nur die ungeschönte Wahrheit. Dass er im Wald nach den toten Tauben Ausschau gehalten, nach längerer Suche aber nur eine einzige gefunden habe. Nach der habe er sich gebückt, und ab diesem Zeitpunkt fehle ihm die Erinnerung. Posttraumatische Amnesie, hatte der Arzt gemeint. Das Gedächtnis könne wiederkommen oder auch nicht. Fest stand nur, dass seine Verletzung durch eine heftige Kollision oder einen Schlag mit einem Gegenstand aus Hartholz entstanden sei, da, wie bereits Dr. Seidenbart bemerkt hatte, kleine Rindenstücke in der Wunde gefunden worden seien. Ob das Ganze durch Selbstverschulden oder Fremdeinwirkung passiert sei, könne allerdings niemand sagen.

Kevin-Karl jedenfalls mochte sich beim besten Willen nicht vorstellen, dass ihm jemand hinter einem Baum aufgelauert hatte, um ihm einen Baseballschläger oder dergleichen über den Kopf zu ziehen. Es hätte ja auch niemand wissen können, dass er sich an genau dieser Stelle des Waldes aufhalten würde. Und kurz zuvor hatte sein Vater exakt am selben Platz gestanden, ihm hatte jedoch niemand den Kopf zu zertrümmern versucht. Vielleicht war er wirklich nur ganz unglücklich rückwärtsgefallen und hatte sich dabei böse an einem Baum gestoßen. Eventuell spielte ihm sogar sein verbleibendes Gedächtnis einen Streich, denn er hatte ja nur diesen einen kleinen Vogel gesehen, während sein Vater von einem Dutzend Tauben gesprochen hatte und der Inspektor, das wusste er mittlerweile, stundenlang gesucht hatte, ohne auf eine einzige tierische Leiche zu stoßen. Von zwölf auf null, das konnte nicht mit rechten Dingen zugehen.

Sosehr Kevin-Karl auch dachte und dachte, er konnte sich das Ganze einfach nicht erklären. Und das Unerklärliche übte seit jeher einen unwiderstehlichen Reiz auf ihn aus. Zum Leidwesen seiner Eltern und seiner physischen Unversehrtheit.

Die Ruhe vor dem Sturm

Andächtig legte Revierinspektor Ferdinand Kapplhofer den Hörer zurück auf die Gabel. Ihm war soeben ein Wunder widerfahren. Nahezu religiöse Gefühle durchströmten ihn, während er sich tiefenentspannt auf seinem weich gepolsterten Bürostuhl zurücklehnte. Soeben hatte er ein erfreuliches Telefonat mit Hauptmann Hartmuth van Trott geführt, ein derart unglaubliches Ereignis, das in seiner Tragweite selbst den Untergang des Römischen Reichs oder die Mondlandung zu übertreffen schien. Würde der Inspektor, ganz nach südweststeirischer Tradition, oft und gerne zur Flasche greifen, so hätte er dieses Gespräch als alkoholbedingte Wahnvorstellung verbucht, aber da er im Interesse seiner kleinteiligen Modellbaukunst keine zitternden Hände gebrauchen konnte, langte er höchstens mal zur Wärmflasche. Daran konnte es also nicht liegen. Und zu Tagträumereien jeglicher Art neigte er auch nicht. Wenn er träumte, dann von Schweinsbratln, Backhendln oder einem Kernölguglhupf. Manchmal auch von filigranen Ankerwinden oder millimetergenau gefrästen Bugstrahlrudern, aber bestimmt nicht von der Arbeit, so was würde ihm ja den Schlaf rauben. Das soeben geführte Telefonat mit seinem mieselsüchtigen Vorgesetzten hatte demnach tatsächlich stattgefunden.

»Damit ich Ihnen nicht zu viel von Ihrer wertlosen Arbeitszeit stehle«, hatte der Hauptmann grußlos begonnen, »gehen wir direkt in medias res.« Van Trott war seit dem ersten Zusammentreffen mit Kapplhofer der Ansicht, dass bei diesem geistig unterversorgten Fettzellendepot weder das Bindegewebe noch die Gehirnmasse über ausreichend Arbeitsmoral für den Staatsdienst verfügten. Dabei war der Inspektor gar nicht dick, sondern nur untrainiert, bis auf das Sitzfleisch und den Kauapparat halt, und seine Intelligenz kam auch noch ohne künstliche Beatmung aus. Aber das wusste der Hauptmann nicht, und der Inspektor konnte es nicht so gut zum Ausdruck bringen beziehungsweise in wohlsortierte Worte fassen. Da schwieg er lieber und dachte sich seinen Teil.

Als er die Stimme van Trotts am Telefon vernahm, hatte er sogar sehr viel gedacht. Schwarze, tiefschwarze und tiefdunkelschwarze Gedanken wirbelten wie Wäsche im Schleudergang durch seinen Kopf. Automatisch hatte er sogar versucht, auf seiner Sitzgelegenheit eine entsprechend aufrechte Haltung einzunehmen, doch der Stuhl bot ihm zu wenig Rückhalt.

»Wie stets ist es Ihnen zumindest gelungen, meine etwas knappere Zeit unnötig zu beanspruchen. Besagter«, man hörte Papier rascheln, »also, besagter Willibald Werner Pfnatschbacher ist schlicht und einfach ertrunken. Keine Anzeichen von Gewaltanwendung, keine Spuren eines Kampfes, dafür ein viel zu hoher Alkoholgehalt im Blut. Da er nur eine Socke trug, ist er vermutlich bereits angetrunken außer Haus gegangen und danach im Suff ins Wasser gefallen. Tot.« Van Trott, der wie der Inspektor nichts für Alkohol übrig hatte, wenngleich aus anderen Gründen, schnaubte verächtlich ins Telefon. »Da es wie gesagt keinerlei Verdachtsmomente auf Fremdverschulden gibt, wurde die Leiche bereits zur Bestattung freigegeben. Eine Obduktion hätte nur Ressourcen verschwendet, und es genügt, wenn Sie meine Zeit verschwenden.«

»Das tut mir unendlich leid, Herr Hauptmann«, erwiderte der Inspektor und legte die Tragik eines Trauergottesdienstes in seine Stimme. Dabei hätte er am liebsten lauthals jubiliert. Es war kein Mord, sondern ein Unfall, ergo musste er keine weiteren Schritte einleiten und konnte auch diesen, seiner Ansicht nach zwar äußerst seltsamen Fall zu den Akten legen. Ganz hochoffiziell. Für das Überbringen einer derart befreienden Nachricht hätte ihn der harsche Hauptmann gerne noch ein paarmal beleidigen dürfen, doch van Trott suchte offenbar bereits nach seiner verlorenen Zeit.

»Sie können sich also wieder getrost Ihren Hühnerdiebstählen widmen oder womit auch immer Sie sich sonst beschäftigen. Vielleicht sogar mit einem Einbruchsdelikt am Kaugummiautomaten. Zwischen einer Mahlzeit und der nächsten. Aber bitte verschonen Sie mich in Zukunft mit Ihren Gefühlen. Es mag generell komisch sein, wenn Menschen in schwer alkoholisiertem Zustand und nahezu vollständig bekleidet durch einen Bach spazieren, um darin unterzugehen, aber es ist definitiv kein Fall für das Landeskriminalamt.« Höchstens für die Psychiatrie, fügte er in Gedanken hinzu.

»Ganz, wie Sie meinen, Herr Hauptmann.« Kapplhofer sah seine ausgedehnten Mittagspausen endlich wieder in appetitliche Nähe rücken und verspürte demnach nicht die geringste Lust, diesen moralinsauren Emotionsminimalisten über die regionale Verbrechensstatistik aufzuklären. Der zufolge hatte sich der letzte Hühnerdiebstahl im Jahre 1986 ereignet, also noch vor seinem Dienstantritt, und war von einem sibirischen Schlittenhund begangen worden. Und was die Kaugummiautomaten betraf, die staubten längst im Volkskundemuseum vor sich hin.

»Dennoch müssen Sie ein hübsches Protokoll über das Ableben dieses Willibald Irgendwas anfertigen. Und zwar ohne Schreibfehler, Fettränder und Kaffeeflecken.«

»Selbstverständlich, Herr Hauptmann, ohne Schreibfehler, Fettflecken und Kaffeeränder.«

»Ach ja, und bevor ich es vergesse, setzen Sie alle Medienvertreter über die wahre Todesursache dieses Kredithais in Kenntnis. Es gibt keinen Damischtaler Mörder, sondern nur blunznfette Fetzenschädl, die sich nicht einmal ordentlich anziehen können.«

»Sehr wohl, Herr Hauptmann, keinen Mörder, nur blunznfette, schlecht gekleidete Fetzenschädl«, echote Kapplhofer, was ihm noch eine kleine, aber wenig feine Belehrung zum Thema »Mundart und Mediensprache sowie deren diplomatische Besonderheiten« einbrachte.

In Momenten wie diesem fragte sich der Hauptmann, ob eine derartige Ausgeburt an Unfähigkeit, wie Kapplhofer es war, selbst für den Toilettenbesuch präziser Instruktionen bedurfte oder er diesen bereits im Alleingang bewerkstelligte. Vermutlich, denn er besaß weder Frau noch Blindenhund. Van Trott sog noch einmal bedrohlich laut die Luft ein, bevor er sich mit einem schneidenden »Auf Nimmerwiederhören, so hoffe ich« verabschiedete.

Eine Hoffnung, die er mit Kapplhofer teilte.

***

Exakt zur selben Zeit, jedoch kilometerweit entfernt, saß Peter Protzmann in seinem Büro und hatte gleichfalls den Hörer auf die Gabel gelegt. Allerdings nicht mit religiösen, sondern mit hasserfüllten Gefühlen. »Die werden noch ihr blaues Wunder erleben«, sagte er zu sich selbst. Wobei die Zahl blauer Wunder seit der letzten Regierungsbildung generell rapide angestiegen war und – ganz im Sinne der alten Redewendung – für einige böse Überraschungen gesorgt hatte.

Protzmann war allerdings gegenüber den Staatsmännern klar im Vorteil, da er für sein blaues Wunder keinen Mehrheitsbeschluss benötigte. Hatte ihn doch vorhin tatsächlich dieser Zoltán, der Ersatz für den verunglückten Polier, angerufen und gemeint, den Arbeitern sei durch die zwei Todesfälle und den ständigen Medienrummel die Motivation abhandengekommen und sie würden auf einer Erschwerniszulage bestehen. Nun ja, genau genommen hatte der Ungar gesagt: »Viel Tote, viel Paparazzi, wenig Kohle, Leut wenig hackln«, aber die Botschaft war durchaus angekommen.

»Alles nur geldgieriges Gsindel«, fluchte der Geschäftsmann und strich gedankenlos über seine Patek Philippe. Jetzt, wo wegen Willibalds Abgang neue Quellen zur Umleitung der Kapitalflüsse erschlossen und geschmiert werden mussten, konnte er diesen Taugenichtsen auf gar keinen Fall eine Gehaltserhöhung gewähren. Die unschönen Umstände, die ihm der Tod des Bankdirektors bereitet hatte, waren ihm bereits teuer genug zu stehen gekommen. Nur gut, dass die Bewilligungen von Behördenseite größtenteils bereits vorlagen und für den Umweltschmutz, den das Kleinkraftwerk und die Ferienwohnsiedlung verursachten, keine weiteren Hürden mehr genommen werden mussten. Sein Kompagnon, der Sebastian

Schnurz, haderte zwar noch mit den Anschaffungskosten von Kaplanturbine, Steuerungselementen und Transformator, aber verglichen mit den Unsummen, die die ökologische Herabstufung des Gewässers gekostet hatte, um überhaupt eine Betriebs- und Baugenehmigung zu erhalten, konnte die technische Ausstattung aus der Portokasse beglichen werden. Zudem gab es ja die Ökostromförderung. Aber das war nicht sein Problem, er war nur für das zügige Voranschreiten der Bauarbeiten zuständig – und würde dafür zur Not auch über Leichen gehen.

Die Wochenendhäuser mussten bis zum Sommer des nächsten Jahres bezugsbereit sein. Am Wasser saß man schließlich in der warmen Jahreszeit und nicht im Winter. Bei der derzeitigen Nachfrage an Anlegerwohnungen und Renditeobjekten brauchte er sich um seine Gewinne zwar keine Sorgen zu machen, aber die unerfreulichen Ereignisse in jüngster Vergangenheit hatten ihn bereits an die hunderttausend Euro an Sonderausgaben gekostet. Die musste er anderswo wieder einsparen. Den ausländischen Hilfskräften konnte er seine komplexen finanziellen Verpflichtungen jedoch genauso wenig erklären wie einer Kuh die Straßenverkehrsordnung. Und Ansprüche brauchten sie ohnedies nicht zu stellen. Er zahlte beinahe Kollektivlohn, hatte seine dreißig Leute offiziell angemeldet und gewährte ihnen ab achtunddreißig Grad im Schatten sogar hitzefrei. Wenn ihnen das nicht gut genug war, musste er sie halt austauschen. An Hilfsarbeitern und Baggerfahrern herrschte kein Mangel. Sollten sie ihm noch ein einziges Mal mit derart überzogenen Forderungen kommen, würde er ihnen statt der Lohntüte den Schuh aufblasen. Und die Zeitungsfritzen sollten den Arbeitern ohnedies gestohlen bleiben; auf dem Bagger oder mit der Motorsäge in der Hand würden die Journalisten sie doch garantiert nicht um ein Interview bitten. Zudem verstand sie fast niemand. Und was den ertrunkenen Baupolier betraf, so lag dessen Tod eindeutig am übermäßigen Alkoholkonsum, denn an körpereigenen Abwehrkräften hatte es dem durchtrainierten Glatzkopf nicht gefehlt. Auch der Rest der Truppe hatte eine

Oberarmmuskulatur, mit der die Männer einen Telegrafenmasten k. o. schlagen könnten.

Kurz gesagt, Peter Protzmann sah diesbezüglich keinerlei Handlungsbedarf. Entweder ging die Arbeit weiter, oder die Arbeiter würden gehen. Weitaus unangenehmer könnte sich der Hungerstreik entwickeln. Dieser ökologische Hardliner von Ehrenhöfler durfte auf gar keinen Fall krepieren, denn ein Märtyrertod würde einen bundesweiten Medienrummel zur Folge haben, was der eigentlich einträglichen Sache äußerst abträglich wäre. Bislang hatte sich der durchaus begründete Protest der Naturschützer ja in engen, regionalen Grenzen bewegt, weil mittlerweile jeder einzelne Bezirk wenigstens ein demonstrationswürdiges Projekt aufwies. Wobei Wasserkraftwerke bei den Verteidigern urzeitlicher Zustände derzeit besonders hoch im Kurs standen. Gefolgt von Umgehungsstraßen und Wintersportanlagen. Doch die Retter der Gelbbauchunken und Pfeifengräser konnten nicht überall gleichzeitig protestieren. Wer am Marsch gegen die x-te Skischaukel auf einem Tiroler Berg teilnahm, konnte nicht zur selben Zeit gegen den y-ten Turbokreisverkehr im Südburgenland aufmarschieren. Oder im Damischtal Kraftwerk und Ferienhäuser verhindern wollen. Dass viele Wasserbewohner durch diese Bauprojekte im Laufe der Zeit statt ins kühle Nass in Klärschlamm beißen würden, schien dem grünen Pack näherzugehen als jedes terroristische Attentat. Würde das Wirtschaftswachstum von diesen Fortschrittsverweigerern abhängen, säßen sie heute vermutlich noch tatenlos vor Erdlöchern herum. Letztlich waren doch auch Bäume nur hochgewachsene Unkräuter, ideal zum Verheizen.

Ein komfortabler Zweitwohnsitz im Grünen hingegen steigerte die Lebensqualität einer vierköpfigen Familie weitaus mehr als der Anblick von Ulmen, Elritzen, Steinkrebsen oder einem Büschel Schilf. Und wären diese wässrigen Ursuppen tatsächlich ein ideales Habitat, hätten sich die Amphibien einst bestimmt nicht an Land begeben. Früher war eben nicht alles besser gewesen, sonst wären die Neandertaler auch schon hundert geworden. Stattdessen waren sie – bei gänzlich intakter Natur – bereits abgekratzt, kaum hatten sie die Volljährigkeit erreicht. Aber die Logik lag diesen Umweltschützern ja ähnlich fern wie ihm die Zwölftonmusik.

Protzmann musste jedenfalls verhindern, dass das Damischtal zum Epizentrum einer österreichweiten Protestbewegung wurde. Und das würde der Fall sein, sollte ihnen der militante Kostverweigerer während der Bauarbeiten wegsterben. Nie zuvor hatte der Immobilienmensch jemandem von ganzem Herzen ein langes Leben gewünscht, außer sich selbst vielleicht. Doch der Ehrenhöfler durfte auf gar keinen Fall zu große Schlagzeilen machen. Er musste entweder vor aller Augen zum Streikbrecher oder wegen eines völlig unspektakulären Gebrechens ins Abseits befördert werden. Ideal wäre ein längerer Krankenhaus- oder Kuraufenthalt. Ein Mann, der auf Widerstandskämpfer machte und dann von Rheuma, einer rinnenden Nase, Hämorrhoiden oder einem Bandscheibenvorfall in die Knie gezwungen wurde, würde rasch seine heldenhafte Aura verlieren. Der Geschäftsmann war sich sicher, Ehrenhöflers gesundheitliche Achillesferse herausfinden zu können, hatte allerdings noch keine brauchbare Idee, wie er das bewerkstelligen sollte.

Erneut strich er gedankenverloren über seinen Chronografen. Er könnte Schragl, den Touristiker, zu den dörflichen Stammtischtreffen abkommandieren, um verwertbare Informationen zu sammeln. Vielleicht brächte der als Einheimischer etwas über etwaige gesundheitliche Schwachstellen des Ökoterroristen in Erfahrung oder stieß zumindest auf ein paar dunkle Flecken auf dessen blütenweißer Weste. Allerdings stand zu befürchten, dass man dem Fremdenverkehrsobmann nichts mehr anvertraute, da er bei diversen Grundstückstransaktionen die Hälfte der Verkäufer über den Tisch gezogen hatte. Und die andere Hälfte stand dem Bauprojekt und allen, die damit zu tun hatten, sowieso ablehnend gegenüber. Die landläufigen Lästermäuler würden sich in Schragls Beisein vermutlich allesamt in Schweigen hüllen. Und Schnurz, der zukünftige Energielieferant, war ihm auch keine Hilfe. Der neigte beim geringsten Widerstand zu gedanklichen Kurzschlüssen, was erst recht keine Lösung war.

Protzmann musste selbst handeln, und zwar rasch.

***

Auf dem Hauptplatz von Gfrettgstätten herrschte Ausnahmezustand. Die Sonne blitzte mit außergewöhnlicher Strahlkraft vom Himmel und ließ die Pflastersteine, Gastgartentische und Blumenampeln wie frisch poliert aussehen. Die Menschen strahlten mit dem Himmel um die Wette, Sonnenbrillen im Gesicht und ein Glas voll Schilcher an den Lippen. Unter den lauschigen, weit ausladenden Kastanienbäumen saß man aber auch wirklich wunderbar, wenn für Speis, Trank und Gesprächsstoff gesorgt war. Am Rand des bis zu den Regenrinnen mit Blumengebinden und Zierkürbissen dekorierten Platzes hetzte sich der Kirchenwirt ab und kam trotzdem mit dem Einschenken nicht nach, während der appetitliche Duft frisch gebrutzelter Schmankerl über die festliche Inszenierung dahinzog.

Dabei gab es gar nichts zu feiern, ganz im Gegenteil. Zwei Menschen waren binnen kürzester Zeit gestorben, und der Umweltschutzreferent war auf dem besten Weg, sich zu Tode zu hungern, auch wenn er erst am Anfang seiner Nulldiät stand. Doch in den Augen der Bevölkerung waren das allesamt triftige Gründe, um das Glas zu erheben. Darüber hinaus hatte der Inspektor, wie von van Trott befohlen, eine Pressekonferenz anberaumt, aus Platzgründen im Freien, um das Gerücht eines Doppelmordes von Behördenseite zu dementieren. Zudem würde auch der grüne Widerständler die Gelegenheit nutzen, um sich nach der Konferenz erneut zur traurigen Lage der natürlichen Dinge zu äußern. Seine bisherigen Expertisen über Stauraumspülungen und Falltiefe, Würfelnattern und europäische Wasserrahmenrichtlinien hatte das Gros der Damischtaler zwar auch nicht kapiert, aber er hungerte in ihrer aller Interesse. Und war hübsch anzusehen.

Die Gastgartengäste hatten bereits gemütlich Wurzeln geschlagen, als die Medienvertreter eintrafen und fassungslos zur Kenntnis nehmen mussten, dass es für sie keine einzige freie Sitzgelegenheit mehr gab. Dabei war es erst halb zehn, und der Inspektor hatte die Pressekonferenz für Viertel nach angekündigt. Warum also saßen diese Hinterwäldler jetzt schon dicht aneinandergedrängt herum und räumten ihnen nicht das geringste Bleiberecht im Gastronomiebereich ein? Mitten auf dem Platz, zwischen den adrett bepflanzten Blumenkübeln in allen Farbvariationen, musste die Journaille Aufstellung beziehen und sich die Sonne auf die empörten Häupter brennen lassen, während das Publikum entspannt im Schatten saß und der Reden harrte, die da kommen würden. Die Damischtaler hatten halt eine gewisse Tradition des alkoholischen Vorglühens, bevor sie sich in hitzige Debatten verstrickten. Zudem legten sie selbst bei den hochsommerlichsten Temperaturen größten Wert darauf, einen kühlen Kopf zu bewahren. Ganz nach dem Motto: »Schilcherbrand: ja bitte; Sonnenbrand: nein danke!«

Etwas am Rande des Geschehens, zwischen der Gemischtwarenhandlung und dem Pfarrhof, hatten sich sogar die Blechbläsercombo und der heimische Gesangsverein Schilcherpilcher platziert, beide in hoffnungsfroher Erwartung, früher oder später für lustige Klänge sorgen zu dürfen. Aufgrund des radikal gekürzten Kulturbudgets mangelte es den leidenschaftlichen Volksmusikanten zunehmend an passenden Gelegenheiten für ihre geblasenen beziehungsweise gejodelten Darbietungen. Was deren gut verborgene Künstlerseelen tief belastete. Daher waren sie nahezu jederzeit einsatzbereit. Kaum war Kapplhofers Silhouette am Rande des Marktplatzes ersichtlich, rissen sie ihre Hörner, Tuben und Posaunen hoch und hießen den Inspektor mit einem lautstarken Tusch willkommen. Sofort setzte frenetisches Stühlerücken und Köpfedrehen ein, damit man nur ja nichts übersah.

Kapplhofer, den nichts mehr verunsicherte, als im Zentrum allgemeiner Aufmerksamkeit zu stehen, brach bei diesem

Empfang bereits prophylaktisch der Angstschweiß aus. Nur gut, dass die Temperaturen mittlerweile an die dreiunddreißig Grad betrugen; so konnte er sich, sollte ihn jemand auf seine überdurchschnittliche Transpiration ansprechen, auf die derzeit herrschenden meteorologischen Bedingungen herausreden.

Zögerlich betrat er das kleine Podest aus Holz, auf dem normalerweise der Pfarrer seine alljährliche Erntedanksegnung vornahm. Obwohl der Polizist nie zuvor in seiner beruflichen Laufbahn eine Pressekonferenz abgehalten hatte, hatte er sich natürlich nicht getraut, van Trott nach dem genauen Ablauf einer solchen zu fragen. Aber was sollte er auch sagen, wenn es gar nichts zu sagen gab?

Mit vorgetäuschter Entschlossenheit nahm er seinen vorbereiteten Zettel zur Hand und verkündete: »Liebe Leut, der Tod vom Ploderer«, dessen Name stand in Rot und in Großbuchstaben auf seinem Merkzettel, »und der vom Pfnatschbacher haben für viel Aufruhr bei uns gesorgt. Aber alle, die sich Sorgen gemacht haben, haben das umsonst getan. Die beiden Opfer haben einfach zu tief ins Glas geschaut und sind danach zu tief ins Wasser gegangen. Ohne Fremdeinwirkung und ohne Gewaltanwendung. Es gibt also weder einen Mord noch einen Mörder, sondern nur zwei ertrunkene Trinker. Hat das Landeskriminalamt so festgestellt.« Nach diesen Worten faltete er seinen Zettel wieder zusammen, trat vom Podest und dankte dem Himmel, dass die Bauarbeiter am Bau schufteten und sich ohnedies kaum im Dorf sehen ließen, denn die hätten bestimmt wieder ihren leidigen »Pepi nix trinken«-Kanon angestimmt.

Stattdessen stimmten die Schilcherpilcher ein lustigs Liedl an. Schon erklangen die ersten Töne des »Steirischen Brauchs«, in dessen Text von Sterz und Schwammsuppn die Rede war. Stolz streckten die Einheimischen ihren ebenso steirischen Bauch hervor, schalteten das Hirn ab und sangen inbrünstig mit. Hätte man die offizielle Landeshymne gespielt, die, in der es um Aare auf dem Dachstein und irgendein Wendeland am Bett der Sav ging, von dessen Existenz niemand auch nur die leiseste Ahnung hatte, dann hätte jeder peinlich berührt geschwiegen. Aber den »Steirischen Brauch«, den konnte selbst ein Kindergartenkind fehlerlos vor sich hin brabbeln. Und wer gerade den Mund zu voll hatte, um mitzugrölen, der schlug sich halt mit wachsender Begeisterung auf die Schenkel. Dass die zwei Wasserleichen nicht ermordet, sondern nur ersoffen waren, schien die Laune der Anwesenden nicht im Geringsten zu trüben. Bis auf die der Presseleute, die mit hängenden Kinnladen und einer Mordstrum Wut im Bauch herumstanden. Da hatten sie sich in Erwartung großartiger Neuigkeiten extra hierherbemüht, und dann erklärte ihnen dieser Kasperl, dass die zwei Toten halt tot seien, selbst schuld, liebe Grüße vom Landeskriminalamt. Warum hatte man die Behörden überhaupt hinzugezogen, wenn die eh nur im Suff untergegangen waren? Und warum erfuhren sie keinerlei Details, weder Uhrzeit noch Promillegehalt noch sonstige prickelnde Umstände? Das war doch nicht normal, dass Leute vollständig bekleidet und aus gänzlich freien Stücken einen auf Wasserleiche machten. Doch das Abnormale schien in dieser Gegend ganz alltäglich zu sein.

Hatte ihnen der Inspektor auf die nach seiner Rede gestellte Frage, was er nun zu tun gedenke, doch glatt geantwortet: »Ich glaub, wir werden ein ›Baden verboten‹-Schild aufstellen.« Mehr nicht.

Besonders dem boulevardesken »Kaiserblattl« stieß das sauer auf. Wenn es hier nichts Bewegendes beziehungsweise Berührendes zu erfahren gab, dann mussten die Journalisten sich die mysteriöse Angelegenheit halt wieder mal selbst zusammenreimen. Und wenn Fragen nach der Quelle ihrer mörderischen Thesen auftauchten, könnten sie sich immer noch aufs Damischtaler Regionalfernsehen berufen; das hatte als Erstes die Fake News verbreitet.

Ohne jeden Erkenntnisgewinn zogen die Presseleute wieder ab. Dabei hatte ihnen Kapplhofer nur die offizielle Faktenlage präsentiert. Inoffiziell war nämlich auch der Inspektor der Ansicht, dass zumindest der Bankdirektor kein Opfer eines bedauernswerten Unfalls geworden war. Im Nadelstreifenanzug nächtens auf einer Baustelle unterwegs, das klang mindestens nach mafiosen Machenschaften. Oder nach Geldwäsche in Reinkultur. Auf der Jagd war er jedenfalls nicht gewesen, nicht in diesem Aufzug und nicht auf einer Großbaustelle.

Doch das würde der örtliche Vertreter von Recht und Ordnung natürlich niemals öffentlich eingestehen. Er war heilfroh, ohne Mordermittlungen und den damit verbundenen Unannehmlichkeiten wie Überstunden, lange Wegstrecken und kurze Essenspausen davongekommen zu sein. Außerdem war da noch die Sache mit Kevin-Karl Bartenstein, die nicht minder geheimnisvoll, wenngleich zumindest nicht tödlich war.

Glücklich, seinen ersten öffentlichen Auftritt ohne Ohnmachtsanfall und Panikattacke überstanden zu haben, begab sich auch Kapplhofer Richtung Gastgarten. Es war zwar erst halb elf, aber er hatte einen Mordsappetit. Und weil er halt doch noch irgendwie Postenkommandant war, auch wenn es aufgrund der Einsparungen seit Jahrzehnten keinen Posten mehr gab, sondern nur noch sein Abstellkammerl im Hinterzimmer der gleichfalls aufgelassenen Postfiliale, wies ihm der Kirchenwirt persönlich einen der besseren Plätze zu, schattig, in erster Reihe und auf der besonders bequemen Bank.

»So, machts Platz für den Herrn Inspektor«, herrschte er die bereits Sitzenden an und schob den Pfnaderer in Feuerwehruniform mitsamt Schilcherspritzer und Breinwurst einen Meter weiter, weshalb dem Unterkofler, der auf der alten Holzbank bereits rechts außen saß, sein heiß geliebtes Verhackertbrot zu Boden fiel.

»Kruzitirkn, alle miteinand! Habts ihr keine Augen im Schädl?«, polterte der empört los und schlug sich an einem hinter ihm im Geäst hängenden Zierkürbis schmerzhaft den Schädel an. Das Verhackert, eine bodenständige Spezialität aus fettem Speck, galt bei den Damischtalern als Fundament aller Trinkgelage. Und das wurde in Ehren beziehungsweise im Schmalztopf gehalten und nicht mit Füßen getreten.

»Reg di ab, kriegst a neues«, polterte der Wirt zurück und

nahm dem Unterkofler zur Strafe das Weinglas weg, obwohl noch gute zwei Schluck drin waren.

Ohne Verhackertbrot und blauen Wildbacher kam sich der auf einmal recht unterbeschäftigt vor. Zwar hatte die einst als Rabiatperle berüchtigte Schilchertraube dank moderner Kellertechnik sowohl ihren schlechten Ruf als auch ihr magenschädigendes Aggressionspotenzial eingebüßt, in ländlichen Gebieten jedoch führte ein sonntäglicher Schilcherentzug durchaus noch zu g'sunden Watschen und weniger g'sunden Handgreiflichkeiten. Es sei denn, der Herr Inspektor saß mit bei Tisch. Da beließ es selbst der Unterkofler bei einem verbalen Schlagabtausch.

Sogar die sonst so distanzierte Bibiana verweilte im Gastgarten und hatte ihren Stuhl direkt neben die Bank gezwängt, um ja kein Wort zu versäumen, sollte es etwas zu reden geben. Offenbar hatte sie ihre Berührungsängste mit der dörflichen Grobstofflichkeit vorübergehend überwunden. Allein das Proseccoglas, das an ihren grell geschminkten Lippen hing, zeugte von ihrem Standesdünkel. Dabei blickte sie konzentriert über die Köpfe aller Anwesenden hinweg, auf der Suche nach etwaigen Kandidaten für eine flotte Nummer. Wobei es fruchtbare Nummer besser auf den Punkt brachte, denn Bibiana war weder nymphoman veranlagt noch flatterhaft, was ihr Geschlechtsleben betraf. Sie wollte keine multiplen Orgasmen, sie wollte einfaches Mutterglück, doch es fehlte ihr noch ein potenter Besamer. Viele Männer waren gekommen, viele gegangen, doch keiner hatte bleibende Erinnerungen hinterlassen. Bibiana, die mit ihren Orchideen ein so blühendes Händchen bewies, war bislang an der eigenen Familienplanung gescheitert. So gesehen war auch sie mittlerweile zur verzweifelten Verfechterin von Nachhaltigkeit mutiert. Lange durfte sie nicht mehr warten, um in den Mutterstand zu treten, ging sie doch schon auf die vierzig zu. Und künstliche Besamung kam ihr zu steril vor. Ein Anschauungsobjekt wollte sie schon haben, außerdem erinnerte Gefriersamen sie allzu sehr an die Rinder- und Schweinezucht.

In letzter Zeit hatte sich leider gar kein Vaterschaftskandidat gefunden, der ihren Kriterien auch nur einigermaßen entsprochen hätte. Die Auswahl in dörflichen Regionen war aber auch nicht sonderlich erfolgversprechend. Entweder hätte Bibiana Abstriche bei der Intelligenz oder beim Erscheinungsbild machen müssen. Oder auf Tagestouristen und Wochenendheimkehrer hoffen. Auf den Hubert Ehrenhöfler hoffte sie jedenfalls nicht mehr. Monatelang hatten sie eine Affäre gehabt, bei der letztlich nichts außer Knochenbrüchen, blauen Flecken und peinlichen Gerüchten herausgekommen war. Seitdem war sie dem Grünen gar nicht mehr grün.

Aber dass er nun der Star des gesamten Damischtals war, angehimmelt von Teenagern, Hausmüttern und Omamas, das gefiel ihr trotzdem nicht. Wie er da so neben seinem Zelt stand, im weißen Büßergewand, braun gebrannt und mit charismatischem Gehabe, verspürte sie einen leichten Anflug von Eifersucht. Dumm war er nicht gewesen, eigentlich ein idealer Samenspender, aber leider hatten ihre ekstatischen Zusammenstöße, abgesehen von neuen Einsichten in das Balzverhalten von Eichelhähern und Grasmücken, nichts bewirkt. Biologisch betrachtet lag Bibiana Doppler allerdings wenig an Vögeln jeglicher Art. Ihre intellektuelle Sturm-und-Drang-Zeit hatte sich nie auf die Allgemeinbildung erstreckt. So hielt sie die »Zauberflöte« auch heute noch für ein prickelndes Accessoire von Beate Uhse und die Unschärferelation für eine Nebenwirkung übermäßigen Alkoholkonsums.

Dennoch wartete sie gespannt auf die kurze Rede, die ihr einstiger Hubert nun halten würde. Der grüne Gemeinderat hatte eine volle, wohltönende männliche Stimme, mit der es ihm leider dennoch nur ganz selten gelungen war, ihre geistige Aufnahmesperre zu durchbrechen.

»Meine lieben Damischtaler und Damischtalerinnen«, hob er nun an. Bislang schienen weder sein Organ noch sein Körper zu schwächeln, obwohl die letzte Nahrungsaufnahme bereits zwei Tage zurücklag. »Liebe Freunde einer intakten Umwelt, liebe Mitstreiter und Mitstreiterinnen für unser bedrohtes Naturjuwel.«

Applaus brandete auf, die Zuhörer erhoben die Gläser. »Naturjuwel«, der Ausdruck gefiel ihnen, er klang nach »wertvoll«, und was Wert besaß, brachte bekanntlich Geld.

»Angesichts der bedrohlichen Entwicklungen, die auf Kosten unserer Flusslandschaft gehen, ist mir der gesunde Appetit schon lange vergangen. Ein derartiges Ökosystem wie unsere Damisch-Auen wird skrupellosen Geschäftemachern zum Opfer dargebracht. Für den Profit weniger und zum Schaden vieler.«

»Skrupellose Geschäftemacher«, auch diese Wortwahl wurde von den Einheimischen verstanden. Erneut hoben sie die Gläser und stießen laute Bravo!-Rufe aus. Mit jedem Schluck wuchs die Siegesgewissheit, es diesen Halunken schon noch zu zeigen.

Derweil suchte Ehrenhöfler, die Anwesenden ein weiteres Mal über die totale Unrentabilität des Kraftwerks zu belehren, das gerade einmal drei Prozent des regionalen Strombedarfs liefern könne. Dabei gäbe es insgesamt bereits an die dreihundert große und mehr als dreitausend kleine Wasserkraftwerke, die zwei Drittel des heimischen Energiebedarfs decken würden. Und selbst wenn so ein Werk kein schädliches CO_2 ausstoßen würde, würde sein Nutzen um ein Vielfaches geringer ausfallen als seine nachhaltigen und bleibenden Schäden an der Natur. Schwall- und Sunkbetrieb, also der ständig schwankende Pegelstand, würde die Wasserqualität mindern, während die Lebensräume streng geschützter Arten zerstört oder unter den Baumaschinen zerquetscht würden. Zudem könne unter den anfallenden Schlammschichten durch die Stauraumspülung nicht einmal eine Kaulquappe überleben.

Das war der Teil, der an den Bauernschädeln der Einheimischen größtenteils abprallte. Sie hatten keine Ahnung, was sich da im Bach außer Gerümpel und Wasserleichen überhaupt herumtrieb. Der Bartl als Fischer wusste das noch am besten, aber der gab keinen Aufklärungsunterricht.

Schlussendlich kam der Hungerkünstler sogar noch auf irgendeine Klimakonferenz zu sprechen, auf der Experten eine globale Erwärmung von drei Grad prognostiziert hatten.

Drei Grad schienen den Dörflern jetzt nicht sehr viel zu sein, drei Promille, ja, das wäre ein bedenklicher Wert gewesen, aber drei Grad hielten sie für durchaus vernachlässigbar. Und das, obwohl bereits zwei Grad Erwärmung eine Klimakatastrophe bedeuteten.

Erst als der Grüne sie darauf aufmerksam machte, dass Wein dann in Dänemark reifen würde und sie statt Kürbissen Maniok anbauen könnten, schüttelten ein paar besorgt die Köpfe. Als Bewohner einer bislang heilen Welt konnten sie sich die komplexen Zusammenhänge dieser heiklen Thematiken nicht vorstellen. Im Damischtal gab es kein Glyphosat, Bienen und Hummeln tummelten sich arbeitsam auf den Wildblumenwiesen, Feinstaub stellte gleichfalls keine Bedrohung dar, und die Wälder starben auch nicht vor sich hin. Nur Hagel und Frost machten den Weinbauern immer häufiger zu schaffen. Wobei auch das angeblich von der Klimaveränderung kommen sollte, aber sich mit dieser These zu beschäftigen, das hatte bis auf den Hubert noch niemand versucht. Die Damischtaler verließen sich einfach auf ihren Versicherungsschutz.

Was sie hingegen sehr wohl verstanden, war das mit den Bienen, den Blumen und den Touristen. Also, mit deren wechselseitiger Befruchtung. Die Gäste kamen hierher, weil es so idyllisch war und die Obstbäume, Blumen und Pflanzkübel von April bis November in vollster Blüte standen. Eine Asphaltwüste mit Sichtschutzmauer, Staubecken und lärmendem Anrainerverkehr wie vom Kraftwerk- und Siedlungsprojekt vorgesehen, würde ihnen nicht nur die Bienen vergraulen und die Blumen verdorren lassen, sondern in letzter Konsequenz auch die zahlenden Gäste vertreiben. Ganz abgesehen von der massiven optischen Nötigung, welche die neuen, im Vorjahr gedruckten touristischen Hochglanzprospekte mit Bilderbuchbotanik beim ersten Spaziergang Lügen strafen würde. Und ganz zu schweigen von der Privatisierung einer öffentlich zugänglichen Flusslandschaft. Die oberen Straßenkehren, die nahe am Gfrettgstättener Ortsgebiet lagen, fielen ja jetzt schon den Planierarbeiten für das Kleinkraftwerk zum Opfer. Dessen hässliche Krönung würde in einer Staumauer samt Trafohütte bestehen, der weiter dorfauswärts, Richtung Plutzenberg, gelegene Teil des Ufers würde hingegen zur Gänze privatisiert werden und wäre nur noch den betuchten Ferienhausbesitzern zugänglich. Dann hätten sie Zustände wie am Wörthersee, wo badefreudige Einheimische und normalsterbliche Touristen das Gewässer höchstens durch einen Feldstecher zu sehen bekamen. An guten Tagen. An schlechten war die Sturmflut an Besuchern von glücklichen Privatbadestegbesitzern derart groß, dass der Blick auf den See von parkenden Autos, Sonnenschirmen und Menschenansammlungen zur Gänze verstellt wurde.

Und genau das wollten die Damischtaler nicht. Zwar vertraten sich die Landbewohner die Beine lieber zwischen Weinkeller und Esstisch als entlang des Flusses, aber ihre Gäste schwärmten für diese lauschigen Auen und trotzten tapfer allen hochsommerlichen Insekteninvasionen, nur um den Fluss entlangzuwandern und sich am klaren, kühlen Nass zu erfreuen. Selbst denen, die lieber weinselig bei der Gusti hockten, würden die geplanten Bauvorhaben einen Strich durch die tolle Aussicht machen. Wer blickte schon gern auf Kaplanturbinen, Carports oder gar gespannte Wäscheleinen statt auf ein baumbestandenes Gestade? Da könnte man seinen Wein ja gleich daheim im Wohnzimmer trinken.

Wenn der Hubert diesem fatalen Treiben Einhalt gebieten könnte, würden sie ihn jedenfalls für die Heiligsprechung nominieren, das stand fest. Auch wenn er dafür sterben würde, was nach seiner Nulldiät früher oder später eh der Fall wäre.

Doch ihm alleine könnte durch seinen körperlichen Einsatz das gelingen, woran sie gemeinsam mit Hunderten von Transparenten, fauligem Obst, Spruchbändern und Schreichören gescheitert waren, nämlich das Bauvorhaben zu stoppen.

Genau das brüllte der Widerstandskämpfer nun auch ins Mikrofon: »Der Kahlschlag an unserer Mutter Natur muss gestoppt werden, und wenn der Preis dafür mein Tod ist. Dann wird sich zeigen, über wie viele Leichen diese Unmenschen zu gehen bereit sind.«

Nach diesem grandiosen Finale seiner Rede zog der designierte Retter der Auenlandschaft sich rasch in sein Zelt zurück, um sich vor aufdringlichen Fans mit rot bemalten Lippen und flehentlichen Autogrammwünschen ebenso in Sicherheit zu bringen wie vor tugendhaften alten Jungfern, die ihn noch zu Lebzeiten mit tränenreichen Beileidsbekundungen überschütten wollten.

Ein perfekt orchestrierter Tusch begleitete seinen Abgang. Wenigstens die Blechbläsercombo bewies so viel Anstand, keinen Trauermarsch zu spielen und ihm auch den fetttriefenden »Steirischen Brauch« zu ersparen. Stattdessen bliesen die Musiker sich durch ihr gesamtes alpenländisches Œuvre, vom blühenden Enzian bis zum Erzherzog-Johann-Jodler.

Die Gastgartensitzer johlten und schunkelten begeistert mit. So eine Gaudi hatten sie schon lange nicht mehr gehabt. Dass ausgerechnet zwei Tote und ein halb Verhungerter für dieses Stimmungshoch verantwortlich waren, tat ihrer Freude keinen Abbruch.

Früher einmal war der Hubert als grüner Gemeinderat ja Zielscheibe allgemeinen Gespötts und genereller Geringschätzung gewesen, doch daran erinnerte sich erstaunlicherweise nicht einmal mehr der Bürgermeister. Jetzt war er hungernd zum Superman des Damischtals avanciert. Nur schade, dass er den ganzen Ruhm und die Ehre nicht genießen konnte, denn als Asket war mit Einladungen zu berauschenden Danksagungen ebenso wenig anzufangen wie mit den von Pater Corolianus Hafernas sackerlweise offerierten Hostien.

Der Gottesmann war einfach nicht davon zu überzeugen, dass der Leib und das Blut Christi selbst in homöopathischen Dosen jeden Hungerstreik zunichtemachten. Aber wie sollte er diesem sturen Hund von Ehrenhöfler dann die Letzte Ölung erweisen, so ganz ohne Hostiengabe? Der kirchliche Regelkatalog musste eingehalten werden. Dass der grüne Kostverweigerer Atheist war und weder an Himmel noch an die Hölle glaubte, ignorierte der Abgesandte Gottes. Märtyrertod war eine Frage des Glaubens und der Religion, so was fiel sozusagen in den kirchlichen Kompetenzbereich, ohne Wenn, Aber und persönliche Befindlichkeiten.

Also trabte der Pater seit Beginn des Hungerstreiks mit missionarischem Eifer an, um dem freiwillig Darbenden Trost, Beistand und ein paar Hostien zu spenden, obwohl der Hubert dessen psalmodierende Reden weniger und weniger verdauen konnte. Beim Anblick der Hostien, die der Pfarrer ihm unermüdlich offerierte, wurde ihm sogar regelrecht schlecht.

Und dazu noch dieses ganze Geschwafel von Jesus, der vierzig Tage in der Wüste verweilt hatte, um teuflischen Versuchungen zu widerstehen. Der einzige Teufel, der Hubert hier in Versuchung führte, war der Geistliche selbst mit seinen backfrischen Oblaten. Außerdem strengten ihn dessen endlose Diskussionen über Bibelauslegungen an, und das Vakuum in seinem Kopf wurde mit leerem Magen zunehmend größer. Wenn in Ermangelung christlicher Rituale aus seinem Himmelfahrts- ein Höllenfahrtskommando werden sollte, dann war dem Hubert das egal. Er glaubte weder an überirdische Sphärenklänge noch an das Fegefeuer oder gar an satanische Folterkammern. Er glaubte nicht einmal an Darwin, denn das Primat des Menschen überzeugte ihn schon lange nicht mehr. Im Grunde glaubte er ausschließlich an die Macht der Medien. Weshalb er sich auch zu diesem riskanten Unterfangen durchgerungen hatte – in der Hoffnung, dass die öffentlichen Meinungsmacher seine Causa in alle Wohnzimmer bringen würden. Denn je bekannter er und die Damisch-Auen landesweit wären, desto schwieriger würde sich die Fortführung der Bauarbeiten gestalten. Tief in seinem Innern hoffte der Hubert auf Busladungen von Schaulustigen, die sich – und sei es nur aus Sensationsgier – im Zuge eines abenteuerlichen Sonntagsausfluges vor Ort ein Bild der aktuellen Zustände machen wollten.

Und weil die Österreicher, und vor allem die Österreicherinnen, besser schauen als denken konnten – was die letzten Wahlen erneut bestätigt hatten –, war Huberts gutes Aussehen ihm bei seiner Mission weitaus hilfreicher als seine Intelligenz. Sein Vorgehen war also durchaus nicht so romantischer Natur wie allgemein angenommen, sondern entsprang vielmehr strategischen Überlegungen.

Die beiden Wasserleichen hatten seiner Sache natürlich großen Auftrieb verliehen. Wenn es nach ihm ginge, könnte der gesamte Bautrupp für immer auf Tauchstation gehen.

***

»Also, ein bisserl blass um die Lippen schaut er schon aus, dein Hubert«, meinte Hermine Holzapfel auf dem Heimweg zu Bibiana Doppler und lächelte boshaft in sich hinein.

»Was meinst denn mit ›mein Hubert‹?«, fauchte die Bibiana umgehend zurück. »Der Hubert und ich haben nicht mehr gemeinsam als meine Orchideen mit deine Petersilwurzen.«

Bibiana hasste anzügliche Anspielungen, außer sie stammten von ihr selbst. Und ganz besonders verhasst waren ihr subtile Hinweise auf ihre einstige, wenig fruchtbare Liaison mit dem grünen Gemeinderat. Noch dazu, wenn diese ausgerechnet von der scheinheiligen Hermine kamen, dem moralischen Imperativ des ganzen Damischtals. Dabei war diese alte Fuchtel jahrzehntelang dem Herrn Pfarrer zur Hand gegangen – und das bestimmt nicht nur zum Zwecke der Altardekoration. Aber was unter dem Deckmantel der Kirche geschah, darüber durfte ja nicht geredet werden. Doch Bibiana, die Königin der Orchideenzucht, würde sich von dieser Gemüseproletin auf keinen Fall beleidigen lassen.

»Und überhaupt, meine Liebe«, mit spitzen Fingern zupfte sie ihrer ungeliebten Nachbarin ein paar Fussel von deren selbst gestricktem Jäckchen, »so nahe wie du dem Herrn Pfarrer gestanden bist, bin ich dem Hubert nie gekommen.«

Das hatte gesessen. Hermine schnappte hörbar nach Luft und bekam hektische rote Flecken auf ihrer faltigen Haut. Dabei hatte Bibiana nicht einmal gelogen, denn sie und ihr seinerzeitiger Besamer waren in den entscheidenden Situationen stets gelegen. Angeblich waren die Chancen auf eine Befruchtung bei der traditionellen Missionarsstellung am größten.

»Was fallt dir überhaupt ein, du Matratzenpendlerin, du!«, alterierte sich die zutiefst katholische Hermine und suchte nach einem weiteren Schimpfwort, das sie dieser impertinenten Person an den kokett geneigten Kopf werfen könnte. Dass ihr geliebter Corolianus nach einem schweren Unfall nur mehr in geistigen Sphären verkehrte und den weltlichen Gelüsten abgeschworen hatte, das tat ihr heute noch weh, da brauchte diese blöde Kuh nicht auch noch Salz in die Wunde zu streuen. Und als hätte sich Bibiana mit dem Herrgott persönlich verbündet, begannen nun die Glocken der Pfarrkirche schadenfroh zu Mittag zu läuten. Jeder Schlag versetzte Hermine einen Stich ins Herz.

»Was erlaubst du dir eigentlich, du vertrocknete Kuttengrapscherin«, schoss Bibiana derweil zurück und suchte gleichfalls nach alternativen Ausdrucksformen. Die beiden wohnten ja Zaun an Zaun, weshalb sie unweigerlich öfter zusammentrafen, als der guten Nachbarschaft zuträglich war.

»Trampel.«

»Trutschn.«

»Sumpfwachtl.«

»Dorfschlampe.«

»Bissgurn.«

»Zwiderwurzn.«

...

Und so weiter und so fort, den ganzen Heimweg lang. Ein veritabler Schlagabtausch tief unterhalb der Gürtellinie. Erst kurz vor der heimatlichen Hecke ging den beiden der Atem aus. Wortlos verschwanden sie in ihren Häusern, nachdem sie sich noch rasch einen bitterbösen Blick über die kalte Schulter zugeworfen hatten.

Dass die noch keiner umbracht hat, is echt eine Schand, bedauerte Bibiana und legte ihr rotes Krokotäschchen griffbereit auf dem blitzblank polierten Garderobenschrank ab. Sie würde es zu mitternächtlicher Stunde erneut benötigen. Für einen Ausflug in geheimer Mission sozusagen.

Wenn die endlich einmal abkratzen würd, dann spendier ich unserm Herrgott einen Jahresbedarf an Altarkerzen, dachte Hermine Holzapfel und stopfte ihr gehäkeltes Einkaufsnetz achtlos in den gusseisernen Schirmständer. Das mit der Nächstenliebe fiel ihr im nachbarschaftlichen Umfeld eindeutig zu schwer.

Aller schlechten Dinge sind drei

»Jetzt machts schon, tummelts euch!«, trieb Kurt Affentanz, der Pressesprecher der Paradise Garden Wohntraum Immobilien GmbH, die zwei Studenten an, die mit gleichgültiger Miene und einem Käfig in der Hand durchs Dickicht stapften. In den Gummistiefeln, die sie aus Sicherheitsgründen angezogen hatten, kamen sie nur schwer vorwärts und stolperten ständig über Wurzeln, Geäst und Schlingpflanzen. Aber wo ein Wille war, da war bekanntlich auch ein Weg. Vor allem, wenn dieser mit dreißig Euro die Stunde gepflastert war, ein für studentische Verhältnisse gigantisch guter Lohn.

Da der Baufirma sehr an ihrem öffentlichen Ruf gelegen war und sie zudem bereitwillig versprochen hatten, alle Auflagen der Umweltbehörde rigoros einzuhalten, mussten sie diesen Zusagen nun durch ein paar Alibiaktionen gerecht werden. Neben Aufstiegshilfen und Umgehungsrinnen für die Fische bemühten sie sich deshalb auch um die streng unter Naturschutz stehende Würfelnatter. Ein unauffälliges Tier, dessen finale Ausrottung niemandem aufgefallen wäre, fanden die Projektbetreiber, waren aber klug genug, ihre fehlende Empathie für kleinwüchsige Schuppentiere vor der Allgemeinheit zu verbergen. Stattdessen verkündeten sie flächendeckend, jedes einzelne dieser wunderbaren Reptilien fachkundig fangen und in ein passendes Habitat umsiedeln zu wollen. Sogar einen Biologen hätten sie dafür engagiert, der an die fünfhundert Plots ausgelegt habe, um dieser seltenen Tiere habhaft zu werden. Die Schlangen sollten unter dunkle, weiche Matten kriechen und danach problemlos eingesammelt werden. Idealerweise in den frühen Morgenstunden, wenn die Tiere noch steif von der Nacht waren. Das war die Theorie. Und die hätte auch in der Praxis funktioniert, hätte irgendwer nach diesen speziellen Fallen gesehen. Aber Zeit war Geld, und das durfte nicht wegen Reptilien vergeudet werden. Daher hatte man nur mal rasch den Pressesprecher ausgeschickt, der zumindest zwei, drei Vorzeigeobjekte fangen und publikumswirksam für Aussendungen und Presseberichte präsentieren sollte. Weil der PR-Mensch jedoch keinerlei Verlangen nach einer Kontaktaufnahme mit glitschigen, beißenden Viechern verspürte, hatte er seinerseits zwei Studenten aufgetrieben, die nun für besagte dreißig Euro die Stunde die heikle Mission übernehmen sollten.

Den Biologen hatte Protzmann wohlweislich schon seines Auftrags entbunden, denn einem Fachmann wäre die gewaltige Diskrepanz zwischen ausgelegten Fallen und eingesammelten Tieren umgehend aufgefallen. Womöglich hätte er dann auch noch das eine oder andere böse Wort darüber verloren – schlimmstenfalls gegenüber den Medien.

Die beiden Studenten hingegen, ein Atomphysiker und ein angehender Sinologe, hätten für einen solchen Stundenlohn auch Bisamratten geschreddert oder Stechmücken gezählt. Nur das unwegsame Gelände mit den dornigen Brombeerbüschen, dem messerscharfen Schilfgras und den lärmenden Baumaschinen in ihrem Rücken behagte ihnen gar nicht. Eine derartige Nähe zur wildwüchsigen Natur waren sie nicht gewohnt. Aber da der Lohn die Mittel heiligte, schritten sie mit zusammengebissenen Zähnen tapfer voran.

Affentanz studierte derweil die topografische Detailkarte, auf der alle Stellen, an denen der Biologe Wochen zuvor die Schlangenfallen aufgestellt hatte, rot markiert waren. Mit etwas Glück bräuchten sie also gar nicht lange zu suchen. »Dort neben der Haselstaude, dort muss eine sein«, sagte er plötzlich und wies mit dem Zeigefinger nach rechts.

Die Studenten, die einen Haselbusch niemals von einem Holunderstrauch oder einem Heidelbeergebüsch hätten unterscheiden können, waren froh über den präzisen Fingerzeig des Pressesprechers. Und tatsächlich, unter der dunklen Plane zeichnete sich die Form eines zusammengerollten Etwas ab.

Der Sinologe zog sich flugs dicke Lederhandschuhe über, der Atomphysiker griff nach einer langstieligen Zange, und schon bei ihrem ersten Versuch verfrachteten sie das gefangene Tier heil in den mitgebrachten Käfig. Da es kurz nach

Sonnenaufgang war, hatte die ruhende Würfelnatter ihre Betriebstemperatur noch nicht erreicht, was die Arbeit ungemein erleichterte.

»Sehr schön«, kommentierte Affentanz und warf einen flüchtigen Blick auf das geschützte Reptil, das in seinen Augen absolut verzichtbar aussah.

Schweigend marschierten sie voran, einem weiteren roten Kreuz entgegen. Irgendwo nahe einer Gruppe von fünf Birken musste die nächste Falle sein.

Ständig darum bemüht, ihr Gleichgewicht nicht zu verlieren, kämpften sich die zwei Studenten bis zur markierten Stelle vor. Lianenartige Gewächse, die von den Bäumen hingen, nahmen ihnen teilweise die Sicht, doch hinter einem Stamm sahen sie ein Stück der glänzenden Plane schimmern. Beide machten einen weiteren Schritt nach vorne und bückten sich unter den Schlingpflanzen hindurch, um nach verräterischen Anzeichen für das Vorhandensein einer Schlange unter der blickdichten Abdeckung der Falle zu suchen. Tatsächlich, unter dem Reptilienplot zeichnete sich eine markante Form ab. Genaueres konnten sie, vom Gegenlicht geblendet, nicht erkennen.

»Ich werd das Graffl einfach mit der Zange aufheben«, meinte der Atomphysiker, »dann schaun ma mal. Könnt auch nur ein Stein sein.«

Der Sinologe nickte zustimmend, wich aber dennoch ein wenig zurück, während sein Kollege ungerührt die dicke Plastikplane anfasste.

Doch in der Reptilienfalle befand sich kein Reptil. Und auch kein Fisch, Frosch, Dachs oder Eichhörnchen.

»Aaaaarggggghh!«, erschallte es zweistimmig von den Birken her, dann warf der Atomphysiker seine Zange in hohem Bogen ins Wasser, während der Sinologe den Käfig mit der bereits gefangenen Schlange wild durch die Luft wirbelte.

Erschrocken eilte Affentanz herbei. Die zwei hatten wohl einen Frischluftschock erlitten, solche Idioten.

»Ich zahl euch nicht fürs Deppertsein, ihr Fetzenschädl, ihr …«, brüllte er, dann sah auch er ihn. Den menschlichen

Fuß mit den knallrot lackierten Zehennägeln, der unter der Plane verborgen gewesen war.

***

Mehrfach gesättigt lehnte sich der Bürgermeister auf der bequemen Eckbank zurück und legte die geblümte Serviette ordentlich auf den Teller, nachdem er zuvor noch rasch die Brösel des köstlichen Kernölguglhupfs zu Boden gefegt hatte. »Es hat ausgezeichnet geschmeckt. Allerliebsten Dank, meine Beste.«

Theresia Kapplhofer lächelte geschmeichelt.

Doch Feyertag war noch gar nicht fertig mit seiner Lobhudelei. Als jahrzehntelang erprobter und erfolgreicher Stimmenfänger hatte er für alle seine Pappenheimer stets die richtigen Worte auf Lager. Nie vergriff er sich im Ton, nie verfehlte er das Thema.

»Ihr Guglhupf ist ja immer um so viel besser als der meiner Frau. Wie machen Sie das bloß?«, säuselte er mit honigsüßer Stimme.

Die Mutter des Inspektors strahlte wie eine weihnachtliche Lichterkette. »Ja, wissen S', Herr Bürgermeister, das liegt alles am Schmalz. Davon geb ich immer ein wengal was zur Butter dazu, und das gibt dann so einen flaumigen Gschmack.«

Alois Feyertag nickte mit Kennermiene. Der Guglhupf, eine Mehlspeise aus Germteig, handgeschlagen und durch die Beigabe von Kernöl verfeinert, war aber auch wirklich exzellent gewesen. Vier große Stück hatte er verputzt, eines besser als das andere. Besuche bei der Theresia Kapplhofer waren halt stets eine lohnende kulinarische Angelegenheit. Wobei er eigentlich weniger sie als ihren Sohn hatte besuchen wollen, aber der sei gerade auf einem dringenden dienstlichen Weg, so die Mutter. Der alten Hutzenbichlerin hätten s' drei Rosenkugeln aus ihrem Blumenrabattl gestohlen, was die greise Vorgartenfetischistin fürchterlich gekränkt habe. Der Inspektor habe überstürzt mit leerem Magen den heimischen Kaffeetisch räumen müssen, weil die Bestohlene unbedingt Anzeige erstatten wolle. Der volle Kuchenteller und Kapplhofers Diensthandy waren also am Tisch zurückgeblieben, wobei das Mobiltelefon immer noch unangetastet vor dem Herrgottswinkel lag. Im Unterschied zum Kuchenteller. Natürlich hatte der Bürgermeister zugreifen müssen. Er war ja auch nur ein Mensch, und die Wartezeit ließ sich dadurch aufs Angenehmste verkürzen. Feyertag kannte den Polizisten gut genug, um zu wissen, dass der nicht dazu neigte, seine Arbeitszeit freiwillig fernab vom gedeckten Tisch zu vertrödeln.

Tatsächlich dauerte es nicht lange, und der Revierinspektor war zurück. »Ich bin wieder da!«, rief er seiner Mutter schon vom Flur aus zu, zog die Arbeitsschuhe aus, die Hauspantoffeln an und betrat die Küche. Wo ihn zwei böse Überraschungen erwarteten. Ein leerer Kuchenteller und ein vollgefressener Bürgermeister.

»Na, da isser ja, unser Herr Inspektor. Grüß dich, Ferdl«, begrüßte ihn Feyertag und wies auf den leeren Platz neben sich, als wäre er der Hausherr.

Ferdinand Kapplhofer starrte erst auf den leeren Teller, dann auf die gleichfalls leere Anrichte und letztlich vorwurfsvoll auf seine Mutter, die sofort schuldbewusst das ergraute Haupt senkte.

»Dem Herrn Bürgermeister hat's ehrlich g'schmeckt. Er war ganz begeistert von meim Guglhupf.«

Das konnte Kapplhofer junior sich gut vorstellen. Mutters Kernölguglhupf war ja auch der beste im ganzen Damischtal. Dennoch hätte er es begrüßt, zumindest noch einen Restposten als stärkenden Imbiss nach dieser Rosenkugelmisere vorzufinden. Nicht nur, dass die senile Hutzenbichlerin ihr Hörgerät nicht hatte finden können, weshalb er sich beinahe die Lunge aus dem Leib gebrüllt hatte, sie neigte aufgrund ihrer altersbedingten Schlechtsichtigkeit auch zu, im wahrsten Sinn des Wortes, nebulösen Theorien. So hatte ihr ihr verschleierter Blick graue, gespenstische Gestalten vorgegaukelt, die sich mit den bunten Kugeln aus ihrem Vorgarten geschlichen hätten. Der Inspektor hatte eher die frechen Fratzen aus der unmittelbaren

Nachbarschaft im Verdacht, die sich immer wieder einen Spaß daraus machten, die alte Frau ein wenig zu necken. Vor nicht einmal einem Jahr hatten sie deren Zierkürbisse mit Leuchtfarbe bestrichen, was zu finsterer Stunde für hellste Aufregung bei der Hutzenbichlerin gesorgt hatte. Im Jahr zuvor hatten die bösen Buben ihr zur allgemeinen Erheiterung Bananen an den Apfelbaum gebunden und erst vor drei Wochen den Dackel mit alkoholgetränkten Fleischlaibchen in den Wahnsinn getrieben. Einen Tag lang war der arme Basti durch das Haus getorkelt und hatte sich an allen Ecken und Kanten den Kopf gestoßen. Dazu hatte er jämmerlich gejault und sich immer wieder erbrochen. Und hätten die Bengel ihren Streich nicht in einem Anfall von obrigkeitshörigem Gehorsam ausgerechnet dem Pfarrer gebeichtet, bei dem die verzweifelte Hundebesitzerin bereits um eine Teufelsaustreibung für den Dackel gebeten hatte, wäre dem Tier vermutlich noch Schlimmeres widerfahren.

Vor diesem Hintergrund war Kapplhofer überzeugt, dass auch die Rosenkugeln über kurz oder lang an irgendeiner ungewöhnlichen Stelle wieder auftauchen würden. Die Anwesenheit des Bürgermeisters bereitete ihm da schon weitaus mehr Kopfzerbrechen. Wann immer Feyertag ihn erwartete, gab es ein ernstes Problem. Langsam hatte Kapplhofer das Gefühl, nicht einmal bei seiner Geburt so dringlich erwartet worden zu sein wie in diesen Tagen.

Doch bevor er seinen Missmut in passende Worte fassen konnte, meinte Feyertag: »Du, Ferdl, wir haben schon wieder eine Leich.«

»Im Bach?«, fragte der Inspektor beinahe automatisch. Damischtaler Wasserleichen schienen sich ja zu einem echten Negativtrend zu entwickeln.

»Ja, wieder im Bach. Fangfrisch. Könnte als Nixe durchgehen.«

»Also eine weibliche?«

»Angeblich.«

»Hast sie noch nicht ang'schaut?«

»Ferdl, ich bitt dich, ich werd doch nicht ohne Polizeischutz einen Tatort betreten. Außerdem sind Tote dein Metier, die können mich eh nicht mehr wählen.«

Mit einem dritten Todesfall hatten weder Feyertag noch Kapplhofer gerechnet. Überhaupt nicht. Der Tod des Baupoliers, den hatten sie noch ohne Weiteres als Unfall gewertet. Menschen fielen ins Wasser und ertranken, vor allem dann, wenn sie stark alkoholisiert waren. Und in den Damisch-Auen trieben sich wie überall an derart idyllischen wie uneinsehbaren Orten natürlich nicht nur Wasseramseln und Steinkrebse herum, sondern auch stille Säufer und frisch verliebte Pärchen. Je später der Abend, desto verborgener die Gäste sozusagen.

Das Ableben des Bankdirektors allerdings schien Kapplhofers Ansicht nach kein Unfall zu sein. Willibald Pfnatschbacher hätte keinen Grund gehabt, seinen Promillepegel nächtens im dichten Gestrüpp aufrechtzuerhalten, da er Zugang zu den elitärsten Etablissements hatte. Und frisch verliebt war der alte Knacker bestimmt auch nicht gewesen. Keine Minute hatte der Inspektor an einen Doppelunfall geglaubt, doch da sein Vorgesetzter auf dieser Meinung bestand, hatte er natürlich keinen Finger gerührt. Und Gehirnmasse auch nicht. Niemals würde Kapplhofer sich freiwillig unbezahlte und unwillkommene Mehrarbeit aufhalsen. Aber ein dritter Abgang im Wasser in nicht einmal zwei Wochen war nun wirklich weder durch Alkohol noch durch Strömungslehre zu erklären. Wenn das ein Zu- beziehungsweise Unglücksfall war, beschloss Kapplhofer, würde er einen Monat lang auf sein Mittagsmahl verzichten. Aus freien Stücken. Und ohne Raunzen. Schlimmstenfalls sogar auf die Zwischenmahlzeiten und Süßspeisen.

Der Bürgermeister schien in eine ähnliche Richtung zu denken. »Weißt, Ferdl, der erste Tote hat mich ja eigentlich g'freut, weil's ja doch einer vom Bau war und ich diesen Hundianern allesamt wünschen tät, dass sie der Blitz beim Scheißen trifft.«

Kapplhofer wusste nicht, was er erwidern sollte. Einen derartigen Anfall an Ehrlichkeit und Umgangssprachlichkeit war er vom Bürgermeister nicht gewohnt. Also nickte er nur zustimmend und hoffte, der Alois würde nicht auch noch in Tränen ausbrechen.

»Dann is der Willibald krepiert«, fuhr Feyertag fort. »Wieder im Wasser. In seinem schönsten Gwand. Auch b'soffen. Da hab ich schon nicht mehr an einen Unfall 'glaubt, aber g'freut hat's mich trotzdem. Der is doch bis zum Hals in diesem Bausumpf mit drin g'steckt, korrupt, wie er war.« Mit fahrigen Bewegungen fingerte er an den Hirschhornknöpfen seines Trachtenjankers herum. »Und dann hab ich mir halt 'dacht, da gibt's einen, der sich nicht auf einen Hungerstreik verlassen will. Einen, der lieber selbst Hand anlegt, um endgültig Schluss mit dieser verdammten Baustelle zu machen. Und der halt raffiniert genug is, um das Ganze wie einen Unfall aussehen zu lassen.«

Auch dem konnte der Inspektor nicht widersprechen. Er war selbst der Ansicht, dass das Gerücht vom Damischtaler Rächer durchaus auf wahren Begebenheiten beruhen könnte. Die Kollateralschäden dieser Umweltzerstörung würden immerhin beinahe zwei Drittel der Bevölkerung zu spüren bekommen. Demnach hatte jeder zwischen achtzehn und achtundachtzig gute Gründe, das existenzbedrohende Unterfangen gewaltsam zu stoppen, bevor es ihn in den Ruin treiben würde. Nur die doch offenbar äußerst intelligente Vorgehensweise irritierte ihn, weil er keinem der Anwohner so viel kriminellen Sachverstand zutraute. Wie ermutigte man jemanden, voll bekleidet in einen Bach zu gehen und dort ausreichend lange – und vor allem freiwillig – seinen Kopf unter Wasser zu halten, um zu ertrinken? So was kam doch nicht einmal in drittklassigen B-Movies vor.

»Erklären kann ich mir das Ganze trotzdem nicht«, bemerkte Kapplhofer schließlich nachdenklich, »da muss ein Zauberer am Werk g'wesen sein.«

»Jedenfalls passt die weibliche Leich nicht dazu«, brachte ihn der Bürgermeister auf den Boden der neuesten Tatsachen zurück. »Egal, wer das is, ich weiß von keinem Weibsbild, das in diese Baugschicht verwickelt is. Oder war.«

»Oder war«, echote der Inspektor und ordnete die restlichen Krümel auf dem Tisch zu einem geometrischen Muster an.

Eine Zeit lang schwiegen beide vor sich hin. Dann fiel Kapplhofer endlich die längst fällige Frage ein. »Sag amoi, woher weißt du eigentlich von dem neuen, ähem, Unfall? Hat der Bartl dir Bescheid gesagt, dass er schon wieder eine Leich g'fischt hat?«

»Nein, der Bartl hat diesmal gar nix damit zu tun, die Gfraster selbst sind drüberg'stolpert«, erwiderte Feyertag und schien ehrlich erfreut beim Gedanken daran. »Musst dir vorstellen, da is so ein Trottel von die Bauleut das halbe Ufer abg'latscht, um ein paar Schlangen einzusammeln. Schlangen! Weil des angeblich so eine g'schützte Art is, für die sie extra Fallen aufg'stellt haben. Wegen dem Naturschutz.« Der Bürgermeister lachte lauthals los. Dass man so eklige Viecher retten wollte, galt ihm als weiterer Beweis für die unendliche Dummheit der Leut. »Also, jedenfalls haben die Deppen ein paar dieser Würfelottern oder so ähnlich g'fangen und sind dann angeblich auf diese Leich g'stoßen. Was genau passiert is, weiß ich auch nicht, aber der neue Polier hat mich ang'rufen und g'meint, a nackerts Weibsbild tat im Wasser liegen.«

»Ich hab einen Rosenkugeldiebstahl aufnehmen müssen, mit Lokalaugenschein«, verteidigte sich der Inspektor. »Da hab ich keine Zeit gehabt, um nach neuen Toten Ausschau zu halten.«

»Da schau her. Und wer in aller Welt fladert eine Rosenkugln?«, wollte der Bürgermeister nun wissen, um den Zeitpunkt der Leichenbeschau so lang wie möglich hinauszuzögern. Denn eins war klar, wer jetzt noch an Zufall glaubte, der glaubte auch an den Weihnachtsmann. Oder die unbefleckte Empfängnis.

»Gemmas an?«, seufzte Feyertag schließlich, als er keine Antwort erhielt, und erhob sich schwerfällig von der Eckbank. Sie konnten ja nicht ewig hier sitzen bleiben und hoffen, dass Gras über die Sache wuchs. Was bei einer Wasserleiche ohnedies nie der Fall wäre.

Kapplhofer nickte und setzte gleich prophylaktisch seine beste Leichenbittermiene auf. Die Uniform hatte er bereits an.

Vor dem schmucken Einfamilienhaus in der verkehrsberuhigten Storchengasse wartete schon der knallrote Bolide des Bürgermeisters. Nie hätte der Inspektor gedacht, sich binnen so kurzer Zeit gleich vier Mal in diese Schuhschachtel zwängen zu müssen, aber er besaß halt nur ein Dienstfahrrad. Und das rostete gemächlich vor sich hin.

***

Kurt Affentanz führte einen Affenzirkus auf, als der Inspektor und der Bürgermeister endlich am Fundort eintrafen. Seit mehr als einer Stunde stand er sich in dieser gottverdammten Gegend am Arsch der steirischen Zivilisation schon die Beine in den Bauch und bewachte einen nackten Frauenkörper vor einem Rudel stieläugiger Bauarbeiter. Die Sonne, die mittlerweile schon recht hoch am Himmel stand, brannte rötliche Flecken auf seine Halbglatze, die Gelsen ließen sich ungeniert volllaufen, und die gefangene Würfelnatter war gleichfalls aus ihrer Starre erwacht und sah gar nicht mehr harmlos aus. Affentanz hatte den Käfig in großem Sicherheitsabstand auf einem Baumstumpf platziert, um notfalls einen ausreichenden Startvorteil zu haben, sollte das widerliche Reptil sich aus seinem Gefängnis befreien.

Die beiden Studenten hatten nach dem Auftauchen der Toten nicht nur das symbolische Handtuch, sondern auch gleich Käfig, Handschuhe und Greifzange in die Gegend geworfen und waren davongerannt, als verfolgte sie ein Rudel Säbelzahntiger. Dabei stellte die Tote, im Unterschied zu dem Reptil, keine Gefahr mehr dar.

Da der Pressesprecher nichts gegen Leichen, sehr wohl aber viel gegen bestimmte Lebewesen hatte, vor allem gegen die kalten, schleimigen, kriechenden, konnte er derartig hysterische Anfälle nicht nachvollziehen. Nicht einmal ihre Bezahlung hatten sie abwarten wollen, diese zwei Deppen. Um in die Landeshauptstadt zurückzukommen, müssten sie vermutlich einen Postbus kapern, aber das war Affentanz gleichfalls egal. Nur die Tote, die war ihm nicht egal. Er verspürte zwar keinerlei Betroffenheit bei deren Anblick, aber für die Paradise Garden Wohntraum Immobilien GmbH kam eine dritte Wasserleiche in derart kurzer Zeit einer Tragödie sprich einem Baustopp gleich. Jeder Tag, an dem die Bagger nicht baggerten und die Motorsägen nicht sägten, kostete das Unternehmen an die zehntausend Euro. Und weil auch der Pressesprecher nicht mehr im Geringsten an eine zufällige Serie von Unglücksfällen glaubte, konnte er sich bestens vorstellen, was da noch alles auf sie zukommen würde. Angefangen bei den zwei Gestalten, die nun vor ihm standen und den Eindruck erweckten, als wären sie zwei verirrte Hirten in einem Krippenspiel. Beide, einer in Uniform, einer in Tracht, schauten dumm aus der Wäsche, wobei das dem Polizisten wegen seines generell etwas zerknitterten Erscheinungsbildes ein wenig überzeugender gelang.

»Da samma«, sagte der Bürgermeister.

»Ja, jetzt samma da«, sagte auch der Inspektor.

»Dann walten Sie endlich Ihres Amtes«, fuhr ihn Affentanz an, der begann, echte Sympathien für Amokläufer zu hegen. Er ergriff Kapplhofer am Ärmel seiner Uniformjacke und zog ihn zu der Nackten, an deren unbedeckter Unterseite nach wie vor Dutzende männlicher Augen hingen.

Die Beine, die durchaus ihre Reize hatten, kamen dem Inspektor irgendwie bekannt vor. Den restlichen Körper konnte er nicht sehen, der lag noch im trüben Wasser.

Der Pressesprecher erklärte, nichts berührt und die Lage der Frau nicht verändert zu haben. Allerdings würde er nun gerne etwas an seiner eigenen ändern. Mit diesen Worten drückte er dem Inspektor seine Visitenkarte in die Hand und entschwand flotten Schrittes. Der Käfig mit der Würfelnatter blieb an Ort und Stelle zurück.

Feyertag und Kapplhofer sahen sich unschlüssig an. Die Vorstellung, eine nackte Leiche an den Beinen aus dem Sumpf zu ziehen, behagte ihnen ganz und gar nicht. Da mochte dieses Weib noch so appetitliche Genussstelzen haben, ihr Anblick war dennoch kein erfreulicher. Zumindest nicht für die zwei.

Endlich gab der Bürgermeister sich einen Ruck und trat dicht neben das linke Bein. »Komm, Ferdl, hilft eh nix«, stöhnte er und bückte sich schwerfällig, um eine der Haxen zu greifen.

Der Inspektor seufzte gleichfalls und tat es ihm genauso ungelenk nach. Mit vereinten Kräften zogen sie den überraschend schweren Körper aus der Damisch, bis zuletzt auch der zugehörige Kopf zwischen Schilfgrasbüscheln, einem verlassenen Stockentennest und blühenden Wasserhyazinthen auftauchte. Und dieser Kopf gehörte der Doppler Bibiana.

»Bist du narrisch«, entfuhr es dem Bürgermeister, während er Bibianas Bein fallen ließ, als hielte er versehentlich eine Königskobra in Händen. Mit allem hatte er gerechnet, aber damit nicht.

Kapplhofer hingegen blieb jedes Wort im Hals stecken, als er die blutige Wunde am Hinterkopf der definitiv verblühten Orchideenkönigin sah. Sie machte sämtliche Hoffnungen auf einen Nacktbadeunfall mit einem Schlag zunichte.

Ordentlich legte der Inspektor das zweite Bein neben das erste und sah dabei aus, als hätte er soeben einem Weißen Hai den Zahnstein entfernt. Seine Gesichtsfarbe changierte zwischen Leichenblass und Gruftgrau. Verzweifelt suchte er seine Gedanken unter Kontrolle zu bringen – so wie die glotzenden Bauarbeiter ihre ausgebeulten Hosen. Nie zuvor war ihnen ein derartiges Appetithäppchen nackt und frei Haus an ihren Arbeitsplatz serviert worden. Und während Bibiana nach wie vor leblos darniederlag, spielten sich in deren Beckenbodenbereich spontane Auferstehungsszenarien ab.

Nur dem Inspektor stand der Sinn nicht nach erotischen Studien. In Sekundenschnelle hatte er das Maximum seiner kognitiven Fähigkeit ausgeschöpft, verspürte jedoch weiterhin nichts außer absoluter Fassungslosigkeit.

Erneut versuchte er, Ordnung in seine erschöpften grauen Zellen zu bringen, indem er alle Fakten so emotionslos wie möglich in einem imaginären Heft notierte. In Schönschrift und ganz langsam:

Bibiana Doppler liegt tot in der Damisch! Gedanklich setzte er ein Ausrufezeichen. *Mit dem Oberkörper im Wasser und dem Unterkörper auf dem Trockenen, als wäre sie gefallen oder gestoßen worden. Hintern und Beine sind durch eine schwarze Plane und den Bewuchs des Ufers verdeckt. Da die Planen laut Aussage von diesem Unternehmens-Affen jedoch schon vor Baubeginn ausgelegt waren, um mit ihnen geschützte Schlangen zu fangen, hat der Mörder Bibianas Unterkörper einfach darunter verborgen. Und weil die Bauarbeiten noch nicht bis zu diesem Abschnitt vorgedrungen sind, wäre die Tote normalerweise noch eine Weile unentdeckt geblieben. Dass die Unternehmensführung sich nach langem Zuwarten ausgerechnet heute zu einer reptilischen Sammelaktion durchgerungen hat, kann niemand gewusst haben, die Mitarbeiter der Immo-Firma mal ausgenommen.*

An dieser Stelle ergänzte der Inspektor die Fakten um eine gedankliche Fußnote. Er durfte in seinem innerlichen Aufruhr keinesfalls den Käfig vergessen, der immer noch auf dem Baumstumpf stand. Und dessen Inhalt sich im Unterschied zur Dopplerin genüsslich in der Sonne rekelte. Noch am Tag zuvor hatte auch Kapplhofer das Opfer äußerst lebendig auf dem Marktplatz gesehen, wie es mit seinen Haxenbrechern hinternschwingend zwischen den Gastgartentischen hindurchstolziert war. Wie stets hatte die Bibiana die Blicke der meisten anwesenden Männer angezogen, welche wiederum die spröde Brünette mit den Augen begehrlich ausgezogen hatten. Und nun war sie tatsächlich nackt. Und tot. Und zumindest Letzteres bestimmt nicht aus freien Stücken.

An einen dritten unglücklichen Zufall, und sei er unter noch so haarsträubenden Bedingungen erfolgt, würde niemand mehr glauben. Nicht mit der Verletzung am Hinterkopf. Als hätte ihr jemand mit voller Wucht einen Ast übers Haupt gezogen. Etwas Blattwerk und ein paar kleine Zweiglein klebten immer noch an der blutigen Kruste. Es sah aus wie …

Vor Schreck zuckte der Inspektor zusammen und schrieb in zittrigen Großbuchstaben in sein geistiges Protokoll: *WIE BEI DIESEM KLEINEN PIEFKE. NUR VIEL, VIEL SCHLIMMER.*

Dabei hatte der kleine Piefke, der in Wahrheit schon ein junger Mann und beinahe eins achtzig groß war, beim letzten ihrer Gespräche selbst gemeint, möglicherweise doch nur rücklings über einen Baumstamm gestolpert zu sein und sich dabei böse gestoßen zu haben. Weil alles andere einfach keinen Sinn ergab.

Demnach war entweder der Bub oder dessen Vater üblen Wahnvorstellungen erlegen. Dass er, Kapplhofer, bei seiner stundenlangen Suche keine sezierten Vögel gefunden hatte, machte die Sache auch nicht einfacher. Dem Inspektor kam Schrödingers Katze in den Sinn, die war auch irgendwie da und doch wieder nicht. Aber ob das mit Tauben auch funktionierte? Aber da er wusste, dass Bartenstein senior eine verhängnisvoll innige Beziehung zum Alkohol pflegte, der Sohn hingegen nur Granderwasser, Sojamilch und Gemüsesmoothies trank, neigte wahrscheinlich eher Rüdiger Bartenstein zu halluzinatorischen Anwandlungen. Die einen sahen halt weiße Mäuse, die anderen aufgeschlitzte graue Tauben. Andererseits waren die Auswirkungen veganer Kost auf die Denkfähigkeit auch noch nicht ausreichend untersucht. Was, wenn das Gehirnschmalz dadurch unter einer gewissen Mangelversorgung litt und diese durch fleischliche Trugbilder kompensierte?

Kapplhofer entfernte sich gedanklich immer weiter vom eigentlichen Problem, das nach wie vor splitterfasernackt auf dem Erdboden lag, umringt von sabbernden Arbeitern und bewacht von einem grimmig dreinschauenden Bürgermeister. Nur gut, dass Feyertag keine Lust auf einen Job als Grabwächter hatte und die Geduld mit dem Inspektor verlor.

»Ferdl«, der Bürgermeister versetzte Kapplhofer einen aufmunternden Schlag auf die linke Schulter, »müssen mir jetzt warten, bis die Dopplerin kompostiert is, oder was?«

Der Polizist schreckte aus seinen Überlegungen hoch und verlor umgehend den Faden seines Gedankenprotokolls. Feyertag hatte ja recht. Bibiana war garantiert nicht auf der Suche nach naturnahen Badefreuden gewesen, nicht mit einem Loch im Kopf in dieser Drecklacke. Doch bevor er sich mit all den Konsequenzen befasste, die diese Einsicht mit sich brachte, musste er den misshandelten Körper von hier wegbringen. Und zwar nicht zu ihrem dörflichen Quacksalber mit Mannequinallüren, sondern wieder einmal in die Gerichtsmedizin. Egal, wie sehr sich der großkopferte Grazer Landeskriminaler dagegen sträuben mochte. Wenn die Oberzicke der Region tot in der Landschaft lag, dann war das definitiv kein Fall für die Akten.

Der Inspektor nahm seinen ganzen Mut zusammen und griff nach dem Mobiltelefon, aber seine Hand tastete ins Leere. Das Diensthandy lag immer noch daheim auf dem Küchentisch.

Doch der Bürgermeister half gerne aus und zückte sein iPhone, um die Nummer des kriminalistischen Paragrafenreiters zu ergoogeln.

Derweil deckte Kapplhofer die entblößte Bibiana endlich wieder mit der Plane zu. Das ganze Leben lang hatte die feinstoffliche Nobelflaneuse ihren Niveauunterschied zu den grobmotorischen Bauernschädeln durch hochhackiges Schuhwerk und hochnäsige Manieren zu beweisen versucht und nur ausgesuchte Samenspender still und heimlich näher an sich herangelassen, und nun lag sie in aller Öffentlichkeit da und war sogar den aufdringlichen Blicken eines Rudels Bauarbeiter ausgesetzt. Wäre noch ein Funken Leben in Bibiana gewesen, sie hätte dem Inspektor für dessen Achtlosigkeit, sie unbedeckt zu lassen, beide Augen ausgekratzt.

Doch weil Gott kleine Sünden sofort bestrafte, erhielt Kapplhofer nun von Polizeihauptmann van Trott eine schmerzhafte Trommelfellmassage. Der Kriminalist brüllte dermaßen laut ins Telefon, dass seine Worte im Umkreis von einigen Metern zu verstehen waren. Die Hackler vom Bau, die in unausgesprochener Übereinkunft an diesem Tag keinen weiteren Arbeitsschritt mehr gehen würden, verstanden zwar den Inhalt der Rede nicht, aber mit Begriffen wie »Trottel«, »Depp«, »Fetzenschädl« und »Vollkoffer« konnten sogar sie etwas anfangen. Der Mann in Uniform schien kein leichtes Leben zu haben. Erst vor ein paar Tagen hatten sie gesehen, wie er ganz in der Nähe zur Sau gemacht wurde, und nun schien er erneut ordentlich den Kopf gewaschen zu bekommen. Die Arbeiter verspürten beinahe ein wenig Mitleid mit ihm.

Hartmuth van Trott hingegen fühlte gar nichts außer einer exponentiell wachsenden Wut, die sich zur Gänze an Kapplhofers Ohren entlud. Als hätte der Inspektor eigenhändig eine weitere Leiche in diese Schrumpflandschaft gelegt, mit dem alleinigen Zweck, ihn, van Trott, den Tag und alle darauf folgenden ordentlich zu verderben. Doch weil er keine zwanzig Zentimeter große blutige Verletzung am Kopf des Opfers ignorieren konnte, würde ihm der Weg nach Gfrettgstätten zu seinem allergrößten Bedauern auch diesmal nicht erspart bleiben. Nackte Frau mit Kopfwunde, das klang in seinen professionellen Ohren sehr nach verbrecherischer Triebabfuhr. Mit einem rituellen »Und Sie rühren sich bis zu meiner Ankunft nicht von der Stelle!« knallte er den Hörer auf die Gabel.

Kapplhofer hatte auch diesmal verstanden. Wo hätte er mit einer unbekleideten Halbwasserleiche am Hals auch schon hingehen sollen?

Der Bürgermeister hatte es da eindeutig leichter. Nachdem er mit einer gewissen Schadenfreude der Kopfwäsche gelauscht hatte, die der Kriminalbeamte dem Dorfpolizisten erteilte, blickte er übertrieben hektisch auf seine Uhr und murmelte: »Guter Gott, wie die Zeit vergeht! Und ich steh hier immer noch herum.« Rasch trat er einen ersten Schritt nach hinten, weg von dem improvisierten Leichensack. »Weißt, ich lass dich in dieser blöden Situation jetzt wirklich ungern alleine, aber die Pflicht ruft. Im Dorf wird bald die Hölle los sein, wenn sich das mit der Bibiana herumspricht. Da muss ich vor Ort sein und die Leut ein wenig beruhigen.«

Kapplhofer nickte wenig überzeugt. Gut möglich, dass im Dorf die Panik ausbrechen würde, wenn dem Kirchenwirt der Wein ausginge. Oder eine Gummistängelseuche die Ölkürbisse hinwegraffen würde. Aber beides war bislang noch nie der Fall gewesen. Das unfreiwillige Ableben der Dopplerin hingegen hätte nur zur Folge, dass binnen kürzester Zeit Scharen an Schaulustigen hier einfallen und jeden einzelnen Grashalm niedertrampeln würden.

»Alois, bitte halt aber ja dein Mund, sonst setzt eine Völkerwanderung ein«, flehte er Feyertag an. Zoltán, der neue Polier, hatte ja offenbar bislang geschwiegen, wofür ihm der Inspektor sehr dankbar war. Aber der Bürgermeister war Politiker genug, um gerne im Mittelpunkt ungeteilter Aufmerksamkeit zu stehen. Und dafür war ihm fast jede Gelegenheit recht.

»Pfiat di, Ferdl, mach dir keine Sorgen und uns keine Scherereien«, erwiderte Feyertag. »Wenn ich will, kann ich schweigen wie ein Grab.«

Doch ob er wollte, das sagte er nicht.

***

Polizeihauptmann Hartmuth van Trott schwieg gleichfalls, während er unter nahezu asthmatischem Keuchen durch die südweststeirische Hügellandschaft raste. Bereits der Anblick der Weinberge und Kürbisfelder hatte allergieähnliche Zustände bei ihm ausgelöst. Am liebsten hätte er diese ganze Region nach Schwarzafrika verlegt. Oder in den ersten Kreis der Hölle, wo sie seiner Ansicht nach auch hingehörte. Eine Gegend wie geschaffen für echte Depressionstouristen. Freiwillig kam außer denen wohl niemand hierher. Verbissen umklammerte van Trott das Lenkrad seines Dienstwagens und wünschte sich, einmal mit einer Planierraupe Amok zu fahren und dabei alles niederzuwalzen, das höher als ein Gänseblümchen war. Nun tuckerte auch noch ein prähistorischer Traktor vor ihm die kurvige Landstraße entlang. Der Hauptmann schnaufte hinterher, den Mittelfinger fluchend gen Himmel gerichtet. Doch das Jüngste Gericht ließ genauso auf sich warten wie eine Überholmöglichkeit. Über zehn Minuten musste er hinter dem Gefährt, das aussah wie ein Relikt aus dem Technischen Museum in Wien, ausharren. Ein Ärgernis, das er umgehend der langen Liste von Kapplhofers Verfehlungen hinzufügte.

Nichts als Probleme konnte er machen, dieser Verlustposten der Exekutivbehörde. Und selbst wenn der Inspektor natürlich weder für den Straßenzustand noch die aktuelle Verkehrslage verantwortlich war, fühlte van Trott sich gleich um vieles besser, sobald er ein Sündenregister verfassen konnte.

Endlich bog der Traktor gemächlich auf einen Kukuruzacker ab, und der Hauptmann konnte erneut das Gaspedal durchtreten, um seinem nervlichen Untergang entgegenzueilen.

Nackte Tatsachen

Kaum hatte Hartmuth van Trott den Schauplatz des tödlichen Geschehens erreicht, verpasste er Revierinspektor Kapplhofer eine derartige Abreibung, dass dem armen Ferdl nicht nur Hören und Sehen, sondern beinahe auch Einatmen und Ausatmen verging. Von völliger Missachtung der Dienstvorschriften beziehungsweise hierarchischer Abläufe war da die Rede, von säumiger Arbeitsmoral und verschleppten Hinweisen. Zu guter Letzt warf der Hauptmann seinem Untergebenen auch noch gänzliche Verwahrlosung der Dienstkleidung an den Kopf. Dabei trug der Inspektor zufällig sogar ein frisch gebügeltes Hemd, allerdings ließ sich die Uniformjacke wegen seines Bauchumfangs nicht mehr ganz schließen. »Sie wamperter Warmduscher, Sie«, titulierte van Trott ihn und servierte ihm für die Gummistiefel, die der Inspektor – aus leidiger Erfahrung – mittlerweile beim Auftauchen von Wasserleichen trug, eine zusätzliche Strafpredigt.

Wenigstens scheint der Bürgermeister bislang geschwiegen zu haben und ohne redseligen Zwischenstopp beim Kirchenwirt direkt nach Hause gegangen zu sein, dachte Kapplhofer erleichtert. Die Anwesenheit der gesamten gehfähigen Landbevölkerung hätte ihm von van Trott garantiert ein paar Tage Strafarrest bei Wasser und Brot eingebracht.

Endlich, Kapplhofers Empfinden nach Stunden später, wandte der Polizeihauptmann sich dem Verbrechensopfer zu. Mit professioneller Umsicht und regloser Miene besah er sich die Tote, wobei Bibiana genauso gut in einer Ritterrüstung hätte stecken können. Van Trott war immun gegen weibliche Reize. Als langjähriger Emotionsminimalist lag ihm wenig an körperlicher Erregung, dafür viel an geistiger Aufregung. Einmal, vor ewig langen Jahren, als der Hauptmann gerade den Grundwehrdienst absolviert hatte, war er zwar ernsthaft liiert gewesen, aber seine erotischen Bedürfnisse hatten sich bereits im partnerschaftlichen Falten der Bettlaken erschöpft. Danach hatte er während seiner ersten Patrouillen im Polizeidienst noch ein paar Kolleginnen gestreift, letztlich aber eingesehen, dass er kein Mensch für Intimitäten oder Zweisamkeiten war. Er vertrug weder Weibergezänk noch Kindergeschrei, strebte keine Vorgartenidylle an und konnte jeglicher Art von Horizontalgymnastik nichts abgewinnen. Er schlief nicht einmal gerne. Oder gut. Genau genommen litt er unter Ein-, Bei- und Durchschlafstörungen.

Und was brennende Begierden oder ekstatische Leidenschaften betraf, derartige Empfindungen waren für ihn fremdartiger als die Kastrationsrituale der Buschmänner in der Kalahari. Nur der Einsatz seiner scharfen Zunge verschaffte ihm eine gewisse Befriedigung, jedoch nicht auf erotischem, sondern auf rhetorischem Gebiet.

Wenig verwunderlich also, dass ein nackter Frauenkörper ihn nicht im Geringsten aus seinem starren Konzept brachte. Oder gar menschliche Gefühle in ihm aufkommen ließ.

Runde um Runde drehte er, vorwurfsvoll schweigend, um die verblichene Schönheit. Danach beugte er sich vorsichtig zu ihr hinab, fingerte mit seinen Handschuhen an der klaffenden Fleischwunde am Hinterkopf herum, warf einen raschen Blick auf den weißen, feinblasigen Schaumpilz, der Bibiana aus Nase und Mund wuchs, und befahl dem Inspektor, die Leiche wieder mit der Plane abzudecken. Der Abtransport in die Gerichtsmedizin sei bereits in die Wege geleitet, der Wagen werde aber noch etwas brauchen. »Vielleicht hätte ich bei den hiesigen Straßenverhältnissen sowieso besser eine Pferdekutsche bestellen sollen«, schloss er süffisant und warf einen anklagenden Blick auf den buckligen Feldweg, der über dreißig Kilometer die Damisch entlangmäanderte. So wenig, wie der Hauptmann sich für weibliche Rundungen begeistern konnte, so ungern verweilte er auch am Busen der Natur. Er liebte versiegelte Flächen, zubetonierte Böden und geradlinige Bauten. Ginge es nach ihm, würde er über jeden einzelnen Rasenstängel, der auf öffentlichem Boden wuchs, die Todesstrafe verhängen. Und alle, die ihren Rasen nicht millimetergenau gestutzt hätten, wegen Erregung allgemeinen Ärgernisses belangen.

Und nun musste der Abgesandte des Landeskriminalamts sich ausgerechnet in dieser wildwüchsigen Gegend auf Mörderjagd begeben. Wobei er hoffte, dass die verunglückte Nixe letztlich nur einem Unfall erlegen wäre, vielleicht war sie betrunken gegen einen Baum getorkelt oder hatte nach einer heißen Liebesnacht nach Abkühlung gelechzt, doch die Verletzung am Hinterkopf sah wirklich böse aus. Die Frau war definitiv ertrunken, was der Schaumpilz bewies. Ein derartiges Vitalzeichen galt als unumstößlicher Hinweis darauf, dass der Mensch noch gelebt hatte, als er ins Wasser gefallen oder gestoßen worden war.

Angesichts der Tatsache, dass auch der Bankdirektor im Suff das Zeitliche gesegnet hatte, überkamen den Hauptmann nun erstmals bedrohliche Gedanken. Was, wenn dieses Schrumpfhirn von Inspektor mit seinem Mordverdacht tatsächlich richtiggelegen hätte und er falsch? Was, wenn sein voreiliger Beschluss, bei einem schwer alkoholisierten Leichnam ohne sichtbare Spuren von Gewalteinwirkung von einer Autopsie abzusehen, dazu beigetragen hätte, ein Gewaltverbrechen zu vertuschen? Was, wenn auch der Bauarbeiter, der als Erster im Bach gefunden worden war, nicht freiwillig abgetaucht wäre? Hätte er, Polizeihauptmann Hartmuth van Trott, um die falsche Ecke gedacht, wäre seine Karriere unrettbar ruiniert. Er würde zum Gespött des ganzen Landeskriminalamts werden und als Aktenabstauber im Archiv landen. Oder gar unehrenhaft aus dem Dienst entlassen werden. Und das alles nur, weil er dem Damischtal, diesem intellektuellen Notstandsgebiet, die gebührende Missachtung erwiesen hatte.

Es war eindeutig Zeit für ein klärendes Gespräch mit dem Inspektor. Immerhin hatte der ihn in diese missliche Lage gebracht. Das folgende Gespräch, das eher einem Verhör als einem Dialog glich, führte allerdings zu keinem verwertbaren Ergebnis. Kapplhofer gab ausschließlich kondensierten Schwachsinn aus der dörflichen Gerüchteküche sowie vage Vermutungen von sich, und selbst die schienen allesamt seinem ausgeprägten Bauchgefühl entsprungen zu sein. Wobei van Trott nur an Letzerem nicht zweifelte. Wer so ein Feinkostgewölbe vor sich hertrug, hatte wahrscheinlich auch eine enge emotionale Beziehung zu seinem Fettzellendepot. Der Hauptmann, der einen Body-Mass-Index im einstelligen Bereich besaß, konnte übergewichtige Menschen nicht leiden. Seiner Ansicht nach beanspruchte deren Stoffwechsel derart viel Energie, dass die Gehirnzellen dadurch unterversorgt wurden. Inspektor Kapplhofer war der beste Beweise dafür.

Immer wieder kaute er an einigen, für sein Spatzenhirn unerklärlichen Fakten herum wie ein Gebissträger auf einer Weinbergschnecke. Der Baupolier hätte nicht getrunken, behauptete dieser Provinzidiot ein ums andere Mal. Dennoch hätte er beinahe zwei Promille im Blut gehabt. Van Trott fand das weder seltsam noch unerklärlich. Vermutlich hatte sich der Typ während seiner Arbeitszeit einigermaßen nüchtern gehalten, doch wer konnte schon sagen, was sich so ein Hackler nach Feierabend alles hinter die Binde goss? Dass Schwerarbeiter ständig Durst litten, war ja allgemein bekannt. Und auch die angeblichen Ungereimtheiten im Fall des Bankdirektors überzeugten den Hauptmann nicht wirklich. Dem Mann hatte ja schon ein Leberstillstand gedroht. Vermutlich war Willibald Pfnatschbacher bereits in angeheitertem Zustand aus dem Haus gegangen, denn warum sonst hätte er nur am linken Fuß eine Socke getragen?

»Aber der Willi hat überhaupt keinen Grund g'habt, mitten in der Nacht am Bach zu sein«, wiederholte Kapplhofer gebetsmühlenartig. »Noch dazu in so einem g'schniegelten Anzug.«

»Ich werd Ihnen jetzt mal was sagen«, fuhr der Hauptmann seinen Provinzadlatus an. »Was dieser Kredithai mitten in der Nacht getrieben hat, spielt gar keine Rolle. Und wenn er sein korruptes Geld waschen wollte.« Van Trott erlaubte sich, einen kurzen, gackernden Laut von sich zu geben, der vermutlich Gelächter sein sollte. »Oder er wollte übers Wasser gehen und ist dabei ertrunken.« Weiteres Gackern folgte. »Fest steht, dass der Mann schwer alkoholisiert war. Und dass nichts, aber auch absolut nichts auf Gewalteinwirkung hindeutet. Jede einzelne

Schramme, die am Körper des Opfers gefunden wurde, wurde ihm erst post mortem zugefügt. Von Ästen, Treibholz oder ähnlichem Zeug. Weil wenn er noch gelebt hätte, wäre da ja Blut geflossen.« Der Hauptmann hatte sehr laut und sehr langsam gesprochen, als wollte er dem Inspektor ausreichend Zeit zum Mitdenken geben.

In Wahrheit reagierte van Trott deshalb so gereizt, weil er den Verdacht eines gut getarnten Mordes selbst nicht mehr gänzlich ignorieren konnte. »Und deshalb würde ich es ungemein begrüßen, wenn Sie das Denken einfach mir überlassen und Ihr Mitteilungsbedürfnis auf Fakten, Fakten und nochmals Fakten beschränken würden.«

»Aber es ist ein Fakt, dass der Willibald Pfnatschbacher nie zuvor in seinem ganzen Leben am Bach gesehen worden ist«, insistierte Kapplhofer und trat vorausblickend einen Schritt zurück. Was sehr weise war, denn die Rache seines Vorgesetzten für diese Wortmeldung folgte auf dem Fuß.

»Fakt ist, dass Ihre Aufnahme in den Polizeidienst in einer Reihe mit den sieben Weltwundern steht!«, brüllte der Hauptmann nun. Bei ihm machte nicht der Ton, sondern die Lautstärke die Musik. Erst wenn er diesem peinlichen Relikt aus der gemütlichen Gendarmeriepostenzeit ein Minimum an Respekt, Haltung und Pflichtbewusstsein eingebläut hätte, würde van Trott sich besser fühlen. Bereits die Art und Weise, wie dieser Mensch haltlos und gemächlich herumstehen konnte, erinnerte den Hauptmann an lauwarmen Germteig: aufgebläht, formlos und voller Luftblasen. Wobei der Germteig schneller ging. Aber der Hauptmann war guter Hoffnung, dass dieses Landei zumindest als Sündenbock noch seinen Mann stehen würde. Denn im schlimmsten aller Fälle würde der Hauptmann dringend einen benötigen.

Seine Zweifel, was die Ablebensursachen des Bankers betrafen, waren zwar mittlerweile ein wenig geschwunden, da die Unterschiedlichkeit der Fälle deren Gemeinsamkeiten doch übertraf, aber, was selten genug vorkam, hundert Prozent sicher war er sich bei Willibald Pfnatschbacher nicht mehr. Drei

Menschen waren ertrunken, zwei davon alkoholisiert, männlich, vollständig bekleidet, bis auf die eine fehlende schwarze Socke halt, und ohne Spuren eines Kampfes. Eine hingegen war weiblich, nackt und mit klaffender Wunde am Hinterkopf. Ob die Verblichene gleichfalls die Belastungsgrenze ihrer Leber erprobt hatte, war ohne entsprechendes Untersuchungsergebnis natürlich nicht zu sagen, aber je länger van Trott über die Sache nachdachte, desto unwahrscheinlicher erschien ihm ein Zusammenhang der drei tödlichen Tauchgänge. Außerdem hatte diese Bibiana Wie-auch-immer zumindest teilweise noch an Land gelegen, während die beiden anderen Leichen mitten im Fluss aufgetaucht waren. Was immer sie dort gewollt hatten, der Kriminaler konnte sich nicht vorstellen, dass jemand zwei ausgewachsene Männer mittleren Alters gegen ihren Willen in ein Bachbett treiben konnte. Damit nicht genug, hätten sie auch noch bis zum eigenen Exitus Wasser schlucken müssen.

Die Masturbationsvorlage hingegen – der Hauptmann hatte genau gesehen, wie den Bauarbeitern der Speichel an den Mundwinkeln heruntergetropft war, bevor er sie unter Androhung eines exklusiven Aufenthalts hinter schwedischen Gardinen vertrieben hatte – sah ihm eher nach einem Opfer sexueller Gewalt aus. Es erfüllte dafür nahezu alle Kriterien. Nackt im Gebüsch, zuvor gefügig geschlagen, danach mitleidlos ertränkt, um keine Anklage zu riskieren. Nur schade, dass diese Flüchtlingshorde nicht mehr im Nachbarkaff weilte, die hätte er als potenzielle Triebtäter gut gebrauchen können. An autoerotische Selbstversuche glaubte der Hauptmann keine Sekunde lang. Die Damischtaler – und laut Kapplhofer handelte es sich bei dem Opfer um eine Einheimische – neigten weder zu risikofreudigen Freizeitbeschäftigungen, sah man von ihrer täglichen Alkoholzufuhr ab, noch zur Eigenelimininierung. Leider. Van Trott hätte es nur allzu gerne gesehen, wären alle Bewohner dieser hinterwäldlerischen Provinz aus freien Stücken über den Jordan marschiert. So wie Lemminge. Oder Kröten zur Paarungszeit. Die watschelten zum Zwecke der hormonellen Triebabfuhr ja auch in Reih und Glied über die

Bundesstraße und ließen sich widerstandslos platt fahren. Zum zweiten Mal an diesem furchtbaren Tag verspürte der Hauptmann den Wunsch nach einer ausgedehnten Fahrt mit einer Planierraupe, denn so, wie es aussah, würde er noch eine ganze Weile am Bach ausharren müssen. Ein schrecklicher Gedanke.

Entnervt schlug er nach einem Insekt, das sich todesmutig auf seinem Handrücken niedergelassen hatte. Wenn achtzig Prozent aller Insekten angeblich bereits ausgestorben waren, hatten sich die restlichen zwanzig eindeutig hierher verzogen. Fand zumindest van Trott. Überall brummte und summte und flatterte es, dass man ganz irre davon wurde. Über der Plane, mit der die untere Hälfte der Toten bedeckt war, schien der gesamte steirische Fliegenbestand zu schwirren, und dort, wo der Inspektor stand, schwebte ein Schwarm bläulich schimmernder Libellen reglos in der Luft. Wo es viele Insekten gibt, sind die Vögel bestimmt auch nicht weit, dachte der Hauptmann, dessen Übellaunigkeit mit jedem Flügelschlag wuchs. Vogeldreck auf seiner Ausgehuniform würde ihm gerade noch fehlen. Wo nur dieser verdammte Leichenwagen blieb?, fragte er sich alle zwei Minuten. Und da er die Anwesenden nicht totschlagen konnte, musste er sich wohl mit der Zeit begnügen.

Mit frischem Ingrimm wandte er sich dem Inspektor zu. »Sie«, er bohrte Kapplhofer einen seiner knochigen Finger ins Brustbein, »Sie werden bis zum Ergebnis der Obduktion alle persönlichen Daten der Bauarbeiter aufnehmen, egal, ob diese zum Zeitpunkt des Leichenfundes vor Ort waren oder nicht.«

Der Inspektor nickte ergeben.

»Verstanden? Von jedem Einzelnen, egal, ob Vorarbeiter, Schwarzarbeiter oder Lehrbub. Vorname, Nachname, Spitzname, Geburtsdatum, Wohnort, Beschäftigungsverhältnis und was halt sonst noch dazugehört.«

»Ich hab's eh verstanden.« Der Inspektor wagte erneut einen Einwurf: »Aber die Hackler da am Bau, das sind fast alles Ausländer, die verstehen bestimmt nix.«

Hauptmann van Trott starrte Kapplhofer fassungslos an. Hatte ihm diese Hamsterbacke da gerade erneut widersprochen? Hatte dieser Mensch tatsächlich noch nicht kapiert, dass hier nur einer das Sagen hatte? Und zwar er, Polizeihauptmann Hartmuth van Trott vom Landeskriminalamt Graz. »Dann lernen Sie halt Ausländisch. Mir doch egal.« Wie der Inspektor seine Informationen einholte, war van Trott tatsächlich wurscht. Hauptsache, er legte sie auf Abruf vollständig vor. Sollte er den Leuten halt die Pistole auf die Brust setzen, das war eine Sprache, die solche Leute immer und überall verstanden. »Und nun klären Sie mich mal über dieses Vieh dort in dem Gitterkäfig auf. Das dient ja sicher nicht der Landschaftsdekoration.«

Besser Aufklärungsarbeit leisten als angebrüllt werden, dachte Ferdinand Kapplhofer und erzählte van Trott bereitwillig alles, was er über das Tier wusste. Vielleicht hungerte sein Vorgesetzter ja wenigstens nach Wissen, denn Nahrung konnte es bei einer Figur, die der eines Schilfhalms nicht unähnlich war, nicht sein.

Der Inspektor berichtete also, was er von Alois Feyertag, dem Bürgermeister, erfahren hatte, der es wiederum vom Zoltán, also dem Ersatzmann für den verunglückten Polier, wusste, welcher es seinerseits den Berichten eines Schlangensuchers entnommen hatte, der irgendwie mit der Unternehmensführung einer Immobilienfirma zu tun hatte.

»Ach ja, Affentanz heißt er, also der unternehmerische Schlangenmensch, Kurt Affentanz«, schloss der Provinzpolizist sein verschwurbeltes Resümee, nachdem er ein zerknittertes Kärtchen gemeinsam mit einigen zerknüllten Taschentüchern und einem angebissenen Schokoriegel aus den Tiefen seiner Hosentasche zutage gefördert hatte.

Der Hauptmann traute seinen Augen nicht. Und seinen Ohren noch weniger. Dieser Mann war nicht einfach nur blöd, er hatte seinen Verstand ganz eindeutig um so vieles tiefergelegt, dass nicht einmal mehr ein Regenwurm darunter Platz finden würde. »Sagen Sie mal, Sie Provinzkasperl, wollten Sie mir gerade weismachen, dass Sie Ihre Informationen aus dritter Hand beziehen?« Van Trott holte so tief Luft, wie es seine

Hühnerbrust erlaubte, und schrie zur Verdeutlichung noch einmal: »Aus DRITTER Hand?«, das »dritter« weithin hörbar in Großbuchstaben.

Kapplhofer geriet in Erklärungsnotstand. Es war schon seltsam, immer, wenn er die Wahrheit sagte, glaubte ihm keiner. Also holte er rhetorisch noch ein wenig weiter aus.

Wie er wegen der gestohlenen Rosenkugeln von der alten Hutzenbichlerin bis in die Blümelgasse hatte müssen, wegen dem Lokalaugenschein halt, und derweil dieser Affentanz die Schlangen einsammeln wollte. Angeblich hätte das Bauunternehmen geschützte Reptilien umsiedeln müssen und deshalb Fallen ausgelegt. Der Inspektor wies auf die dunkle Plastikplane, die Bibianas geschwungene Formen verdeckte. Das sei so eine Falle. Und nachdem der Affentanz, der angeblich nicht alleine gewesen war, eine Schlange hinter Gitter gebracht habe, sei er oder seien sie, das könne er nicht mit Sicherheit sagen, weil es sich eben um bislang unbestätigte Gerüchte handle, also unter der Plane über die Bibiana gestolpert.

Unter der Plane über die Bibiana, was fabulierte dieser Dampfplauderer da für einen Schwachsinn zusammen? So was ging doch gar nicht. Der Blutdruck des Hauptmanns stieg in hochalpine Bereiche, obwohl er hier eigentlich im Flachland war. Kurz davor, die Beherrschung zu verlieren, entriss er Kapplhofer die Visitenkarte, die dieser immer noch gedankenverloren in der linken Hand zusammengeknüllt hatte, studierte sie ein paar Sekunden lang und gab sie dem Inspektor schließlich sorgfältig geglättet wieder retour.

»Sie werden mir diesen Affentanz für morgen Vormittag zur Vernehmung laden«, befahl er in einem Ton, dessen Schärfe irgendwo zwischen Damaszener Stahl und Samuraischwert lag. »Werden Sie es schaffen, so ein Telefonat zu führen, oder möchten Sie lieber eine Buschtrommel verwenden?«

Kapplhofer schluckte. Hoffentlich erwartete dieses wandelnde Tiefdruckgebiet nicht, dass er den Auftrag umgehend erfüllte, denn dazu hätte er tatsächlich eine Buschtrommel gebraucht. Oder Brieftauben. Weil sein Diensthandy ja nach wie vor daheim auf dem Küchentisch lag, ein Vergehen, dessen Auswirkungen auf seine psychische Integrität er sich gar nicht vorstellen wollte.

»Natürlich, Herr Hauptmann«, erwiderte er und zückte als Zeichen seines Pflichtbewusstseins das alte, abgegriffene Notizbuch, das in seiner Uniformjacke steckte. Sogar einen Bleistift hatte er griffbereit, was den Hauptmann ein ganz klein wenig milder stimmte.

In perfekter Schulschrift schrieb Kapplhofer »Vorladung Affentanz Vormittag« in das orangefarbene Ringbücherl. »Soll ich auch gleich ein Protokoll in dreifacher Ausfertigung erstellen und Ihnen morgen vorlegen?«, säuselte er mit nahezu heimtückischer Brillanz. »Und benötigen Sie sonst noch etwas für Ihre morgigen Termine? Schreibmaterial, Getränke, die Aktenvermerke unserer letzten Todesfälle, Auszüge aus Geburts- oder Sterberegister, Arzneimittel, Regenschirm …?« Kapplhofers vorgetäuschter Diensteifer erreichte einen historischen Höhepunkt, und sein strategisches Beschwichtigungsmanöver erzielte tatsächlich einen Teilerfolg.

Der Hauptmann vergaß vorübergehend den Anruf bei Affentanz und dachte über Kapplhofers Auflistung nach. »Stellen Sie mir drei Flaschen Mineralwasser bereit«, brummte er. »Mit Kohlensäure.« Van Trott war kein stiller Mensch. Nicht einmal beim Genuss von Tafelwasser. »Etwaige Akten brauche ich nur bei Bedarf.« Und damit der Inspektor nicht etwa glaubte, seinen Pflichten damit Genüge getan zu haben, fügte er noch hinzu: »In jedem Fall aber werde ich Sie brauchen. Also halten Sie sich ab acht Uhr bereit. Und vergessen Sie das Mineralwasser nicht. Und die Kontaktdaten der Bauarbeiter.«

Kapplhofer nickte. Allein, um die Leute vom Bau zu befragen, würde er den ganzen Nachmittag benötigen. Das mussten mehr als fünfzig sein, die in allen möglichen Schichten Erde und Gemüter bewegten. Und von denen gefühlte neunzig Prozent Sprachen sprachen, die ohne Vokale auszukommen schienen.

»Möchten Sie, dass ich mich gleich an die Arbeit mache?«, fragte der Inspektor. »Oder soll ich mit Ihnen noch auf den

Leichenwagen warten?« Im Grunde wusste er selbst nicht, welche Variante die schlimmere wäre: sich mit dem skelettierten Erbsenklauber ein Loch in den Bauch zu stehen oder bei den Vernehmungen der Bauarbeiter den Verstand zu verlieren. Das kam einer Entscheidung zwischen Guillotine und Genickschuss gleich.

Doch der Hauptmann hatte offenbar auch keine Lust mehr auf seine Gesellschaft. »Am besten fangen Sie gleich mit den Erhebungen an, bei Ihrer Geschwindigkeit.« Und Ihrer Begriffsstutzigkeit, fügte er in Gedanken hinzu. »Und nehmen Sie die verdammte Schlange mit. Die stört ja die Leichenruh.«

Wortlos langte der Inspektor nach dem Käfig. Das waren ja wahrhaft paradiesische Zustände hier. Und immer musste er in den sauren Apfel beißen.

***

Zur selben Zeit, als der Leichenwagen endlich auf den schwer befahrbaren Feldweg neben der Damisch einbog, machte sich Rüdiger Bartenstein auf den Heimweg vom Landeskrankenhaus Graz. Mit seiner Frau und dem kurz zuvor entlassenen Sohn. Die Stimmung im Innern des komfortablen Lexus war der eines Leichenwagens nicht unähnlich, allerdings ging es bei den Toten definitiv friedlicher zu.

»Ein Wort noch«, schnauzte Rüdiger Bartenstein gerade seinen Sohn an, »und ich schmeiß dich mitten auf der Autobahn aus dem Wagen.« Er kochte vor Wut.

»Mensch, Rüdiger, du hast ja wohl ’nen Knall!«, echauffierte sich umgehend Hildegund und legte dem Jungen beschützend eine Hand auf die Schulter.

»Quatsch, der Einzige, der hier einen Knall hat, ist dein Sohn«, konterte Rüdiger. »Von mir hat er diesen Hang zu geistigen Kurzschlüssen bestimmt nicht.«

»Paps, Mam, bitte, so beruhigt euch doch«, suchte Kevin-Karl die familiären Wogen zu glätten. Doch ohne jeden Erfolg.

»Er ist unser Sohn; und das mit den Schnapsideen hat er

eindeutig von dir«, stellte Hildegund mit schneidender Stimme fest. »Ich trinke ja nicht.«

»Du hast auch keinen Grund dazu«, erwiderte der Gatte und warf ihr über den Rückspiegel einen anklagenden Blick zu.

Kurze Zeit schwiegen alle drei verbissen vor sich hin.

Tief im Innern gab Hildegund ihrem Gatten natürlich recht. Was ihr Sohn sich da in seinen sturen Kopf gesetzt hatte, zeugte von einem schlichtweg durchgeknallten Geist. Vermutlich hatte der doch recht harte Schlag aufs Hinterhaupt ihm seine kleinen grauen Zellen gehörig durcheinandergewirbelt. Aber dagegen würden Drohungen oder gar ein derart brutaler Maßnahmenvollzug, wie ihr Mann ihn soeben angedeutet hatte, auch nicht helfen. Nur echte Mutterliebe.

Rasch legte sie dem verwirrten Buben die zweite Hand auf die Schulter. »Überleg dir das noch einmal gaaaaanz genau«, flötete sie mit engelsgleicher Stimme, »dein Leben könnte so schnell zu Ende sein, wenn du jetzt nicht auf dich aufpasst.« Unvermittelt brach sie in Tränen aus. »Ich will dich noch nicht verlieren, du bist …«

Was immer der Sohn in den Augen seiner Mutter auch war, es ging in einem ohrenbetäubenden Heulkrampf unter.

Rüdiger verriss kurz das Lenkrad, da seine aufgelöste Gattin ihm direkt in den rechten Gehörgang trompetete, und Kevin-Karl fand die Szene so urpeinlich, dass er am liebsten freiwillig aus dem Auto gesprungen wäre.

Mannomann, dachte er insgeheim. Bekloppter ging's echt nicht mehr. Die hatten doch beide einen Sprung in der Schüssel. Nur weil er seinen Urlaub nicht abbrechen wollte, führten seine Eltern sich auf, als hätte er im Alleingang eine Marsmission geplant. Er war achtzehn und stand kurz vor dem Abitur, man musste ihn nicht in Watte packen. Laut sagte er: »Mama, bitte, ich bin volljährig. Und ich weiß, was ich tue, ich –« Weiter kam er nicht, denn nun mischte sich sein Vater wieder ein.

»Von mir aus magst du volljährig sein, aber im Vollbesitz deiner geistigen Kräfte bist du nicht«, herrschte er ihn an. »Nur dumme kleine Jungs suchen Abenteuer, die ihnen Kopf und Kragen kosten können. Erwachsene Menschen betreiben Risikoabwägung. Und stürzen wegen ihrer Allüren nicht gleich eine ganze Familie ins Unglück.«

»Hör wenigstens dieses eine Mal auf deinen Vater«, sekundierte Hildegund, immer noch lautstark schniefend, ihrem Mann. »Ich würde es nieeeee überleben, mein einziges Kind zu verlieren. Nieeee.« Im Hervorrufen von Schuldgefühlen und Gewissensbissen stand sie Rüdiger in nichts nach. Sollte er sich nur schlecht fühlen, dieser dumme Bub. Eine solche Rücksichtslosigkeit gegenüber den eigenen Eltern! Aber ein Sohn war halt auch nur ein Mann und als solcher bestenfalls mit einer homöopathischen Dosis an Mitgefühl und Verantwortung ausgestattet. Hätte sie nur eine Tochter bekommen!

»Das ist also der Dank für achtzehn Jahre Hege und Pflege. Und einen ganzen Batzen Geld«, legte Rüdiger noch ein Schäuferl nach.

Nun verlor auch der »missratene« Sohn langsam die Geduld mit seinen Erzeugern. Da führten die zwei eine Ehe, deren Verfallsdatum seit Jahren überschritten war, zielten den ganzen Tag lang mit Beleidigungen tief unter die Gürtellinie des anderen, frönten ansonsten dem sexuellen Vorruhestand und machten dann ihm die Hölle heiß, nur weil er eine glückliche Beziehung führte. Die er wegen einer dämlichen Schramme am Kopf nicht abzubrechen gedachte. Wobei natürlich nicht seine Liebe zu Kathi das Problem war, sondern der Ort, an dem er sich ihr hingab. Weil, würde man den hysterischen Befürchtungen seiner Eltern glauben, sich eben hinter jedem Baum ein ausgewachsener Totschläger herumtrieb, dessen Lebensaufgabe darin bestand, ihm nun endlich den definitiv tödlichen Schlag aufs Hinterhaupt zu versetzen. Was Kevin-Karls Ansicht nach so wahrscheinlich war wie Weltfrieden.

Und mit ihrer Schuldgefühlmacherei konnten sie gefälligst auch aufhören. Was verstanden die schon von echten Gefühlen? Sie lebten in ihrer pragmatischen Zweckbeziehung, bestanden auf banaler Mittelstandsgemütlichkeit und hatten nicht die geringste Ahnung vom wahren Zustand der Welt. Und von seinen Gefühlen für die Kathi.

»Ihr macht mich ganz kirre mit eurer Schwarzseherei. Ich hab mir 'ne Beule geholt, weil ich wegen der toten Tauben zu wenig auf den Boden geguckt hab und offenbar gegen 'nen Baum geprallt bin. Ganz von alleine. Nur ich bin daran schuld.«

Zwar schloss Kevin-Karl Fremdverschulden oder Gewalteinwirkung, wie es dieser dröge Inspektor genannt hatte, nach wie vor nicht aus, aber das wäre Wasser auf den Gebetsmühlen seiner Eltern gewesen. Außerdem hatte Kathi ihn nach diesem unfreiwilligen Abenteuer noch viel, viel tiefer in ihr Herz geschlossen als schon zuvor. Während früher er sie bekniet hatte, lag nun sie ihm zu Füßen. Diesen Zustand der gelebten Heldenverehrung – wegen seiner kleinen Notlüge, die den in Wahrheit weitaus weniger spektakulären Ablauf der Dinge betraf, verspürte er nach wie vor kein schlechtes Gewissen – würde er doch nicht freiwillig beenden, nur weil seine zwei Tugendwächter der Ansicht waren, dass ihn hier nur Mord und Totschlag erwarteten und sie daher umgehend abreisen mussten. Völliger Schwachsinn. Im Damischtal erwartete ihn seine Kathi, im Ruhrpott nur Smog.

»Kevin-Karl, du hältst jetzt mal die Klappe, noch habe ich das Sagen hier. Und wenn ich sage, wir fahren heim, dann fahren wir heim.« Rüdiger hatte genug von diesem angeblich sanften südweststeirischen Tourismus. Seinem Empfinden nach präsentierte sich das Damischtal vielmehr als gemeingefährliches Irrenhaus mit täglichem Freigang aller Insassen. Wobei Unterbringung und Verpflegung ausgezeichnet waren, das musste er den Leuten hier lassen. Sie wussten zu leben. Und zu sterben leider auch.

***

»Oder ich bring sie alle um!« Der fulminante Schlussakkord seiner inoffiziellen Stellungnahme zur Lage der Baustelle ließ keine Zweifel an Protzmanns unbändigem Zorn. Zur besseren

Tiefenwirkung seiner Worte hieb der Geschäftsführer der Paradise Garden Wohntraum Immobilien GmbH derart schlagkräftig auf seinen Mahagonischreibtisch, dass dessen linke Tür aufsprang, hinter der er besonders exquisiten Whisky für besonders betuchte Kunden aufbewahrte. Eine Flasche seines hochgeistigen Bestechungstropfens, ein exklusiver Cragganmore Single Malt, fiel beschwingt heraus, und ein Gutteil des wertvollen Inhalts ergoss sich auf den ebenso wertvollen Gabbeh. Protzmann hatte die Bouteille beim letzten Umtrunk offenbar schlecht verschlossen.

»Glumpert, verdammtes«, bekam nun auch der Schreibtisch sein Fett weg. Mit einem gezielten Tritt versetzte der Immobilienhai die offene Tür wieder in ihre Ausgangsposition zurück.

Balthasar Schragl und Sebastian Schnurz hielten synchron den Atem an. Angesichts der dramatischen Entwicklungen hätten sie auch nichts zu sagen gewusst. Eine derartige Komplexität von Ereignissen fand an ihren glatten Großhirnrinden keinen Halt mehr. Die Lage war katastrophal, wenn nicht gar aussichtslos. Alles, was schiefgehen konnte, war offenbar schiefgegangen.

Dabei hatte das Vorhaben »Energieerlebnis 2.0« mit nachfolgendem Wohnbauprojekt am Fluss so viel- beziehungsweise gewinnversprechend angefangen. Dank einer Regierungskonstellation, der wenig bis nichts an naturbelassenen, also unversiegelten Bodenflächen lag, hatten sie im Handumdrehen positive naturschutzrechtliche Bescheide erhalten, wasserrechtliche Bewilligungsverfahren waren zu ihren Gunsten ausgefallen, der sehr gute hydromorphologische Zustand herab- und die Bodenpreise nach erfolgter Umwidmung hinaufgestuft worden, und vor Kurzem hatte man ihnen auch die noch ausstehenden Baubewilligungen per Handschlag erteilt. Dass in ihrer Hand meist ein fetter Umschlag verborgen war, hatte die Geschäftsabwicklung natürlich etwas vereinfacht. Schwieriger war da schon die nahezu flächendeckende Ablehnung der Damischtaler, die nichts von Ökostrom und noch weniger von Ferienhäusern wissen wollten. Weder Schnurz noch Protzmann verstanden deren hartnäckigen Widerstand. Vom Wachstum unnützen Brachlands profitierten doch nur Leuchtkäfer, Distelfinken, Wildhummeln und Buschrosen. Okay, vielleicht noch ein paar Gassigeher und sexuell motivierte Nacht- beziehungsweise Nacktschwärmer, aber sonst doch wirklich niemand. Wuchs hingegen die Wirtschaft statt die Botanik, dann freuten sich Anleger und Aktionäre, Bauunternehmer und Betonwerke, Privatiers und Politiker. Kurz gesagt: die bedeutendere Mehrheit.

Und natürlich sie. Balthasar Schragl, der Tourismusobmann, hatte durch seine geschickten Grundstücksankäufe zwar die Wut einiger betroffener Plutzenberger auf sich gezogen, die ihr Land billig verscherbelt hatten, weil sie nicht über das darauf geplante Bauvorhaben informiert wurden. Aber er und seine eigene Sippschaft, in deren Besitz sich ein Großteil der Grundstücke befand, hatten sich damit ein fettes Zubrot zur zukünftigen Pension verdient.

Schnurz, der Energielieferant, konnte sich gleichfalls nicht beklagen. Das Kleinkraftwerk war aus wirtschaftlicher Sicht zwar ausgesprochen unrentabel, aber die für den Betrieb notwendigen Staumauern, Umgehungsrinnen, Auffangbecken, Rodungs- und Planierarbeiten ebneten sozusagen den Weg für den nachfolgenden Wohnhausbau. Der Zweck heiligte halt die Mittel, und saubere, nachhaltige Wasserkraft ohne CO_2-Ausstoß klang in den Ohren der maßgeblichen Genehmigungs- und Subventionsstellen immer gut.

Dass die natürliche Vielfalt des bislang recht artenreichen Gewässers durch die langsamere Fließkraft und eine übermäßige Verschlammung stark beeinträchtigt würde, kratzte die Projektbetreiber so wenig wie ein Pickel am Allerwertesten der Freiheitsstatue. In ganz Österreich gab es bereits weit über dreitausend Kleinkraftwerke, die aufgrund ihrer geringen Energieleistung insgesamt gerade mal an die zehn Prozent des heimischen Strombedarfs deckten. Zudem waren die Investitionskosten wegen der ganzen Auflagen hoch, der Ertrag gering und der Strompreis immer wieder im Keller. Doch der sekundäre Nutzen eines solchen Unterfangens war jede Fehlinvestition wert. Waren Flora und Fauna erst einmal massakriert, ein Wort, das Protzmann und Schnurz niemals über die Lippen kommen würde, sie sprachen lieber von Flurbereinigung, das klang so sauber und ordentlich, also, waren die Bäume erst einmal gefällt, die Vögel abgezogen, die Wege asphaltiert und die Fische untergetaucht, dann krähte niemand mehr nach den zuvor angeblich so paradiesischen Zuständen. Die Menschen hatten ein kurzes Gedächtnis und wandten sich rasch dem nächsten Ärgernis zu. Das hatten Schnurz und Protzmann schon Hunderte Male erlebt. Ein paar Manifestationen, ein paar böse Leserbriefe, ein paar Ökofreaks, die sich an Bäume ketteten oder vor die Planierraupen warfen, doch nach ein paar Wochen flaute der Enthusiasmus stets ab, weil er nur in den seltensten Fällen zum erhofften Erfolg führte.

Auch diesmal hatte es so ausgesehen, als würde alles der jahrelang einstudierten Protestchoreografie folgen. Die Menschen waren auf die Straße oder besser gesagt auf diese elendigliche Schotterpiste am Bach gegangen, hatten geschrien, gebrüllt und Plakate geschwenkt, bedrohliche Schreiben an Behörden, Bauträger und Provinzblätter verfasst und abends im Wirtshaus ihr schreckliches Schicksal beweint; also im wahrsten Sinn des Wortes im Wein ertränkt.

Doch auf einmal waren die Dinge zunehmend aus dem Ruder gelaufen. Erst besoff sich dieser dämliche Baupolier, ging ins Wasser und ertrank. Wenigstens war das nach Dienstende passiert, was ihnen viel Geld erspart hatte. Ein Arbeitsunfall wäre ihnen teuer zu stehen gekommen. Kurz darauf war der blond gelockte Umweltfanatiker in einen Hungerstreik getreten und hatte für unerfreulich großes mediales Echo gesorgt. Dann war auch noch der Willibald baden gegangen, ein Verlust, der erhebliche Folgekosten mit sich gebracht hatte. Und nun war ausgerechnet ihr eigener Pressesprecher bei der scheinheiligen Rettung von ein paar Würfelnattern über ein Mordopfer gestolpert. Nackt, langbeinig und mausetot sei die Dame dagelegen, hatte er berichtet. Mit einer riesigen, blutverkrusteten Wunde am Hinterkopf.

Protzmann, der den Anruf in seinem Privatbüro entgegengenommen hatte, wäre fast aus seiner sonnenstudiogebräunten Haut gefahren.

»Was heißt, sie is einfach so dagelegen? Hätt sie vielleicht einen auf *dead woman walking* machen sollen, oder was?« Er hatte das unternehmerische Sprachrohr schon für seine unpassende Ausdrucksweise gebührend zurechtstutzen wollen, als ihm nahezu hirnschlagartig bewusst wurde, was der Affentanz da soeben gesagt hatte. Er hatte von Mord gesprochen. Eine nackte, blutverschmierte Leiche, die ließ sich selbst mit den südweststeirischen Trinkgewohnheiten nicht mehr erklären. Schlecht, sehr schlecht. Protzmann griff nach dem »Börsenblatt« auf dem Tisch und begann hektisch, sich frische Luft zuzufächeln. Doch das Gefühl von innerer Hitze und geistiger Windstille blieb. Kein Alkoholexzess, sondern ein Gewaltverbrechen, allein der Gedanke rief apokalyptische Visionen in ihm hervor. Die Bauarbeiten würden zumindest vorübergehend gestoppt werden, alle seine Arbeiter unter Generalverdacht gestellt und die daraus resultierenden finanziellen Verluste aus dem Wohntraum- ein Alptraumprojekt machen.

Doch kaum hatte sich der Unternehmer von diesem Schock einigermaßen erholt und seine zwei Partner unverzüglich zu sich geordert, traf bereits die nächste Hiobsbotschaft ein. Die Bauarbeiter, informierte ihn Zoltán, seien von einem kollektiven akuten Heimwehanfall erfasst worden und würden in diesem Moment schon die Container räumen. Die Sehnsucht nach ostungarischer Einsamkeit beziehungsweise nordbulgarischer Höhenluft bringe sie beinahe um. Offensichtlich wollten sie auf Distanz zum Schauplatz von Gewaltverbrechen gehen. Mit so einer Aktion würde sich allerdings der gesamte Bautrupp verdächtig machen und ihn, Protzmann, als Dienstgeber recht schnell ins Zentrum der Ermittlungen rücken. Undenkbar. Schlimmer als das Landeskriminalamt am Hals war nur noch der Rechnungshof im Vorzimmer.

Rasend vor Wut hatte er der gesamten Mannschaft Ausreiseverbot erteilt, was der Trupp allerdings nur unter Zusicherung einer normalen Lohnfortzahlung akzeptierte. Was Protzmanns Laune auf den Siedepunkt gebracht hatte. Sollte sich von nun an noch ein einziger Arbeiter weiter als hundert Meter von seinem Wohncontainer entfernen, würde er sie alle umbringen, hatte er Zoltán abschließend angedroht, den Hörer auf die Gabel geschmissen und auf seine protzige Schreibtischplatte eingedroschen, wodurch er den Whisky im Schreibtischfach ins Rollen gebracht hatte.

Nun blickten Schragl und Schnurz betroffen auf die goldgelben Flecken, die das teure Getränk auf dem wertvollen Teppich hinterließ, während Protzmann immer noch nach Luft hechelte und ausnahmslos schwarzsah. Erschöpft klingelte er nach seiner Privatsekretärin und orderte Kaffee. Schwarzen.

Nicht einmal zwei Minuten später erschien die knusprige Vorzimmerdame und stellte eine filigrane Porzellantasse und ein Glas Saft auf den Tisch. »Frisch gepresst. Ich dachte, ein paar Vitamine schaden Ihnen bestimmt nicht«, flötete sie mit einem aufmunternden Lächeln.

Doch Peter Protzmann stand der Sinn nicht nach Nettigkeiten. »Ich brauch keine Vitamine, ich brauch Nervengift«, fuhr er die bemühte Blondine an und scheuchte sie mit einer unfreundlichen Geste aus dem Zimmer.

Schragl und Schnurz saßen immer noch reglos, wortlos und mit gesenkten Blicken da. Vor ihren inneren Augen stiegen schaurige Bilder auf, wobei der Film im Kopfkino des Kraftwerksbetreibers noch um vieles bedrückender war als der vom Fremdenverkehrsobmann, da Letzterer am Anfang der Gewinnkette gestanden hatte und deshalb nicht um seine fetten Einnahmen fürchten musste. Die Vorstellung ernsthafter polizeilicher Ermittlungen erschreckte zwar auch ihn, doch solange Ferdinand Kapplhofer ermittelte, war zumindest keine Gefahr in Verzug. Der steckte seine Nase höchstens in Kochtöpfe oder Gulaschkanonen, aber bestimmt nicht in wirtschaftskriminelle Machenschaften. Sebastian Schnurz, der bislang noch keinen Profit aus dem Vorhaben gezogen hatte, sah hingegen seine Felle davonschwimmen. Der Gedanke daran war dermaßen schrecklich, dass er sich nicht einmal mehr mit Protzmanns Nobeldestillat schöntrinken lassen würde.

Protzmann versuchte es dennoch und nahm eine neue Flasche aus seinem Schreibtisch, während er mit der anderen Hand den Orangensaft in den Topf einer Zimmerpalme kippte. »Außer Spesen nichts gewesen«, murmelte er dabei und goss sich eine vierfache Dosis hochprozentiger Beruhigungstropfen ins Glas.

Schragl und Schnurz gingen leer aus, wagten diesbezüglich aber keinen Kommentar. Und sie taten gut daran, denn kaum hatte Protzmann das in einem Zug geleerte Glas zurück auf den Tisch gestellt, brüllte er erneut: »Ich bring sie alle um!«

***

Auch am Ort des üblen Geschehens floss der Alkohol in Strömen. Kaum hatte der Bürgermeister sein Schweigen über den jüngsten tragischen Vorfall an der Damisch gebrochen und im Vorübergehen dem Pfarrer davon erzählt, rannte dieser auch schon mit wehender Soutane in die Kirche, um die Totenglocken zu läuten.

Sofort kam Leben ins mittäglich ruhende Dorf. Da Hochwürden Corolianus Hafernas nur beim Ableben von Einheimischen am Seil zog und diesmal mit nahezu ekstatischer Leidenschaft geläutet hatte, musste es einen ziemlich honorigen Mitbürger getroffen haben. Grund genug, aus dem ländlichen Verdauungskoma zu erwachen und sich mit den aktuellen Neuigkeiten zu versorgen. Und der beste Platz dafür war in ländlichen Gebieten halt immer noch das Dorfgasthaus.

Binnen einer halben Stunde traf fast die ganze Gemeinde beim Kirchenwirt ein. Nur Hermine Holzapfel fehlte, der die Kunde vom gewaltsamen Ableben ihrer Nachbarin auf dem Marktplatz zu Ohren gekommen kam, wo sie gerade ein paar Zierkürbisse entstaubt hatte, um sie zwischen den Blumentrögen neu zu arrangieren. Vor Schreck hatte sie einen der imposanten Plutzer fallen lassen, die Hände über dem Kopf zusammengeschlagen und war Richtung Pfarrhof geeilt. Im Unterschied zu den restlichen Gfrettgstättenern dürstete es sie nach Gottes Beistand, nicht nach Alkohol.

Auch der hungernde Umweltschutzreferent fehlte. Hubert Ehrenhöfler war in seinem Zelt mitten auf dem Marktplatz wie Hermine Ohrenzeuge des lautstarken Informationsaustausches zwischen der Blumen-Christl und der Zilli von der Genussgreißlerei geworden. Die Bibiana, tot in der Damisch, mit einem Loch im Schädl, diese Nachricht schlug ihrem Ex-Lover doch schwer auf seinen schmerzhaft leeren Magen. Wenn die Bibi wirklich gewaltsam ums Leben gekommen war, wie behauptet wurde, dann stellte das wohl den Anfang vom Ende dar. Auch für seinen Hungerstreik. Gegen flächendeckende Mordermittlungen würden selbst Schaufelbagger und Planierraupen wenig ausrichten können. Da konnte er seine Nulldiät bestimmt bald einstellen. Der völlige Verzicht auf Nahrungsmittel fiel ihm ohnedies zunehmend schwerer. Mit jedem Tag, der verging, machten ihm Trugbilder von Eiernockerln, Kaiserschmarrn und Kürbisgulasch mehr zu schaffen.

Irgendwie, aber das würde der grüne Widerstandskämpfer sich sein ganzes weiteres Leben lang nicht eingestehen, irgendwie hatte die Doppler Bibiana ihm durch ihren Tod vielleicht sein Leben gerettet. Denn natürlich hätte er aus Prinzip, aus Sturheit und vor allem zur Rettung der Flusslandschaft so lange gefastet, bis er den Löffel auf ewig abgegeben hätte. Dieses Schicksal hatte ihm seine einstige Liebhaberin nun erspart. Wofür er sie erstmals so richtig lieb hatte.

Intermezzo mit Trauerflor

In einem kleinen Dorf, wo die Menschen einander viel zu gut kannten und der Alltag von Klatsch, Tratsch und invasiver Anteilnahme bestimmt wurde, feierte man natürlich auch die Feste, wie sie gerade fielen. Und Todesfälle stellten da keine Ausnahme dar. Weil die arme Doppler Bibiana nun nicht mehr unter ihnen weilte und nicht einmal auf Damischtaler Boden – die Arme befand sich ja zur Obduktion im gerichtsmedizinischen Institut in der Landeshauptstadt – ruhte, musste man ihrer zumindest doppelt stark gedenken. Was aus Platz- und Temperaturgründen im Gastgarten des Kirchenwirts geschah. Sogar ein paar Plutzenberger hatten sich eingefunden, um das tragische Schicksal der Orchideenpäpstin zu bejammern. Und natürlich, um alle denkbaren und undenkbaren Ablebensszenarien zu diskutieren. Der Mord an Bibiana war in gewisser Hinsicht ja eine Premiere. Zwar hatten sich im Damischtal in den letzten zehn Jahren bereits drei Gewaltverbrechen mit letalem Ausgang ereignet, aber nie zuvor war ein hiesiges Weibsbild unter den Opfern gewesen. Stets hatte es entweder unbekannte Touristen oder ortsbekannte Rauf- und Trunkenbolde getroffen. Aber die aufgeputzte, ätherisch angehauchte Bibiana mit ihren hochhackigen Haxenbrechern, dem inquisitorischen Adlerblick sowie einem unnachahmlichen Talent, ihre rot lackierten Finger treffsicher und schmerzhaft tief in geheimste Wunden zu legen, war fester, wenngleich nicht rundum beliebter Bestandteil der Dorfgemeinschaft gewesen. Zwar sagten ihr böse Zungen noch immer die Intelligenz einer Blumenvase nach, aber die meisten Männer hatten bei ihr ohnedies keine anregenden Gespräche, sondern vielmehr aufregendes Gestöhne gesucht. Leider war das nur den wenigsten vergönnt gewesen, denn Bibianas Besamungskandidaten hatten strengsten Kriterien entsprechen müssen, weshalb die ländliche Lederhosenfraktion selten bis nie zum Zug beziehungsweise Schuss gekommen war.

Da sie zeit ihres mittlerweile verblichenen Lebens ein Kind, aber keinen zugehörigen Mann gewollt hatte, waren die meisten ihrer Vorstöße Richtung Schwangerschaft ohnedies auf die kurze Zeit rund um den Eisprung beschränkt gewesen. Danach wurden die Sperminatoren mitleidlos abserviert. Und weil Bibiana ihre Versuche, endlich in den ersehnten Mutterstand zu treten, als reine Privatangelegenheit betrachtet hatte, hatte sie, abgesehen vom grünen Umweltreferenten, der hübsch, intelligent und verschwiegen war, ihre Hoffnungen fast ausschließlich auf Durchreisende gesetzt. Die waren brav wieder heimgefahren und hatten im Wirtshaus keine großen Töne gespuckt. So war zwar ihr Unterleib, nicht aber ihr Ruf befleckt worden, da Bibiana ihre erotischen Treffen stets fernab des dörflichen Geschehens arrangiert hatte.

Insofern verwunderte der unbekleidete Zustand der Toten die Einheimischen umso mehr. Sie gingen ja nicht davon aus, dass die Meisterin der Orchideenzucht und der Hochnäsigkeit sich ihrer knapp bemessenen Hüllen freiwillig entledigt hatte. Was sie dazu bewogen hatte, darüber gingen ihre Meinungen entschieden auseinander. Auch weil die nach wie vor recht beliebte Theorie vom Damischtaler Rächer halt gar nicht zum Mord an der Bibiana passen wollte; egal, wie sehr man sie an die Phantasie anpasste. Die Dopplerin hatte zu keiner Zeit etwas mit den zwei Bauvorhaben zu tun gehabt, aufgrund ihrer anspruchsvollen Auswahlkriterien auch bestimmt keinen Bauarbeiter an ihre Wäsche gelassen, sondern nur an ihrem Mutterglück gebastelt. Der Rächer musste demnach entweder vorübergehend erblindet sein oder beim Anblick der Frau sein wahres Ziel aus den Augen verloren haben, sodass er auf moralisch verwerfliche Abwege gelangt war. Was allerdings auch nicht erklärte, warum sich Bibiana überhaupt im Röhricht des Ufers herumgetrieben hatte, noch dazu mitten in der Nacht, wenn sie denn keine feste Verabredung für einen One-Night-Stand getroffen hatte. Leider konnte man sie dazu nicht mehr befragen. Aber man konnte mehr oder weniger haarsträubende Vermutungen anstellen, was letztlich auch der Sinn der geselligen Zusammenkunft war.

»Meiner Seel, das is wirklich a schlimme Gschicht«, seufzte etwa die Birnstingl Gusti, die man, zum Leidwesen aller männlichen Einwohner, nur alle heiligen Zeiten im Dorf zu sehen bekam. Normalerweise ließen ihr Mann, Kinder, Buschenschank und Herbergsbetrieb keine Zeit fürs Gastgartensitzen. Aber normalerweise tauchten auch keine nackten, erschlagenen Frauen am Fluss auf. Die Nachricht von Bibianas Tod musste der Gusti jedenfalls recht nahegegangen sein, denn sie sah bedeutend schlechter aus als üblich. Was bei der Wirtin der Buschenschank »Zur schönen Aussicht« aber immer noch der Kategorie »heißer Feger« entsprach. Nur die dunklen Ringe unter den Augen und ein etwas frischkäsiger Teint zeugten von ihrer Betroffenheit.

»Pass nur auf, dass du net auch tot im Fluss landest, wennst deim Oiden das Essen bringst«, ließ sich nun der Feichtinger Paul mit bösem Unterton vernehmen. Da die Gusti ihn mehrfach hatte abblitzen lassen, obwohl er sein Jahrespensum an Schmeicheleien auf sie verwendet hatte, waren seine Gefühle für sie merklich abgekühlt.

Die sonnige Blondine mit dem herzerwärmenden Dekolleté und der adretten Gretlfrisur war ja generell das Lieblingsobjekt aller feuchten Träume im Damischtal. Jünger, fescher und weitaus weniger schnippisch als die Bibiana, hätte sie kein Mann zwischen achtzehn und achtzig von der Bettkante gestoßen. Mit Ausnahme vom Pfarrer, vom Fleischer und vom Inspektor, denen aus unterschiedlichen Gründen nichts an weiblichen Reizen lag. Alle anderen jedoch buhlten insgeheim um Gustis Gunst und verstanden nicht, wie eine derart tüchtige, attraktive Frau sich mit einem solchen Saufkopf wie ihrem Mann abgeben konnte. Der Birnstingl Franz, in jungen Jahren ein aufstrebender Winzer, war mit zunehmendem Alter zum echten Alkoholiker mutiert. Den ganzen Tag verbrachte er im Weinberg, soff wie ein Loch und focht, sofern er nicht ohnedies im Kellerstöckl zwischen den Rebstöcken nächtigte, weil ihm der Heimweg zu lang und zu steil war, schlimme Kämpfe mit der Schwerkraft aus. Promillebedingt fiel ihm der aufrechte Gang ab den Mittagsstunden halt zunehmend schwerer. Dass er in diesem Zustand andere Glieder noch in eine aufrechte Position bekam, verwunderte die Dorfbewohner durchaus zu Recht. Immerhin hatte er sieben Kinder zustande gebracht, und die Gusti hielt ihm augenscheinlich noch die Treue.

»Ein bissl mulmig is mir jetzt eh«, gestand sie, ohne auf den gehässigen Ton Feichtingers einzugehen. »Aber was soll ich machen, das Leben is halt nicht immer nett zu uns Weiberleut, und der Franz braucht sein Essen auf dem Weinberg.«

»Aber geh, Gusti, dir will doch niemand Böses«, warf der Chef der Florianibrigade, der Pfnaderer Fred, ein und fügte noch leise hinzu, »ganz im Gegenteil.« Auch er hätte sich an der Birnstingl nur zu gerne die Finger verbrannt.

»Weiß man eigentlich, ob s' die Bibiana missbraucht auch habn?«, ergriff nun sogar der sonst eher schweigsame Fleischer das Wort. Da er mit dem neuen Leichenfund ausnahmsweise absolut nichts zu tun gehabt und die Dopplerin auch zu Lebzeiten weder geschäftlich noch privat mit ihm verkehrt hatte, fühlte er sich einigermaßen sicher vor den Zugriffen der Staatsgewalt. Das Ableben der Bibiana würde ihm niemand anhängen können. Weshalb er entspannt im lauschigen Gastgarten saß und ein Achterl nach dem andern kippte.

»Na, des weiß man noch nicht, aber angeblich schneiden s' die Puppn eh noch auf«, wusste der Hias zu berichten und verdarb den Anwesenden damit vorübergehend den Appetit.

»Goschn, oder ich dreh dich durch den Fleischwolf«, konterte der Bartl, dem das zwergwüchsige Gemeindefaktotum generell auf den Geist ging. Diese halbe Portion schnüffelte allem und jedem hinterher, steckte ihre Hakennase stets in fremde Angelegenheiten und besaß zudem einen dermaßen anzüglichen Blick, dass selbst der Fleischer einen gewissen Sicherheitsabstand wahrte. Gern hätte er diesem Kotzbrocken mal so richtig in die Eier getreten, aber sein Vorstrafenregister verbot ihm gewaltsame Annäherungen.

»Warum saufen zuerst zwei Mannsbilder ab, und dann bringt man ein Weiberleut um? Das macht doch keinen Sinn«, lenkte der Pimmelmoser Paul die Diskussion wieder in die richtige Richtung.

»Und wenn die Mannsbilder gar nicht abg'soffen sind?«, funkte der Hias erneut dazwischen. Er war noch immer Feuer und Flamme für seine Theorie vom Damischtaler Rächer.

»Der Ploderer und der Pfnatschbacher haben aber kein Loch im Kopf g'habt, und nackt sind s' auch nicht g'wesen«, warf der Pimmelmoser zum gefühlt hundertsten Mal ein und griff entnervt nach seinem Glas. Hatte sich diese Amtsratte von Hias erst einmal in irgendwas verbissen, dann ließ sie einfach nicht mehr locker. Man müsste fast mit Füßen nach ihr treten, fand auch der Pimmelmoser Paul, hielt sich aus Rücksicht auf seine Hanfplantage mitten im Kukuruzacker aber gleichfalls zurück. Besuch von der Polizei konnte er auf seinem Hof ebenso wenig brauchen wie eine Invasion des Maiswurzelbohrers. Beides schädigte die Ernte, der Hias hingegen nur seine Nerven.

»Vielleicht hat die Bibiana ja so eine neumodische Sextechnik probiert«, sinnierte der Feuerwehrmann, »was mit Lederpeitschen, Handschellen und Baumarktkabeln. Das finden ja heutzutag viele saugeil.«

»Geh, red doch net so einen Topfen z'samm«, widersprach der Feichtinger. »Meinst du wirklich, ausg'rechnet die Dopplerin, die schon ihre Krallen ausg'fahren hat, wenn man sie nur schief ang'schaut hat, hätt's gern g'habt, dass man sie an einen Baum kettet und ihr einen Ast auf den Schädel schlagt? Geh bitte.«

Nein, das war tatsächlich gänzlich unwahrscheinlich, befanden auch die anderen Diskutanten. Zudem war die Bibiana, wenn man den vielen Gerüchten Glauben schenkte, wirklich nur an zielstrebigen Spermien interessiert gewesen, nicht an kosmischen Orgasmen.

»Na ja, ein Verkehrsunfall hätt's aber schon sein können«, meinte auch der Kirchenwirt, der gerade eine dampfende Pfanne mit Sterzkoch auf den Tisch stellte.

»Mit Fahrerflucht«, fügte der Fleischer mit ungewohnter Geistesschärfe hinzu und erntete dafür allgemeines Gelächter.

Kurzfristig hob sich die doch eher bedrückte Stimmung zumindest hoch genug, um auf die Himmelfahrt der Bibiana anzustoßen. Wobei die meisten der Anwesenden der Ansicht waren, dass die Dopplerin eher ins Fegefeuer gehörte, aber sie wollten einer Toten nichts Schlechtes wünschen, so in aller Öffentlichkeit. Und solange keiner von ihnen ein Alibi besaß, war ohnedies Schweigen angesagt.

Dennoch hegten recht viele selbst jetzt noch einen tiefen Groll gegen Bibiana. Mit ihrem unbarmherzigen Adlerblick hatte sie ja in jeder Suppe ein Haar gefunden – und sich dann tagelang mit schriller Stimme darüber alteriert. Mal war der Schinken zu fett, mal der Topfen zu mager, mal waren die Leut zu distanziert und dann wieder zu aufdringlich gewesen. Recht hatte man es ihr jedenfalls nie machen können. Dennoch, irgendwie hatten ihre ständigen Dissonanzen zum dörflichen Geschehen dazugehört, so wie Graupelregen oder Wirtshausschlägereien. Letztere waren ja auch erfreulich unterhaltsam für all jene gewesen, die dabei kein blaues Auge davongetragen hatten. Insofern war nun mit einem beträchtlichen Anstieg von Frieden, Frust und Eierspeis zu rechnen. Zumindest langfristig gesehen. Kurzfristig sorgte die Vorstellung eines Triebtäters im Damischtal für ausreichend hohe Blutdruckwerte, vor allem unter den Frauen. Keine wollte gerne nackt und tot im Wasser liegen. Da standen sie doch lieber mit Kuchlschürze und fluchend am heimischen Herd, während sie die häuslichen Leidenschaften auf Sparflamme am Köcheln hielten. Das war immer noch besser, als für ein einziges Abenteuer mit dem Leben zu bezahlen.

Hoffentlich is sie wenigstens ’kommen, bevor sie ’gangen is, stellten die Frauen die erotische Kosten-Nutzen-Rechnung. Bibianas erotische Schleudergänge hatten doch alleine dem Zweck gedient, neues Leben zu schaffen, nicht, ihr eigenes zu vernichten.

Hoffentlich finden s’ den Verbrecher nicht so schnell, dachten hingegen die Männer, denn solange ein mörderischer Halunke die Gegend unsicher machte, würden ihre Weiber schön brav daheimbleiben und ihnen zumindest nach Einbruch der Dunkelheit beim Fernsehschlafen Gesellschaft leisten.

***

Corolianus Hafernas, der etwas verschrobene Pfarrer des Damischtals, rang derweil seit Stunden mit seiner pazifistischen Einstellung. Nächstenliebe war zwar ein grundlegendes göttliches Gebot, aber Gott hatte dieses ausgesprochen, ohne die eingetrocknete, moralinsaure Hermine Holzapfel gekannt zu haben. Welche bereits seit Stunden vor ihm saß, permanent in vergilbte Stofftaschentücher schniefte und sich weder durch salbungsvolle Reden noch Kannen mit Kamillentee beruhigen ließ.

»Ich habe gesündigt vor dem Herrn«, heulte sie in einem fort. »Ich habe gegen das fünfte Gebot verstoßen, und jetzt ist sie tot.«

Hafernas hatte nicht die geringste Ahnung, wovon die total verwirrte Hermine eigentlich sprach. Rufmord, der seiner Meinung nach Hermines Charakter entsprechen würde, war selbst nach kirchlichem Gesetz keine Straftat, und das Erschlagen von Stubenfliegen oder Stechmücken wurde nur in karmischen Religionen geahndet.

»Hermine«, begann er erneut mit engelsgleicher Stimme, »jetzt sag mir doch endlich, was eigentlich passiert ist. Die Güte des Herrn ist grenzenlos, wie du weißt, und meine Verschwiegenheit auch.«

Hermine sah den Seelsorger an wie ein waidwundes Reh und verschüttete schon wieder die Hälfte des heißen Kräutertees. Auf dem Fußboden hatten sich bereits mehrere Pfützen gebildet, was dem geistlichen Herrn genauso missfiel wie Hermines Gejammere.

Doch Hermine schüttelte nur bedrückt ihre grauen Lockenwicklerlöckchen und schnäuzte sich zum gefühlt zehntausendsten Mal in ihr Taschentuch.

Vorsichtig ergriff Hafernas ihre freie Hand und drückte sie

ein wenig, als würde er einer Sterbenden Trost spenden. »Du musst dein Gewissen erleichtern, dann wird der liebe Gott dir all deine Sünden vergeben«, säuselte er im Tonfall himmlischer Sphärenklänge und strich Hermine ganz kurz über ihr tränenbedecktes Antlitz.

Tatsächlich beruhigte sich die aufgelöste Betschwester so weit, dass sie zumindest ein paar verständliche Sätze hervorbrachte. Sie habe die Doppler Bibiana noch am Vorabend vor deren gewaltsamem Tod getroffen und ihr Tod und Teufel an den Hals gewünscht. Also, genau genommen habe sie dem Herrgott einen Jahresbedarf an Altarkerzen versprochen, sollte ihre Nachbarin endlich ins Gras beißen. Und dann sei diese Matratzenpendlerin noch in derselben Nacht gestorben. Es bestünde also kein Zweifel daran, dass sie, Hermine, sie getötet hatte. Mit bösen Blicken und ebensolchen Gedanken.

Nach diesem Geständnis brach sie erneut in Tränen aus.

Nun griff der Seelsorger sich selbst an den Kopf. Der Geist einer Frau war offensichtlich selbst in reifem Alter ähnlich unergründlich wie die Wege des Herrn. »Hermine, auch wenn in deinem Herzen eine böse Tücke saß, so hat diese nichts mit dem Mord an deiner Nachbarin zu tun«, suchte er sie zu trösten. »Gedanken können nicht töten, sonst wären wir alle doch längst ausgestorben.«

Misstrauisch blickte Hermine ihn an. »Aber im Schuldbekenntnis heißt es doch: ›Ich habe gesündigt in Gedanken, Worten und Werken‹, oder?«

»Gesündigt, ja, aber nicht getötet«, erwiderte der Pfarrer und seufzte. Wäre es möglich, durch Geisteskraft zu töten, dann säße auch die Hermine ihm längst nicht mehr gegenüber. Erschöpft griff er ein zweites Mal nach ihrer Hand. »Schau, du gehst jetzt nach Hause, betest fünfundzwanzig Schuldbekenntnisse und dreizehn Ave-Maria und denkst in Zukunft immer an das fünfte Buch Mose, Vers 15:9.«

»Fünftes Buch Mose, Vers 15:9?«, fragte die Untröstliche mit schwacher Stimme.

»›Hüte dich, dass nicht in deinem Herzen eine böse Tücke

sei‹«, klärte der Pfarrer sie auf, wobei ihm Jesus Sirach 33,29 in den Sinn kam: »Denn einem Müßigen fällt viel Schlechtigkeit ein.« Und die Hermine Holzapfel hatte eindeutig zu viel Zeit für Müßiggang.

Diese hatte ihr Haupt derweil reumütig gesenkt und starrte beschämt die feuchten Flecken auf dem Dielenboden an. »Ich werde Buße tun vor meinem Herrn, dem gütigen Vater«, murmelte die pensionierte Gottesanbeterin, »und nie wieder sündige Gedanken hegen.«

Ein hehrer Vorsatz, der auch den Priester beruhigte, denn Hermines unkeusche Gedanken ihm gegenüber betrachtete er gleichfalls mit zunehmender Sorge. Hafernas verkehrte ja schon seit Jahren ausschließlich in religiösen Gefilden, an weltlichen Gelüsten lag ihm überhaupt nichts mehr. Ganz im Unterschied zur heulenden Hermine. Die schien jenen längst vergangenen Zeiten, in denen sie sich beide der Unkeuschheit hingegeben hatten, immer noch nachzutrauern. Er hingegen genierte sich seit Jahren dafür und wollte nichts mehr davon wissen.

»Ganz recht, Hermine, keine sündigen Gedanken mehr, egal, worauf diese sich beziehen«, bestärkte er sie in ihrer Absicht, in Zukunft ausschließlich auf dem Pfad der Tugend zu wandeln. »Und dass du mir nicht die Altarkerzen vergisst, versprochen ist versprochen.« Er tätschelte der weinerlichen Gestalt aufmunternd die Schulter, geleitete sie erleichtert zur Tür und gab ihr noch ein rasches »Gott sei mit dir« mit auf den Heimweg.

***

Auch Inspektor Kapplhofer hegte zunehmend sündige Gedanken. Vier Stunden lang war er dem Auftrag van Trotts, die Daten aller am Bau Beschäftigten einzuholen, nachgekommen und fühlte sich nun, als hätte er den Mount Everest bezwungen. Er war völlig verschwitzt, seine Füße schmerzten, sein Magen knurrte, und sein Kopf tat weh. Dennoch gönnte ihm van Trott nicht die kleinste Verschnaufpause. Wie ein Tiger rannte der Kriminaler in Kapplhofers kleinem Dienstkabuff auf und ab, während der Inspektor reglos auf dem unbequemen Besucherstuhl saß.

»So, mein Lieber«, wandte sich der Polizeihauptmann mit vorgetäuschter Freundlichkeit nun an ihn, »das is ja beinahe flott gegangen.« Dabei bedachte er Kapplhofer mit einem abschätzigen Blick und legte die Stirn in derart tiefe Falten, dass er aussah wie ein verwelkter Salatkopf.

Der Inspektor zog den Bauch ein und schwieg.

»Da wir ohnedies noch die Ergebnisse der gerichtlichen Sektion abwarten müssen, können Sie sich derweil schon mal mit dem Privatleben der verblichenen Bibiana Doppler befassen.«

Kapplhofer sagte immer noch nichts, deutete aber ein vorsichtiges Nicken an, um zu zeigen, dass er verstanden hatte. Das Kartografieren von Bibianas Privatleben würde sich bestimmt in zwei oder drei Reinkarnationszyklen erledigen lassen.

»Und zuvor schreiben Sie mir bitte noch ein ordentliches Protokoll.«

Endlich erwachte der dienstliche Arbeitssklave aus seiner Demutshaltung und erwiderte: »Natürlich, Herr Hauptmann, mit dem allergrößten Vergnügen, ohne Fettränder und Kaffeeflecken und bis morgen zum ersten Hahnenschrei.«

Erstaunt blickte van Trott seinen Provinzadlatus an. Der Lahmarsch spuckte ja ganz neue Töne. So dienstbeflissen hatte er ihn noch nie erlebt. Da Ironie am Hauptmann allerdings so rückstandslos abprallte wie Wasser an gewachstem Autolack, hielt er den ungewohnten Arbeitseifer Kapplhofers letztlich für das Resultat seines eigenen pädagogischen Ausnahmetalents. Beinahe spürte er Anflüge von Zufriedenheit.

Der Inspektor nutzte diesen strategisch günstigen Moment, um sich rasch auf seine stinkenden Socken zu machen.

***

Eben erst waren die Bartensteins mit ihrem widerspenstigen Sohn aus Graz zurück, schon erreichte sie die Kunde vom Tod der Doppler Bibiana. Angereichert mit prickelnden Details und schauriger Finesse, war diese mörderische Neuigkeit das Erste, was sie auf dem Besucherparkplatz ihrer Herberge brühwarm serviert bekamen. Da die anderen Urlaubsgäste von Gustis aussichtsreicher Buschenschank die Hiobsbotschaft bereits Stunden zuvor vernommen hatten, herrschte auf dem sonst eher ruhigen Anwesen allgemeine Aufbruchsstimmung. Nur wenige wagten es, weiterhin an einem Ort zu verweilen, wo man Frauen nackt im Bach entsorgte. Vor allem keine weiblichen Gäste. Betrunkene Bauarbeiter oder Bankdirektoren, die berauscht für alle Ewigkeit baden gingen, kümmerten die Frauen eher wenig, aber bei ihresgleichen kannten sie kein Pardon. Wer wollte schon einem Lustmörder über den Weg laufen. Da riskierte man ja nicht nur sein Seelenheil, sondern auch die körperliche Unversehrtheit. Und konnte danach nicht einmal mehr »me too« schreien.

Also hatte das schwache Geschlecht mit maximaler Durchsetzungskraft auf einer unverzüglichen Abreise in sicherere Gefilde bestanden. Zurück blieben nur sportliche Junggesellengruppen, die statt auf weibliche Reize auf ihr Mountainbike setzten – die Gegend rund um Bremsnigg und Wadlpass war ideal für aussichtsreiche Ausflüge im Sattel –, sowie unsportliche Schluckspechte, die allein wegen der weinseligen Buschenschankstimmung hier urlaubten.

Alle anderen liefen hektisch um ihre Autos herum und suchten die letzten, eilig zusammengepackten Sachen mitsamt quengelnden Kindern, verängstigten Frauen und jaulenden Hunden zu verstauen. Ganz nach der Devise: »Rette sich, wer kann.«

Ein Motto, dem auch Rüdiger liebend gerne gefolgt wäre, denn aus Gründen der Sicherheit hatte er ja schon auf einem sofortigen Abbruch ihrer Ferien bestanden, als er noch gar nichts vom Mord an Bibiana wusste. Die Wunde am Kopf seines Sohnes war ihm besorgniserregend genug erschienen. Doch der sture Bengel hatte weder seine Ängste noch seine Aufbruchsstimmung geteilt. Und tat es nicht einmal jetzt, wo doch offensichtlich war, dass hier ein gemeingefährlicher Irrer sein Unwesen trieb, der Rüdigers Ansicht nach keinerlei geschlechtliche Präferenzen an den Tag legte. Kevin-Karl hatte schließlich gleichfalls eins auf den Schädel bekommen, und der Junge ähnelte aufgrund seiner mageren Statur eher einem Zaunpfahl als einer Frau. Dennoch hatte dieser Fratz zum Tod der aufgeputzten Einheimischen nichts zu sagen gewusst außer: »Mir doch schnuppe.«

Bereits der Weg vom Stammhirn zu den Stimmbändern war bei Bartenstein junior offenbar zu lang für verständliche Gedanken oder eine ebensolche Ausdrucksweise. Anders konnte Rüdiger sich das Verhalten seines beinahe erwachsenen Sprösslings nicht erklären, der sich beharrlich weigerte, dem damischen Tal wenigstens für ein paar Tage den Rücken zu kehren.

»*Cool down*, Paps, ich bleib hier«, erklärte er völlig unbewegt und zupfte sichtlich angeödet an der weißen Mullbinde herum, die sich gleich einem missglückten Turban um seinen Schädel schlang.

Rüdiger begann erstmals in seinem Leben, die Gründe für Kindsmord zu verstehen. »Da draußen läuft ein Wahnsinniger herum, du belämmerter Knallkopp. Du hast doch selbst 'nen Hieb abbekommen!«, brüllte er und ergriff seinen Sohn am dünnen Arm. »Wir fahren, und du kommst mit.«

»Ich bleib.« Kevin-Karl war weder durch Drohungen noch durch Dezibel zu überzeugen.

»Kevin, diesmal hat dein Vater ausnahmsweise recht. Hör bitte auf ihn, mir zuliebe, und pack deine Sachen.« Beispielgebend für die Königsklasse der Schmeichelpädagogik flötete Hildegund nahezu engelsgleich, um den Sohn zur Raison zu bringen. »Du bist doch ein kluger Junge«, sie entwand seinen Arm dem harten Zugriff des Vaters, »und kluge Jungs spielen nicht mit dem Tod. Sie –«

Weiter kam sie allerdings nicht, denn Rüdiger riss Arm und Wort erneut an sich und schrie: »Sie folgen ihren Eltern und halten die Klappe.« Er war kurz davor, zielgerichtete Handgreiflichkeiten als schlagende Argumente einzusetzen. Was seine Frau jedoch zu verhindern wusste.

»Mensch, Rüdiger, du hast doch 'nen Sprung in der Schüssel«, fuhr sie ihn an und schob Kevin-Karl aus der Gefahrenzone.

»Ach, nee, ich hab ’nen Sprung in der Schüssel, weil ich meinen einzigen Sohn vor einem Mörder retten will?« Er verfiel in hysterische Schnappatmung. »Du findest es also klasse, dass diese Pflaume sich blindlings in die Arme eines Totschlägers wirft?«

Darauf wusste seine Gattin nichts mehr zu sagen. Natürlich fand auch sie Kevin-Karls Verweigerungshaltung indiskutabel, um nicht zu sagen, völlig schwachsinnig, aber deshalb musste man doch nicht gleich selbst zum rabiaten Berserker werden. Gewalt war keine Lösung, davon war sie felsenfest überzeugt. Doch ihr Mann verfügte übcr keinerlei Selbstkontrolle, er verlor ja öfter seine Nerven als den Autoschlüssel. Natürlich konnte eine ungünstige Planetenkonstellation oder dieser kontinuierliche Überschuss an tierischen Fetten negative Auswirkungen auf das psychische Gleichgewicht haben, doch bestimmt nicht in diesem Ausmaß.

Der familiäre Schlagabtausch nahm jedenfalls kein rasches Ende. Und auch keine überraschende Wendung.

»Du fährst mit!«, brüllte Rüdiger.

»Ich bleib hier«, konterte Kevin-Karl.

»Mannomann«, seufzte Hildegund.

Der Anfang vom Ende

Genau eine Woche später saß Hauptmann van Trott zähnefletschend auf Kapplhofers ergonomisch geformten und weich gepolsterten Bürostuhl und fellationierte einen Bleistift. Wobei sein wütendes Geknabber schon an Vergewaltigung grenzte, denn mittlerweile hatte er vor lauter Wut bereits drei Schreibgeräte mittig entzweigebissen.

Der Inspektor balancierte ihm gegenüber auf dem altersschwachen Besucherstuhl, wischte unauffällig die Holzkrümel der Bleistiftreste vom Tisch und wagte kaum zu atmen. Es musste etwas ganz und gar Schreckliches geschehen sein, denn sein Vorgesetzter sah beinahe noch geknickter aus als die malträtierten Stifte. Bislang hatte er ihm weder böse Worte noch Aktennotizen an den Kopf geworfen, was schon fast beängstigend war.

Kapplhofer hatte in vorauseilendem Gehorsam bereits Schreibutensilien, Hefter, Locher und Stempelkissen bereitgelegt, aber noch schwieg van Trott verbissen vor sich hin.

Der Inspektor erwog gerade die Anschaffung neuer Bleistifte, als der Kriminalbeamte hörbar seufzte und nach einem Glas Wasser verlangte. Zumindest kam dadurch etwas Bewegung in das seltsame Stillleben mit Bleistift.

Hartmuth van Trott leerte das Glas in einem Zug. Er dürstete zwar eher nach Erkenntnis denn nach Wasser, aber vor lauter Denken hatte er schon einen ganz trockenen Hals gehabt. Die Lage war wirklich komplex, also eigentlich schon katastrophal.

Wieder einmal hatte also das weibliche Geschlecht den Ruin eines ganzen Landstrichs zu verantworten. Der Hauptmann war zutiefst davon überzeugt, dass selbst das sagenumwobene Atlantis seinen Untergang nur der holden Weiblichkeit verdankte. Wäre diese aufgetakelte Kuh daheimgeblieben, würde sie immer noch am Leben sein. Aber nein, im Zuge der sogenannten Emanzipation entfernten sich die Weiber immer weiter von Haus und Herd, was ihrer Gesundheit ganz offensichtlich nur wenig zuträglich war. Diese Bibiana Doppler war das beste Beispiel dafür. Statt ihrer hochhackigen Haxenbrecher, welche die Spurensicherung mitsamt der fehlenden Kleidung unter einem nahen Gebüsch gefunden hatte, hätte sie besser Schwimmflossen tragen sollen. Und eine Taucherausrüstung. Aber nun war sie tot und hatte ihm einen bedrohlich großen Berg an Arbeit hinterlassen. Die Vorstellung daran bescherte dem Hauptmann fast berufliche Höhenangst.

»Frauenbewegung ist Männersache, verstehen Sie«, fuhr er den Inspektor so unvermittelt an, dass dieser erschrocken aufsprang und die Hacken zusammenschlug.

Natürlich verstand Kapplhofer weder die Bemerkung noch die seltsamen Gesten, die der Hauptmann mit seinen Händen machte, nickte aber zustimmend.

»Das sollten sich diese depperten Weiber mal mit rotem Lippenstift auf ihren Schminkspiegel schreiben.« Ein weiterer Bleistift büßte seine Funktionstauglichkeit ein.

Der Inspektor nickte erneut. Wenn das so weiterging, würde er bald eine Großbestellung beim Büromaterialienversand aufgeben müssen. Oder einen Gänsekiel für seine Aktenvermerke verwenden, die waren elastischer.

Zumindest schien das knackende Geräusch berstender Bleistifte den Hauptmann etwas zu beruhigen, denn langsam nahm sein Gesicht wieder Farbe an.

»Soll ich den aktuellen Stand der Dinge gleich zu Protokoll bringen?«, bot Kapplhofer sich an und setzte eine bemüht konzentrierte Miene auf. Er musste das Ganze irgendwie beschleunigen, sonst würde er nicht nur das Mittagsmahl, sondern auch das Abendessen versäumen. Ein wenig erfreulicher Gedanke.

»Machen Sie das«, erwiderte der Hauptmann ohne seinen gewohnt scharfen Unterton. »Die Lage ist also die, dass die Doppler Bibiana nach eingehender Untersuchung von Gerichtsmedizin und Spurentechnik sowie nach DNA-Analyse ein echter Problemfall ist.«

Das ist sie auch schon zu Lebzeiten gewesen, dachte Kapplhofer, hielt aber den Mund.

»Das Weib ist sowohl ertrunken als auch erschlagen worden.

Genau genommen wurde ihr von unbekannter Hand ein einziger heftiger Schlag mit einem Stück Holz auf den Hinterkopf versetzt, was zu einer temporären Bewusstlosigkeit führte.«

Van Trott hielt kurz inne und warf einen raschen Blick auf die Mitschrift des Inspektors, fand allerdings keinerlei Fehler. Kapplhofer hatte sogar mitgedacht und »das Weib« durch den Namen der Toten ersetzt.

»Dann ist sie offenbar wieder aus ihrer Ohnmacht erwacht, und der Täter hat ihr den Kopf mit Gewalt unter Wasser gedrückt. Das geht eindeutig aus Hämatomen und Einblutungen im Nackenbereich hervor. Nachdem allerdings auch der Schlag auf den Hinterkopf aufgrund der tiefen Wunde und des damit verbundenen großen Blutverlustes als letal angesehen werden darf, wäre sie auch ohne erzwungenen Tauchgang verstorben.«

Das war zwar betrüblich, fand der Inspektor, schien ihm persönlich aber noch kein ausreichender Grund für die Leichenbittermiene des Kriminalers zu sein. Das schlimme Ende kam vermutlich noch.

Und als könnte der Hauptmann Gedanken lesen, fuhr er auch schon fort. »Allerdings«, suchend blickte er sich nach einem neuen Bleistift um, »fängt das Drama damit erst an.« Die Bibiana habe unmittelbar vor ihrem Exitus noch den Geschlechtsverkehr vollzogen, wovon Spermaspuren in der Vagina zeugten. Zudem sehe es ganz danach aus, als hätte sie sich freiwillig entblößt und hingegeben; zumindest seien keinerlei Spuren gewaltsamen Eindringens feststellbar gewesen. Abgesehen von dem Loch im Kopf und den Druckstellen im Nackenbereich weise auch nichts auf einen Abwehrkampf hin. Demnach habe es sich mit an Sicherheit grenzender Wahrscheinlichkeit um eine beidseitig gewollte und vorsätzlich herbeigeführte horizontale Kontaktaufnahme gehandelt.

Der Inspektor schrieb pflichtbewusst mit. Nur bei der »vorsätzlich herbeigeführten horizontalen Kontaktaufnahme« hielt er kurz inne, um nachzudenken, was darunter zu verstehen war. Schließlich schrieb er »Sex« in Klammern dazu.

Der Schlag auf den Hinterkopf hingegen sei bestimmt nicht

in beidseitigem Einvernehmen ausgeführt worden, mutmaßte der Hauptmann laut weiter. Eine Annahme, die der Inspektor voll und ganz teilte. »Aber das alles ist nebensächlich«, seufzte van Trott. »Die Crux der Causa liegt ganz woanders.«

Gespannt blickte Kapplhofer auf.

»An Kopf, Körper und Scheide der Toten fanden sich drei unterschiedliche DNA-Spuren. Drei! Stellen Sie sich das mal vor.«

Doch so weit reichte die Vorstellungskraft des biederen Polizisten nicht. Außer die Bibiana hätte an einer Orgie teilgenommen, was er für gänzlich unwahrscheinlich hielt. Drillinge hätte sie bestimmt nicht gewollt. Bedachte man, dass seine DNA und die des Bürgermeisters, die sie an den Beinen der Toten hinterlassen hatten, als sie sie aus dem Wasser zogen, noch nicht mal mit eingerechnet waren, war das eine beachtliche Zahl.

»Und das ist noch immer nicht alles.« Mittlerweile sah van Trott aus, als würde er gleich in Tränen ausbrechen. »Am Hinterkopf und im Gesicht, vor allem an den Lippen und im Rachenraum, wurden Spuren von Fußpilz festgestellt.«

»Sie meinen Scheidenpilz?«, wagte Kapplhofer einen Einwurf.

»Nein. Fußpilz.«

Eine Zeit lang schwiegen beide und gaben sich dem Kopfkino hin.

»Es fanden sich sogar zugehörige Gewebsspuren.«

»Ja?« Ziemlich rätselhaft, dachte Kapplhofer.

»Ja! Und zwar von einem sehr exklusiven, kurzfaserigen Gemisch aus Seide und Kaschmir. Stammt laut Analytiker am ehesten von Socken oder Stutzen.«

Nun mochte die Bandbreite erotischer Präferenzen durchaus riesig sein, aber vom Lustgewinn durch das Saugen an einer mit Tinea pedis infizierten Socke hatten beide Beamten noch nie gehört. In nahezu trauter Zweisamkeit kratzten sie sich gedankenverloren an den Köpfen.

»Ich habe das Gefühl, diese Ermittlungen führen entweder ins Nichts oder in den Wahnsinn«, gestand van Trott.

Kapplhofer horchte auf. Dass dieser Emotionsminimalist

anscheinend doch Gefühle hatte, erstaunte ihn kaum weniger als der mutmaßliche erotische Sockendreier. Beinahe tat ihm der großkopferte Grazer vom Landeskriminalamt leid. Das alles klang fürchterlich kompliziert und nach schrecklich viel Arbeit. Nur gut, dass van Trott das Amt des großen Vordenkers innehatte. So brauchte er sich wenigstens keine Gedanken zu machen, musste dafür aber die ganzen schweißtreibenden Handlangerdienste ausführen. »Was sollen wir jetzt machen?«, fragte er besorgt.

Eine nackte Bibiana, eindeutig ermordet und angegrapscht von drei verschiedenen Menschen beziehungsweise Männern, von denen einer teure Socken und Fußpilz hatte. Dazu zwei bekleidete Ertrunkene ohne jeden Hinweis auf ein Gewaltverbrechen. Und dann diese seltsame Beule am Kopf des deutschen Touristenjungen, über die er den Hauptmann bislang noch gar nicht informiert hatte – das klang absolut mysteriös und nach einem Minus von zehn Kilo für den Inspektor.

»Wir werden von allen verfügbaren Männern Fingerabdrücke und Speichelproben nehmen müssen. Zudem werfen wir einen vorsichtigen Blick auf deren Füße und nehmen einen Abstrich vom Zehenzwischenraum. Besorgen Sie schon mal Desinfektionsmittel, Gummihandschuhe und Wattestäbchen, Fußpilz ist sehr ansteckend.«

Der Inspektor wagte einen wohlüberlegten Einwurf. »Aber die Hackler tragen doch bestimmt keine Seidensocken. Und die Gfrettgstättener kennen so was gar nicht.«

Van Trott ließ den Einwurf nicht gelten. »Für so ein erotisches Stelldichein hätten s' aber welche ausleihen können, damit sie nicht gar zu dämlich aus der Wäsche schauen.«

Kapplhofer konnte sich beim besten Willen niemanden vorstellen, der Socken verlieh. Im Damischtal pflegte man Zuchtbullen, Mähdrescher oder Schnapskrüge auszuborgen, keine Unterbekleidung. Seiner Ansicht nach kamen Seidensocken bei den Bauarbeitern und Bauernschädeln ringsum ebenso selten vor wie Gummistiefel im Nobelpuff. Aber wenn der Herr Hauptmann meinte …

»Ich erwarte Sie morgen früh zur selben Zeit an selber Stelle. Bis dahin haben Sie mir alle Hackler vom Bau aufs Revier geladen. Und was den männlichen Rest der Provinzler hier betrifft, um den brauchen Sie sich nicht zu bemühen. Sechs eigens instruierte Zivilbeamte aus der Landeshauptstadt werden jedem zwischen fünfzehn und fünfundachtzig auf den Zahn beziehungsweise Zeh fühlen.«

Der Inspektor atmete erleichtert auf. Jemanden wie etwa den Bartl Mostburger dazu zu bewegen, sich seiner schweißigen Latschen zu entledigen, kam garantiert einem Himmelfahrtskommando gleich, ganz abgesehen von der olfaktorischen Extrembelastung. Außerdem würde sich ein Einheimischer nur unter Anwendung von Gewalt oder Androhung einer Organstrafverfügung zu einer derart demütigenden Handlung überwinden. Die städtischen Beamten würden sich bestimmt ein paar blaue Augen und so manche akute Nervenwurzelentzündung holen.

***

Seit Kevin-Karl mit der blonden Katharina zusammen war, hatte er sein Herz für den Lauf der Jahreszeiten entdeckt. Im Winter, wenn es draußen stürmte und schneite, zog er seinen bezopften Engel fest an sich und wärmte ihm die kalten Füße, im Sommer, wenn die Sonne heiß und hoch am Himmel stand, konnte er sich nicht sattsehen an der knappen Kleidung, was wiederum ihn erhitzte, vor allem im Lendenbereich. Keinem Wesen auf der ganzen weiten Welt fühlte der achtzehnjährige Junge sich so nahe wie seiner Kathi. Nicht auszudenken, würde diesem göttlichen Wesen auch nur ein einziges seiner gold glänzenden Haare gekrümmt. Ganz bestimmt ginge er umgehend an gebrochenem Herzen zugrunde. Kevin-Karl war derart verknallt in die sommersprossige Unschuld vom Lande, dass er es als primären Daseinsgrund ansah, sie vor bösen Buben mit noch böseren Absichten rund um die Uhr zu beschützen. Egal, ob diese ihr an die Wäsche oder gar an die Gurgel gehen wollten.

Dass er im Wald selbst recht unrühmlich zu Boden gegangen war, hatte er bereits erfolgreich verdrängt. In Wahrheit war er den Umständen, die ihm jene doch recht furchterregende Beule am Schädel eingebracht hatten, sogar dankbar. Seither betrachtete Kathi ihn mit gänzlich anderen Augen – voller Bewunderung. Er war zum heiligen Georg für ihren Privatgebrauch mutiert, jederzeit einsatzbereit, um seine zwar nicht mehr ganz jungfräuliche Prinzessin vor Drachen jeglicher Art zu erretten. Eine moralische Verpflichtung, die seine Erzeuger nie verstehen würden und vor der man nicht einfach davonrannte. Leider trug sein Vater ja nicht mal für seine Haare die Verantwortung, geschweige denn für das Wohlergehen eines Menschen. Fest stand, dass seine Eltern ihm mit ihrem doofen Gelaber und kindischen Gewimmer stündlich mehr auf den Keks gingen. Kevin-Karl dachte nicht daran, das Weite zu suchen, weder heute noch übermorgen, er würde so lange wie nur irgend möglich in der Nähe seiner Geliebten bleiben.

Und da die Ferienzeit erst begonnen hatte, blieben ihm noch mehr als fünf Wochen, in denen er als Kathis persönlicher Leibwächter agieren konnte. Erst im Spätsommer musste er zurück nach Deutschland, doch bis dahin hätte man diesen Wahnsinnigen bestimmt schon gefasst.

Kevin-Karl fürchtete also nicht im Geringsten um sein Leben, sondern um den Fortbestand seiner Beziehung. Um die zu retten, brächte er jedes Opfer. Angst verspürte er keine, weder vor Spaziergängen zur Dämmerstunde noch vor möglichen Angreifern. Der Junge war derart verliebt, dass ihm ein fetter Pickel im Gesicht mehr Sorgen bereitete als die Aussicht auf den Dritten Weltkrieg. Erblickte er frühmorgens einen dieser eiternden Protuberanzen auf seiner ansonsten glatten Stirn, verfiel er umgehend in Panik. Es war schon mühsam genug, sein krauses Haupthaar stundenlangen Stylingmanövern zu unterziehen, damit er nicht aussah wie Struwwelpeter. Aber wenn man in Liebe entflammt war, brannte das Fegefeuer der Eitelkeiten halt umso heißer.

Das Verhältnis zu seinen Eltern dagegen war derzeit merklich unterkühlt. Seit er Kathi zuliebe vegan lebte und seine fleischlichen Gelüste nur noch zwischen den Laken auslebte, strafte ihn sein Vater mit eisiger Geringschätzung. So als wäre der Verzehr von Eisbein, Schweinshaxe und Frikadellen in der Verfassung niedergeschrieben, und alle, die keine Lust auf totes Leben hatten, wären Weicheier und Warmduscher.

Sollte der Alte sich ruhig mit tierischen Fetten aller Art vollstopfen, seinen Cholesterinwert in ungesunde Höhen treiben und sich ins Jenseits sofadisieren, aber ihm doch bitte nicht auf den gesunden Geist gehen. Ein Teilzeittarzan als Erzeuger war peinlich genug. Seine Mutter stand zwar hinter ihm und verteidigte ihn, aber nicht, weil sie seine Beweggründe verstand, sondern weil sie ihn nach wie vor als Kleinkind betrachtete, das sich nicht mal selbst die Schnürsenkel binden konnte. Dennoch hatte er es ihrer belämmerten Fürsorge zu verdanken, dass sie letztlich nicht abgereist waren.

»Ich lass doch mein einziges Kind nicht alleine hier zurück«, hatte sie hysterisch aufgejault, während sein Vater den Inhalt sämtlicher Schränke auf den Boden fegte, um das sonst recht langwierige Kofferpacken zu beschleunigen.

Dabei wäre Kevin-Karl gerne alleine zurückgeblieben. Er war gerade volljährig geworden, also der Kindheit entwachsen, und an Mutters Rockzipfel hing er schon seit Jahren nicht mehr, nur an Kathis Bikini-Oberteil. Außerdem war er bei der Birnstingl Gusti, der Zimmerwirtin, gut aufgehoben. Die nahm sogar Rücksicht auf seine neuen Ernährungsgewohnheiten, auch wenn sie außer Käferbohnensalat mit Kernöl, Kartoffelsalat mit Kernöl und Krautstrudel mit Kernöl wenig zustande brachte. Nur einmal, da hatte sie eine wirklich geile Brühe serviert, irgendwas mit Soja, Tofu und Pilzen. Das Rezept habe sie einem Kochbuch für pflanzliche Kost entnommen und extra für ihn gemacht, hatte sie ihm gestanden. Es war total lecker gewesen, auch wenn sein Vater sofort von grässlicher Plörre gesprochen hatte, die in Aussehen und Geschmack an pürierten Kompost erinnerte. Er musste einem halt immer den Appetit verderben. Umso mehr freute es Kevin-Karl, dass letztlich er seinem Alten die Suppe versalzen und dessen Abreiseversuch zum Scheitern gebracht hatte. Auch wenn das nur wegen der ausgeprägten Schutzinstinkte seiner Mutter geklappt hatte, hatte Bartenstein senior die familiäre Aberkennung seiner Autorität noch weniger gefallen als besagtes veganes Süppchen.

Kevin-Karl jedoch jubilierte. Fortan konnte er sich jeden Tag mittags und abends mit der Kathi treffen und in einem kontinuierlichen sentimentalen Ausnahmezustand schwelgen, der nach wie vor mit weichen Knien und Herzrhythmusstörungen einherging. In fünf Tagen hatte seine Liebste zudem Geburtstag, dafür musste er sich etwas ganz Besonderes einfallen lassen. Gfrettgstätten im Damischtal, ein Kuhkaff erster Güteklasse, bot anspruchsvollen Shoppingfreunden allerdings keinerlei Auswahl, sah man von Baumscheren, Euterfett, Gummistiefeln und Schweinemastfutter ab. Und der dörfliche Greißler führte zwar gefühlte zwanzig Sorten Käse, dazu Kohlköpfe, Krautköpfe, Salatköpfe und Strickzeug, Mengen an heimischen Schmankerln wie Kürbiskerne, Kürbischutney, Kürbiskuchen, Kürbispesto und Kürbiskonfitüre, aber da Kathis Familie eine Landwirtschaft betrieb und mehr Plutzer als Kohle besaß, konnte Kevin-Karl seinem Augenstern nichts dergleichen schenken. Er hatte schon an ausgefallenen Schmuck gedacht, Ohrringe etwa oder eine glänzende Kette, und dazu die neueste CD der Architects, aber im Epizentrum des volksdümmlichen Geschrammels galt jede Musik als unerhört, die ohne Ziehharmonika und Flügelhorn auskam. Der Junge war also schlichtweg überfragt, denn Kathis siebzehnter Schlüpftag erforderte großzügige wie feierliche Maßnahmen. Die Musik könnte er zur Not ja noch online bestellen, in der Hoffnung, dass der Postfuchs sich einigermaßen regelmäßig hierher verirrte, aber der Rest stellte sich schon schwieriger dar. Am besten, er fuhr mit Kathi mal gemeinsam in die Stadt und lud sie zu einem Einkaufsbummel ein. Irgendeine Mitfahrgelegenheit würde sich bestimmt finden lassen. In jedem Fall aber würde er sie so richtig romantisch bekochen, mindestens drei Gänge, natürlich ausschließlich vegan, mit Liebe zubereitet, mit Leidenschaft und weißen Lilien serviert. Die dafür nötigen Rezepte könnte ihm bestimmt die Birnstingl Gusti liefern, denn die sammelte Kochbücher, hatte sie ihm einmal erzählt. Wegen der Wirtschaft und den Kindern fehle es ihr nur leider an der Zeit, alle Gerichte mal auszuprobieren.

Im Geiste sah Kevin-Karl sich bereits als neuen Attila Hildmann. Angeblich waren kochende Männer bei Frauen ja äußerst begehrt, und er hatte vor, eine perfekte Kombination aus raffinierten kulinarischen Reizen, gesunden Zutaten und erotischem Beigeschmack zu kreieren. Beim Gedanken an diesen unvergesslichen Abend lief ihm bereits jetzt das Wasser im Mund zusammen. Und zum süßen Dessert würde es Heiße Liebe geben, mit Himbeeren, Schokosoße und ganz viel Zärtlichkeit.

Inspektor Kapplhofers Erleuchtung

Während Kevin-Karl Bartenstein also von heißer Liebe träumte und die dörflichen Meinungsmacher hitzige Debatten über den Tod der Gfrettgstättener Luxuszicke ausfochten, verspürte Polizeihauptmann Hartmuth van Trott eine dermaßen kalte Wut, dass er die Erderwärmung im Alleingang um einige Grad hätte eindämmen können. Bereits um sechs Uhr morgens hatte er Inspektor Kapplhofer sowie allen Hacklern am Bau ein echtes Morgengrauen verschafft, indem er sie ab diesem Zeitpunkt auf dem wenig einladenden Polizeirevier vernommen hatte. Wobei »vernehmen« vielleicht nicht der passende Ausdruck für die doch recht kariöse Kommunikation mit Baggerfahrern, Baumfällern und Planierraupenführern war. Einzig der ungarische Polier hatte sich einigermaßen verständlich auszudrücken vermocht, dem Hauptmann die Geschichte des Leichenfundes mit den zwei angeheuerten Studenten bestätigt und anschließend als Dolmetscher für das doch recht unübliche Ansinnen der österreichischen Exekutive fungiert.

Den exakt sieben Männern Fingerabdrücke und Speichelproben abzunehmen erforderte bereits ein gehöriges Maß an subtiler Gewaltandrohung, aber dass die Arbeiter dann auch noch ihre Sicherheitsschuhe und Socken ausziehen sollten, stieß auf gar kein Verständnis. Zoltán, der Polier, hatte ihnen auf eigenes Risiko, also ohne vorherige Rücksprache mit der Geschäftsleitung, einen halben Tag bezahlten Urlaub versprechen müssen, damit sie endlich ihre Füße herzeigten. Ergebnis: Die meisten trugen verschwitzte Frotteesocken in der Lochvariante und besaßen Schwielen, Kratzer, Hornhaut und dreckige Fußnägel mit entsprechender Geruchsentwicklung, aber kein einziger Fuß sah nach Fußpilz aus.

Vor dieser Ansammlung an wütenden Männern musste Kapplhofer also knien und mit einem Wattestäbchen zwischen deren Zehen herumstochern. Anschließend steckte er jedes Stäbchen in einen sterilen Plastikbeutel, verschloss diesen ordnungsgemäß und beschriftete ihn mit großen Druckbuchstaben.

Selten hatte der Inspektor sich so gedemütigt gefühlt. Was hätte er nun für ein paar gestohlene Rosenkugeln gegeben. Oder für einen Einbruch im Eisschützenhaus. Sein einziger Trost waren die sechs aus der Landeshauptstadt angereisten Beamten, die das gleiche Prozedere mit den Einheimischen durchlaufen mussten. Und dabei vermutlich weitaus Schlimmerem als üblen Gerüchen ausgesetzt waren.

Es ging bereits auf die Mittagsstunde zu, als Kapplhofer unter dem strengen Blick des Hauptmanns endlich das letzte Wattestäbchen verpackt hatte und alles zusammen in die große braune Tüte fallen ließ, die van Trott später eigenhändig ins Labor bringen würde.

Wobei der Inspektor aus ganzem Herzen und mit leerem Magen hoffte, dass »später« recht früh sein würde, denn sein kalorischer Grundbedarf war bislang nicht einmal im Ansatz gedeckt. Wenn das in diesem Tempo weiterging, würde er bald auch an einem Bleistift knabbern müssen.

***

Danach geschah einen Tag lang ausnahmsweise mal gar nichts, und stimmungsmäßig stellte sich ein kleines Zwischenhoch ein. Zumindest für Inspektor Kapplhofer, der zum ersten Mal seit Tagen seine gewohnten Essens- und Ruhezeiten einhalten konnte. Van Trott hatte sich mit Speichelproben, Fingerabdrücken, Wattestäbchen und einer Mordswut im Bauch nach Graz aufgemacht, um so rasch wie möglich im Besitz von verwertbaren Ergebnissen zu sein, die Bauarbeiten waren bis auf eine Rodung flussabwärts vorübergehend eingestellt worden, und die drei Bartensteins gingen getrennte Wege, wobei eigentlich nur Hildegund und Kevin-Karl wirklich unterwegs waren. Rüdiger lag auf dem Sofa, stopfte Schinkenflecker in sich hinein und grollte.

Kurz gesagt, das Leben verlief erneut in gewohnt gemächlichen Bahnen. Die Plutzerbauern stiefelten auf den Kürbisäckern herum, die Winzer werkelten im Weinberg, und die

Tachinierer tachinierten. Und während der Bartl endlich wieder den Rüssel einer Sau lang zog, um diese ordnungsgemäß zu verwurschten, studierte die Blechbläsercombo ein paar dröhnende Trauermärsche ein, um für die Beisetzung Bibianas akustisch gerüstet zu sein. Danach würde es still um die verflossene Dorfschönheit werden. Echte Tränen weinte ihr kaum jemand nach, nur die verwaisten Orchideen ließen die Köpfe hängen.

***

Leider besaß auch der unaufregendste Tag nur vierundzwanzig Stunden. Und die gingen mit einem Schlag – in Kapplhofers Fall dem einer laut zufallenden Tür – zu Ende. Hauptmann van Trott donnerte ins Büro wie ein wandelndes Katastrophengebiet. Die Ruhe vor dem Sturm war definitiv vorüber.

»Setzen Sie sich«, herrschte er den Inspektor an, der gerade am einzigen Fenster des dunklen Kabuffs stand und eine verkümmerte Topfpflanze goss. Vor sieben Jahren hatte man zum Zwecke der Kosteneinsparung das Damischtaler Polizeirevier in den ehemaligen Lagerraum der Post verlegt. Die Mietausgaben, die die Behörde seitdem sparte, wurden durch eine zehnfach erhöhte Stromrechnung allerdings wieder wettgemacht. In einer Dunkelkammer bedurfte es zur Erleuchtung rund um die Uhr künstlichen Lichts. Das, was durch die winzig kleine Öffnung zum Hinterhof fiel, reichte selbst der mickrigen Topfpflanze nur zum Dahinvegetieren.

Kaum hatte sich Kapplhofer vorsichtig auf dem unbequemen Besucherstuhl niedergelassen – der Hauptmann hatte sich ja wie stets seinen ergonomisch geformten und weich gepolsterten Bürostuhl unter den Arsch gerissen –, polterte van Trott los.

»Schauen Sie sich das an!« Er zog einen dicken Stapel Papier aus seiner schwarzen Aktentasche und schob sie Kapplhofer zu.

Zögernd, als würde es sich um ein hochexplosives Gemisch handeln, langte der Inspektor nach den Unterlagen und sah

Blatt für Blatt durch. Eine Gebrauchsanweisung für solarzellenbetriebene Massenspektrometer auf Klingonisch hätte ihn nicht mehr verwirren können. Der ganze Packen Papier, offenbar die rechtsmedizinische Expertise mitsamt kriminalbiologischen Laborergebnissen, bestand größtenteils aus seitenlangen Zahlen- und Zeichencodes. D13S317, D3S1358, D21S11, D18S51, D5S818, D7S820, D16S539, D2S1338, D19S433, CSF1PO und so weiter und so fort. Von Restriktionsenzymen las er da, von den Basenfolgen der STR, molekularen Strukturen und seltsamen Allelcocktails, die vermutlich nichts mit Alkohol zu tun hatten. Obwohl Kapplhofer das Ganze an Strichcodes erinnerte, die er nur von der Supermarktkasse her kannte, hielt er offenbar gerade die Ergebnisse der genetischen Fingerabdrücke in Händen. Jedem dieser Blätter war zudem ein Ausdruck beigefügt, auf dem fett und kursiv »Befund negativ« stand.

»Und? Was sagen Sie dazu?«, wollte der Hauptmann nun wissen, kaum hatte der Inspektor den letzten Bogen zuoberst auf den Stapel zurückgelegt.

Kapplhofer, der nicht die geringste Ahnung von Molekularbiologie hatte, schluckte. Ihm fehlten in jeder Hinsicht die Worte. Nie zuvor hatte van Trott ihn nach seiner Meinung gefragt. Und nun, wo der Mann vom Landeskriminalamt seinen Sklaven vom Dienst erstmals als denkendes Wesen wahrzunehmen schien, musste es ausgerechnet um eine Stellungnahme zu biochemischen Vorgängen gehen.

»Das schaut nicht gut aus«, versuchte der Inspektor es mit einer Floskel, die seiner Ansicht nach nie verkehrt war. »Gar nicht gut.« Dazu setzte er einen besonders besorgten Gesichtsausdruck auf.

»Das sehe ich auch so«, erwiderte van Trott und blickte sich suchend um.

Rasch griff Kapplhofer in ein Plastiksackerl, zog einen nagelneuen Bleistift heraus und schob diesen über den Tisch. Er hatte gut daran getan, in weiser Voraussicht einen neuen Vorrat an Schreib- beziehungsweise Kaugeräten anzulegen. Besser, der Hauptmann biss sich an einem Stift die Zähne aus als an diesem

Fall, denn Zweiteres würde weitaus schlimmere Konsequenzen nach sich ziehen.

Ein paar Minuten lang war nur das Geräusch von auf Holz schabenden Zähnen zu hören, dann richtete der Hauptmann gleich ein zweites, nie zuvor da gewesenes Ansinnen an den Inspektor. »Haben Sie Tee?«

Kapplhofer nickte. Irgendwo zwischen verstaubten Akten, modrigen Stempelkissen und einem alten Blechhäferl, in dem er Sicherheitsnadeln, Büroklammern und bestimmungslose Kleinteile aufbewahrte, hatte er unlängst erst ein paar Teebeutel dubioser Provenienz gesehen. Abwarten und Tee trinken, das war gar keine so dumme Idee. Jedenfalls weitaus besser als die schweißtreibende Hektik, die der Hauptmann sonst verbreitete.

Kapplhofer schaltete den Wasserkocher an und brühte Kamillentee auf. Beruhigend und schlaffördernd, so hatte es auf dem Beutel gestanden. Eine sehr gute Wahl, fand der Inspektor.

Während van Trott an dem heißen Getränk nippte, sah Kapplhofer erneut die Unterlagen durch. Er verstand zwar nach wie vor nahezu nichts von all diesen wissenschaftlichen Ausdrücken, aber wenn er die sauertöpfische Miene des Hauptmanns mit berücksichtigte, war das Ergebnis aller an Bibianas Körper analysierten Spuren wohl in jeder Hinsicht sehr negativ ausgefallen.

Van Trott schien das ähnlich zu empfinden, denn er meinte plötzlich: »Dieser Mord ist des Teufels Werk, davon bin ich langsam überzeugt. Das Ganze ist zum Aus-der-Haut-Fahren.« Was der Hauptmann zum großen Bedauern des Inspektors allerdings nicht tat. Stattdessen blieb er unbewegt auf dem gemütlichen Bürostuhl kleben. »Nahezu alle Proben wurden in Windeseile ausgewertet, mit den Spuren vom Tatort abgeglichen, in die Datenbank eingespeist und zwei Mal auf mögliche Fehlerquellen untersucht.« Er nahm einen großen Schluck Tee. »Ergebnis: Nichts. Nulla. *Nada.*« Van Trott fuhr fort, den Befund im Detail zu erläutern. Aus der DNA-Analyse war eindeutig hervorgegangen, dass keiner der über hundert untersuchten Männer mit der Verstorbenen Körperkontakt gehabt hatte oder an Fußpilz litt. Zwar hatten viele der Gfrettgstättener und Plutzenberger Bauern eitrige Hühneraugen und zentimeterdicke Hornhautwucherungen unter den selbst gestrickten Wollsocken zu verbergen versucht, aber das war nur unappetitlich, keinesfalls verdächtig. Ein gewisser Dr. Siegbert Seidenbart, der im Übrigen als Einziger im ganzen Tal drei Dutzend Socken und Strümpfe aus feinstem Gewebe besaß, hatte der Polizei sogar mit der Polizei gedroht, so empört war er über den unerwarteten Hausbesuch gewesen, doch auch er kam als Täter zweifelsfrei nicht in Frage. Nicht einmal der Mostburger Bartl, der bevorzugte Sündenbock des Hauptmanns, hatte den geringsten Grund für eine Verdächtigung geliefert. Ungeachtet seiner doch eher rudimentären Körperpflege hatte der Fleischer zwar mit Schuppenflechte und zwei eingewachsenen Zehennägeln aufwarten können, aber gleichfalls mit keinem Pilzbefall. Weiters hatten die genetischen Fingerabdrücke viel über den Konsum von Amphetaminen unter den Bauarbeitern sowie einen beinahe flächendeckend erhöhten Promillespiegel unter den Damischtalern verraten, doch damit müsste sich das Drogendezernat beziehungsweise die Krankenversicherungsanstalt befassen, für Morduntersuchungen waren solche Erkenntnisse irrelevant.

»Es kann also nur ein bessergestellter Durchreisender gewesen sein«, sinnierte der Inspektor. »Einer, der gekommen ist, um zu kommen, und dann gleich wieder abgefahren ist. Und der reich genug war, um Seidensocken zu besitzen.«

Van Trott schüttelte zweifelnd den Kopf. »Einer allein kann es nicht gewesen sein. Es fanden sich ja drei verschiedene DNA-Spuren auf der Haut des Opfers.«

»Na, vielleicht hat die edle Tr... ähem, also das Opfer«, beinahe hätte der Inspektor »Trutschn« gesagt, »kurz hintereinander mit drei verschiedenen Männern verkehrt.« Doch dieses Erklärungsmodell überzeugte selbst Kapplhofer nicht ganz. Immerhin hätte das für die Bibiana einerseits Schichtbetrieb bedeutet, andererseits müssten ihr dazu gleich drei ihrem anspruchsvollen Kriterienkatalog für potenzielle Besamer genügende Männer über den Weg gelaufen sein, was der Inspektor für noch unwahrscheinlicher hielt. Seit Baubeginn verkehrten die Tagestouristen nur noch sporadisch und meist nur wegen Irreführung durch ihr Navigationssystem im Damischtal.

»Vielleicht«, entgegnete der Hauptmann wenig überzeugt und wandte sich erneut einem Bleistift zu.

Sogar Rüdiger Bartenstein hatte man zwecks Speichel- und Gewebeprobe aufgesucht, aber gleichfalls ohne Erfolg. Die in bester Piefke-Tradition weiß besockten Füße in den Birkenstocksandalen hatten zwar für allgemeine Erheiterung gesorgt, für mehr aber auch nicht. Und dessen Sohn hatte sich zum Zeitpunkt der Tat im Landeskrankenhaus Graz befunden und schied somit als Verdächtiger schon a priori aus.

»Saudumm, das Ganze«, murmelte der Inspektor.

»Unverständlich, absolut unverständlich«, meinte der Hauptmann. Da war dieser Landstrich fernab jeglicher Zivilisation bestimmt österreichweit führend, was Leberzirrhosen, Fettleibigkeit, präsenile Demenz und Nasenhaarwuchs betraf, aber alle, absolut alle schienen sie auf gesundem Fuß zu leben.

Komplikationsverschärfend kam außerdem dazu, dass sich die Pilzsporen um beziehungsweise in der Mundhöhle der Toten sowie der Wunde am Hinterkopf befanden, aber nicht am Scheideneingang. Der Befruchter war demnach nicht identisch mit dem Sockenträger. Zudem musste auch noch ein dritter Mann seine Finger mit im teuflischen Spiel gehabt haben, wenngleich nicht an erotisch prominenten Stellen.

Van Trott seufzte. Dieses Tal glich immer mehr dem Vorhof zur Hölle. Still und leise sandte er ein Stoßgebet zum Himmel. Er war zwar keinesfalls religiös, da er nur ungern zu anderen aufsah, aber einen anderen Ansprechpartner, der ihm in dieser Sache noch helfen konnte, gab es nicht. Irgendein Fingerzeig Gottes, ein klitzekleiner Wink, was den wahren Tathergang betraf, ein mikroskopisch winziges Indiz, was ihn auf den richtigen Weg bringen würde, damit wäre ihm bereits sehr geholfen. Es brauchte beileibe kein echtes Wunder oder gar eine Auferstehung der Toten zu sein.

Und das kleine Wunder für den Dienstgebrauch geschah.

Während der Hauptmann resigniert in die leere Teetasse starrte, schoss dem Inspektor ein Geistesblitz ein.

»Ich hab's«, brüllte er, sprang auf und begann, im Archivschrank zu wühlen.

Überrascht sah der Hauptmann auf. Kapplhofers Bewegungsenergie hatte etwas Bedrohliches an sich.

Wie besessen schleuderte der Inspektor einen Ordner nach dem anderen zu Boden. »Verdammtes Glumpert, es muss doch irgendwo hier drin sein«, fluchte er ein ums andere Mal.

Van Trott litt unter einem beträchtlichen Entscheidungsnotstand. Sollte er diesem Provinztrottel gehörig die Leviten lesen, was den Umgang mit behördlichen Unterlagen betraf, oder war das nun der ersehnte Fingerzeig des Himmels? Der Hauptmann beschloss, zumindest noch bis fünfzig zu zählen, bevor er in irgendeiner Weise einschreiten würde.

Als er bei dreiundvierzig angelangt war, schrie der Inspektor: »Da isses, ich hab's ja gewusst!« Mit triumphierender Gestik hielt er seinem Vorgesetzten eine mittig aufgeschlagene Akte vor die Nase. »Dort, links unten, da steht es, lesen Sie selbst«, keuchte er atemlos.

Und der Hauptmann las. Nur ein ganz kurzer Vermerk in Kapplhofers ungelenker Handschrift stand dort, doch die beiläufige Anmerkung änderte alles, was sich als sehr gut für den Fall und sehr schlecht für den Hauptmann herausstellen sollte.

»Die Kleidungsstücke des tot aufgefundenen Willibald Pfnatschbacher (Anzugjacke von Armani, grau meliert, Konfektionsgröße 56, Anzughose von Armani, grau meliert, Konfektionsgröße 56, weißes, langärmeliges Hemd von Sir Charles, Konfektionsgröße XXL, zwei vergoldete Manschettenknöpfe ohne Fabrikationshinweis, dunkelgraue Boxershorts aus Baumwolle mit abgetrenntem Wäscheetikett sowie eine schwarze Socke Größe 45 aus Seide-Kaschmirfaser, gleichfalls Armani) wurden seiner geschiedenen Frau, Gerlinde Pfnatschbacher, wohnhaft in Plutzenberg, Schilcherweg 7, zusammen mit Überführungsbewilligung, Einsargungsgenehmigung und Todesbescheinigung von Amts wegen ausgehändigt.«

Nie hätte der Hauptmann gedacht, dass ihm ausgerechnet eine Single-Socke die schlimmste Schlappe seiner Polizeikarriere bescheren würde. »Aber, aber dieser Bankenheini ist doch lange vor der Ermordeten verstorben«, wisperte er, »das geht doch gar nicht.«

»Natürlich kann der Willibald der Bibiana nicht an die Wäsch gegangen sein«, erwiderte Kapplhofer, »aber seine Socke. Also, die andere.«

Unvermittelt hatte der Inspektor van Trott ermittlungstechnisch überholt, ihn nahezu in den Schatten gestellt. Diese Demütigung traf den Hauptmann schlimmer als zwanzig Jahre Impotenz.

»Mir haben ja immer geglaubt, dass der Willibald schon besoffen außer Haus gegangen ist und sich nur eine Socke angezogen hat«, fuhr der Inspektor in seinen Ausführungen fort, »aber was, wenn er eh zwei Socken angehabt hat und eine davon erst am Bach ausgezogen hat?«

»Aber warum in aller Welt hätt er sich am Fluss einer Socke entledigen wollen?«, warf der Hauptmann ein.

»Das weiß ich allerdings auch nicht. Vielleicht hat er ja Flaschendrehen gespielt.« Kapplhofer überlegte einen Moment, sah dann aber selbst die Absurdität dieser Hypothese ein. Der Bankdirektor in Armani-Klamotten und geselliger Runde, der auf dem dreckigen Uferstreifen dümmliche Kindergartenspiele spielte, nein, das ginge nicht einmal mehr als Fake News des »Damischtaler Tagblatts« durch. »Aber wir sollten die Gerli nach der Socke fragen, oder?«, wandte er sich nun an den Hauptmann.

Die Rangordnung relativierte sich wieder etwas zugunsten van Trotts, dem allerdings sehr wenig an dieser ermittlungstechnischen Sockenprobe lag. Immerhin könnte eine solche im positiven Fall beziehungsweise unter widrigen Umständen bis zur Exhumierung des toten Bankdirektors führen, dem Todesurteil für seine Karriere. Schließlich war er, Hauptmann Harthmuth van Trott, es gewesen, der Kapplhofers komisches Gefühl damals in den Wind geschlagen und keine Veranlassung zu einer ordnungsgemäß durchgeführten Autopsie gesehen hatte. Auf seine, und leider ausschließlich seine, Veranlassung hin hatte der Gerichtsmediziner nach einer oberflächlichen Untersuchung Tod durch Ertrinken und unter Alkoholeinfluss festgestellt, ihn aber noch explizit gefragt, ob der Körper aufgeschnitten werden sollte oder nicht. Van Trott hatte verneint, sogar auf weitere Blut- und Gewebeanalysen verzichtet und den Toten anstandslos zur Beisetzung freigegeben. Nun kompostierte der Bankdirektor seit fast einer Woche vor sich hin, und er würde den Scherm aufhaben, sollte dieser Idiot doch nicht aus freiwilligen Stücken untergegangen sein.

Eine Horrorvision. Am liebsten hätte der Hauptmann diese unglückselige Stelle im Protokoll eigenhändig gestrichen. Warum nur hatte dieser Pleampel von Inspektor diesmal tatsächlich alles penibelst vermerkt, wo er doch sonst jeden zweiten Satz verschlampte? Ein wenig von dessen sonst recht ausgeprägter selektiver Vergesslichkeit wäre ihm jetzt äußerst gelegen gekommen.

Nun konnte der Hauptmann nur noch hoffen, dass die Frau den Kleidersack ihres geschiedenen Gatten in den Altkleidercontainer gestopft hatte und sich dessen Inhalt bereits auf hoher See Richtung Afrika befand.

Doch das Schicksal meinte es gar nicht gut mit van Trott.

Klar habe sie die Fetzen vom Willi noch, erklärte Gerlinde Pfnatschbacher dem Inspektor am Telefon, sie habe den Sack ungeöffnet in dessen Wohnung gestellt und bisher nicht mehr danach gesehen. Solange die Verlassenschaftsverhandlungen noch am Laufen seien, mache eine Entrümpelung seiner Räumlichkeiten ja eh keinen Sinn. Aber wenn die Polizei darauf bestünde, weil das wäre dann eh ganz legal, dann könnten sie den Sack gern wieder mitnehmen. Sie habe ja die Schlüssel zur Wohnung. Warum kämen sie nicht einfach gleich vorbei?

Das war ja reibungslos und flott gegangen, freute sich der Inspektor, während der Hauptmann immer stärker auf einen blitzartigen Meteoriteneinschlag oder eine Brandbombe hoffte. Natürlich bestand auch die Möglichkeit, dass die Seide-Kaschmirsocke absolut nichts mit dem Mord an Bibiana Doppler zu tun hatte, aber ihr Auftauchen war halt schon verdächtig. Van Trott suchte sich mit dem Gedanken zu beruhigen, dass auch der dörfliche Kurpfuscher edles Material an den Zehen trug und dennoch frei von jeder Schuld war, sah man von überzogener Eitelkeit und Kaufsucht einmal ab.

»Sammas, dann pack mas«, sagte Kapplhofer mit ungeahnter Entschlussfreudigkeit und sah seinen Vorgesetzten erwartungsvoll an.

Der konnte die Freude des Inspektors zwar nicht teilen, fand auf die Schnelle aber auch keinen Grund, der gegen einen Aufbruch sprach. Zudem könnte er die ungute Sache nur dann noch irgendwie zu seinem Vorteil wenden, wenn er selbst mit vor Ort war. Also griff er nach dem Schlüssel seines Dienstwagens und erhob sich.

Auf dem Weg nach Plutzenberg in die Zinsgasse sprachen die Beamten kaum miteinander. Der Inspektor ging alle möglichen Szenarien durch, die jemanden wie Willibald Pfnatschbacher dazu bewogen haben mochten, mitten in der Nacht zum Fluss zu hatschen und dort eine Socke auszuziehen. Der Hauptmann hingegen benötigte seine ganze Konzentration, um nicht von der Straße abzukommen, weil er nur an Exhumierungen dachte.

Als sie nach nicht einmal zwanzig Minuten vor dem einstigen Wohnsitz des Bankdirektors eintrafen, wartete dessen Verflossene bereits auf sie. Ohne irgendwelche Fragen zu stellen, schloss sie den beiden Beamten die Eingangstür der Maisonettewohnung auf, durchquerte den Flur und öffnete eine Tür am Ende des Korridors.

»Da hab ich's hing'stellt.« Sie wies in die Abstellkammer, wo ein dunkler Plastiksack neben einem Bügelbrett lehnte.

»Der is ja wirklich noch zua«, bemerkte Kapplhofer zufrieden und knotete die Verschnürung auf.

»Ja, klar«, meinte die Gerli, »was hätt ich den denn aufmachen sollen? Is doch eh kein Gold drin.«

»Aber hast gar nicht nachgeschaut, ob alles da ist, was dem Willi gehört hat?«, wunderte sich der Inspektor.

Gerlinde Pfnatschbacher lachte lauthals auf. »Sag amoi, spinnst jetzt? Meinst vielleicht, ich hätt dem Hurensohn seine teuren Anzug selbst anziehen wollen?« Die Vorstellung schien Pfnatschbachers geschiedene Witwe sehr zu erheitern. »Magst das Glumpert vielleicht du haben?«, fragte sie den Inspektor.

Doch bevor Kapplhofer etwas sagen konnte, fiel ihm der Hauptmann ins Wort: »Die Geschenkannahme ist behördlich strengstens untersagt, so ein Angebot kommt einem Bestechungsversuch gleich.« Irgendwie musste van Trott seine Autorität retten, denn der saloppe Gesprächston der beiden Einheimischen gefiel ihm überhaupt nicht. Das hier war keine Wirtshausplänkelei, sondern eine Sicherstellung von mutmaßlichem Beweismaterial. Vor lauter Ärger über die dörflichen Unsitten vergaß der Hauptmann beinahe seine schlimmen Befürchtungen.

»Nein, nein, bist narrisch?«, winkte nun auch der Inspektor das freigiebige Angebot ab. »Wir taten nur die Socke brauchen.«

Der lustigen Witwe gefror das Lächeln. »Die Socke? Ja, seids deppert, oder was? Was wollts denn mit dem stinkenden Fetzen?« Angewidert schüttelte sie den Kopf. »Damit bleibts mir bitte vom Leib.« Sie schob den mittlerweile geöffneten Sack Richtung Hauptmann. »Der Willi hat ja alleweil so an argen Fußpilz g'habt, grauslich war der. Ich will mich da nicht anstecken, wer weiß, wie lang so an Pilz sein Herrn überlebt.« Erneut lachte sie auf, während der Inspektor erstarrte.

Wenn das stimmte, was die Gerli da gerade gesagt hatte, dann hatte er einen Volltreffer gelandet. Kapplhofer grinste.

Hauptmann van Trott hingegen sah bleich und gefasst seiner beruflichen Apokalypse entgegen.

Dead Man Talking

Hauptmann van Trott konnte sein Unglück nicht fassen. Es war wohl einmalig in der gesamten Verbrechenschronik des Landeskriminalamts, dass eine einzelne stinkende Socke eine Lawine an Schmutzwäsche ins Rollen brachte. Und ihn darüber hinaus in Teufels Waschküche, denn tatsächlich hatten sie zu dem fatalen Seide-Kaschmirgemisch einen rundum positiven Befund erhalten. Das Labor hatte eindeutige Spuren von Fußpilz festgestellt, und gleich zwei der drei unbekannten genetischen Fingerabdrücke fanden sich auf der Socke wieder.

Womit der *worst case* eingetreten war: Die Leiche des Bankdirektors musste exhumiert werden. Alles sah ganz danach aus, als hätte der Willibald Pfnatschbacher kurz vor seinem Tod noch rasch *eine* seiner Socken verliehen. Oder als hätte jemand, vermutlich der Mörder der Bibiana, ihm das Ding nach seinem tödlichen Tauchgang ausgezogen. Fest stand, dass es einen Zusammenhang zwischen zweien der drei Toten gab, im allerschlimmsten Fall hing sogar noch die erste Wasserleiche in diesem unentwirrbaren Schlamassel mit drin. Dann würde auch der Polier erneut das Licht der oberirdischen Welt erblicken und der Hauptmann mit den Ermittlungen von vorne anfangen müssen. Weil, wenn beide, Polier und Bankdirektor, mit dem Mord an der nackten Frau zu tun hatten, dann konnte man auch deren Ableben nicht mehr hundertprozentig als unglücklichen Unfall deklarieren. Zudem war bislang ja nur die DNA vom Pfnatschbacher durch einen Abgleich mit dessen restlicher Bekleidung geklärt worden, aber zu wem gehörten die anderen beiden DNA-Spuren? Fragen über Fragen, die van Trott nahezu einen gedanklichen Kurzschluss bescherten. Der anämische Mann erinnerte mittlerweile schon stark an die Klagemauer: grauer Anstrich, bröckelnde Fassade und Risse im Fundament.

Nicht einmal mit dem Inspektor wollte er sich anlegen. Dass ausgerechnet diese damische Dumpfbacke auf den entscheidenden Hinweis gestoßen war, hatte ihm garantiert schon ein Magengeschwür beschert. Es mochte ja der Fall sein, dass auch ein blindes Huhn manchmal ein Korn fand, aber gleich eine goldene Kugel? Das war einfach zu viel für den Hauptmann. Den Dummen gehörte angeblich zwar das Himmelreich, aber von der Erde war nie die Rede gewesen. Resigniert schob er seine gesammelten Aktennotizen beiseite und zerbiss vor lauter Wut gleich zwei Bleistifte auf einmal.

Am liebsten hätte er den Kapplhofer auf den Mond geschossen, doch stattdessen hatte er sich damit begnügen müssen, ihn zum Bürgermeisteramt zu schicken, wo die Bänder mit den Videoaufzeichnungen des hungerstreikenden Ökoterroristen aufbewahrt wurden. Der grüne Clooney-Verschnitt war zwar weder beim Fußpilz- noch beim DNA-Test positiv aufgefallen, hatte aber ein Verhältnis mit der toten Dopplerin gehabt, wenn man der Gerüchteküche Glauben schenkte. Somit hatte er als einer der wenigen offenbar keine Berührungsängste gegenüber der Verstorbenen gehabt. Allerdings könnte dieser grüne Furz tatsächlich ein lückenloses Alibi haben, denn sein Hungerstreik wurde rund um die Uhr von Kameras aufgezeichnet. Damit er auch nicht die geringste Chance auf einen kleinen Mitternachtsimbiss hatte. Kontrolle war eben eindeutig besser als Vertrauen. Und van Trott traute diesen pazifistischen Aluhutträgern generell nicht über den Weg.

Nur zu gern hätte er so einen linkslinken Gutmenschen den Behörden zum Fraß vorgeworfen, egal, weshalb. Die idealistischen Umweltschützer waren seiner Ansicht nach alle vom rechten Weg abgekommen, irrten betriebsblind herum und sahen stets nur das Gute im Menschen, während er sich um das Böse kümmern musste. Und böse Menschen waren erfahrungsgemäß in der Überzahl. Auch wenn es keinen Grund gab, diesen fanatischen Hüter der Natur festnehmen zu lassen, verschafften die vielen Videobänder dem Hauptmann ein paar Momente der Rache. Zum einen, weil der Inspektor nun gezwungen war, sich alle anzusehen, was ihn bestimmt für ein paar Stunden beschäftigen würde, zum anderen, weil dadurch das intimste Treiben des Ökofuzzis von fremden Augen gesehen wurde. Wer ließ sich schon gerne beim Pinkeln oder Nasebohren beobachten? Allein beim Gedanken daran verspürte der Hauptmann eine gewisse Genugtuung.

Doch so süß diese kleine Rache auch sein mochte, so bitter war die Vorstellung, in Kürze an einer oder womöglich sogar zwei Exhumierungen teilnehmen zu müssen. Die Staatsanwaltschaft hatte der Öffnung eines Grabes bereits zugestimmt, über die Notwendigkeit, auch die letzte Ruhestätte des Baupoliers zu öffnen, herrschte noch Uneinigkeit. Van Trott, der sich rühmte, all seinen Kollegen stets eine Spürnasenbreite voraus zu sein, hatte erstmals das Gefühl, bei dieser Causa alleine im Pechhaben vorne zu liegen. Wenn der Polier wenigstens auch ein Ausländer gewesen wäre, dann hätte man ihn bestimmt schon irgendwo im Niemandsland auf einem Krautacker beigesetzt. Aber da der Ploderer Pepi nur aus Sinabelkirchen stammte, hielt sich der Aufwand einer möglichen Exhumierung in engen Grenzen.

Irgendwie hatte Hartmuth van Trott es von Anfang an geahnt. Also exakt von jenem Tag an, als er vor sechs Jahren zum ersten Mal diese damischen Eingeborenen besucht hatte. Beruflich, versteht sich. Langsam vermutete er, dass sich das bekannte verflixte siebte Jahr sogar in seiner Beziehung zu dieser unzivilisierten Region bemerkbar machte. Allzu gern hätte er einfach die Scheidung eingereicht und diesem geistigen Notstandsgebiet für immer den Rücken gekehrt. Stattdessen musste er hier ausharren bis zum Jüngsten Gericht, das für übermorgen anberaumt worden war. Um fünf Uhr früh sollte alles vonstattengehen, damit die behördliche Auferstehung des Fleisches keinen neugierigen Blicken ausgesetzt sein würde. Danach würde Willibald Pfnatschbacher erneut die Reise zum gerichtsmedizinischen Institut antreten, diesmal allerdings nicht mehr im Businessanzug, sondern im Holzpyjama. Und van Trott konnte nichts dagegen unternehmen, außer noch verbissener dreinzuschauen und dem Inspektor eine umfassende Lebensmittelunverträglichkeit auf Lebenszeit zu wünschen.

Giftmischer am Werk

Die exakt siebenundzwanzig Stunden bis zum Eintreffen der gerichtsmedizinischen Ergebnisse waren dem Hauptmann länger vorgekommen als seine gesamte berufliche Laufbahn. Die Exhumierung des Bankdirektors war bereits schrecklich gewesen, die Ergebnisse der Forensik waren noch schrecklicher, also schlichtweg katastrophal.

Drei Mal hatte Hauptmann Hartmuth van Trott das Gutachten des Gerichtsmediziners bereits gelesen, aber die darin angeführten Fakten wollten ihm einfach nicht in den Kopf gehen. Vielleicht sollte er sich ja selbst ein Loch in den Schädel hauen? Oder sich ins Wasser stürzen? Erneut griff er nach der kurzen Expertise, die ihn umgehend in eine Art intellektuellen Vorruhestand versetzt hatte.

Nicht nur, dass Socke und Fuß an exakt demselben Pilz litten und der genetische Fingerabdruck daher mit absoluter Sicherheit dem Bankdirektor zuzuschreiben war, der Arzt hatte ihm noch ein paar weitere, schlichtweg katastrophale Erkenntnisse mitgeteilt. Dass der Pfnatschbacher ertrunken war, daran bestand nach wie vor kein Zweifel, auch nicht an dem hohen Alkoholgehalt in seinem Blut, der sich mittlerweile natürlich verflüchtigt hatte. Aber bei erneuter Begutachtung war herausgekommen, dass der Mann offensichtlich aufgrund massiver Hitzewallungen, gepaart mit einem höllischen Durstgefühl und einer schweren Benommenheit, in die Damisch marschiert war. Und zwar nicht, weil er einen Brand hatte, wie die Österreicher den Zustand ständiger Gaumentrockenheit nach einem ordentlichen Besäufnis nennen, sondern weil man ihn vergiftet hatte. Nach allen Regeln der Kunst. Perfekt dosiert, sodass die Giftwirkung stark genug war, um ihn zu einer unverdächtigen Wasserleiche zu machen, aber nicht so stark, dass er bereits auf dem trockenen Ufer dem toxischen Gemisch erlegen wäre. Ein Meisterwerk in der kriminellen Kategorie: »Tarnen, Täuschen und Verschleiern«.

Dem Pfnatschbacher war nachweislich ein bis ins Detail durchkomponierter Giftcocktail serviert worden. Anhand der

Speisereste im Magen-Darm-Trakt konnte sogar festgestellt werden, dass die toxische Mixtur in Form von Käferbohnensalat mit Zwiebeln und Kernöl verabreicht worden war, wobei das Kernöl den tödlichen Part innegehabt hatte.

Mehr verstand der Hauptmann nicht, denn in bester medizinischer Tradition fand sich im ganzen Gutachten nahezu kein deutsches Wort. Da war die Rede von Helleborinen, Saponinen, Alkaloiden, Cytisin, Lupanin, Daphnetoxin und Atropin, wobei Letzteres nur in einer sehr geringen Dosis verabreicht worden war. Diese perfekt abgestimmte Mischung habe zu extrem starker Mundtrockenheit, verbunden mit unerträglichen Durstgefühlen, leichten Lähmungserscheinungen, Tachykardien und Somnolenz geführt, weshalb das Opfer mit allergrößter Wahrscheinlichkeit ganz von selbst ins Wasser getorkelt sei, um seinen Durst zu stillen. Einem Menschen mit derart eingeschränkter Bewegungsfähigkeit und reduziertem Bewusstsein den Kopf ausreichend lange und ohne besonderen Kraftaufwand beziehungsweise Gewalteinwirkung unter Wasser zu halten, damit dieser sozusagen aus freien Schlucken ertrank, sei laut Expertise ein Kinderspiel gewesen. Der Giftcocktail selbst setze sich aus einem großen Anteil Helleborus niger, angereichert mit Laburnum anagyroides, aus Lupinus polyphyllus, Daphne mezereum und einer winzigen Dosis Atropa belladonna zusammen. In der Wirkung verstärkt durch übermäßige Zufuhr von Alkohol.

Mehr war nicht angeführt, also weder Erläuterungen noch Erklärungen, nicht einmal eine Übersetzung in allgemein verständliche Bezeichnungen, absolut nichts. Nur ein abschließender Kommentar des Mediziners, der besagte, dass der Giftmischer mit extremer Umsicht und Fachkenntnis an sein mörderisches Werk gegangen war, denn die Zusammensetzung des Giftes sei an Präzision und Wirkung kaum zu überbieten. Alle Ingredienzien seien passend dosiert und wohlüberlegt aufeinander abgestimmt worden, was deren Symptomatik betreffen würde. Der Hauptmann gewann immer stärker den Eindruck, dass der Mediziner beinahe ein wenig Bewunderung für den Täter empfand.

Aber was zum Teufel bedeutete dieses ganze lateinische

Zeugs, das das Opfer so zuverlässig ins Wasser getrieben hatte? Van Trott kannte Arsen und Strychnin, Blausäure und Salmonellen, aber von Helleborus oder gar Laburnum hatte er noch nie gehört. Nun blieben dem Hauptmann genau zwei Möglichkeiten: Entweder könnte er seinen letzten kriminalistischen Stolz zu Grabe tragen, indem er den Mediziner anrief und um eine allgemein verständliche Übersetzung bat, oder sich mit dem vorsintflutlichen Computer auf der Damischtaler Polizeidienststelle herumquälen, ein Gerät, das vermutlich noch aus der Ära der Gendarmerieposten stammte.

Van Trott entschied sich für die Selfmade-Variante und warf den klobigen Kasten an. Wenigstens hatte der Inspektor auf Passwörter und ähnliche Sicherheitsvorkehrungen verzichtet, sodass der Hauptmann sich gleich an die Arbeit machen konnte. Zu seinem Glück verfügte das Gerät über einen funktionierenden Internetanschluss. Kapplhofer verwendete sogar eine Suchmaschine, löschte die Chronik aber täglich, was van Trott leider um die Möglichkeit brachte, diesen Menschen wegen eines Dienstvergehens wieder etwas zusammenzustutzen.

Frustriert tippte er die lateinischen Begriffe im Zwei-Finger-Suchsystem ein. Und je länger er tippte, desto weniger konnte er glauben, was er da las. Offenbar gab es gravierende Unterschiede zwischen ländlicher und städtischer Giftküche. Im urbanen Bereich kamen vor allem Gifte aus dem Chemielabor zum berauschenden beziehungsweise letalen Einsatz, Crystal Meth etwa oder synthetische Opioide, wobei auch Autoabgase lebensbedrohlich sein konnten. Doch hier, am erklärten Arsch der Welt, bissen die Leute sogar umweltbewusst und naturnahe ins Gras, mit Schneerosen, Goldregen, Seidelbast, Lupinen und Tollkirsche. Eine wahrhaft ressourcenschonende Methode. Den Hauptmann befiel das Gefühl, sich auf einer Zeitreise ins finstere Mittelalter zu befinden, wo Flugsalben und Hexenkräuter auf der Tagesordnung beziehungsweise dem Waschtisch gestanden hatten. Aber zumindest erfuhr er so, was sich hinter den gelehrten Ausdrücken verbarg.

Als der Inspektor vom Gemeindeamt zurückkam, wo er sich die insgesamt einundvierzig Bänder im Schnelldurchlauf elf Stunden lang hatte ansehen müssen, thronte sein Vorgesetzter schon wieder in majestätischer Haltung auf dem ergonomischen Bürostuhl. Die vier zerbissenen Bleistifte auf dem staubigen Dielenboden straften dessen scheinbar gefasste Miene jedoch Lügen. Es musste schon wieder etwas ganz Schreckliches passiert sein.

Wortlos wies der Hauptmann auf den Besucherstuhl.

Wortlos setzte Kapplhofer sich hin. Nur der Stuhl ächzte unter seinem Gewicht.

»Der Befund der Autopsie ist da«, informierte van Trott den Inspektor.

Der blickte seinen Vorgesetzten fragend an.

»Und was, glauben Sie, steht drin?«

Der Inspektor zuckte mit den Achseln und versuchte, so wissbegierig wie möglich zu wirken.

»Dass der Platschbacher«, der Hauptmann besaß eine erstaunlich schlechte Merkfähigkeit für Eigennamen, »durch Helleborine, Saponine, Alkaloide, Cytisin, Daphnetoxin, Lupanin und eine kleine Dosis Atropin um sein teures Leben gekommen ist.«

»Bist du deppert«, kommentierte Kapplhofer diese komplexe Gesprächseröffnung. »Heißt des, er ist vergiftet worden?« Atropin als Wirkstoff der Tollkirsche war dem Inspektor durch ein paar riskante Dumme-Buben-Streiche in Erinnerung geblieben, den Rest hatte er sich zusammengereimt.

»Das heißt es. Er wurde durch Schneerosen, Goldregen, Lupinen, Seidelbast und Tollkirsche ins Jenseits, also genau genommen ins Wasser befördert.«

»Sachen gibt's«, murmelte Kapplhofer. Obgleich er wie die meisten Männer nur über geringe botanische Kenntnisse verfügte, wusste er doch, dass Schneerosen und Seidelbast überall wild im heimatlichen Wald wuchsen, dass nahezu jeder Garten über einen Goldregenstrauch verfügte und dass Lupinen blau blühten und man sie oft an Tiere verfütterte. Aber dass man damit einen Menschen töten konnte, das hatte er noch nie gehört. Nur von der halluzinatorischen Wirkung der Atropa belladonna wusste er, weil ein paar minderjährige Vollkoffer vor Jahren mal Tollkirschentee getrunken hatten, um sich einen Gratis-Drogenrausch zu verschaffen. Zu deren Glück hatte sich das Krankenhaus damals noch in Plutzenberg befunden, sonst wären die Bengel auf Lebenszeit in der Psychiatrie gelandet. Oder für immer auf dem Friedhof.

»Mehr fällt Ihnen nicht dazu ein?«, polterte van Trott in gewohnter Manier los. Er musste seine aufgestaute Aggression irgendwie loswerden, und der Inspektor war dazu bedeutend besser geeignet als ein Bleistift.

»Na ja«, meinte dieser. Die ermittlungstechnische Tragweite der neuen Sachlage drang nur tröpfchenweise in sein Gehirn. »Aber warum hat man das nicht bemerkt, als man den Willi zum ersten Mal aufgeschnitten hat?«, fragte er dann nachdenklich. »Sein Tod ist mir doch von Anfang an spanisch vorkommen, sonst hätt ich Sie ja nicht wegen der Autopsie belästigt.«

Umgehend bereute der Hauptmann, Kapplhofer zum Nachdenken angeregt zu haben, denn der Inspektor hatte sich genau das gefragt, was sich Staatsanwaltschaft, Landeskriminalamt, Bauunternehmer und sämtliche Angehörigen des Bankdirektors auch fragen würden. *Warum?*

Es hatte keinen Sinn, dieses unverzeihliche Versäumnis dem Arzt anzulasten, denn dieser hatte nur auf persönlichen Auftrag von van Trott gehandelt. Er hatte die Leiche entkleidet, den Todeszeitpunkt eingegrenzt, in alle Körperöffnungen gesehen, einen Promilletest gemacht und auf den ersten Blick keine Anzeichen von Gewaltanwendung entdeckt. Einen zweiten hatte der Hauptmann ihn nicht mehr werfen lassen. Der Schaumpilz am Mund sprach eindeutig für ein Lungenödem, also für Tod durch Ertrinken, mehr hatte van Trott nicht wissen wollen. Der Mediziner hatte zwar etwas gezögert, bevor er den Totenschein ausstellte, dann aber an seine sonstige Arbeit gedacht, die ihn ohnedies zu Achtundvierzig-Stunden-Diensten zwang, und nicht weiter insistiert. Allerdings hatte er den gesamten Ablauf penibel dokumentiert.

Er konnte sich auch nicht mit vorübergehender Unzurechnungsfähigkeit rausreden, denn van Trott konsumierte weder Alkohol noch Medikamente oder Drogen. Er war nicht einmal frisch geschieden, verwitwet oder gar verliebt.

Als sich der Inspektor absolut ahnungslos, was die inneren Dramen des Hauptmanns betraf, dann auch noch hilfsbereit erkundigte: »Soll ich vielleicht mal in Graz anrufen und den Befund der ersten Autopsie verlangen?«, sprang van Trott so heftig auf, dass der schwere Bürostuhl umkippte, fegte sämtliche Akten vom Tisch und schrie: *»Mea culpa, mea massima culpa.«* Ein wenig Latein konnte er doch.

Kapplhofer allerdings auch. Dennoch verstand er nicht, welche Schuld sich der Hauptmann anlasten wollte.

Doch der brüllte bereits weiter: »Ich war's! Ich hab die Obduktion verhindert, der Platschbacher wurde erst jetzt eingehend untersucht.«

»Aber warum?«

»Weil ich Ihnen nicht geglaubt habe, Ihnen und Ihrem komischen Gefühl.«

Der Inspektor schluckte.

»Und weil diese Saufköpf hier ja eh immer alle an einer zirrhotischen Leber krepieren, sofern sie nicht an Herzverfettung eingehen.«

Kapplhofer schwieg betroffen. Das mit den Fetteinlagerungen stimmte, seine Uniformjacke und er hatten sich auch schon ziemlich auseinandergelebt.

»Außerdem halte ich diese verdammte Gegend einfach nicht aus. Ich drehe schon durch, wenn ich einen Klapotetz sehe oder einen dieser Bauernschädel auf ihren stinkenden Traktoren.«

Kapplhofer fühlte sich wie in einem Film von Almodóvar, kurz vor Filmriss. Er zog die Schreibtischschublade heraus und tastete nach einem Bleistift.

Das ewig Weibliche …

Auf Holz klopfen mochte ja Glück bringen, sofern man abergläubisch war, auf Holz beißen führte allerdings zu keiner Verbesserung der Zustände, das hatten der Hauptmann und letztlich auch der Inspektor schmerzhaft zu spüren bekommen. Die Staatsanwaltschaft etwa war keinesfalls so langsam und träge wie ihr Ruf, sondern arbeitete durchaus effizient und äußerst rasch, wenn es der bösen Sache zuträglich war. In nicht einmal zwei Tagen wurde auch die erste Wasserleiche, der Baupolier, auf oberstes Geheiß zurück ans Tageslicht befördert und der Gerichtsmedizin übergeben. Resultat: Helleborus niger, angereichert mit Laburnum anagyroides, Lupinus polyphyllus, Daphne mezereum und einer winzigen Dosis Atropa belladonna. Verabreicht durch Käferbohnensalat mit Zwiebeln und Kernöl, in der Wirkung verstärkt durch übermäßigen Schilchergenuss.

Hauptmann van Trott hatte nichts anderes erwartet. Letztlich hatte dieser letale Damischtaler Dreier also auch einen vierten Tod mit sich gebracht, nämlich seinen eigenen beruflichen. Kaum hatte der Arzt das toxikologische Gutachten erstellt, hatte man van Trott – unter dem Vorwand besonderer Brisanz und bedrohlicher Entwicklungen – einen Oberstleutnant zur Seite oder besser gesagt vor die Nase gestellt. Und der hatte nun das Sagen.

Den Hauptmann überkam das Gefühl, seinem eigenen Begräbnis beizuwohnen. Nicht einmal mehr den Inspektor konnte er nach Lust und schlechter Laune drangsalieren, denn Oberstleutnant Schmitt sah im Inspektor den Heilsbringer der Ermittlungen, war doch er es gewesen, der dank seiner messerscharfen Kombination Licht in die dunkle Angelegenheit gebracht hatte. Zudem hegte Schmitt keine großen Sympathien für den Hauptmann, weil der ihn stets über die gesundheitsschädliche Wirkung der Zigarrenraucherei belehrte. Und Schmitt liebte es nun mal, zu ein paar hochgeistigen Tropfen eine Zigarre zu schmauchen.

Nun saßen sie also alle drei bei weit aufgerissenem Fenster auf der Damischtaler Polizeidienststelle in der Post herum und waren in vielschichtiges Schweigen verfallen. Nur der Oberstleutnant zog schmatzend an seiner Zigarre. Ein Puzzle mit tausend Teilen, Motiv: Himmel in Blau, wäre einfacher zu bewerkstelligen als dieser Fall, zumindest darin waren sich alle einig. Die Abfolge an Ablebensformen folgte keinerlei Logik. Zuerst waren zwei bekleidete Männer mit Schilcherwein und giftigem Kernöl so weit präpariert worden, dass sie, von höllischem Durst getrieben und mit getrübtem Geist, ins Wasser gewatet waren, um dort zu ertrinken. Beide hatten mit dem allgemein abgelehnten Kraftwerksbau zu tun. Umweltschutz und ein erhöhtes ökologisches Bewusstsein könnten daher durchaus ein Motiv gewesen sein, wäre nicht ein dritter Mord passiert. An einer nackten Frau. Die weder getrunken noch Käferbohnensalat gegessen, dafür aber einvernehmlichen Geschlechtsverkehr gepflegt hatte. Ihr war auch kein Giftcocktail verabreicht worden, sondern ein heftiger Schlag auf den Hinterkopf, weshalb sie kurzfristig das Bewusstsein verloren hatte. Als sie wieder zu sich gekommen war, hatte ihr jemand den Kopf unter Wasser gehalten. So lange, bis auch sie »ertrunken« war. Allerdings hatte Bibiana Doppler in keiner Verbindung zum Bauvorhaben gestanden. Damit nicht genug, fand sich Pfnatschbachers genetischer Fingerabdruck samt Fußpilzsporen auf Bibianas Haut, und zwar zu einem Zeitpunkt, an dem der Bankdirektor bereits tot gewesen war. Die anderen beiden DNA-Spuren hingegen konnten bislang nicht zugeordnet werden. Kurz gesagt, die Opfer hatten nur eines gemeinsam, nämlich dass sie nichts gemeinsam hatten. Kein einziger erfasster DNA-Code war an allen dreien festgestellt worden, mit großer Wahrscheinlichkeit hatte der Polier aus Sinabelkirchen die einheimischen zwei Toten nicht einmal gekannt.

Und auch wenn die meisten Damischtaler dem Kleinkraftwerk ziemlich ablehnend gegenüberstanden und das hochnäsige Gehabe der Edelzicke gleichfalls auf wenig Gegenliebe bei ihnen gestoßen war, ergab das noch lange keine brauchbare Schnittmenge.

Nachdenklich paffte der Oberstleutnant kleine, kringelige Rauchwölkchen in die Luft. Um einen Giftmord zu begehen, auch darin waren sich ausnahmsweise alle drei einig, bedurfte es spezieller botanischer Kenntnisse. Die Frage war: Wer verfügte über diese?

»Dieser hungernde Umweltschutzfanatiker kennt sich bestimmt mit Pflanzen aus. Und mit der nackten Toten hat er auch ein Verhältnis gehabt«, bemerkte van Trott.

Kapplhofer wandte zwar ein, dass die von ihm geprüften Videoaufzeichnungen des Hubert Ehrenhöfler eindeutig bewiesen, dass dieser seinen vorgegebenen Aktionsradius zwischen Zeltlager, Sanitäranlagen und Marktplatz nicht verlassen hatte, aber das galt natürlich nur für die Zeit der Morde an Bibiana und dem Bankdirektor. Was das Ableben des Baupoliers betraf, so hatte der Umweltschutzreferent seinen Hungerstreik zu jenem Zeitpunkt noch gar nicht angefangen. In Ermangelung denkbarer Alternativen lud man ihn also aufs Revier.

Hubert Ehrenhöfler, der aufgrund der dramatischen Ereignisse sein Büßergewand ab- und bereits wieder ein paar Kilo zugelegt hatte, saß also in dem stickigen Kammerl, das sich Polizeirevier nannte, und wusste nicht, wie lange er seine buddhistische Grundgüte noch würde beibehalten können.

Dass der Ploderer und der Pfnatschbacher mit einer raffinierten Tinktur vergiftet worden waren, erstaunte ihn zwar, aber die mittlerweile allgemein verbreitete Lebensmittelgiftküche aus dem Supermarkt betrübte ihn persönlich weitaus mehr. Ohnedies hatte er den Bankdirektor nie leiden können und den Baupolier nur vom Sehen her gekannt. Und was sein kurzes Verhältnis mit der Bibiana betraf, das lag exakt sieben Jahre zurück.

Zudem verwies er auf sein Alibi durch die Videoaufzeichnungen und seinen unpassenden genetischen Fingerabdruck und unterstrich abschließend noch einmal, dass der Willibald Pfnatschbacher mit ihm zu keiner Zeit, also auch nicht nach Mitternacht, friedlich am Bach gesessen habe, um sich einen anzusaufen und Käferbohnensalat zu essen.

Was in Inspektor Kapplhofers Ohren logisch klang: Der Kapitalist und der Konsumfeind waren sich nie grün gewesen.

Anschließend wurde auch noch der Fleischer Bartl Mostburger vorgeladen, weil van Trott dem erfahrenen Schweinefleisch-Alchimisten ein großes Wissen über Kräuter und Pflanzen zutraute. Die Vernehmung führte dennoch zu keinem verwertbaren Ergebnis.

Klar, gestand der Bartl aus freien Stücken ein, klar könne er Majoran von Fenchel und Kranewittbeeren unterscheiden, das stopfte er ja in seine Schweinsdärme hinein, und Lupinen kannte er auch, weil er die, vermischt mit Saubohnen, oft seinen Ferkeln zum Fraß vorwarf. Gestorben war ihm bis heute allerdings keins dadurch, weshalb er deren Giftigkeit generell in Frage stellte. Wie eine Schneerose aussah, wusste er jedoch nicht. Und mit der Dopplerin habe er weder ein Naheverhältnis noch eine Fernbeziehung gepflegt, beteuerte er, die arrogante Funzn habe ihn niemals freiwillig in ihre Nähe gelassen, sie hatte ja nicht einmal seine grobschlächtigen Fleischereiprodukte konsumiert.

Der Oberstleutnant warf einen genaueren Blick auf den Fleischer. Schwarze Trauerränder unter abgekauten Fingernägeln, dreckige Hose, zerknittertes Hemd und ein ausgefranster Strickpullunder, der einem Altkleidercontainer zu entstammen schien, dazu ein Wildwuchs an Nasen- und Barthaaren – nein, einem solchen Wesen würde sich vermutlich keine Frau freiwillig hingeben. Selbst wenn diese mit völliger Blindheit geschlagen wäre, denn allein Bartls Gestank nach Gülle kam einem Verstoß gegen das Betäubungsmittelgesetz gleich. Schmitt zündete sich also eine neue Zigarre an und schickte den Fleischer angeekelt nach Hause.

Langsam wurde es eng mit den Verdächtigen. Der durchschnittliche Damischtaler männlichen Geschlechts trieb sich selten in der blumigen Natur herum, außer er pflügte seinen Kürbisacker um oder pinkelte hinter einen Holunderbusch. Zudem hatten die einheimischen Mannsbilder garantiert kein Naheverhältnis zum Kochen und zur Küche. Sie pflegten eher eine Fernbeziehung zum heimischen Herd und saßen stattdessen im Wirtshaus herum. Der Einzige, der unter Umständen noch über ausreichendes Wissen von Pflanzen und Rezepturen verfügte, war Dr. Seidenbart. Da der Gemeindearzt von Gfrettgstätten eine Hausapotheke führte, lag der Gedanke nahe, dass er sich mit Tränken, Tinkturen und Dosierungen recht gut auskannte. Zum allgemeinen Bedauern konnte der Mediziner aber nicht nur mit einem äußerst knackigen Eheweib aufwarten, was jeden Seitensprung unwahrscheinlich machte, sondern auch mit einem Alibi, denn er hatte sich zum Todeszeitpunkt der Bibiana Doppler auf einer Ärztetagung befunden. Außerdem stimmte seine DNA gleich der aller anderen Einwohner nachweislich nicht mit der am Opfer nachgewiesenen überein. Natürlich hätte »Mann« Handschuhe tragen können, doch das würde bedeuten, dass die Bibiana mit vier Unbekannten in Berührung gekommen war. Nur am Ploderer Pepi fanden sich Spuren des Arztes, aber den hatte er auch eigenhändig untersucht, was kein Geheimnis war.

»Schon etwas verwirrend, die ganze Sache«, meinte der Oberstleutnant nach einer gefühlten Ewigkeit, als sie wieder allein im Kammerl saßen. »Drei Morde, zwei unterschiedliche Methoden, ein Beischlaf, aber kein einziges Motiv.«

Kapplhofer und van Trott nickten.

»Und eine weitere Ungereimtheit«, warf der Inspektor vorsichtig ein.

Fragend blickte ihn der Oberstleutnant an.

»Also, ich mein, weil wirklich alle Leut vom Bau bestätigt haben, dass der Polier nie Wein getrunken hat. Und trotzdem hat er fast zwei Promille im Blut gehabt.«

Schmitt malte mit dem Finger ein Fragezeichen in die Luft. »Jemand muss ihn zum Trinken animiert haben. Aber wer, warum und vor allem, wie?«

Da der Giftcocktail laut Expertenmeinung bereits nach zwanzig Minuten gewirkt haben könnte, musste dessen Verabreichung direkt am Tatort passiert sein. Gemeinsam mit dem todbringenden Käferbohnensalat, der leider zu den Grundnahrungsmitteln der Region zählte, in jedem Wirtshaus, beim Greißler und sogar in der Fleischerei erhältlich und im Plastikbecher einfach zu transportieren war. Pro Tag, Kapplhofer hatte bei den Wirten und Ladenbetreibern nachgefragt, wurden an die siebzig Portionen davon ausgegeben, nahezu die Hälfte ging als Take-away über den Tresen beziehungsweise die Ladentheke. Auch die Bauarbeiter liebten die energetisch hochwertigen Feuerbohnen und verzehrten sie kiloweise. Und Schilcherwein floss ohnedies beinahe aus dem Wasserhahn. Die Frage nach der Herkunft von Speis und Trank erwies sich demnach als Sackgasse.

»Giftmord ist meist Frauensache«, ließ sich nun der Hauptmann vernehmen. »Vielleicht war auch eine ungesunde Dosis Eifersucht im Spiel.«

»Sie meinen, eine Frau hat die beiden Männer auf dem Gewissen?«, fragte Schmitt.

»Warum nicht. Mit einem hübschen Feger hätte wohl auch der Polier angestoßen. Und mit Blumen und Blüten kennen die Weiber sich auch besser aus als unsereins«, führte van Trott weiter aus. Da er wegen der Anwesenheit des Oberstleutnants nun weniger Zeit damit verbrachte, den Inspektor auf die Ränge zu verweisen, blieb ihm mehr Zeit für beruflich relevante Gedankengänge.

»Mag sein«, entgegnete Schmitt, »aber wie erklären Sie sich dann den vollzogenen Geschlechtsverkehr beim weiblichen Opfer? Es waren ja«, er warf einen kurzen Blick auf den Autopsiebericht, »also, es fanden sich ja sogar Spuren von Sperma.«

Das konnte sich der Hauptmann allerdings auch nicht erklären. Die verblichene Damischtaler Wuchtbrumme würde wohl kaum mit Gefriersperma einen Selbstbefruchtungsversuch in nächtlicher Landschaft vollzogen haben. Unter Umständen also doch ein flotter Dreier gemischten Geschlechts?

»Vielleicht war der Liebhaber gar nicht der Mörder«, sinnierte nun der Inspektor, weil sich ja auch mehrere Fingerabdrücke am Körper befunden hatten.

»Oder der Mörder war doch der Gärtner«, scherzte der

Oberstleutnant völlig unerwartet. »Der würde sich zumindest mit Pflanzengiften auskennen.«

»Und Befruchtungspotenzial haben«, ergänzte Kapplhofer, froh darüber, nicht mehr ausschließlich mit der Leichenbittermiene des Hauptmanns konfrontiert zu sein.

Van Trott rang sich ein nachsichtiges Lächeln ab, das auf seinem verkniffenen Mund umgehend zu einer Grimasse gefror. »›Das Unbeschreibliche, Hier ist's getan; *Das Ewig-Weibliche, Zieht* uns hinan‹«, zitierte er dann aus dem »Faust«, der Tragödie zweiter Teil. Er musste diesen Mangel an Ernsthaftigkeit einfach ausgleichen, schließlich saßen sie nicht zur allgemeinen Bespaßung hier herum. Und hätte diese geile Zimtzicke sich nicht erschlagen lassen, dann würde er längst schon wieder in Graz an seinem Schreibtisch weilen und böse Aktenvermerke schreiben. Aber stattdessen war das Unbeschreibliche tatsächlich getan worden, nur dass das Ewig-Weiblich ihn hinab- und nicht hinangezogen hatte.

***

Auch Sebastian Schnurz und Peter Protzmann waren der holden Weiblichkeit äußerst schlecht gesinnt. Nicht einmal die nobelste Mätresse hätte sie mehr Geld kosten können als dieses elendige Weib, das sich da auf ihrer Baustelle hatte erschlagen lassen.

Seit Tagen standen die Bagger und Planierraupen still, weil die Spurensicherung immer noch das Gelände durchkämmte, um einer schwarzen Socke habhaft zu werden. Weil die angeblich ein ganz wichtiges Beweismittel wäre. Von der Summe, die sie jeder arbeitslose Arbeitstag kostete, hatten diese beamteten Gschaftlhuaba wohl keine Ahnung.

Doch damit der Tragödien nicht genug, hatte der Bautrupp bereits mit einem Streik gedroht, da die Männer nicht beabsichtigten, zum vereinbarten Hungerlohn auf einem mit Leichen verseuchten Gebiet zu arbeiten. Zudem waren vier Käufe der sechs bereits vergebenen Ferienhäuser von den zukünftigen Besitzern storniert worden, was den Inhaber der Paradise Garden

Wohntraum Immobilien GmbH beinahe selbst zum Gewaltverbrecher hatte werden lassen. Ein angrenzender Friedhof der Wasserleichen würde die Wohnqualität zu sehr beeinträchtigen, hatte es in den Absageschreiben nahezu unisono gelautet. Zwar würde ein Passivhaus mit umweltfreundlichem Stromlieferanten den ökologischen Fußabdruck verbessern, der kriminelle Fußabdruck der Region ließe aber zu sehr zu wünschen übrig. Zum Leidwesen des Immobilienunternehmers hatten sich die meisten der zahlungskräftigen Interessenten mittlerweile selbst ein Bild vom derzeitigen Stand der Dinge an den Damisch-Auen gemacht und waren dabei nicht nur über mehrere Dutzend Zeitungsreporter, Radiojournalisten und Fernsehteams gestolpert, sondern auch gleich über Hunderte an Gänsehaut-Touristen, die wie Schmeißfliegen herbeigeströmt waren. Unwegsame, wildwüchsige Auen waren das perfekte Setting für einen Dreifachmord, befand die Grusel- und Schauerfraktion und stand sich Löcher in den Leib, um irgendetwas Verdächtiges zu entdecken. Da konnte die Polizei Absperrbänder aufhängen, so viele sie wollte, die sensationslüsterne Meute fand immer einen Durchlass.

Sebastian Schnurz, etwas weniger krisenerprobt als Protzmann, starrte nur trübsinnig auf die ganzen Zahlenreihen, die sich fast ausnahmslos als Verlustposten präsentierten. Die üppigen Gewinnspannen waren verschwunden, Lösung noch keine in Sicht. Resigniert schloss er sich der Taktik seines Kompagnons an, abwarten und Whisky trinken.

***

Auch in den Wirtshäusern wurde unmittelbar nach Bekanntmachung der Giftmordgeschichte durch den Hubert Ehrenhöfler viel gesprochen, aber nichts kam dabei raus außer haltlosen Hypothesen und haarsträubenden Horrormärchen. Sowie ein formidables Umsatzplus in den Gastwirtschaften.

***

Nur Kevin-Karl wurde tatsächlich vom Ewig-Weiblichen bis in den siebten Himmel hinangezogen, denn morgen würde sein Engel Geburtstag haben. Vor lauter emotionalem Aufruhr konnte er seit Tagen schon keinen klaren Gedanken mehr fassen. Voller Vorfreude und ganz unauffällig hatte er sich rechtzeitig nach Kathis Lieblingsessen erkundigt, um sie nach allen Regeln der Gastronomie zu verführen. Ein paar weitere Geschenke hatte er bereits in glänzendes Papier verpackt und unter seinem Bett versteckt, damit seine Mutter sie nicht bemerkte.

Seit Tagen, genau genommen seit seiner Rückkehr aus dem Grazer Landeskrankenhaus, lagen ihm seine Eltern mit ihren Befindlichkeiten beinahe rund um die Uhr und in unerträglicher Quadrofonie in den Ohren. Wie gefährlich es hier sei (Vater), wie sehr sie sich sorge (Mutter), wie undankbar er sei (Vater), wie wenig er doch auf seinen Vater höre (Mutter), so ging es in dauerquasselnder Endlosschleife den lieben langen Tag. Dann war auch noch diese Giftmischergeschichte dazugekommen, was die Abreisephantasien väterlicherseits und das Besorgnislevel mütterlicherseits noch zusätzlich beflügelte. Als wäre er ein Kleinkind.

Natürlich erinnerte Kevin-Karl sich sofort an die Kernölvergiftung vor etlichen Jahren, als das halbe Dorf unter Dünnschiss gelitten hatte, war doch er selbst es gewesen, der dem Übeltäter auf die Schliche gekommen war. Aber das hatten seine Erzeuger offensichtlich erfolgreich verdrängt. Sein Vater litt ohnedies seit Jahren unter selektiver Vergesslichkeit. Was ihm in den Kram passte, wurde in regelmäßigen Intervallen wiedergekäut, was seinen Ansichten widersprach oder sie gar widerlegte, fiel umgehend dem Schweigen anheim. Mutter hingegen hatte ihre Befürchtungen einfach verdoppelt. Ihrer hysterischen Ansicht nach riskierte er nun zuerst eine tödliche Vergiftung durch diese schwärzliche Schmiere und gleich danach einen tödlichen Schlag auf den Hinterkopf. Was absolut unlogisch war, ganz davon abgesehen, dass seine Kathi Richtung Sterzkogel wohnte und nicht an den Damisch-Auen, er weder Alkohol trank noch im Baugeschäft tätig war und – was den Mord an dieser aufgetakelten Dame betraf – außerdem über keinerlei weibliche Reize verfügte. Dennoch war Hildegund durch nichts zu beruhigen, ihre starken Muttergefühle lösten bei ihr Verlustangst, Panikattacke und Zärtlichkeitsoffensive im ständigen Wechsel aus. Letztere war Kevin-Karl am unerträglichsten. Dann herzte sie ihn wie ein Babykätzchen, fuhr ihm mit ihren langen Nägeln durchs Haar und murmelte mit tränenerstickter Stimme: »Mein armer Junge, mein armer, armer Junge.« Außer der Doppelbelastung durch die bekloppten Litaneien seiner Eltern fiel ihm allerdings nichts ein, weshalb er »arm« sein sollte. Ganz im Gegenteil, er fühlte sich unsagbar reich, zumindest was Gefühle betraf. Seine Freundin himmelte ihn an, und er vergötterte sie. Und morgen würden sie feiern, da brauchte er nichts weniger als elterlichen Personenschutz.

Kevin-Karls derzeit einzige Befürchtung galt der offenbar sehr geheimen Rezeptur von Kathis Lieblingsessen, das selbst bei Google nur ein paar bescheidene Treffer erzielt hatte. Seine Freundin hatte ihm nämlich anvertraut, dass sie seit frühester Kindheit auf Schwammsuppn mit Sterzkoch stand. Das mit den Pilzen in der Brühe erschien ihm noch einigermaßen machbar, aber mit dem Sterzkoch tat er sich schwer. Seine Internetrecherchen hatten ihm keine exakte Anleitung, sondern ein veritables kulinarisches Dilemma beschert. Jetzt verstand er auch, warum die Menschen hier oft abfällig als Sterzfresser bezeichnet wurden. Es gab offenbar alle nur denkbaren Unterarten von Sterz: Brennsterz, Haidensterz, Polentasterz, Bohnensterz, Erdäpfelsterz, Türkensterz, sogar einen Verheirateten Sterz hatte er online gefunden, aber nichts, das sich Sterzkoch nannte. Und da bestimmt alle gekocht wurden, war die Zubereitungsart kein Ausschlusskriterium. Er musste unbedingt die Gusti, ihre Zimmerwirtin, danach fragen. Rasch, damit er noch rechtzeitig die restlichen Zutaten einkaufen könnte, lief Kevin-Karl hinunter in den Hof, wo die Gusti kurz zuvor noch die Weißwäsche aufgehängt hatte.

»Da schau her, der Karli«, strahlte sie den schlaksigen Jungen an, während sie ihr Auto aufschloss. »Leider hab ich jetzt gar keine Zeit, ich muss in die Stadt!«, rief sie, startete den Motor und verschwand die Einfahrt hinab.

Kevin-Karl fluchte. Gefangen in seiner Gefühlsblase war ihm jegliches Zeitgefühl abhandengekommen. Heute war Montag, die Buschenschank hatte geschlossen. Die dörflichen Ruhezeiten stellten Stadtbewohner wie ihn generell vor beträchtliche intellektuelle Herausforderungen. Montag hatten Buschenschank, Friseur und Blumenladen zu, Dienstag der Postpartner, Mittwoch die Nahversorger, am Donnerstag gab es kein frisches Brot, freitags ließ der Metzger die Rollläden unten, und am Wochenende sperrten die Kaffeehäuser nicht auf – das sollte mal einer auf die Reihe kriegen.

Ohne die Gusti Birnstingl kein Sterzkoch, so viel war klar. Seine Mutter konnte er kaum fragen, die verstand was von Klöpsen und Frikassee, aber vegane Ösikost war nicht ihr Metier. Und der Vater, der aufgrund seiner kalorischen Triebhaftigkeit möglicherweise sogar wusste, wie ein solches Gericht beschaffen war, stellte auch keine Option dar. »Männer kochen nicht, sie lassen sich erst einkochen und dann bekochen, mein Sohn«, hatte er ihm vor Tagen in seiner anmaßenden Art erklärt, als Kevin ihm von seiner Idee, sich für Kathi an den Herd stellen zu wollen, erzählt hatte. Gekränkt hatte der Junge kein weiteres Wort über seinen Plan verloren. Nun allerdings stand er unter Zugzwang. Er musste diesen ernährungswissenschaftlichen Problemfall umgehend lösen oder zumindest in Erfahrung bringen, ob das ominöse Sterzkoch mit Polenta, Buchweizen, Kartoffeln oder was auch immer zubereitet wurde.

Betrübt schlich er ins Haus zurück, sah sich suchend nach einem möglichen Ansprechpartner um, aber niemand war zu sehen. Seine Eltern hatten den x-ten Versöhnungsversuch gestartet und einen Tagesausflug auf den Bremsnigg unternommen, die meisten anderen Gäste waren abgereist, und durstige österreichische Wanderer wussten um den montäglichen Ruhetag.

Weit und breit war kein menschliches Wort zu hören, nur die Vögel trällerten lustig vor sich hin, während Kevin-Karl ziellos durch die leeren Räumlichkeiten irrte. Und auf einmal eine Idee hatte. Der Zweck heiligte ja bekanntlich die Mittel, also durfte man, wenn der Zweck einer moralischen Verpflichtung gleichkam, bei den Mitteln bestimmt mal ein Auge zudrücken. Der Junge sah sich erneut um, rief vorsichtshalber ein paarmal »Hallo!« in den Aufenthaltsraum, die Waschküche und das gemütliche Bibliothekszimmer, dann schlich er zur Küche. Die Gusti hatte die Tür natürlich abgesperrt, aber Kevin-Karl hatte sie oft genug dabei beobachtet, wie sie den schweren Schlüssel anschließend in der vierten Tasse auf dem Bord im Korridor hatte verschwinden lassen. Kaum hatte er ihn gefunden, schloss er auf, betrat auf Zehenspitzen den Raum, zog die Türe wieder sorgfältig hinter sich ins Schloss und durchquerte Gustis Back- und Brutzelstube. An den hinteren Teil des Raumes grenzte noch eine große Vorratskammer an, vollgestopft mit Konfitüren, Chutneys, Apfelmus, Trockenfrüchten, passierten Tomaten, eingelegten Kürbissen und ähnlichen Delikatessen. In der Speis hatte er sich manchmal sein fleischloses Essen aussuchen dürfen, wenn der Gusti keine veganen Gerichte mehr eingefallen waren. Die Regale an der Außenwand bogen sich unter Rezeptbüchern, einige davon noch händisch und in Kurrent beschriftet. Kevin-Karl beschloss, sie heimlich, still und vor allem in gebotener Eile durchzusehen. In ihnen würde er bestimmt eine Anleitung für ein Sterzkoch aus Großmutters Zeiten finden.

Mit feuchten Händen nahm der Junge ein Buch nach dem anderen aus dem Regal und blätterte es durch. Topfennockerl, Kernölguglhupf, Germknödel, Gundelpalatschinken, alles, was Naschkatzen erfreute, nur kein Sterzkoch. Nach einer halben Stunde hatte Kevin-Karl bereits das halbe Regal leer geräumt, nach einer Stunde das ganze. Zwischendurch war er immer wieder zum Fenster gelaufen und hatte voller Angst hinausgespäht, aber nichts und niemand zeigte sich. Nun wagte er sich an die zweite Reihe, denn die Gusti besaß offensichtlich derart viele Werke, dass sie die Bücher aus Platzgründen in drei Reihen hintereinander geschlichtet hatte. Ganz vorne standen Bände mit Rezepten für Desserts, Kuchen, Kompott und Mehlspeisen, in der zweiten Reihe ging es um Braten, Würste, Backhendl und Fisch, also musste er sich bestimmt bis ganz nach hinten vorarbeiten, um über Suppen, Beilagen, Gemüse und Getreide nachzulesen.

Schwitzend stapelte der Junge auch die zweite Bücherreihe auf den Boden und zog aus den dunklen, nur schwer erreichbaren Tiefen des Regals einen dicken Schmöker hervor. »Mannomann«, entfuhr es ihm, als er den Titel las. Rasch griff er nach einem weiteren Buch, guckte auf den Einband und warf es weg, nahm ein drittes, viertes, fünftes zur Hand, sah kurz auf deren Umschläge, ließ alle fallen, stammelte erneut »Mannomann« und stürmte aus der Küche. Laut hallten seine Schritte auf dem Holzboden im Flur wider, dann donnerte die Eingangstüre ins Schloss.

Es war die Nachtigall ...

Hauptmann van Trotts spartanisch gerahmte Lesebrille beschlug, als der deutsche Touristenjunge auf einmal durchs Revier fegte wie eine Windhose. Der Bub hatte die Türe derart schwungvoll auf- und zugeworfen, dass sich Akten, Briefe, ja sogar die Tageszeitung zu einem Kurzstreckenflug Richtung Fußboden aufmachten. Erschrocken legten der Inspektor und der Oberstleutnant ihre angebissenen Selchwürstl auf die Schreibtischunterlage, was ein paar hässliche Fettflecken zur Folge haben sollte.

»Bua, Bua, wasch um Himmelsch willen isch denn passiert?«, nuschelte Kapplhofer, der noch an einem fetten Bissen kaute.

»Ich glaub, ich kenn den Mörder«, flüsterte Kevin-Karl und kollabierte.

***

Endlich hatte die polizeiliche Langzeitahnungslosigkeit ein Ende. Kaum hatte sich Kevin-Karl von der kurzen Ohnmacht erholt und seine Erzählung beendet, stürzten alle drei mit vereinten Kräften und gemischten Gefühlen zum luxuriösen Dienstwagen des Oberstleutnants.

Hauptmann Hartmuth van Trott war zwar hocherfreut, in naher Zukunft das Tal voller Trübsal, Trauer und Trottel verlassen zu können, missgönnte dem Piefke-Spross seinen ermittlungstechnischen Erfolg aber aus ganzem Herzen. Warum war er nicht auf diese Idee gekommen? Zuerst hamsterte der Inspektor mit seiner Single-Socke die Lorbeeren ein, und nun war es ein pickeliger Halbstarker, der, wie schon einmal vor Jahren, zum Held der Region erklärt werden würde.

Kapplhofer hingegen gönnte dem Burschen durchaus seinen Triumph, profitierte doch auch er von dieser unerwartet schnellen Lösung des Falls. Er konnte es kaum erwarten, endlich wieder warme Mahlzeiten zu genießen und sich schlimmstenfalls um gestohlene Rosenkugeln kümmern zu müssen. Nur die Gusti tat ihm leid. Was in aller Welt hatte eine derart liebe Person zum Giftmord getrieben? Natürlich konnte sich das Ganze noch als Fehlalarm erweisen, doch was Bartenstein junior da berichtet hatte, hörte sich schon recht überzeugend an. Der Bub hatte zwar noch unter Schock gestanden, weshalb er die Geschichte nicht akkurat ausformuliert, sondern vielmehr im Telegrammstil gestammelt hatte, aber als Zufall konnte man dessen Entdeckung keinesfalls abtun.

Er habe nach einem Rezept für ein Sterzkoch gesucht, so der Junge, und deshalb verbotenerweise die Vorratskammer der Birnstingl Gusti betreten, weil er wisse, dass sie dort ihre Kochbücher verwahre. In der dritten Reihe im Bücherregal hätten sich aber keine kulinarischen Ratgeber, sondern ausschließlich chemische und medizinische Werke über Pflanzengifte und Giftpflanzen befunden. Und im Unterschied zu den Kochbüchern seien die ganz sauber gewesen, ohne Spinnweben, Staub und Schimmelspuren. Er haben nur die ersten paar in die Hand genommen und dann noch rasch die Titel der anderen Bücher in den unteren Regalfächern überflogen: alles tödliche Pflanzenratgeber.

»Mannomann, das war voll krass«, hatte der Bub noch gemeint und war dann beinahe ein zweites Mal auf den Boden gekracht. Schnell hatten der Oberst und der Inspektor ihn auf den bequemen Bürostuhl verfrachtet und seine Beine auf den Tisch gelegt.

»Dassd dich nicht von der Stelle rührst, gell«, hatte Kapplhofer noch gemeint, die Archivschränke verschlossen und den Schlüssel in die Tasche gesteckt. Von unterwegs aus würde er die Gemeindekrankenschwester anrufen, die sollte dem Buben einen Beruhigungstee kochen und ein Auge auf ihn haben. Denn ein Polizeirevier war kein guter Ort für Leute, die ihre Nase gern in fremde Dinge steckten.

***

Als Rüdiger und Hildegund Bartenstein von ihrer ehelichen Befriedungsrunde auf den Bremsnigg zurückkehrten, bot sich ihnen ein Bild des Grauens. Vor dem Haupteingang der Buschenschank standen uniformierte Beamte, die ihnen mit harschen Worten den Eintritt verwehrten, zwischen ihnen rannten ein paar gespenstisch gekleidete Männer herum, die aussahen, als trügen sie Ganzkörperkondome, und die offensichtlich recht schwere Kartons in einen Lieferwagen hievten. Am Rande des besorgniserregenden Geschehens machten sie diesen knochendürren Kommissar aus, der abgehackte Befehle in sein Mobiltelefon brüllte.

Hildegund stürmte auf ihn zu, warf ihn beinahe zu Boden und schrie: »Wo ist mein Sohn?«

Der Hauptmann versuchte vergebens, sich die Furie vom Hals zu halten, indem er wild mit seinem Handy herumfuchtelte.

»Was ist mit meinem Kevin passiert?«, tobte Hildegund in höchst hysterischen Tonlagen und wollte ihm das Telefon aus der Hand reißen.

»Mensch, so reden Sie doch«, griff nun auch Rüdiger den Hauptmann an und zog an dessen anderem Arm.

»Mein Soooooooooohn!« Hildegunds Gekreische endete mit einem atonalen Dauerton, der, was Lautstärke und Missklang betraf, einer Alarmsirene in nichts nachstand.

»Der ist auf dem Polizeirevier«, klärte sie van Trott auf, während er sich mühte, wieder Herr über seine Arme zu werden.

»Waaaaaaaaaaaaaaaaaaas?«, tönte die verzweifelte Hildegund.

»Komm, wir fahren«, entschied Rüdiger und zog seine aufgelöste Gattin mit sich.

»Immerhin hat er Polizeirevier gesagt und nicht Krankenhaus oder gar Gerichtsmedizin«, suchte er sie auf dem Weg zu ihrem Wagen ein wenig zu beruhigen, doch Hildegund hatte kein Ohr für sein Beschwichtigungsmanöver.

»Mein Juuuuunge, mein armer, armer Juuuuunge«, heulte sie in einem fort, während Rüdiger sie ins Auto schubste, den

Motor anließ und mit quietschenden Reifen vom Hof fuhr. Im nächsten Leben, beschloss er, würde er Single bleiben und sich einen Hund anschaffen.

***

Im Vernehmungsraum des Grazer Landeskriminalamts ging es eindeutig ruhiger zu. Die Verdächtige, die bei ihrer Festnahme keinerlei Widerstand geleistet hatte, saß erstaunlich gefasst auf einem schlichten Holzstuhl. Oberstleutnant Schmitt hockte ihr gegenüber, ständig bemüht, der adretten Blondine auf Augenhöhe zu begegnen und seinen Blick nicht in ihr üppiges Dekolleté abgleiten zu lassen. Inspektor Kapplhofer hatte den psychologischen Rückzug in eine Ecke angetreten, wo er plan- und bewegungslos herumstand, die Hände tief in den Taschen vergraben. Er wollte der Gusti weder in den Rücken fallen noch ins Gesicht sehen müssen, das käme ihm wie Verrat an der dörflichen Gemeinschaft vor. Wo die Buschenschankwirtin doch so ein lieber Mensch war. Aber zwischen Schein und Sein lag offenbar die ganze Dramatik des menschlichen Daseins begraben.

Ein unbekannter Polizist las der unter Mordverdacht Stehenden ihre Rechte vor, was die Gusti mit einem Kopfnicken zur Kenntnis nahm. Dann griff der junge Uniformierte nach Block und Schreibgerät, offenbar war er auch fürs Protokoll zuständig. Wobei heutzutage ohnedies alles elektronisch aufgezeichnet wurde, wunderte sich Kapplhofer, aber vielleicht diente die Mitschreiberei auch nur der didaktischen Manifestation hierarchischer Strukturen. Der Moment der Wahrheit war jedenfalls unaufschiebbar gekommen.

Und dauerte gar nicht lange.

Gusti gestand ohne Vorbehalte und Beschönigungen.

»Wissen S', Herr Kommissar«, begann sie ihre Erläuterungen und sah dabei so herzzerreißend hinreißend aus, dass der Oberstleutnant auf jegliche Belehrung hinsichtlich polizeilicher Dienstgrade verzichtete, »wissen S', als Frau hat man es heutzutag nicht leicht. Ich hab sieben Kinder, eine Wirtschaft, ein Gasthaus, eine Pension und einen ständig besoffenen Mann.«

Bis auf Kapplhofer, der das schon wusste, waren alle schwer beeindruckt. Die sah doch noch so jung und fesch aus!

Als könnte Gusti Gedanken lesen, fügte sie hinzu: »Nicht mehr lang und ich werd vierzig.«

Aber aussehen tut sie wie knapp über dreißig, befand der Oberst, sagte aber nichts.

»Und nie reicht 's Geld. Die älteren Buam studieren in der Stadt, die mittleren brauchen ständig was für die Schul, und die zwei kleinsten sind bei einer Tagesmutter, die kostet auch an ordentlichen Batzen. Und dann der Betrieb, Sie können sich nicht vorstellen, was des für Ausgaben sind. Jedes Jahr muss was aus'bessert, erneuert oder dazu'baut werden.« Sie nippte an ihrem Wasserglas. »Einmal is das Dach undicht, dann hagelt's den ganzen Garten nieder, dann wollen die Gäst auf einmal alle WLAN und Wasserkocher auf dem Zimmer. Und Zirbenholzbetten, weil s' grad so modern sind. Und sauteuer. Als wenn die aus Fichtenholz nicht reichen täten zum Schlafen.« Verständnislos schüttelte sie den Kopf ob der neumodischen Ansprüche ihrer Gäste. »Aber ich kann die Preis ja nicht so stark erhöhen, ich bin kein Fünf-Sterne-Hotel, sondern nur eine Buschenschank mit Zimmervermietung. Zu mir kommen die Leut, weil's günstig und schön is.«

Was der Inspektor bestätigen konnte. Die Brettljausn von der Gusti genoss Kultstatus und war absolut leistbar.

»Und dann ist da noch der Weinberg. Mein Mann, der Franz, der macht ja nix mehr außer saufen und schlafen und sudern. Ich hab die Arbeit, aber ihm g'hört der Hof. Früher mal, da hab ich ihn wohl schon gerng'habt, mein Franzl.« Letzteres erklärte wohl, warum sie nicht einfach ihren Gatten ums Eck gebracht hatte, was mit weniger Aufwand verbunden gewesen wäre. »Und auf einmal haben s' dann mit der Baustelle ang'fangen. Wegen dem Kraftwerk, das eh keiner braucht. Mitten in mei schöne Aussicht hinein wollen s' des bauen. Die Leut kommen doch nur zu mir, weil s' auf der Terrasse und von die Zimmer aus so einen tollen Blick auf die Damisch und die Landschaft umadum haben.« Sie trank erneut etwas Wasser, das ihr der uniformierte Jüngling unaufgefordert und beinahe ehrfurchtsvoll nachschenkte. »Uns haben s' ja nicht g'fragt wegen der Bauerei. Aber wer macht denn schon Urlaub in einer Gegend, wo statt Klapotetzen Kaplanturbinen stehen und man beim Essen in die Vorgärten von die Gstopften schaun muss, weil die mit ihre Ferienhäuser die schönsten Stellen am Ufer besetzen? Wir sind ein freies Land, tat man meinen, aber beim Geldbeutel hört die Freiheit offenbar auf.«

Kapplhofer nickte. Wo die Gusti recht hatte, hatte sie recht.

»Mit dem Kraftwerk hätt ich zusperren müssen. Und die Kinder von der Uni nehmen. Die hätten sich ihr Studium in die Haar schmieren können und eine Lehrstelle als Koch oder Kellner suchen, und ich wär am End g'wesen.«

Verständnisvoll nickten die vier Beamten.

»Aber zwei erwachsene Männer und eine widerborstige Frau umzubringen, das war doch bestimmt recht schwierig«, wollte der Oberstleutnant nun das mörderische Thema bereden. Wobei ihm das Wort »umzubringen« nur recht zögerlich über die Lippen gekommen war, die Frau sah wirklich nicht nach kaltblütiger Mörderin aus, eher nach warmherziger Mutter.

»Schauen S', das war ganz einfach«, entgegnete die Gusti. »Ich hab ja immer dort vorbeimüssen, also am Bach, wo sie zu grabn ang'fangen haben, wenn ich dem Franzl das Essen auf den Weinberg 'bracht hab. Dabei sind mich diese Trotteln immer ang'stiegen, aber am schlimmsten war der Polier. Der hat nicht nur deppert g'schaut, der is auch handgreiflich 'worden. Weil als Polier hat er nicht auf einem Bagger oder Kran sitzen müssen, der is am Boden frei herumg'laufen.« Sie holte kurz Luft und fuhr fort: »Und da hab ich mir 'dacht, weil das ganze Protestieren ja nix 'bracht hat und sich keiner um uns g'schert hat, also, da hab ich mir 'dacht, wenn ich ein paar von die Bauleut umbring, dann kriegt das endlich das ganze Land mit. Fernsehen, Zeitungen und so halt. Weil sonst interessiert eine hinige Landschaft und ein dreckiger Bach ja keinen, des gibt's eh schon überall.«

Auch damit hatte sie nicht ganz unrecht.

»Aber wenn's Tote gibt, dann kommen s' ang'laufen. Das is dann die Sensation im Sommerloch. Ich hab g'hofft, die Hackler würden Angst kriegen und sich vielleicht von selbst schleichen.«

Der junge Uniformierte hatte Mühe, so schnell mitzuschreiben.

»Aber wie genau sind Sie auf das Gift gekommen?«, wollte der Oberst nun wissen.

»Schauen S', ich hab ja einen Garten, und ich hab Kinder und Haustiere und Gäst. Da muss man immer aufpassen, was die so alles in den Mund stecken, weil s' glauben, alles, was grün is und nett ausschaut, is g'sund. Dabei gibt's so viel giftigs Glumpert, das kann sich so ein Stadtmensch gar nicht vorstellen. Und alleweil passiert irgendwas. Also, nix Tragisches, nix zum Sterben, aber für drei Tag Bauchweh reicht's bald. Hollerbeeren, die z' kurz 'kocht worden sind, rohe Bohnen, Tulpenzwiebeln, alles problematisch. Einmal is uns sogar ein kleines Katzerl g'storben, weil's an einer Dieffenbachia 'knabbert hat. Mei, das war traurig, so ein liebes Mutzerl is das g'wesen.« Gusti schien den Tod der Katze ehrlich zu bedauern. »Vor ein paar Wochen hätt ich mich fast selbst vergiftet, weil mir des Hannerl, meine mittlere Tochter, statt einem Liebstöckel eine Hundspetersilie 'bracht hat. Aber die Hanne is erst acht, die kann des noch nicht wissen. Damit hätt ich den ganzen Gastgarten um'bracht.« Sie schauderte sichtbar beim Gedanken daran. »Na ja, und der Pepi, der Polier halt, der is mir eben immer nachg'stiegen. Irgendwann hab ich mich dann mal mit ihm verabred. ›Kommst um Mitternacht zum Ufer‹, hab ich g'sagt, ‹ich bring was zum Essen mit und mach mich schön für dich.‹«

»Und dann?« Kapplhofer hielt den Atem an. Nun wurde es richtig spannend.

»Der Pepi is natürlich total auf das Angebot abg'fahren und hat schon hinter die Haselbuschen auf mich g'wart. Ganz aufg'regt is er g'wesen, und nach Parfum g'stunken hat er auch. Bestimmt, damit ich sein Schweiß nicht riech.« Sie lächelte. »Wahrscheinlich hat der Arme wieder so lang hackln müssen, dass er nicht zum Umziehen 'kommen is. Die habn ja ständig Überstunden g'schoben am Bau. Aber ich hab mich fein raus'putzt, sogar weiße Handschuh hab ich ang'habt. Und eine frische Dirndlblusen. Das hat ihm g'fallen. Nur trinken hat er erst gar nix wollen, obwohl ich extra den besten Schilcher im Körbl g'habt hab. Mit viel Alkohol wirkt des Gift nämlich schneller.«

»Haben Sie das vorher ausprobiert, oder woher wussten Sie das?«, unterbrach der Oberstleutnant die fesselnde Erzählung.

»G'lesen hab ich schon viel drüber, und mit die Heilpflanzen kenn ich mich auch gut aus. Da kriegt man auch viel mit über die weniger g'sunden, aber«, sie trank nun einen großen Schluck, »mit die Tauben hab ich des ausprobiert. Die hab ich in Slowenien auf dem Markt 'kauft und dann im Käfig auf dem Dachboden mit giftigen Brotstückerl g'füttert, die ich zuerst im Wein eing'weicht hab.«

Was eindeutig in die Kategorie »vorsätzlicher Mord« fiel, wie Kapplhofer bedauernd befand.

»Weil das Problem war ja des, dass ich natürlich kein Gift hab nehmen können, des man gleich sieht. Also, wo die Leich nachher große Augen hat wie bei zu viel Tollkirschn oder rot ang'laufen ist im Gsicht wegen einer Überdosis Kirschlorbeer. Und auch keins, das erst nach ein paar Stunden wirkt, weil er dann vorher bestimmt noch alles Mögliche mit mir ang'stellt hätt.« Bei dem Gedanken sah die Giftmischerin beinahe empört aus. »Ich hab also eine Mischung 'braucht, die schnell wirkt, wenig Durchfall verursacht und vor allem durstig macht, damit die Leut von selbst ins Wasser gehen, weil s' trinken wollen. Und die die Leut müd macht und ein bissl benommen, aber halt nur so viel, dass s' noch gehen können. Weil ins Wasser tragen hätt ich die zwei Mannsbilder nicht können.«

Die Frau kannte sich aus, keine Frage. Van Trott schüttelte staunend den Kopf.

»Fast vierzig Tauben hab ich 'braucht, bis das Ergebnis

g'stimmt hat. Mit die toten Viecher bin ich dann in den Wald 'gangen und hab s' dort in einem Erdloch vergraben. Sie auf den Kompost zu werfen oder in den Koschpelkübel zu geben, das wär ja net 'gangen.«

»Aber aufg'schnitten hast s' auch noch, oder?«, mischte sich nun erstmals der Inspektor ein, dem das Bartenstein'sche Frischluftabenteuer eingefallen war.

»Freilich, zumindest die letzten, also die, wo die Mischung dann schon 'passt hat. Ich wollt wissen, ob man in die Därm was sieht vom Gift.«

»Und dabei haben dich die Deutschen g'stört?«

Erstaunt blickte der Oberst den Inspektor an. Davon wusste er nichts, von Tauben hatte nirgendwo etwas in den Akten gestanden.

»Leider.« Die Gusti nickte. »Zuerst is der Vater pinkeln 'kommen, da hab ich s' grad alle aufg'legt g'habt. Aber der hat sich eh gleich in die Hosn g'macht und is davong'rennt. Und kaum hab ich fast alle wieder eing'sammelt g'habt, is auch noch der Bua 'kommen. Des war dann ganz bled, weil der sicher kapiert hätt, was ich da mach. Also hab ich ihm mit einem Ast eins drüberziehen müssen.« Gusti schwieg einen Moment und blickte zu Boden. »Des tut mir echt leid, weil ich mag den Karli wirklich gern. So ein lieber Bub.«

»Und das Gift?«, drängte der Oberst die geständige Wirtin.

»Das Gift war eine Mischung aus Schneerosen. Ich hab eine Abkochung aus der Wurzel g'macht, die ist total giftig, damit haben s' früher sogar die Brunnen vergiftet. Das Gift setzt dem Herzn zua, es wird einem übel, Dünnschiss kriegt man auch, zuerst regt's einen auf, dann regt's einen ab, aber weil's auch zu Blutungen im Mund führen kann, hab ich eben noch Kernöl 'braucht, dass man etwaige Flecken nicht so gut sieht. Und als Geschmacksträger is unser Öl ja eh Weltklasse und g'sund, auch wenn die Männer nix mehr davon g'habt haben.« Sie lachte. »Als letztes Abendmahl halt ich Käferbohnensalat mit viel Zwiebeln und Kernöl sowieso für die beste Wahl. Da haben s' noch was Gscheits in den Magen 'kriegt.«

Eine derart menschliche Anwandlung grenzte nahezu an Schizophrenie, befanden die Zuhörer.

»Na, jedenfalls is die Plutzerschmiere schön dunkel, das hat also gut 'passt.«

»Und was genau war noch in der Mischung mit den Schneerosen?«, hakte der Oberst ungeduldig nach.

»Die Schneerosen machen total durstig, trocknen einen innerlich aus. Und müd wirst auch davon. Damit der Pepi und nachher der Willi nicht zu viel herumhupfen, weil davonrennen hätten s' mir ja nicht dürfen, hab ich zur Sicherheit auch noch ganz wenig Tollkirsche dazug'mischt, die auch beruhigt und durstig macht. Und Goldregen für noch mehr Durst und ein paar Hitzeschübe. Wirken tut des alles ja ganz schnell. Aber alles halt nicht zu stark dosiert, weil ich mit ihnen ja noch baden gehen hab müssen. Und damit s' mir ja keine zu großen Pupillen kriegen, hab ich ein bisserl Seidelbast unterg'rührt, weil der die verkleinert. Die Lupinen wegen dem Schwitzen und dem Schwindel und wegen dem leicht bitteren Gschmack. Die Taubn haben das vergiftete Brot lieber g'fressen, wenn das Zeug dabei war.«

»Aber war die Dosis nun tödlich oder nur betäubend?«, fragte der Oberstleutnant.

»Nein, tödlich war sie nicht. Also, nicht auf Anhieb jedenfalls. Die Tauben haben noch fünf Tag weiterg'lebt, bevor sie ab'kratzt sind. Und die Männer hab ich ja lebendig 'braucht, sonst hätt ich s' nicht ertränken können. Zu früh hätten mir die keinen Herzkasperl kriegen dürfen.«

»Jetzt noch mal zum ersten Opfer, dem Polier. Sie sagten, er wollte keinen Alkohol trinken?«, erkundigte sich der Oberstleutnant.

»Am Anfang nicht, das stimmt, weil das offenbar so ein g'sundes Bubi war. Ich hab ihn damit rum'kriegt, dass ich bei jedem Anstoßen und Ex-Trinken ein Kleidungsstück abg'legt hab. Plötzlich hat er g'soffen wie ein Loch. Er selbst hat natürlich auch was ausziehen müssen. Am End waren mir schon splitterfasernackt und ihm is schon arg schlecht g'wesen, weil den Bohnensalat hatte ich ihm ja gleich als Erstes serviert. Durst hat er auch schon g'habt, und heiß is ihm g'wesen, wegen mir, weil ich nackert war, und wegen dem giftigen Kernöl. Dann sind mir Hand in Hand ins Wasser 'gangen.«

»Und dann?«, wollten alle wissen.

»Dann hab ich g'sagt, er muss jetzt aus dem Bach trinken, und ang'spritzt hab ich ihn. Und wie er sich runter'beugt hat, hab ich ihm einfach den Kopf ins Wasser 'druckt.«

»Aber der hat sich doch bestimmt gewehrt, oder?«, fragte der Oberstleutnant.

»Nein, gar nicht. Hat mich ehrlich g'sagt auch g'wundert, aber den hat's so 'draht, dass er von selbst ganz ins Wasser g'fallen is. Und wie er dann tot war, hab ich des Gwand vom Ufer g'holt, ihm den Hintern ab'putzt und alles wieder an'zogen, also die Hosen und das Leibl. Sogar den Helm hab ich ihm aufg'setzt, damit's ordentlich ausschaut.«

»Warum haben S' ihm denn den Hintern 'putzt?«, staunte der junge Uniformierte, der offenbar zu sehr von Gustis Reizen abgelenkt wurde, um noch ordentlich mitdenken zu können.

»Weil er Dünnschiss g'habt hat wegen dem Gift, eh klar«, erwiderte die Mörderin. »Meine weißen Handschuh hab ich nachher natürlich wegwerfen müssen.«

»Daher also keine Fingerabdrücke an den Wasserleichen.« Der Oberstleutnant nickte.

»Mit dem Bankdirektor bin ich gleich verfahren. Der is eh allem nachg'rennt, was zwei Haxn und einen Busen g'habt hat. Mit ihm war's fast noch einfacher, weil er freiwillig g'soffen hat. Wieder sind mir pumperlnackert ins Wasser, er ist unter'taucht, und dann hab ich ihn 'putzt und an'zogn. Das Anziehen war halt ziemlich anstrengend beim Willi, weil der hat so einen depperten Anzug ang'habt, mit Hemd, Unterhemd, Manschettenknöpf und so viel Graffel. Das is schon wild anstrengend, so einen Toten wieder in sein Gwand zu stopfen. Das können Sie sich nicht vorstellen, was ein Nasser wiegt.«

Das wollte sich allerdings keiner der Anwesenden vorstellen.

»Leider hab ich eine von seinen Socken nicht mehr g'funden.

Der hat ja unbedingt schwarze Socken anhaben müssen, die hat er dann auch noch in hohem Bogen ins Gebüsch g'worfen. Im Brombeergstauder is er dann g'hängt, wo man mitten in der Nacht sowieso nichts sieht. Ich hab ja keine Laterne mitnehmen können, weil die hätt womöglich wer g'sehen.«

»Nun gut«, suchte Schmitt zu rekapitulieren, »Sie haben den Polier und den Bankdirektor also nach allen Regeln der Kunst vorsätzlich vergiftet und quasi zum Ertrinken verleitet, um Ihre Mordabsicht zu verschleiern, richtig?«

Gusti nickte.

»Aber wie passt die Frau dazu? Die war nüchtern, nackt und keine Angestellte des Bauunternehmens.«

»Die Bibiana hat einfach nur Pech g'habt, die is mir zur falschen Zeit am falschen Ort im Weg g'legen«, erklärte die Gusti. »Ich wollt der nix Böses, ich hab s' zwar gar nicht mögen, weil s' so eine eingebildete Funzn g'wesen is, die in ihrem ganzen Leben noch nie hat arbeiten müssen, aber deshalb hätt ich s' nie um'bracht. Des is einfach nur deppert g'laufen. Die Dopplerin hat ja alleweil einen Sperminator g'sucht, weil sie unbedingt noch ein Kind haben wollt. Hätt s' halt eins von meine sieben g'nommen, aber egal. In derjenigen Nacht hat s' wieder so eine Besamungsaktion laufen g'habt, nehm ich an, weil sie nackert hinter die Haselbüsch g'legen is. Einen Mann hab ich weit und breit nicht g'sehen, nur noch ein Auto, das wegg'fahren is. Sie hat ja eh immer Auswärtige g'habt, weil die Einheimischen waren ihr nicht gut genug.«

Das wusste auch der Inspektor zu bestätigen.

»Auf dem Ruckn is sie g'legen und hat mich mit großen Augen ang'starrt. Ich glaub, die hat gleich g'wusst, was ich mitten in der Nacht am Wasser tu.«

»Und was haben Sie mitten in der Nacht am Fluss getan, wenn Sie niemanden vergiften wollten?«, warf Oberst Schmitt ein.

»Ich hab nach der zweiten Socke g'sucht, eh klar. Weil mir leider erst, wie ich des von dem Willi sein Fußpilz erfahren hab, eing'fallen ist, dass ich die für mein Mann, den Franzl, gut hätt brauchen können.«

An dieser Stelle stellte sich bei den drei Herren echter Erklärungsbedarf ein.

»Hat er zu wenig Socken?«, fragte der Inspektor, dem seine Mutter immer die Socken strickte.

»Aber nein. Ich hätt ihm die einfach unter seine Sachen g'legt. Der hat doch sei Lebtag nie z'sammg'räumt und gar nicht g'wusst, was ihm g'hört. Also, bis auf mich.« Gusti seufzte. »Dann hätt er Fußpilz 'kriegt, wär zum Arzt 'gangen, oder ich hätt ihn hing'schickt, und dem Quacksalber wär bestimmt der Willibald eing'fallen. Mit ein bissl Glück hätt ich den Franzl so als Täter entsorgen können. Der kann sich eh an nix erinnern, was nach dem Mittagessen passiert, weil er da schon immer fett is. Und eifersüchtig is er auch, ein anderer Mann darf mich ja nicht mal schief anschauen, schon zuckt er aus. Aber weil er jetzt immer in seim Kellerstöckl am Weinberg sitzt und sauft, kriegt er nix mehr mit.« Der Gedanke schien die Gusti etwas aufzuheitern.

»Jedenfalls hab ich zwar die Socke g'funden, aber die Bibiana auch. Die hat mich g'sehen und g'meint: ›Da schau, willst jetzt mich umbringen?‹ Einen guten Überreißer und eine scharfe Zunge hat sie ja immer schon g'habt.« Die mörderische Wirtin hatte sich nun so in Fahrt geredet, dass sie das Glas Wasser in einem Zug austrank. »Dann hab ich g'meint, ich verzähl ihr alles, aber zuerst soll sie sich was anziehen, weil ich nicht gern mit nackerte Weiber red. Weil's der Dopplerin eh peinlich war, hat sie sich g'schamig um'draht, und grad, wie sie in ihr Kleidl hat schlüpfen wollen, hab ich ihr mit einem dicken Ast eine voll drüber'zogen. Ich hab ja keine Wahl g'habt, die hätt nie freiwillig ihren Mund g'halten.«

Insgeheim dachte der Inspektor, dass das Massaker an der Natur nicht nur ein massenhaftes Bäume- und Pflanzensterben mit sich gebracht hatte, sondern auch drei menschliche Leichen. Früher hätte man niemanden so spontan erschlagen können, also früher, als die dicken Äste noch an Baumstämmen hingen und nicht haufenweise im Dreck herumlagen.

»Ich hab fester draufg'haut als beim Karli, aber die Bibiana ist dann auch gleich brav umg'fallen und ohnmächtig 'worden. Da hab ich die Chance g'nutzt und ihren Kopf auch unter Wasser 'druckt.« Sie hielt kurz inne, als ließe sie jedes Detail noch einmal Revue passieren. »Aber dann is sie wieder munter g'wordn, weil sie halt nicht von dem Gifttrankl geschwächt g'wesen is, und hat mit ihre langen Haxen wild nach mir 'treten.«

Bei vier Männern hob sich der Vorhang des Kopfkinos.

»Aber sie hat mich eh nicht derwischt. Ich kann schnell sein, wenn ich will. Und nach ein paar Tritten is sie dann eh g'storben.«

»Aber warum fand man am Körper des weiblichen Opfers die Sockenfasern mit Fußpilz?«, wunderte sich der Oberst.

»Weil ich die g'fundene Socke ja in der Hand g'halten hab, wie ich fast über die Dopplerin g'fallen bin. Es war ja alles so finster. Deshalb hab ich auch den Ast damit an'griffen, dass ich mich nicht an der Rinden verletz, so ein ein'zogener Span kann arg wehtun.« Sie dachte einen Moment nach. »Ach ja, und den Mund hab ich ihr auch kurz damit g'stopft, weil die Dopplerin schreien wollt, wie sie zwei Mal kurz Oberwasser g'habt hat. Die war echt stark, das hat mich selbst g'wundert.«

Danach habe sie, so die Gusti weiter, der besseren Optik zuliebe das Opfer wieder entkleidet, dabei aber stets die Socke schützend in der Hand gehalten, da sie beim vorherigen Mord ohne Handschuhe unterwegs gewesen sei. Zwischendurch habe sie sich immer wieder die Hände ordentlich gewaschen, weil so ein Fußpilz sei schon eine grausliche Gschicht.

Wenigstens hat sie ihre mörderischen Klauen nicht in Unschuld gewaschen, dachte Oberst Schmitt erleichtert und beendete das Verhör.

Epilog

Eine Woche später

Wir befinden uns unverändert im Jahr 2020 nach Christus. Nach wie vor erbebt ganz Österreich unter umweltpolitischen Rückzügen und wirtschaftspolitischen Vorstößen, schmierigen Korruptionsskandalen und schmutzigen Campaigning-Affären.

Aber nicht ganz Österreich.

Im südweststeirischen Damischtal sind wieder Ruhe und Frieden eingekehrt. Über die schauerliche Mordserie und die teilweise massakrierten Damisch-Auen beginnt langsam, erstes Gras zu wachsen, das Kraftwerks- und Ferienhausprojekt wurde wegen Unrentabilität eingestellt. Kurz gesagt, das Leben verläuft wieder in gewohnt unaufgeregten Bahnen. Die Toten sind begraben, die Lebensfreude ist wiederauferstanden. Vor allem für den toughen Kevin-Karl, der vom ganzen Tal auf Händen getragen und als Held der Nation gefeiert wird. Letztlich hat er es zwar nicht mehr geschafft, seine Kathi zu bekochen, aber ein Star braucht nicht auch noch Sternekoch zu sein. Der blitzgescheite Junge lud seine Freundin an ihrem Geburtstag stattdessen weltmännisch zum Essen ein, und danach ging's ab ins Bett. Sogar die Eltern Kevin-Karls haben wieder Gefallen aneinander gefunden und feiern voller Stolz die immense Klugheit ihres Sohnemanns.

Nur im Landeskriminalamt fragt man sich immer noch, wem die Doppler Bibiana wohl ihre letzten fleischlichen Genüsse zu verdanken hatte. Allerdings ohne Erfolg, denn die geheimnisvolle dritte DNA-Spur gehört dem Treijchl Alex vom »Kaukanischen Anzeiger«. Der hat Bibiana sein Sperma hinterlassen, ihr gute Hoffnungen gewünscht und weilt seitdem zu meditativen Zwecken in einem Kloster am Fuße des Annapurna-Massivs, fernab aller Tagesmeldungen. Und zwar für mindestens weitere sechs Wochen.

Steirische Kernölkost

(Alle Mengenangaben beziehen sich auf vier Personen.)

Im Unterschied zur anderswo beliebten Hausmannskost gibt's zwischen Gfrettgstätten und Plutzenberg nur Hausfrauenkost. Weil erstens Hausmänner im Damischtal ähnlich oft anzutreffen sind wie Freidenker im Finanzamt und es zweitens die einheimischen Hosenträger bereits ausreichend erschöpft, ihren Mann zu stehen; da können sie nicht auch noch tatkräftig in der Küche herumstehen. Also kocht das Weib.

Schwammsuppe mit Brennsterz

(Sterzkoch; keinesfalls als Suppengang oder Diätkost geeignet)

Zutaten Suppe:
3 mittelgroße Steinpilze
40 g Schmalz
1 Zwiebel
1 Knoblauchzehe
3 EL Mehl
1 ¼ l Wasser
750 g Erdäpfel
1 Karotte
Salz, Pfeffer, Majoran, Thymian, Kümmel, Petersilie, 1 Lorbeerblatt

Zubereitung:
Geputzte und klein geschnittene Pilze im heißen Schmalz oder Fett anrösten. Aus der Pfanne nehmen und auf Küchenpapier zwischenlagern. Fein gehackte Zwiebel und Knoblauch ebenfalls anrösten, mit Mehl andicken, mit 2–3 EL Wasser aufgießen und gut durchmischen. Suppe mit würfelig geschnittenen, geschälten Kartoffeln, der klein geschnittenen, ebenfalls geschälten Karotte und Gewürzen auf den Herd stellen und die

Pilze sowie die Zwiebel-Knoblauch-Mehl-Masse untermengen, sobald die Suppe leicht köchelt. Sind Kartoffeln und Karotten weich gekocht, mit etwas Petersilie verfeinern und zum Brennsterz servieren.

Zutaten Brennsterz:
Salz
300 g Heidenmehl (Buchweizenmehl, idealerweise grob gemahlen)
Schmalz
Grammeln (wer keine Grammeln bekommt, kann auch würfelig geschnittenen, fetten Speck nehmen)

Zubereitung:
Wasser salzen und aufkochen lassen, dann das gesamte Mehl auf einmal ins Wasser schütten, damit ein großer Knödel entsteht. Den Knödel etwa eine Viertelstunde lang kochen lassen, dann mit einer Gabel anstechen, umdrehen und nochmals circa zehn Minuten kochen lassen. Wasser abgießen und beiseitestellen, den Sterzknödel mit einer Gabel in kleine Stücke zerteilen. Bei Bedarf etwas vom Kochwasser dazugeben und fünfzehn Minuten nachquellen lassen. Schmalz erhitzen, die Grammeln darin anrösten und den Sterz damit übergießen.

Kernölguglhupf

Zutaten:
Fett für die Form, Kürbiskerne nach Bedarf
5 Eier
220 g Kristallzucker
125 ml Wasser
1 Päckchen Vanillezucker
100 ml Kürbiskernöl
eine Prise Salz
½ Päckchen Backpulver
250 g Mehl

Zubereitung:
Backrohr vorheizen, eine Form fetten, mit Mehl ausstauben und mit Kürbiskernen auslegen. Eier trennen und die Dotter mit dem Zucker, dem Wasser, dem Vanillezucker und dem Kernöl schön schaumig schlagen. Eiklar mit Salz zu Eischnee rühren. Backpulver dem Mehl beimengen und die Hälfte langsam unter die Dottermasse heben. Danach auch die Hälfte des Eischnees vorsichtig unterrühren, das restliche Mehl beimengen, glatt rühren und am Schluss den verbliebenen Eischnee unterheben.
Alles in eine Form füllen und bei 160 Grad circa 50 Minuten backen.

Kernöleierspeis

(für Insider: Kernölschmölzi)

Zutaten:
1 Zwiebel
eine Handvoll Kürbiskerne
6 Eier
Öl, Salz, Pfeffer, Schnittlauch
4 EL Kernöl
etwas geriebener Kren (Meerrettich)

Zubereitung:
Die gewürfelte Zwiebel länger und die Kürbiskerne ganz kurz im Öl anrösten, Eier verquirlen, mit Salz und Pfeffer würzen, in die heiße Pfanne zu Zwiebel und Kürbiskernen geben und stocken lassen. Ist das Schmölzi fertig, langsam Kernöl und Kren darübergeben. Nach Geschmack mit Schnittlauch dekorieren.

Achtung: Kürbiskernöl darf nie zu stark erhitzt werden, sonst schmeckt es nicht mehr nussig, sondern ranzig!

Eiernockerl mit Kernöl

Zutaten:
130 ml Milch
5–6 Eier
2 EL Kernöl
2 EL Butter für den Teig, 1 EL Butter für die Pfanne
circa 300 g Mehl
Salz, Pfeffer, Schnittlauch

Zubereitung:
Für den Nockerlteig die Milch mit 3 Eiern, dem Kernöl, einer Prise Salz und der zerlassenen Butter gut verrühren, dann das Mehl beimengen und rühren, bis eine cremige Masse entsteht. Ist der Teig zu fest beziehungsweise zu flüssig, nach Bedarf Milch oder Mehl dazugeben.
Nun Salzwasser in einem Topf zum Kochen bringen, mit einem kleinen Löffel Nockerl ausstechen und ins Wasser geben. Schwimmen die Nockerl nach etwa 5–10 Minuten oben, sind sie fertig. Nockerl abseihen, abschrecken (damit sie nicht verkleben) und in eine Pfanne mit heiß zerlassener Butter geben. Die restlichen Eier verquirlen und über die Nockerl gießen. Gut durchrühren, mit Salz und Pfeffer würzen und mit frischem Schnittlauch bestreuen, wenn die Eier zu stocken beginnen.

Steirisches Kernölpesto

Zutaten:
1 Tasse geröstete Kürbiskerne
⅓ Tasse geriebener Pecorino (oder Parmesan)
2 Knoblauchzehen
1 TL Zitronensaft
½ Tasse steirisches Kürbiskernöl
Petersilie, Basilikum und Liebstöckel

Zubereitung:
Alle Zutaten bis auf den Knoblauch zuerst im Mörser, danach mit dem Mixer/Püriergerät einige Minuten lang zu einer feinen, streichfähigen Masse zerkleinern. Die vorher klein gehackten Knoblauchzehen erst am Schluss untermengen.
Das frische Pesto passt herrlich zu Spaghetti und Bandnudeln, aber auch auf frisches Bauernbrot oder über einen Erdäpfelsalat.

Glossar der Austriazismen und Dialektausdrücke

Bagage – Gesindel

Bankert – uneheliches Kind

Bissgurn – verbal zuschnappende, unholde Weiblichkeit

blunznfett – die Blunzn ist eine Blutwurst, doch der Begriff wird gern auch als Schmähung für XXL-Frauen verwendet; *blunznfett* hingegen ist man, wenn man einen sitzen hat, also stockbesoffen ist

Breinwurst – steirische Wurstspezialität aus gekochtem Schweinefleisch

brunzen – pinkeln, beim Frischluftbrunzen schlägt man seinen Harn bevorzugt hinter Bäumen oder in Äckern ab

Buschenschank – Weinbaubetrieb, wo der Winzer neben seinem Wein auch kalte Speisen serviert, etwa die berühmten Brettljausn

Butsch – Schwein

damisch – verrückt, geistig etwas minderbegabt

Depp, Fetzenschädl, Pleampel – Idiot meist männlichen Geschlechts

Erbsenklauber – pedantischer Mensch

Falott – unehrlicher Mensch, Schurke, Gauner

fladern – spontane Eigentumsübertragung

Flinserl – Ohrstecker

Fotzhobl – Mundharmonika, das *Fotzhoblmuseum* ist also wörtlich übersetzt das »Mundharmonikamuseum«

Funzn, Trampel, Trutschn – weibliche Intelligenzverweigerin

Gelse – österreichischer Moskito

Gfrast – Nichtsnutz, nervendes Kind, meistens in der Mehrzahl, daher: die *Gfraster*

Gfrettgstätten, Plutzenberg – nicht nur Namen fiktiver Orte, sondern auch Anspielungen auf den Geisteszustand der Einheimischen; im steirischen Dialekt ist ein *Plutzer* ein Synonym für Kürbis beziehungsweise Wasserkopf; ein *Gfrett* entspricht einer ärgerlichen Situation

Glumpert – unnützes Zeug, Krempel

Grantscherm – Mensch, der leidenschaftlich gern das Schlechte in allem und jedem sieht und zum Lachen in den Keller geht

Grausbirn – *Grausbirnen* wachsen nicht an Bäumen, sondern im menschlichen Schlund, von wo sie angesichts ekelerregender Situationen gerne aufsteigen

Greißler – kleiner Lebensmittelladen

Gschaftlhuaba – ein Mensch, der stets alle Hände voll zu tun hat, aber außer Hektik nicht wirklich etwas zustande bringt

Halt die Pappn beziehungsweise *Goschn* – brachialrhetorisch für: Halt endlich deinen Mund

Katzlmacher – Schimpfwort für mediterrane Ausländer, vor allem Italiener

Klapotetz – eine windradartige Vogelscheuche

Koschpelkübel – Plastikeimer, der als Sammelstelle für Essensreste dient, welche an Schweine verfüttert werden

Krachlederne, Lodenjanker, Gamsbart – typische Steirertracht

Kukuruz – Maispflanze, unverzichtbar für die Polenta

Mieselsucht – Miesmacherei, Kritiksucht; wer wie die meisten Österreicher *mieselsüchtig* ist, der *sudert/matschgert/motzt* unentwegt, siehe auch *Grantscherm*

narrisch – Zustand extremer geistiger Verwirrtheit, auch: *ins Narrenkastl schauen*, also auf geistigen Abwegen wandeln

Pappalatur – Mundwerk

Plutzer (auch: *Blutzer*) – liebevoller Kosename für Kürbisse, die man im Übrigen *auspatzeln* muss, um an die wertvollen Kerne zu kommen

Sammas, dann pack mas – wenn wir Gedanken, Getränke und Sitzgelegenheiten ausreichend geordnet haben, dann könnten wir die Sache in Angriff nehmen

Schas – Furz oder Schwachsinn, je nach Notwendigkeit

den Scherm beziehungsweise *Scherben aufhaben* – der *Scherm* ist ein Nachttopf; diesen aufzuhaben zeichnet einen als besonderen Pechvogel aus

Schilcher – berühmter Roséwein (Blauer Wildbacher), den es nur in der Steiermark gibt und der im Frühstadium seiner Gärung als *Schilchersturm* angeboten wird

Stelzn – Schweinehaxe

Sterz – Speise aus einem mit Buchweizenmehl, Maismehl oder Grieß zubereiteten Teig, der in Schmalz gebacken oder in heißem Wasser gegart und dann in kleine Stücke zerteilt wird

Tachinierer – Faulenzer, Nichtstuer, arbeitsscheuer Mensch

tummeln – so bewegen sich all jene, denen für Eile mit Weile die Zeit fehlt

wampert – mit bierfassförmiger Körpermitte

Wappler (auch *Wabbler*) – ein geistig minderbemittelter Mensch

Wuchteln – auch als *Buchteln* bekannt; ein meist mit Marmelade gefülltes Germteiggebäck

Zwiderwurzn – geborener Schwarzseher, der gern *sudert* und einen *Grantscherm* aufhat

Danksagung

Weil selbst böse Taten (wie das Verfassen von Krimis) nicht ohne Unterstützung guter Menschen gelingen, möchte ich mich an dieser Stelle ganz, ganz, ganz herzlich bedanken: bei meiner Mutter, die immer an mich geglaubt hat, bei meinem Franz für dessen unendliche Geduld, Motivation und Fehlersuche, bei Carmen Dreier-Zwetti für deren biologisch fundierte Aufklärung in Sachen Flora und Fauna samt Exkursionen, bei Sandra Krautwaschl für die Einführung in die heikle Thematik von Wasserkraftwerken und Grundstücksenteignungen und natürlich bei allen Freunden, die meine Schreibklausur ohne Wehklagen und Vorhaltungen ertragen haben.

PS: Ein besonderer Dank sei zuletzt auch meinen drei Katzen und dem Pferd ausgesprochen, denn sie zwingen mich immer wieder zu produktiven Pausen und gesunder Bewegung an der frischen Luft.

Klaudia Blasl
MIEDERHOSENMORD
Broschur, 288 Seiten
ISBN 978-3-95451-355-0

»Ein teuflisches Vergnügen. Klaudia Blasl frönt in ihrem Buch ihrer Spezialdisziplin: gnadenlosem Humor. ›Miederhosenmord‹ ist ein saftiges und zugleich hoch artistisches Possenspiel. Erstaunlich diese Gabe, In jedem einzelnen Satz die Fallhöhe für eine Pointe zu konstruieren! Das schafft nur jemand, der eine teuflische Freude daran hat.« Via Airport Journal

Klaudia Blasl
GAMSBARTMASSAKER
Broschur, 256 Seiten
ISBN 978-3-95451-814-2

»Sprachwitzige Pointen, humorige Dialoge, wahre Worte.«
Die Presse am Sonntag